大方
sight

*Holly Ringland*

# 爱丽丝的失语花

*The Lost Flowers of Alice Hart*

[澳] 荷莉·铃兰 著
方维芊 林汉扬 译

中信出版集团 | 北京

图书在版编目(CIP)数据

爱丽丝的失语花 /(澳)荷莉·铃兰著;方维芊,林汉扬译.--北京:中信出版社,2019.6
书名原文:The Lost Flowers of Alice Hart
ISBN 978-7-5217-0348-1

Ⅰ.①爱… Ⅱ.①荷… ②方… ③林… Ⅲ.①长篇小说－澳大利亚－现代 Ⅳ.①I611.45

中国版本图书馆 CIP 数据核字(2019)第 060682 号

The Lost Flowers of Alice Hart by Holly Ringland
Copyright © Holly Ringland 2018
Published in agreement with Zeitgeist Media Group Literary Agency, through The Grayhawk Agency Ltd.
Simplified Chinese translation copyright © 2019 by CITIC Press Corporation
ALL RIGHTS RESERVED
本书仅限于中国大陆地区发行销售

爱丽丝的失语花

著　者：[澳]荷莉·铃兰
译　者：方维芊　林汉扬
出版发行：中信出版集团股份有限公司
　　　　　(北京市朝阳区惠新东街甲4号富盛大厦2座　邮编100029)
　　　　　(CITIC Publishing Group)
承　印　者：河北鹏润印刷有限公司

开　　本：670mm×970mm　1/16　印　张：30　字　数：331千字
版　　本：2019年6月第1版　　　　印　次：2019年6月第1次印刷
京权图字：01-2019-0506　　　　　　广告经营许可证：京朝工商广字第8087号
书　　号：978-7-5217-0348-1
定　　价：78.00元

版权所有·侵权必究
凡购本社图书,如有缺页、倒页、脱页,由销售部门负责退换。
服务热线:400-600-8099
投稿邮箱:author@citicpub.com

献给
怀疑她们故事的价值和力量的女性。

献给我的母亲,
你付出一切给予我鲜花。

这本书也献给萨姆,
没有你,我一生的梦想便无法书写。

# 目录

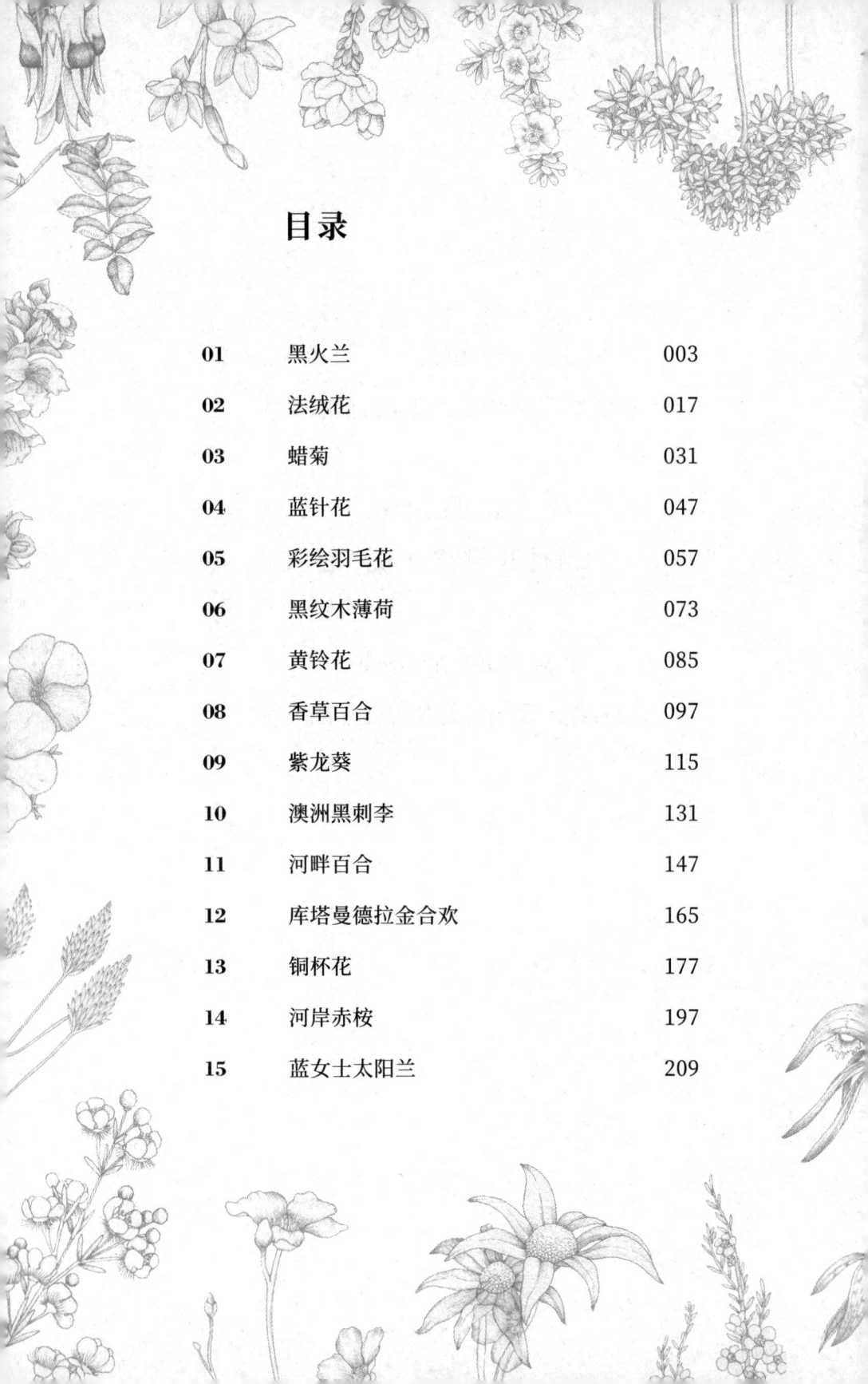

| 01 | 黑火兰 | 003 |
| 02 | 法绒花 | 017 |
| 03 | 蜡菊 | 031 |
| 04 | 蓝针花 | 047 |
| 05 | 彩绘羽毛花 | 057 |
| 06 | 黑纹木薄荷 | 073 |
| 07 | 黄铃花 | 085 |
| 08 | 香草百合 | 097 |
| 09 | 紫龙葵 | 115 |
| 10 | 澳洲黑刺李 | 131 |
| 11 | 河畔百合 | 147 |
| 12 | 库塔曼德拉金合欢 | 165 |
| 13 | 铜杯花 | 177 |
| 14 | 河岸赤桉 | 197 |
| 15 | 蓝女士太阳兰 | 209 |

| 16 | 金雀花苦豌豆 | 225 |
| 17 | 丽花斑克木 | 243 |
| 18 | 橙色不凋花 | 257 |
| 19 | 珍珠滨藜 | 273 |
| 20 | 蜂蜜银桦 | 289 |
| 21 | 斯特尔特沙漠豌豆花 | 303 |
| 22 | 三齿稃 | 321 |
| 23 | 沙漠葵蜡花 | 333 |
| 24 | 阔叶红花娘 | 351 |
| 25 | 沙漠木麻黄 | 369 |
| 26 | 提灯花 | 391 |
| 27 | 蝠翼刺桐 | 409 |
| 28 | 翠绿飞鸟花 | 429 |
| 29 | 狐尾草 | 443 |
| 30 | 火轮木 | 451 |

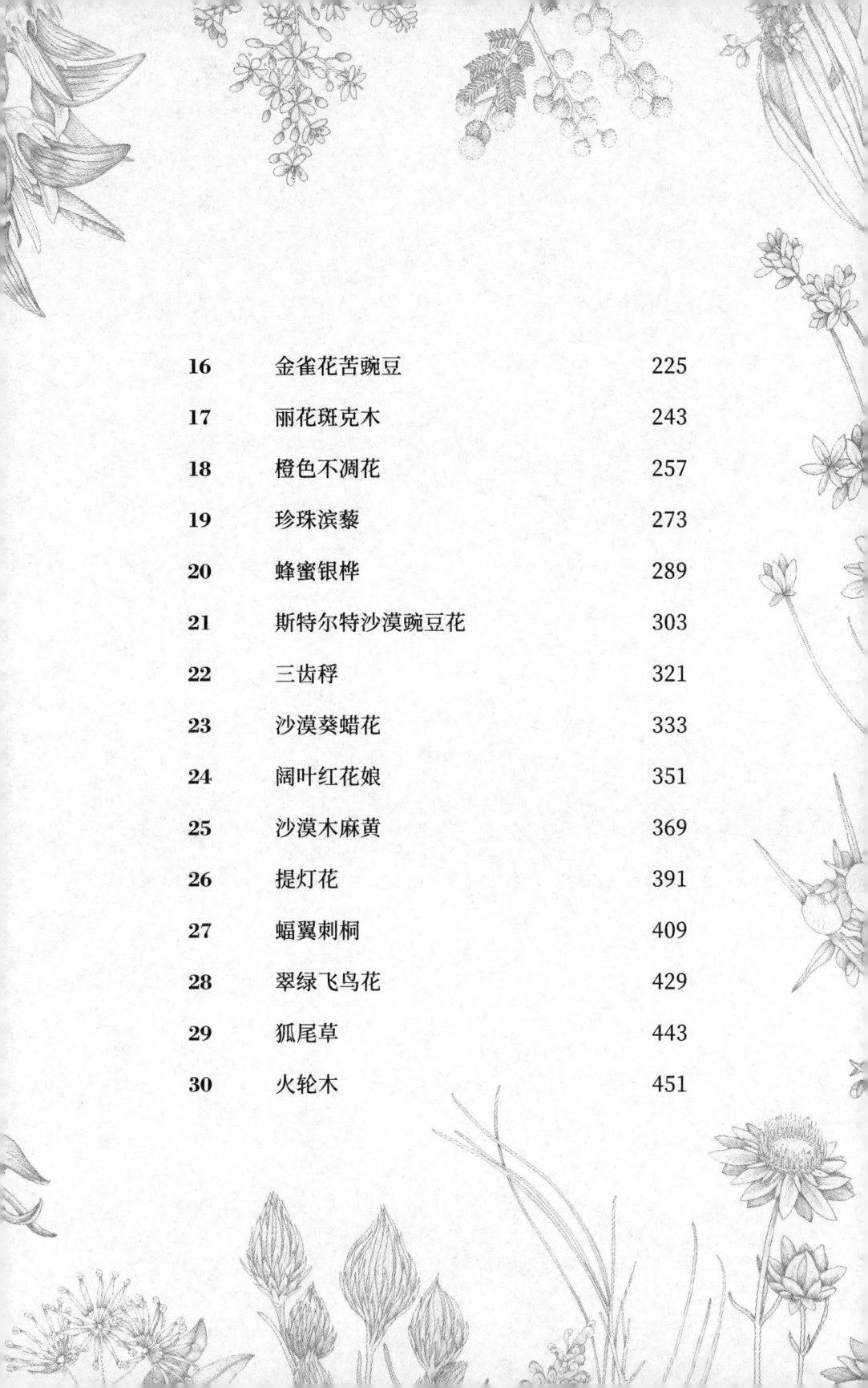

一滴晶莹剔透的泪珠

从门前的西番莲落下。

她来了,我的白鸽,我的宝贝;

她来了,我的生命,我的宿命;

红玫瑰呼喊,"她走近了,她走近了";

而白玫瑰哭泣,"她来晚了";

飞燕草聆听,"我听见了,我听见了";

百合则私语,"我等候"。[1]

——艾尔弗雷德·丁尼生[2]

---

[1] 节选自《莫德》(*Maud*)。——译者注,下同。
[2] 英国维多利亚时期著名桂冠诗人。

# 01

花 语

渴望掌控

**黑火兰**
Pyrorchis nigricans

澳大利亚西部

遇火绽放。
从或许已休眠的球茎抽芽。
苍白的花瓣上布有深红色条纹。
凋零时变为漆黑，如同焦炭。

\* 拉丁学名，下同。

小径的尽头矗立着一栋以防风板为外墙的房子[1]。屋内，九岁的爱丽丝·哈特坐在窗边的书桌旁，盘算着如何用火焚烧爸爸。

在她面前，一本图书馆藏书摊开在书桌上，这桌子是她的爸爸用桉木打造的。书里全是从世界各地网罗的关于火的神话。尽管太平洋上刮来的东北风充满了海腥味，可爱丽丝还是能闻到烟味、土味和燃烧的羽毛味。她一边翻阅，一边喃喃念道：

> 凤凰鸟融入火中，被火焰吞噬，化为灰烬，而后重生，一切皆焕然一新——其形毫无二致，其质天差地别。

爱丽丝的指尖停留在一幅描绘了凤凰鸟复活的插图上：银白色的羽毛闪闪发光，它伸展双翼，引颈啼叫。她猛地把手抽回，仿佛那些或金黄耀眼、或橙红璀璨的火焰会灼伤她的肌肤。一阵疾风夹着海藻的气味灌入窗口，妈妈花园内的风铃止不住地随着愈渐加强的狂风高歌。

爱丽丝倚着书桌，俯身合上窗，只留出一道缝。她伸出一只手去拿几个小时前做好的那盘吐司，另一只手则把书推至一边，双眼凝视着这幅插图。

---

1 这类房屋在澳大利亚和新西兰较为常见，外墙为防风板，或称帆板，适应当地多数天气条件。

爱丽丝拿起一块冰凉的三角吐司，上面涂满了黄油，她咬了一角，细嚼慢咽起来。假如她的爸爸也被烈火吞噬会怎样？他恶魔的一面将会被烧成灰烬，只有他最好的一面能够重生。他会被火焰重塑，变成他偶尔美好时的样子，例如为她亲手做一张书桌，供她写故事。

爱丽丝闭上双眼，幻想着有一刻，附近这片随风闯进窗户、直抵耳畔的大海是炽烈的火海。她可以把爸爸推进去，让他像书里的凤凰鸟一样被火吞噬吗？他会摇晃着头走出来，好似从一场噩梦中醒来，接着向她展开双臂吗？也许，他会说，日安，小兔子！或许，他只是眼含微笑，双手插进裤兜，吹个口哨。或许，爱丽丝再也不会见到他怒气冲冲、蓝色双眸目光阴沉的样子，再也不会见到他面色冷峻，嘴角泛着和脸色一样的白沫。她能够专注于辨别风从何处来，专注于书海拾慧，专注于伏案写作。浴火重生的爸爸，会柔情轻抚怀孕的妈妈，会永远对爱丽丝关怀备至。最重要的是，当另一个宝贝来到这个世上时，他会报以父亲的慈爱守护它，而爱丽丝再也不必彻夜思索如何保护全家。

她合上书，沉闷的声响随即穿透木桌回荡。书桌足足占了卧房的一面墙，墙上有两扇大窗，推开窗便能饱览花园中种植的铁线蕨、鹿角蕨和各类蝴蝶叶植物。在妈妈被孕吐击垮之前，花园一直由她打理。那日早晨，妈妈正弯着腰，清理着蕨类植物，准备栽种袋鼠爪花的花苗。而那会儿，爱丽丝正坐在桌前看书，一听见妈妈的呕吐声便翻过窗，落在满是蕨类的花圃里。小小的爱丽丝不知所措，只能紧紧地抓住妈妈的手。

"我没事，"妈妈咳了几声，紧握了一下爱丽丝的手才放开。

"这不过是晨吐,兔兔,别担心。"她仰着头呼吸新鲜空气,浅色发丝从脸颊划过,露出耳后娇嫩肌肤上的一道伤痕,周围伴有一片紫色淤青,深似破晓时分的大海。爱丽丝还没来得及把视线移开,妈妈就已察觉。

"噢,兔兔,"妈妈费劲坐下,慌忙解释道,"我在厨房干活时没留神,摔了一跤。肚子里多了个宝宝容易头昏眼花。"她一手摸着肚子,一手掸去裙子上的泥屑。爱丽丝却盯着被妈妈压扁的嫩蕨发愣。

没过多久,爸爸妈妈就离开了。爱丽丝站在前门,直到卡车尾部扬起的滚滚尘土消散在蔚蓝晨光中。他们去城里做孕检,而卡车只能坐下两个人。乖一点,宝贝。妈妈叮嘱道,并在爱丽丝的脸颊上轻轻一吻。她身上散发着的茉莉花香中隐藏着一丝担忧。

爱丽丝又拿起一块三角吐司,咬住,再把手伸进书包里。她答应过妈妈要准备四年级考试,然而函授学校寄来的模拟卷还躺在桌上,从未打开过。她从书包里取出一本书,默念完书名,顿时诧异不已。考试全然被抛诸脑后了。

风雨压城,不见天日。《用火指南》凸起的书名反倒光芒四射,栩栩如生。仿若野火,闪烁着金属般的光芒。爱丽丝的内心泛起阵阵危险和惊恐之感。她的手掌变得黏糊糊的。就在她的手指触到封面边角的一刹那,托比颈圈上的金属标签环在她身后叮当作响,像被她紧绷的神经施了魔法似的。它蹭了几下她的腿,留下一块湿乎乎的污迹。被托比这么一折腾,爱丽丝倒没那么紧张了,她冲着乖巧趴在一旁的托比笑了笑,递给它一小块吐司。托比小心翼翼地把吐司含在嘴里,后退几步,再狼吞虎咽地吃完。

"哎呀！你这小托比，"爱丽丝被滴落在她脚上的口水弄得有些生气，捏了捏它的耳朵。她竖起大拇指，拨弄着它的耳朵两边，而托比的尾巴则贴在地板上来回甩动。它提起爪子，搭在她腿上。托比是爸爸送的礼物，是她最亲密的伙伴。它小时候曾在桌底下多次啃爸爸的脚，被他拎起来丢向洗衣机，撞得不轻。爸爸不允许带它去看兽医，托比从此聋了。在意识到它再也听不见后，爱丽丝独创了一套手势，作为与它交流的秘密语言。她再次对托比晃晃大拇指，告诉它，它很棒。托比舔了几下爱丽丝的脸颊，她嫌弃地抹了抹，边抹边笑。托比原地转了几圈，然后咚的一声蹲坐在她脚边。它长大了，看起来更像是灰眼狼，而非牧羊犬。爱丽丝蜷起腿，将两只光脚丫埋进它蓬松的长毛中。托比的陪伴为她壮了胆，她翻开《用火指南》，不一会儿就被里面的第一个故事吸引。

在远方，比如德国和丹麦，人们用火辞旧迎新，迎接下一个循环的开始，比如季节、生死或恋情。有些人甚至会用柳枝或荆条制成巨大的人偶，放火点燃，以此昭示一场落幕与一篇新章，期待奇迹的出现。

爱丽丝靠在椅背上。她的眼睛变得火辣辣、黏糊糊的。她用手按压印有燃烧柳条人偶照片的书页。她的烈火会为她带来何种奇迹？首先，家里不会再有东西打碎的声音。空气不会再有充满恐惧的酸臭味。爱丽丝自己能布置一块菜园，不会再因偶尔用错铲子而被责罚。她也许能学会骑自行车，不会再因不能保持平衡而被恼怒的爸爸扯断发根。她只需要解读天空中的符号，不必再时刻保持警惕，从爸爸脸上的表情分辨他此刻是怪物，还是那个把桉树变为书桌的男人。

他曾猛推她入海，令她自己设法游回岸边。当天夜里，他进入木棚，两天后才出现，背着这张纵长大于他身高的长方形桌子。桌子是用光滑细腻、有斑点的桉树木板制成的，他本来想留着给妈妈做一个新的蕨栏。爱丽丝徘徊在房间一角，看着爸爸用螺栓把桌子固定在窗沿下的墙面上。房间里充满混合着新鲜木材、油和漆的令人陶醉的幽香。他打开用铜铰链连接的木盖，向爱丽丝展示桌面下方的一个浅屉，它可以用来装纸笔和书本。他甚至还把一根桉树枝刨平，用来支撑木盖，这样爱丽丝的双手就能同时在里面翻寻了。

"兔兔，我下次进城会买齐你要的铅笔和蜡笔。"

爱丽丝用手臂环住爸爸的脖子。他的身上散发着加信氏香皂、汗水和松脂的气味。

"我的宝贝兔儿。"他的胡茬轻轻擦过她的脸颊。*我就知道美好的你还在。别走。拜托不要变。*话到嘴边，爱丽丝还是咽了下去。她最终说出口的只有一句"谢谢"。

爱丽丝回过神来，继续阅读翻开的这本书。

> *火的燃烧依靠摩擦、燃料和氧气。三者皆达最佳条件才会产生最旺的火。*

她抬头，望向窗外的花园。无形的疾风在窗口留的那道细缝下嘶吼，不断冲撞悬挂着的铁线蕨花盆。她做起深呼吸，吸满气，再吐出，如此反复。火的燃烧依靠摩擦、燃料和氧气。爱丽丝凝视着妈妈郁郁葱葱的花园,明白自己要做什么了。

　　爱丽丝见东风穿过漫天乌云袭来,就在后门添了件防风夹克。托比相伴左右,她便用手抚弄起它的茸毛来。它耷拉着耳朵,咕哝了几声,用鼻子来回蹭她的肚子。屋外,狂风吹散了妈妈种的白玫瑰,花瓣散落满园,仿佛坠落的星辰。院子最远处是爸爸的木棚,幽暗阴森,还上了锁。爱丽丝双手拍了拍夹克口袋,摸到里面有一把钥匙。她缓了缓,鼓起勇气,打开后门,带着托比迎风冲了出去。

　　尽管爸爸的木棚对于爱丽丝而言是个禁地,但她一直对里面的东西充满了好奇。他常常在做了可怕的事情之后进去,可当他再出来时又总是换了副样子。爱丽丝曾笃定地认为木棚拥有一种让人转变的魔力,里面要么有一面施了魔法的镜子,要么有一架纺车。小时候,她曾勇敢地问过爸爸里面到底有什么,可没有得到答复。不过,在他为爱丽丝做了一张桌子之后,她就明白了。她在借阅的书籍中读到过炼金术,也知晓侏儒怪[1]的故事。爸爸的木棚正是他变魔法的地方,在里面,稻草也能纺成金子。

　　她奔跑着,双腿和双肺像是在燃烧。托比冲着天空乱吠,直到一道头顶上方的闪电让它住了嘴,尾巴也蔫蔫地垂下来。爱丽丝来到木棚门前,从衣袋里掏出钥匙,滑入挂锁。不知怎的,锁没有应声而开。狂风不仅刺痛了她的脸颊,也让她难以保持平

---

[1]《格林童话》中的侏儒怪帮助女孩把稻草织成黄金。

衡，多亏了托比用温热的身体紧贴着她，她才没倒下。她又试了一次，使了很大的劲想在锁孔内转动钥匙，结果弄得手掌生疼也没一点儿动静。恐慌模糊了她的视线。她松开手，擦了擦双眼，拨开脸上的头发，再次尝试。这回钥匙像抹了油一般轻轻松松地转动起来。爱丽丝利索地拉开锁，拧了把手，跌跌撞撞地进了门，托比也紧随入内。只听砰的一声，风把他们身后的门拍上了。

木棚没有窗，棚内漆黑一片。托比低声嘶吼，爱丽丝摸黑伸出手安抚它。她的耳中尽是血液的急速流动声和狂风的怒号声，全然听不到其他声响。木棚旁那棵凤凰木的果荚像雨点般噼里啪啦地接连落下，好似有人穿着锡做的鞋子在房顶上跳舞。

空气里弥漫着煤油味。爱丽丝在黑暗中摸索了一番，总算摸到工作台上的一盏灯。她摸出了灯的形状，意识到这和妈妈在房子里放的一盏灯很相似。灯的边上有一盒火柴。此时她的脑中有一个声音在怒吼。你不应该在这里。你不应该在这里。爱丽丝畏惧了，但她还是打开了火柴盒。她用摸到的火柴头划擦粗糙的打火石，火光立马闪现，同时一股浓烈的硫磺味道扑鼻而来，随即充斥了整个木棚。在用火柴点燃煤油灯芯后，她把玻璃灯罩盖回底座，拧紧。光影立马洒向了爸爸的工作台，她看见面前有一个半开的小抽屉，就用颤抖的手指拉开，只依稀地见到一张相片，其他东西就看不太清楚了。她取出相片，尽管其边缘已发黄裂开，图像却依然明晰：一幢宽敞华丽、被藤蔓缠绕覆盖的老房子。爱丽丝又把手伸进抽屉里，想再拿点什么出来。她的指尖掠过一个柔软的东西，抓出来在灯光下一照，只见一撮被褪色丝带绑着的黑发。

一阵强风吹来，木棚的门咯吱作响。爱丽丝转身时撒手丢下了相片和头发。门外没有人,只是风而已。她刚缓过神来,托比又伏身吼叫了。爱丽丝颤颤巍巍地提着灯,想照亮木棚的每一寸空间。眼前的景象令她目瞪口呆,连腿都迈不动了。

她的周围有几十座大小各异的木制雕塑,小至袖珍,大如真人,但无一例外地摹刻着两个人物。一位是年迈的女人,摆出各式各样的姿势,或闻桉树叶,或观察盆栽植物,或平躺着,一臂弯曲盖住双眼,一臂高举向上,或提着裙子下摆,兜起各种爱丽丝不认识的花卉。另外一位则是个小女孩,同样造型多端,有在阅读的,有在伏案写作的,也有在吹蒲公英种子的。爱丽丝见自己成为爸爸雕刻的对象,感到有些不自在。

这两个人大大小小的木雕填满了木棚,都把工作台给包围了。爱丽丝缓缓做着深呼吸,感受自己的心跳声。它说,我在——这里。我在——这里。假如火焰具有让一物变为另一物的魔力,那么言语也如此。爱丽丝读了不少书,清楚言语的魔力,尤其是在言语被重复的时候。如果一句话被念了很多遍,那么它就会成真。她专注于正在内心跳动的咒语。

我在——这里。

我在——这里。

我在——这里。

爱丽丝一圈又一圈地踱步,打量着身边这些木制塑像。她记得曾经读过的一则故事:有一位邪恶的国王在国内树敌无数,他组建了一支用黏土和石材做的军队护其左右,只是石土无法与血肉相提并论。最终,国王日夜提防的村民们趁他入睡时推倒了这些战士,将他活活压死。刺痛感在爱丽丝的后背上下游走,因为她回想起先前读到的文字——火的燃烧依靠摩擦、燃料和氧气。

"好了，小托比，"她匆忙说道，伸手抓起一尊木制塑像，又拿起另一个，比了比大小后，用T恤包住找得到的最小的几尊塑像。托比在她身旁显得有些烦躁。她的心脏怦怦直跳。她想，既然木棚里有这么多座雕像，爸爸肯定不会注意到少了几个最小的，而它们正是用来练习生火的绝佳燃料。

爱丽丝会永远记得这一天，这不可逆转地改变她人生的一天，不过她用了接下来的二十年时光才弄懂这句话：人生向前走，参透向后看。你永远无法欣赏当下所处的胜景。

爱丽丝的爸爸把车停在了自家门口的车道上，双手握着方向盘，一言不发。他的妻子紧靠着车门，一手摸着脸上的新伤痕，一手捂着肚子。他亲眼看到她碰医生手臂的样子和医生的神情。他都看到了。爱丽丝爸爸的右眼下方抽搐了一下。他怕错过做B超的预约时间，上路后就没停下来吃早餐，不料他的妻子在做完检查坐起时有些晕眩。看她身形不稳，医生便伸手扶了她一把。

爱丽丝的爸爸单手握拳，好几处指关节仍在作痛。他瞥了一眼妻子，她蜷缩起身子，两人之间仿佛隔了一道峡谷。他想接近她，想向她解释，倘若她多加注意自己的行为举止，他是不会被激怒的。如果他通过花来向她传达，她可能会明白。叉状的茅膏菜，意为如被忽视，我会死；五颜六色的爱沙木，意为治愈和慰藉；大戟花，意为坚贞。不过，自从他们离开桑菲尔德，他已经有好几年刻意不送她花了。

她今天早上没帮他准备食物。她本该留出时间在他们离家之前打包早点的，这样她就不会头晕目眩，他也不会目睹她触碰医生的样子。去城里做检查对他来说是很难接受的一件事情，毕竟医务人员的手会触及妻子的全身，甚至体内。她很清楚这一点，所以他们只在遇上突发情况时才去做 B 超或检查，本次孕期如此，怀爱丽丝期间同样如此。她的每一次"不称职"，真的都是他的过错吗？

"到家了，"他拉起手刹，关掉引擎。他的妻子把手从脸上移开，去掰车门的把手，但门还锁着。他的情绪立马上来了。她会说些什么吗？他打开门锁，等待她回头冲他嫣然一笑，或许她还会示以抱歉的神色，然而她像小鸡逃离鸡笼一般迅速下了车。他跟着飞快下车，嘴里喊着她的名字，狂风让他瞬间沉默。在刺骨的寒风中，他趔趔趄趄着紧跟在妻子后面，决意说服她认可自己的观点。当他走近房子时，他的目光一下子迟滞了。

木棚的门是开着的。锁挂在门闩上，也是开着的。他的视野里满是在门口一闪而过的、他女儿的红色防风夹克。

眼见雕像已塞满了 T 恤围成的兜，爱丽丝匆忙从木棚里出来，进入愈发昏暗的天色里。一声雷鸣响彻苍穹。在巨响之下，爱丽丝失手抖落雕像，然后弓身抵着木棚的门。托比也害怕了，背上的毛全都炸立了起来。她伸手安抚它，抱它至脚边，结果一阵风便吹得她摇摇晃晃地往后倒。她顾不上散落满地的雕像，招呼托比一起，撒腿就往房子跑。就在他们快到后门的时候，一道闪电将乌云劈成了一块块银色碎片，仿佛下坠的箭头。爱丽丝僵住了。就在那闪光的一瞬间,她看见了他。她的父亲站在门口,双臂撑在身体两侧,拳头紧握。用不着走近去看,仅凭这点光线爱丽丝就能感受到爸爸眼中的愤怒。

爱丽丝改道向房子的侧面奔去。她不确定爸爸是否看见她了。在她穿过妈妈的蕨圃前方的绿地时,她突然想起一件可怕的事情:那盏木棚里的煤油灯,现在还在发光发热!走得匆忙,爱丽丝竟把这茬忘记了!

爱丽丝翻进窗户,跳到书桌上,将托比拉到身旁,挨着坐在一块儿,气喘吁吁。托比舔了舔她的脸蛋,爱丽丝则心烦意乱地轻拍它。她闻到烟味了吗?恐惧在她全身奔流。她跳下桌子,把从图书馆借来的书拢到一起塞进书包里,再把包藏到衣柜深处。她脱掉防风夹克,也丢进衣柜里,然后关上了窗。爱丽丝心里思忖着,如果他进来了,就这样说:爸爸,一定是别人闯进你的木棚了。我一直在房间里等你回来。

她没发觉爸爸已经走进她的卧室,也就没能及时躲开他。爱丽丝看到的最后一幕是托比龇着牙,溜圆的双眼里满是恐惧。空气里充斥着烟味、土味和燃烧的羽毛味。火热的刺痛感在爱丽丝的一侧脸颊蔓延开来,把她拉入黑暗之中。

02

**花 语**

失而复得

**法绒花**
Actinotus helianthi

新南威尔士

植株通体呈浅灰色,
覆以绒毛,质地如法兰绒。
雏菊状的美丽花朵于春天盛开,
野火过后,花事愈浓。

爱丽丝听到的第一个故事始于黑暗边缘，在那里，她呱呱坠地时的哭号把妈妈从鬼门关拉了回来。

在她出生的那一晚，一场自东而来的亚热带风暴掀起滔天巨浪，潮水淹没河岸，阻断了哈特家通往城里的路。他们的卡车被困车道，进退不得。阿格尼丝·哈特的羊水已破，烧灼般的痛感似乎要将她撕扯开。就在卡车的后座上，她耗尽全力分娩了，是个女儿！在甘蔗园上方轰鸣的暴风令克莱姆·哈特惊慌失措，他手忙脚乱地包裹这个新生儿，一开始完全没有留意妻子的苍白面色。当他缓过神来，只见她脸色惨白如沙，双唇淡如蛤蜊。克莱姆向她扑过去，全然忘却他们的孩子。他使劲摇着阿格尼丝，却没有得到丝毫回应。最终，女儿的哭喊声将她唤醒。在车道两旁，被大雨浇透的灌木丛中开出一片白茫茫的花海。爱丽丝初生时的呼吸伴随着电闪雷鸣，透着暴雨中绽放的风雨兰的清香。

小兔儿，你是我的真爱，你能将我从诅咒中唤醒。妈妈会这样为故事收尾。你是我的童话。

阿格尼丝在爱丽丝长到两岁时开始教她读书识字。阿格尼丝总会指着页面上的词一个一个读过去。她指着沙滩，不断复述着：一条墨鱼，两片羽毛，三根浮木，四枚贝壳，五块海玻璃碎片。阿格尼丝在家中各处贴了手写的单词卡：书、椅、窗、门、桌、杯、浴缸、床。爱丽丝从五岁起在家接受教育，那会儿她已经能自主阅读了。虽然她很快就由衷地爱上阅读，却还是更喜欢听妈妈讲故事。每当她们独处，阿格尼丝会编出许多故事，但绝不会让爸爸听到哪怕一个词。

她们总会散步至海边，以沙为床，仰望星空。在妈妈温柔的叙述里，她们仿佛搭乘了冬日列车游历欧洲，穿越眼不能及顶的山峦妙景，惊叹于冰雪皑皑、天地难分的山脊。她们身着天鹅绒大衣，在鹅卵石之城漫步。那里的国王身上饰有纹身，那里的港口像调色盘般色彩斑斓，那里的美人鱼铜像永远痴痴地等着她的爱人。爱丽丝经常闭上双眼，想象着故事里的每一个场景都如一条线般交织成为一个巨大的蛹，最终，她们破茧成蝶，远走高飞。

在爱丽丝六岁的某一晚，妈妈把她裹进被子里，探身在她耳旁轻声说：是时候了，兔儿。她一边帮爱丽丝掖好被子，一边笑着直起身来。你已经长大了，可以帮我打理花园了。爱丽丝兴奋地扭了扭，因为之前妈妈总是独自在花园里，只留下书本与她作伴。我们就从明天开始吧，阿格尼丝说完就关了灯。这天夜里，爱丽丝多次醒来，从漆黑的窗户望出去。终于等来第一缕阳光！她立马掀开了被子。

妈妈在厨房里做早餐。她在吐司上抹了咸味酱[1]和白软干酪，煮了一壶蜜茶，把它们装在托盘上端至房子侧面的花园。空气凉爽，朝阳惬意。妈妈把托盘放在长满苔藓的树桩上，倒了两杯蜜茶。她们一起坐下来，静静地品尝。爱丽丝的太阳穴突突地跳着。阿格尼丝吃完最后一片吐司，品完最后一口茶，便在混着蕨类的花丛中蹲下，如同唤醒沉睡的孩童般喃喃细语。爱丽丝并不

---

[1] 澳大利亚饮食文化的象征，是一种棕黑色涂酱，以酿酒业的酵母副产品和蔬菜制成，可涂在烤面包、三明治等食物上。

清楚要做什么。这就是打理花园吗？她模仿妈妈的动作，在植物间席地而坐，默默观察。

妈妈脸上的担忧渐渐褪去，愁眉也舒展开来。她不再焦急地搓手，也不再心不在焉地摆弄。她的精神饱满，眼神清澈，变成了一个爱丽丝从未见过的形象，既安详，又从容。此时此刻，爱丽丝心中泛起一种绿色的希望，就如落潮时在岩滩底部发现却无法用双手捧住的希望。

随着爱丽丝在花园里陪伴妈妈的时间增多，她通过许多细节更加深刻地体会到，妈妈在植物丛中展现的才是她最真实的模样，从检查新芽时手腕倾斜的幅度，抬起下巴时照进双眼的光线，到用心处理幼嫩蕨叶时手指上留下的点点泥土。特别是在与花朵对话时，她目光朦胧，用一种秘密的语言在折下花朵放入口袋中时这里一言，那里一语。

悲痛的回忆，当她从藤蔓上采摘旋花时会这么说。爱情，回来了，当她从枝上撷取柠檬香桃时会这么说，彼时空气中弥漫着柑橘的清香。记忆的乐趣，当她把深红色的袋鼠爪花装进袋子时会这么说。

一连串的问题如鲠在喉。为何妈妈只在讲述有关其他地方和世界的故事时才会滔滔不绝？呈现在她们眼前的世界又是如何？她的思绪在走神时去往何方？为何爱丽丝不能与她同行？

到了爱丽丝七岁生日那天，她的身体快被悬而未决、积满胸腔的疑问压垮。为何妈妈要用如此晦涩难懂的方式同这些本土植物说话？两种截然不同的形象是如何在爸爸身上共存的？爱丽丝出生时的啼哭究竟把妈妈从何种诅咒中解救出来？尽管这些问题重压在爱丽丝的心头，她也只能任由它们肆意堵在气管里，痛感与吞下一串果荚无异。爱丽丝在花园里曾遇上一些时刻，比如光影曾营造出恰到好处的氛围，但她选择只字不提，只是跟着妈妈一声不吭地采摘鲜花放入口袋。

即使阿格尼丝注意到爱丽丝的沉默寡言，她也不会去打破这份宁静。在花园里度过的时光就该是恬静的。像一座图书馆，这是有一回妈妈在沉思中踱过一片铁线蕨时的自语。虽然爱丽丝从未去过图书馆，没见到这个书籍多到她难以想象的地方，也没听过读者翻页时产生的沙沙声，但她几乎感觉自己已经在妈妈的故事里去过了。根据妈妈的描述，爱丽丝心想着图书馆一定是一个装满书的花园，在那里，故事像花一样生长。

其实，爱丽丝从来没有离开过她的家。她的生活被限制在一个狭小的区域，不过是从妈妈的花园，到甘蔗园的入口，再到紧靠着大海的海湾。她被禁止跨越这些范围，特别是家门口那条私人车道，它所连接的主路通往城里。那里可不是女孩子家该去的地方，每次妈妈建议送爱丽丝去上学时爸爸都会这么回答，并用拳头敲打餐桌，餐盘和餐具都被震离桌面。她在家里更安全，他会咆哮着，就此结束这场对话。这就是爸爸最擅长的本事：武断地结束一切。

平日里，不论这一天她们在花园还是在海边度过，一旦报雨鸟开始叫唤，或是云朵遮蔽了太阳，妈妈就会晃着身体来唤醒自己，仿佛在梦境中云游了一番。她变得富有生气，急向后转，奔向房子，还不忘回头对爱丽丝喊，谁先到厨房，谁就能在司康饼上抹鲜奶油。下午茶时光苦乐参半，因为爸爸快到家了。在他到达前的十分钟，妈妈会站在前门，挂着笑容的脸绷紧着，音调提得很高，手指的动作也因为紧张而变得不自然。

有些时日，妈妈整个人都没了精气神儿。她不会再讲故事，不会再步行去海边，也不会再和植物说话。妈妈会躺在拉着窗帘的黑暗房间里，销声匿迹，好似灵魂完全出窍。

这种情况出现时，爱丽丝会想方设法地转移注意力，不再去想屋内压抑的空气施于她的压迫感，不再去想空无一人般可怕的寂静，不再去想妈妈瘫在床上崩溃的样子。那些都令她难以呼吸。爱丽丝拾起早已读过十余遍的书，检查早已完成的学校练习。她逃至海边，学海鸥呱呱叫，沿岸追逐海浪。她绕着甘蔗园的外墙跑步，甩起的头发像在热风中的绿色茎秆一样摇摆。可是，不管她有多努力，情况都没有任何好转。爱丽丝寄希望于羽毛和蒲公英，想变成一只鸟远走高飞，飞向水天相接处的金色地平线。没有妈妈相伴，爱丽丝度过了一个又一个阴郁的日子，在她自己的小世界边缘徘徊。总有一天她会知道自己也能消失，只不过是时间早晚罢了。

有个清晨，爸爸的卡车发出的隆隆声逐渐消失在远方。爱丽丝赖在床上，等待着水壶的呼呼声，这美妙的声音昭示着美好的一天即将开始。可爱丽丝没有等来这个声音，于是她用沉重的双腿踢开了被子，蹑手蹑脚地来到爸妈的卧室门口，凝视着躺在床上的妈妈，只见她的身体蜷缩成一个球，像包着她的毯子一样毫无生机。一股令人颤抖的怒火瞬间燃遍爱丽丝的全身。她噔噔地走进厨房，急匆匆地做了一个咸味酱三明治，在一个果酱瓶里装满水，一起打包放进书包，跑出了房子。她不会走车道，那样极有可能会暴露行踪，而偷偷在甘蔗园里行走必定会从它另一侧的某处出来，到一个比她那黑暗寂静的家更好的地方。

尽管剧烈的心跳声几乎盖过了头顶上方白鹦的尖叫声，爱丽丝仍决意往外跑，经过了爸爸的木棚和妈妈的玫瑰园，直到穿过整个院子才停下来，站在他们家与甘蔗园的分界线上。一条土径从高高的绿色甘蔗丛中穿过，一直延伸到她看不见的地方。

到头来，爱丽丝觉得有些出乎意料，原来一向被告知不可以做的事情办起来竟是如此轻而易举。她只需要迈出第一步。先一步。再一步。

爱丽丝走了很久很久，很远很远，她甚至寻思着走出甘蔗园是否会抵达另一个国度。也许她会出现在欧洲，搭乘某列妈妈故事里的火车穿越一个冰雪世界。然而，当她走到甘蔗园的尽头，她发现了一个甚至更美好的事实：她正站在城中心的一个十字路口。

她遮了遮刺眼的阳光。城里五彩缤纷，车水马龙，人声鼎沸，热闹非凡。小轿车和农场的卡车在交叉路口来来往往，汽车的喇叭嘟嘟直响，农夫们把晒黑的胳膊垂到车窗外，开车经过彼此时举起疲惫的手示意。爱丽丝注意到一家有宽窗的店，窗内排满了各式新鲜面包和冷冻蛋糕。她记起了一本画册，意识到这是家面包店。店门的入口处挂着珠帘。店外立着一顶条纹遮阳篷，底下横七竖八地摆着桌椅，桌子上铺有格子纹台布，上面摆着一只插有艳丽鲜花的花瓶。爱丽丝垂涎三尺。她多么希望妈妈此刻能陪在她身边。

面包店两侧的商店橱窗给了农夫妻子们一点在都市生活的盼头：模特头戴大宽檐帽，身穿新款收腰茶歇裙，拎着饰有流苏的手提包，脚踩猫跟鞋。爱丽丝的脚上穿了双凉鞋，她不住地蜷着脚趾。她从来没见妈妈穿过橱窗里的时尚模特们展示的这类衣服。妈妈只有一套去城里时穿的服装，就是一条酒红色的长袖涤纶连衣裙，搭一双棕色平底皮鞋。平日里妈妈都穿着自己做的宽松棉裙，而且基本上和爱丽丝一样光脚走路。

爱丽丝的目光转向了前面那个十字路口，一位年轻女人带着一个小女孩在红绿灯前等待过马路。那个女人一手牵着女孩，一手提着她的粉色书包。女孩的鞋子又黑又亮，镶着褶边的白袜子拉到脚踝。她梳着两条干净利落的麻花辫，上面系着相称的丝带。爱丽丝根本没法移开目光。绿灯亮起，她们穿过马路，推开面包店的珠帘走进店内。不一会儿，她们拿着两杯浓厚的奶昔和几块较厚的楔形蛋糕出来了。她们选中了爱丽丝中意的那张摆着非常欢快的黄非洲菊的桌子，喝起奶昔，两人的嘴唇上方都沾了一圈奶渍，随后相视一笑。

刺眼的阳光把爱丽丝的眼睛照得生疼，她快坚持不住了。就在她打算结束此行，转身一路跑回家时，她注意到在马路对面，一栋建筑物前的华丽石头上镌有一个词。

图书馆！

她气喘吁吁地奔向红绿灯。她见刚才的小女孩在过马路前碰了一下按钮，于是不断地猛击按钮，等到红灯变绿灯、路面上无车阻拦才停下。她冲到马路对面，穿过图书馆的道道大门。

终于来到门厅，她弯下腰，不停地喘气。馆内的冷气使她发烫、出汗的皮肤平复下来。她听见自己的心率放缓。她拨开堆在晒伤的前额上的头发，同时将刚才所见的那对母女以及她们桌上欢快的黄非洲菊抛诸脑后。爱丽丝伸手想要拉直身上的裙子，这才意识到自己出门前没换衣服，现在还穿着睡衣呢。爱丽丝不知自己该去哪儿、该做什么，就站在原地，双手互掐手腕，想等皮肤隐隐作痛再松手，因为外在的皮肉之痛能缓和她内心无法触及的猛烈情感。最终，映入她眼帘的炫彩光束让她作罢。

爱丽丝踮着脚穿越前厅，进入主馆，她的四周和上方都属于主馆区域。穿透彩色玻璃的陆离光影吸引她抬头凝视，她看见窗上展示了一些故事场景，比如小红帽走过森林、灰姑娘穿着一只水晶鞋从南瓜车上快速离开以及小美人鱼在海中深情地凝望着岸边的男子。爱丽丝激动坏了。

"需要帮忙吗？"

爱丽丝把视线从窗上移开，循声望去，看见一位顶着爆炸头、面带灿烂笑容的年轻女人坐在八角桌前。爱丽丝踮起脚向她走去。

"噢，你不必踮着脚走路的，"这个女人噗嗤一笑，说道，"要是我在这里得保持那样安静，我可一天都待不了。我叫萨莉。我想我们之前在这儿没见过吧。"萨莉的眼睛让爱丽丝联想到晴空下的大海。"有吗？"她问道。

爱丽丝摇了摇头。

"噢，好吧，多棒啊！来了一个新朋友！"萨莉紧握双手，她的指甲涂成了海贝壳那样的粉色。她停顿了一下。

"那么，你的名字是什么？"萨莉又问道。爱丽丝没有抬头，只是透过睫毛偷偷瞄了她一眼。"噢，别害羞。图书馆是友好的地方。这里欢迎每一个人。"

"我叫爱丽丝，"她轻轻地回答。

"爱丽丝？"

"爱丽丝·哈特。"

一个奇怪的表情在萨莉的脸上一闪而过。她清了清嗓子。

"好的，爱丽丝·哈特，"她大声重复了一遍，"这是多么奇妙的名字啊！欢迎你的到来。我很高兴能带你在图书馆四处转转。"她飞快地瞥了一眼爱丽丝的睡衣，又立马看着她的脸，继续问道，"你今天是和妈妈或爸爸一起来的吗？"

爱丽丝摇了摇头。

"我知道了。爱丽丝，告诉我，你多大了？"

爱丽丝的脸颊发热。过了一会儿，她才举起两只手，一只张开了五指，另一只竖起了大拇指和食指。

"太好了，爱丽丝。七岁正好到了可以办理私人图书借阅卡的年龄。"

爱丽丝突然抬起头来。

"哇，你看看，阳光从你的脸上透出来呢。"萨莉眨了下眼睛。爱丽丝用指尖碰了碰发烫的脸颊。我脸上真的能透出阳光吗？爱丽丝暗忖。

"我给你一张申请表，我们一起填写吧，"萨莉边说边伸过手来抱了一下爱丽丝的手臂，"你有什么问题要了解吗？"

爱丽丝思忖一番，点了点头。

"有。请问你可以带我去看能长出书本的花园吗？"爱丽丝笑着舒了口气，因为她说出了一个久埋心中的疑问。

萨莉盯着爱丽丝的脸看了一会儿，忍不住咯咯地笑，她说："爱丽丝，你真是太可爱了！我们相处起来会像一幢着了火的房子，是的，你和我。"

爱丽丝困惑不已，只以微笑回应。

萨莉带着爱丽丝在图书馆里游览了半个小时，向她解释书本被排列在书架上，而不是长在花园里。图书馆里的书如此之多，一排排的故事在呼唤爱丽丝。不久后，萨莉就让爱丽丝独自坐在一个书架旁的软椅上。

"你在这里随便翻阅，挑几本喜欢的书。有什么需要就到那边来找我吧。"萨利指了指她的办公桌。爱丽丝点头答应，她早就拿了一本书放在膝上了。

萨莉拿起电话听筒，双手止不住地发抖。她在致电警察局时还探出身子来看爱丽丝，确保她没有跟过来。她还坐在那张椅子上，脏兮兮的睡衣下面露出了已经磨薄的凉鞋底。萨莉摆弄着爱丽丝的办卡申请表，指尖被锋利的纸张划了一道口子，她痛得倒吸一口气。她流着泪吮吸从指尖渗出的鲜血。爱丽丝是克莱姆·哈特的女儿。她不去想他的名字，把听筒紧紧按在耳边。快接。快接。快接。她的丈夫终于接了电话。

"喂，是约翰吗？是我。不，不是，不完全是。不，听着，克莱姆·哈特的女儿在我这里。一定是出了什么事情。她穿着睡衣，约翰。"萨莉在通话中尽力保持镇定。"睡衣很脏，"她深吸一口气，继续说道，"约翰，还有，她的两只小手臂也都伤痕累累。"

萨莉边听着丈夫平静的回复边点头，并擦拭眼泪。

"是的，我觉得她是自个儿从家里一路走到这里的。那是多远？将近四公里？"她抽着鼻子，从袖子里拽出手帕，最后说道，"好的。是。是。我会把她留在这里。"

萨莉挂电话时，听筒从她汗津津的手掌中滑落。

爱丽丝的身边已经搭起了一个半圆书塔，她又往上叠了一本书。

"爱丽丝？"

"我想把这些书全都带回家，拜托你了，萨莉。"爱丽丝挥着手臂，恳切地说。

萨莉帮她拆了这座书塔，把几十本书放回架上，和她说了两遍图书借阅的规定。爱丽丝得知选择有限时有些错愕，不知如何是好。萨莉看了下手表。明亮的光线照进刻画着故事的窗玻璃，透出来的是柔和的阴影。

"要不要我来帮你挑选？"

爱丽丝感激地点头同意。她想阅读有关火的书籍，不过她没有勇气说出口。

萨莉蹲至与爱丽丝的视线齐平，询问她两个问题——说一个你最喜欢去的地方——海边——选一扇图书馆里你最喜欢的故事窗户——美人鱼——萨莉会意地点头，从书架上抽取了一本薄薄的、书脊上印有铜字的精装硬皮书。

"我认为你会喜欢这本书的。它是讲海豹人[1]的。"

"海豹人，"爱丽丝复述着。

---

[1] 相传海豹人在水中化为海豹，在陆上会脱下海豹皮变为人形。

"你会明白的，"萨莉说，"讲的是海里的女人能够褪去外皮，彻底变为某人或某物。"爱丽丝听了浑身起鸡皮疙瘩。她一把抓住这本书，捂在胸口。

"阅读总使我饥饿，"萨莉突然这么说，"爱丽丝，你饿吗？我有几个涂了果酱的司康饼，要不要再来一杯茶？"

说起司康饼，爱丽丝想到了妈妈。她迫切地想要回家，但看起来萨莉期望她留下来。

"我能去洗手间吗？"

"当然了，"萨莉回答，"女士洗手间就在走廊尽头的右手边。要我和你一起过去吗？"

"不用了，谢谢。"爱丽丝露出了甜美的笑容。

"等你回来，我们还在这里见面。然后我们去吃司康饼，好吗？"

爱丽丝蹦蹦跳跳地走到卫生间门口，推开门，稍等了一会儿，又探头出来瞄一眼萨莉的桌子。她不在。餐具与瓷盘碰撞的叮当声从更远处传来。爱丽丝赶忙跑向出口。

当她在甘蔗园中往回跑时，她摸到睡衣口袋里的图书借阅卡，卡的形状很像妈妈种的某一种花。那本关于海豹人的书在她的书包里颠簸，阳光在她的肚子里跳跃。爱丽丝忙着想象妈妈会有多爱这本她从图书馆里借来的书，丝毫没有意识到等她到家时，爸爸也收工回家了。

## 03

花 语

吾爱永随

**蜡菊**
Xerochrysum viscosum

新南威尔士与维多利亚

纸片似的花瓣呈现为
柠檬色、金黄色、脏橘色或红铜色。
它们便于剪切、干燥和储存,
与此同时保持惊艳的色彩。

爱丽丝的图书馆之行已是一个月前的事儿了。这日，她在卧室玩耍，听到了妈妈的召唤："小兔儿，出来和我一起除草吧。"

这是一个恬静的午后。许多橙色蝴蝶在花间飞舞。妈妈戴着一顶宽檐帽，帽檐下是她展露的笑颜。这和她迎接爸爸回家时的笑容一模一样，她总是这么笑着向爸爸报告：一切正常，一切顺利，一切都好。爱丽丝回了一个微笑，尽管她注意到妈妈拔草时会因痛感而退缩，紧捂肋骨。

自从她去过图书馆，原有的生活就乱了套。那日，她回家后遭到爸爸一顿毒打，屁股被腰带抽得好几天都无法落座。他还把她的图书借阅卡折断，没收了借来的书，不过幸好爱丽丝早已坐下来读过一回了。爱丽丝深深地记住了有关海豹人和他们具有魔力的皮肤的故事，于她而言，这些故事甘之如饴。爱丽丝的伤好了，她只受过这一次惩罚，而妈妈却要继续忍受爸爸的暴戾与乖张。有几个夜晚，爱丽丝被爸妈房中传来的粗鲁的叫喊声吵醒，这难听的噪声让她麻木。在那些夜晚，她会躺在床上，双手捂住耳朵，想要逃入梦境，通常是在梦里和妈妈一道跑向海边，褪下外皮，跳入水中。她们一起漂浮在海里，只回头看一眼就潜入深处。她们留在岸上的外皮会变成压平的花朵，散落在成片的贝壳和海藻之中。

"爱丽丝，给。"妈妈又忍痛递给她一把杂草。爱丽丝的肌肤变得滚烫,她想让这个花园里永远都没有一根杂草,这样妈妈每日都可以沉浸在与花儿的秘密言语中,将盛开的花朵装满口袋。

"妈妈,这是什么?也算杂草吗?"妈妈并未回应。她像蝴蝶那样难以捉摸,时不时地把目光投向门前的车道或是能预报天气的乌云。

他们可算到了。

他大摇大摆地从驾驶座出来,手里的亚古巴帽[1]倒着甩在后背上。爱丽丝的妈妈起身迎接,膝盖还黏着泥,手里捏着一把蒲公英,它们的根随着他的凑近一吻不停地抖动。爱丽丝看向别处。心情好的爸爸散发着犹如从晴空落下的雨水的味道,你可能根本无法想象这样的画面。当爱丽丝与他对视时,他笑了。

"自从你那次逃跑,我们都经历了一段艰难的时光,是吧,小兔子?"爸爸一边蹲下,一边不让她瞧见他那顶上下颠倒的帽子。"不过我想,你已经从那次离家事件中吸取教训了吧。"

爱丽丝的胃里突然翻滚起来。

"我一直在想这件事,"他温和地说,"我觉得我们应该把你的图书借阅卡还你。"她忐忑不安地看着他。"要是你答应遵守我们的规定,我乐意去图书馆帮你借书。为了帮你信守诺言,我考虑给家里添个玩伴。"爸爸说这番话时没有看着爱丽丝,反倒打量着妈妈的神情。她站着没动,连眼睛都没眨一下,笑颜渐舒。爸爸转向爱丽丝,把帽子递给她。爱丽丝接过帽子,放在膝上。

帽子里面藏着一只黑白相间的小毛球。爱丽丝屏住呼吸。尽管这只小狗的眼睛还不太能睁开,但爱丽丝看到了和冬日的大海

---

[1] 一种宽檐帽,是澳大利亚民俗文化的代表。

一样的石蓝色。它坐起来,冲着爱丽丝一通乱吠,还蹭了她的鼻子。她欢喜地尖叫起来,问候她的第一个小伙伴。小家伙舔了舔她的脸颊。

"小兔儿,你打算给它取什么名字?"爸爸站起来问道。这下爱丽丝看不到他的表情了。

"托拜厄斯,"她取了这个名,"但我会叫它托比。"

爸爸开怀大笑,说道,"就叫托比了。"

"妈妈,你想抱抱它吗?"爱丽丝问道。妈妈点点头,伸手抱住了托比。

"噢,它真小,"她喊了句,无法掩饰她的惊讶,"克莱姆,你从哪儿得到它的?你确定它可以断奶了吗?"

爸爸眼神闪烁,面色阴沉下来。"当然可以,它已经够大了。"他一字一句地回答着,同时一把抓住托比的颈背,在它的呜咽声中丢给爱丽丝。

晚些时候,爱丽丝蜷缩在屋外妈妈的蕨圃中,紧紧地搂着小家伙,不想听见从屋内传来的声音。风穿过香甜的甘蔗园直抵大海,托比舔舐着她挂着泪珠的下巴。

爸爸的心情如季节交替般变化。在爸爸夺去了托比的听力后,爱丽丝忙于教它手势语。她长到了八岁,在家升入了三年级,读完了一叠距离图书馆归还日尚有两周的书。妈妈待在花园里的时间越来越多了,她总是在花间喃喃自语。

冬末某日,从海上来的阵阵狂风异常凶猛,爱丽丝担心自家的房子是否会被刮倒,就像寓言故事里会发生的那样。她和托比坐在门前的台阶上看着克莱姆把冲浪帆板从车库拉到院子里。

"小兔子,这是风速四十节的西北风,"他边说边加紧把东西装进卡车后部。"这很少见。"他掸去帆上的蜘蛛网。爱丽丝点了点头,双手揉着托比的耳朵。她知道这很少见,因为爸爸为乘风跨海做好准备的次数十分有限。她从未被允许与他同行。他发动了引擎。

"来吧,小兔子!我觉得我需要为今天的航行找一个好运护身符。赶紧的!"他从驾驶室的车窗探出身子喊道。虽然他那狂野的目光让她感到不自在,但是这份邀请给予她一股难以置信的喜悦之情,她欣然接受了。她奔向卧室,换好衣服,像箭似的从妈妈身边跑过并道了别,托比紧跟其后。伴随着引擎旋转的轰鸣声,车子从门前车道出发,向海湾疾驰。

爱丽丝的爸爸在沙滩上为自己系好装备,把帆板拖至水边。爱丽丝站在一旁,等到爸爸招呼她,她才一路踩着帆板在沙滩上划出的深沟走到海边。他把帆板推进海浪,尽力让帆在风中保持平稳,前臂上青筋暴起。爱丽丝的大腿都浸在海水中,她不知接下来会发生什么。爸爸已准备好跳上帆板,他冲着爱丽丝扬起眉毛,他的笑中透着不计后果的勇气。爱丽丝听见她的心跳声。他朝帆板点了点头。在海岸边溜达的托比不断地吼叫。她抬起手臂,举高手掌向他喊了句:要冷静。爸爸从来没有邀请过她。她不敢拒绝。

就在她跳跃着奔向爸爸时,她听到了妈妈的呼喊声。爱丽丝转身看见妈妈站在沙丘顶上，边喊爱丽丝边疯狂地挥动双臂，手里牢牢抓着爱丽丝的荧光橘色救生衣。她的呼喊渐渐地不再那么克制，变得慌乱起来。托比从岸边跑向她。爸爸在水里拍打着，像是有只虫子在他脸边嗡嗡叫似的，他想告诉妈妈不必担心。

"你都八岁了，用不着救生衣了。我八岁时已是自己王国的国王了！"他向她点头说道，"跳上来吧，我的兔儿。"

爱丽丝笑逐颜开。他的关心起着催眠诱导的作用。

他的双手放在她的腋窝下，强劲有力，一下子就把她拎到帆板前方。她迎风俯身，他也趴下，两人一起划入水中。银鱼在浅滩飞速穿梭。狂风下的海水刺得爱丽丝的眼睛生疼。她转身看了一眼在岸上的妈妈，在他们之间浩瀚大海的衬托下，她显得格外矮小。

帆板已行至蓝绿色浪峰之上，原本趴在板上的爸爸迅速跳起，脚尖顺势滑入脚套。爱丽丝的手掌紧紧抓住板沿。爸爸竖起帆，靠双腿极力保持平衡，小腿肚内的肌腱和肌肉颤动不止。

"坐在我的两脚间。"他命令道。她在板上一点一点地朝他挪动。"抓紧。"他继续说。她用手臂抱着他的腿。

有一个间歇，万物静止，目之所及处一片海蓝。紧接着，呼呼，风吹鼓了帆，还溅了爱丽丝一脸咸海水。大海散发着无比的魅力。他们在浪间滑行，以之字形越过海湾。爱丽丝后仰脑袋，合上双眼，感受阳光洒在肌肤上的温暖，浪花拍打面颊的愉悦和海风抚过长发的飘逸。

"爱丽丝，快看。"爸爸喊道。一群海豚在他们附近呈弧形行进。爱丽丝欣喜地喊叫起来，她想到了那本写海豹人的书。"站起来看得更清楚。"爸爸提议。爱丽丝抓他的腿借力，摇晃着起身，被漂亮的海豚迷住。它们平静自在地在海中滑行。她试着放手,凭借自身重量维持平衡。她模仿海豚的动作,双臂舒展,腰打着圈,手腕摇摆。爸爸兴高采烈地向海风呼喊。他脸上发自内心的快乐让爱丽丝感到头昏眼花。

他们划出了海湾,进入一道海峡,那儿有一艘游船驶往城里的港口。照相机的闪光灯朝他们的方向亮了一下。爸爸挥手示意。

"为他们再表演一次呼拉[1],"爸爸鼓励着爱丽丝,"爱丽丝,他们在看我们。再跳一次。就是现在。"

爱丽丝不知道呼拉的含义,她猜想,这是指刚才跳的海豚舞吗?他言语中透着的急切感也让她不解。她扫了一眼前方,再回头看着他。爸爸脸上闪过的阴沉告诉她这一瞬的迟疑是个错误。她想补回浪费的时间,赶忙爬到板的前端,还没站稳就开始转腰、转腕。但已经迟了。游船已转向背对他们,照相机向另一个方向闪烁着。爱丽丝侥幸地一笑,祈祷爸爸没有生气。她的膝盖颤颤巍巍,她偷偷看了一眼爸爸,但他的下巴纹丝未动。

他迅速转动了风帆,此时爱丽丝几乎失去了平衡。阳光耀眼而猛烈,刺痛了她的肌肤。她蹲在板上,抓着两边。在他们穿越海峡返航海湾之时,大风传来了妈妈不懈的呼喊。深绿色的海浪来势汹汹。爸爸一言不发。她侧身朝他挪动。她再次蜷缩在爸爸的双腿之间,抱住他的小腿肚,她感觉到里面的肌肉在抽搐。她抬头看去,只见一张面无表情的脸。爱丽丝忍住不落泪。她知道搞砸了。她的手抓得更紧了。

"爸爸,对不起。"她小声道歉。

背上突然袭来一阵重压。她头朝下掉入海中,在被海浪吞没

---

[1] 指呼拉舞,或称草裙舞。

时哭喊。她扑腾着浮上水面，尖叫，猛咳，想把涌入肺里的具有灼烧感的海水吐出来。她奋力踢腿，高举双臂，摆出妈妈教过她的卷入巨澜后要做的动作。爸爸在不远处平稳滑行，盯着她看，脸色如浪尖般苍白。爱丽丝踢腿踩水。爸爸迅速调转风帆。他折回来了。爱丽丝抽噎着，如释重负。不料，爸爸竟扬帆远离了她，她简直不敢相信，不再踢腿。她开始下沉，海水渐渐没到她的鼻子。这时，爱丽丝胡乱拍打，拼命踢腿，竭尽全力不被海浪吞噬。

在水中上下摇晃的爱丽丝瞥见浪花里的妈妈。她纵身跃入海中，急速前进。阿格尼丝的出现给予爱丽丝一股力量。爱丽丝不断踢腿和划水，直至她感知到水温的细微变化，这意味着她已接近浅滩。在一阵飞溅的水花中，妈妈够到并紧紧抓住爱丽丝，如同抓着一件救生衣。等到她们确定脚已扎扎实实地踩到沙子时，爱丽丝终于站起来呕吐，发出阵阵低沉又虚渺的声音。她已耗尽四肢气力。她喘息着恢复呼吸。妈妈目光呆滞，像一块玻璃似的。她把爱丽丝抱到岸边，用入海前脱下的裙子包裹爱丽丝的身体。她一直轻轻摇晃着怀里的爱丽丝，直到爱丽丝停止抽泣。托比的嗓子已喊得沙哑，它在舔舐爱丽丝的脸颊时轻声啜泣。爱丽丝虚弱地拍拍它。妈妈见她开始发抖，便抱她回家。她什么也没说。

在她们离开沙滩前，爱丽丝回头看了一眼妈妈先前发疯似地留在岸边的脚印。而在远处的大海中，爸爸仍在兴高采烈地乘风破浪。

谁也没再提起过那天发生的事情。此后，克莱姆每次从甘蔗园回来后都不踏进房门,而是用一贯的方式减轻自己的罪恶感,也就是躲在木棚里。每当用餐时,他都是一副冷冰冰的样子,刻意保持着疏远和客气。在他身边的感觉就像是在风雨天里毫无遮蔽地站在室外,一切只能看天意,不知道什么时候会被淋得湿透。有好几个星期,爱丽丝的手心一直在出汗,她渴望妈妈带着自己和托比逃到妈妈故事里的那些地方,去被白糖似的冰雪覆盖的大地,去古老而又熠熠生辉的水上之城。日子过去了好几个月,夏日的炎热渐渐褪去,秋天的气息悄然而至。其间,爸爸心中的潮水风平浪静,他没有再次发作,去做冲动的事情,而是为她打造了一张书桌。爱丽丝开始琢磨着,或许爸爸已经在她目睹海水变为深绿色的那一日,把暴躁的一面丢弃在苍茫的大海中了。

在一个晴朗的早晨,爸爸在早餐时宣布他必须在本周末前往南边的城市买一辆新的拖拉机。他将错过爱丽丝的九岁生日。这无法避免。妈妈点头,站着清理桌子。爱丽丝的腿在椅子下方前后晃荡,她在消化这则消息时用头发遮住了脸。她,妈妈,还有托比,她们将一起度过一个完整的周末。没有爸爸。平和宁静。这是她期望得到的最好的生日礼物。

在他离开的早上,她们全都出来挥手送别,就连托比也坐着静待车后扬起的尘土消失。妈妈凝视着空荡荡的车道。

"好了,"她拉着爱丽丝的手说道,"小兔儿,这个周末是属于你的。你想做什么呀?"

"什么都想!"爱丽丝咧嘴大笑。

她们的周末从听音乐开始。妈妈翻出了旧唱片,爱丽丝闭上眼睛,跟着音乐摇摆。

"假如你想吃什么就有什么,中午想吃什么?"妈妈问道。

爱丽丝拖了一张餐椅到厨房台子边,站上去就和妈妈一样高了。她要帮妈妈做澳新军团饼干[1],外层松脆,内部填满金黄糖浆,嚼劲十足,是她最喜爱的口感。爱丽丝生吃了过半的面糊,还用木勺与托比分享美味。

饼干在烘烤时,爱丽丝坐在妈妈的脚边,由她梳头。梳子一下接着一下在爱丽丝的头皮抚过,节奏缓若双翼在振翅飞翔。妈妈数到一百下,随后前倾身子在爱丽丝耳边轻柔地问了一个问题。爱丽丝激动地点头同意。妈妈离开房间,过了一会儿才回来。她让爱丽丝闭上眼睛。爱丽丝露齿而笑,享受着妈妈的手指穿过发丝的感觉。妈妈完成后,牵着爱丽丝走进屋子。

"好了,小兔儿。睁开吧。"她的声音里带着笑意。

爱丽丝没有立马照做,直到她再多一秒都熬不住的时候才睁开了眼睛,镜中的自己令她惊喜万分。她的头上缠绕着一个火橘色的用沙滩芙蓉制成的皇冠。她都快认不出自己了。

"生日快乐,小兔子。"妈妈的声音颤抖起来。爱丽丝拉住了她的手。她们站在镜前,听到豆大的雨滴急落在屋顶。妈妈赶紧起身向窗户走去。

"妈妈,这是什么?"

阿格尼丝抽噎了一会儿,抹去眼泪。"小兔儿,跟我来,"她说,"我有东西给你看。"

---

[1] 一种流行于澳大利亚和新西兰的饼干,与一战时期的澳新军团有渊源。

她们站在后门等待云团散去。银色的光线穿透紫罗兰色的天空。爱丽丝跟随妈妈走入雨后光彩夺目的花园，来到一片新种的灌木旁。爱丽丝上一次看到它时，它还全是鲜亮的绿叶，可现在，它在雨后开满了芬芳的白花。爱丽丝困惑不解地观察它们。

"我想你会喜欢它们的。"妈妈说。

"这是魔法吗？"爱丽丝伸手抚摸了一片花瓣。

"是最厉害的魔法，"妈妈点头说道，"花之魔法。"

爱丽丝弯下腰，尽力贴近灌木。"妈妈，它们叫什么？"

"风雨兰。它们只有在骤雨之后才会开放，就和你出生的那晚一样。"爱丽丝俯身，仔细端详。它们完全盛开，让爱丽丝一览无余。

"要是没有雨，它们便不存在了吗？"爱丽丝直起身子询问。妈妈细细想了一会儿才点头。

"在生你的那个晚上，我坐在你爸爸的卡车后座，它们就长在路边。我记得它们在暴风雨中盛开的样子。"妈妈看向别处，但在她的眼眶中打转的泪水没能逃过爱丽丝的眼睛。

"爱丽丝，"妈妈又挑起话题，"我在这里种植风雨兰是有原因的。"

爱丽丝点头。

"风雨兰是希望的象征，就像那句俗话说的，苦尽甘来。"妈妈把手放在肚子上。

爱丽丝点头，不过还是没有明白妈妈说的意思。

"小兔儿，我又有宝宝了。你将有一个小弟弟或是小妹妹来到世上，你要照顾他，陪他玩耍。"妈妈把摘下的一朵风雨兰插入爱丽丝的辫尾。爱丽丝低头望着它正在颤抖的花蕊，完全敞开，十分脆弱。

"这难道不是一个好消息吗？"妈妈问。爱丽丝在妈妈的眼睛里看见了风雨兰。"爱丽丝？"

她把脸埋在妈妈的颈部，紧闭双眼，闻着妈妈的体香，极力忍住不哭。得知有一种魔法能够在暴风雨之后变出鲜花和宝宝让爱丽丝被恐惧填满，她害怕爸爸会伤害更多她的世界里的珍宝。

这一晚天气多变，又一场暴风雨肆虐而过。第二日清晨，爱丽丝和托比醒来时大雨如注，猛烈击打门窗。爱丽丝打着哈欠在屋里乱走，心里惦记着松饼。她试着不去数距离爸爸晚上回家还有几小时。她走到厨房，里面一片漆黑。她觉得有些奇怪，胡乱摸找电灯开关，按了一下。厨房里空无一人，冷冷清清。她跑去爸妈的卧室，过了好几秒，才逐渐适应了眼前的黑暗。爱丽丝发现妈妈不在房里，跑出去呼唤她，一下就湿透了。托比也跟着叫。倾盆大雨中，爱丽丝隐约看见妈妈的棉裙穿过前院的滨藜后消失，那是通往大海的方向。

爱丽丝赶到海边时，妈妈已经把衣服留在沙滩上了。尽管雨势并未减弱，能见度极低，爱丽丝还是在水里发现了妈妈的身影。她已经游出去很远了，看起来不过是浪花里的一个白点。她在水里沉浮，如同必须打赢一场仗般逆风前进，划出一道弧线。过了许久，她漂回浅滩，因大海将她推至岸边而疯狂地尖叫。

爱丽丝用妈妈的衣服包裹自己的肩膀，不停呼喊着她的名字，直到精疲力竭。阿格尼丝似乎没有听见她的呼喊。她赤身裸体地从沙里站起来,面容憔悴,气喘吁吁。爱丽丝见到赤裸的妈妈,不知道要说什么。雨水打在她们身上。托比狂吠着,来回跑动。爱丽丝的目光根本无法从妈妈的身上移开。她的孕肚比爱丽丝想象的还要大,除了肚子,满身淤青,锁骨、手臂、肋骨、臀部和大腿上全都有,好比海地衣覆盖着岩石。爱丽丝一直以为在这段时间里爸爸没有被狂暴的情绪控制过,这可真是大错特错。

"妈妈。"爱丽丝开始哭泣。她想抹去脸上的泪水和雨水,却是一场徒劳。她的牙齿在恐惧和激动中打颤。"我怕你不回来了。"

妈妈直勾勾地看着她,双眼又大又黑,上面的睫毛黏在一起。她一动不动,就这么盯了好长时间。后来,她眨了眼,开了口。

"我知道你很担心我。对不起。"她取下爱丽丝肩上的衣服,穿在湿漉漉的身上。"走吧,小兔儿,"她说,"我们回家。"阿格尼丝牵起爱丽丝的手,她们踩着沙,在雨中同行归家。无论她颤抖得多么厉害,爱丽丝都没有松开手。

数周过后,就在爱丽丝读到凤凰鸟的那个午后之前,她和妈妈在花园里播种豌豆和南瓜,看见浓烟升起。

"小兔儿,别担心。"妈妈告诉她。她的手也没停下,还在往菜地上盖新土。"某个农场在进行可控焚烧。"

"可控焚烧?"

"世界各地的人们都把火运用到园艺栽培上。"妈妈向她解释。爱丽丝坐在地上翻土,拔去上面的杂草,心里想着妈妈说的话,半信半疑。"是真的。"妈妈靠在耙上点头。"人们会烧掉无用的花木，给其他植物腾出地方生长。可控焚烧也降低了野火的风险。"

爱丽丝环抱双膝。"也就是说放一场小火可以避免大火的发生？"她问道，同时想起了书桌上那本借来的魔法书，里面提到青蛙变为王子，女孩变为小鸟，狮子变为羔羊。"就像魔法一样？"

妈妈在新土上放了一排排种子。"是啊，我想就是这样吧。有点像变一物为另一物的魔法。有些花和种子甚至需要火烧才能开裂和生长，例如兰花和沙漠木麻黄之类。"她把手擦干净，撩开了前额的头发说道，"你是个聪明的女孩。"这一回她的双眼也泛着笑意。不一会儿，妈妈就继续干活播种了。

爱丽丝也重拾自己的活儿，不过她一直用眼角的余光看着妈妈，看着午后的阳光洒在她的背上，看着她期盼新生命从零开始成长。妈妈环顾这个家，见到木棚就变了脸色。爱丽丝见状立马明白自己必须找到正确的魔法，在恰当的季节放一把刚刚好的火，让爸爸从此彻底改变。

04

花 语

悼念你的离开

## 蓝针花
Brunonia australis

澳大利亚全境

在林地、疏林和沙质平原生长的多年生植物。花通常在春季开放,花色呈中度至深度蓝色,半球形的花序簇生于较高的地上茎上。较难定植。或仅数年便亡。

爱丽丝，你能听见我说话吗？我在这里。

这个声音很轻柔。

她在有意识和无意识之间来回游走，只能抓住几个清醒的瞬间来感知周围的情况：杀菌剂和消毒剂的刺鼻气味、房间的墙壁被粉刷成纯白色、玫瑰的芳香、扎人的硬床单、身边传来有节奏的嘟嘟声、地板和鞋子吱吱作响，还有这个声音，这个轻柔的声音。

爱丽丝，你并不孤单，我在这里陪你。我来给你讲一个故事。

她很想说话，可舌头变厚了。她使劲想要回复那个声音，想要凑近玫瑰的香味，可她很快又昏睡过去，四肢沉重，记忆破碎。

虚幻从四面八方挤压爱丽丝，一束稀疏的琥珀色灯光穿射进来。她朝灯光缓缓移动。她的脚底愈加沉重，仿佛在海中游完泳后触到浅滩的沙底。她意识到自己躺在沙滩上，但有些不对劲。铺满银绿色海藻的沙丘在燃烧，在冒烟。沙子是炭黑色的，大海却消失不见了，爱丽丝从未见过水位如此之低的潮水。她在壳体发黑的死寄居蟹和已成焦炭色且裂开的蛤蜊堆中踢腿。灰烬漂浮，犹如片状星云，她的睫毛上也堆积着一团团咸灰。远处的低潮在昏暗的天色下闪烁着橙色的火光。空气燥热难闻。

我在这里，爱丽丝。

热泪灼烧着她的双颊。

爱丽丝，我来给你讲一个故事。

爱丽丝在搜寻变黑的海岸线，嘴里充斥着一股苦味。她在转向大海前就已觉察到皮肤火辣辣的。

在远处微微发亮的几团余火燃成熊熊烈焰。炽热的海浪反复卷起，像一群愤怒的野兽在狂奔。就连呼吸都会痛。一片火海轰隆隆地朝着黑沙滩上的她席卷而来。

高耸的热浪灼伤了她的脸。除了玫瑰的香气，她什么也闻不到了。

浪花一个接一个地翻滚，向她疾冲时不断积聚能量。她努力爬开，却陷入软沙中动弹不得。爱丽丝被困住了，她翻了个身，眼见像一堵旋转的火焰墙一般的火海冲她滚来却又无可奈何。她的体内汇聚起一股气，不过，在她做了一次深呼吸后，从肺部喷涌而出的气体变为小白花的无声尖叫。

她漂浮于红黄交织的火焰之上。在她看来，眼前的大海根本不是由海水组成的，而是一团团火焰。它在她周围涌动，不断变幻着颜色，一会儿是湖绿色，一会儿是紫罗兰色，一会儿是橘红色。她的身体浸入其中，她的十指穿过这些色彩。

房间很暗。令人发痒的被单很紧。她的鼻孔和眼睛因过于刺鼻的气味变得难受。她还无力翻身,只见一道道光束变身为一条条粗壮的火蛇,盘绕着她的身体,并在抽紧时燃烧。她咳得厉害,肺部为了呼吸猛烈收缩。恐惧使她哑言失声。

爱丽丝,你能听见我说话吗?我在这里。

她已灵魂出窍,旁观火蛇吞噬她的身体。

只要听我说就行了。

萨莉大声读完了最后一页,合上了置于双腿上的书。萨莉坐在病床背后的椅子上,她不忍心直视爱丽丝苍白的皮肤和伤痕。和两年前萨莉第一次遇见她时相比,爱丽丝的变化太大了。那是一个炎热的夏日,来到图书馆的爱丽丝穿着睡衣,满身泥垢,无人照看,但生机勃勃,如梦如幻。而现在,她死气沉沉地躺在病床上,撒满枕头的长发垂在床沿两边,好似从萨莉手里的书中走出的人物。

"你能听见我说话吗,爱丽丝?"她又重复了一遍,"爱丽丝,我在这里。只要听我说就行了。"她察看了爱丽丝的脸庞和放在床单外的手臂,尝试捕捉最细微的活动。在她身边发出嘟嘟声和呼呼声的各类仪器帮助爱丽丝维持着呼吸,除了胸腔的起伏外,她没有任何动作。她的下巴松弛,脸颊右下方青肿,插着输氧管的嘴巴变为塌陷的O型。

有一个想法像贪食蛇那样在萨莉脑中萦绕,挥之不去。在爱丽丝独自步行至图书馆的那天,她本不该让爱丽丝离开自己的视线半步。这个想法背后有一个更为隐秘、深层和残酷的事实。她本该把爱丽丝藏在车内，载她回自己的家，这样一来，她就能为爱丽丝做一顿热餐，为爱丽丝洗澡，让她远离克莱姆·哈特。想到这些，萨莉拭去眼泪。

萨莉因后悔而抽搐，她突然站起，在爱丽丝的床尾来回踱步。

萨莉本不该听从约翰所谓的她不具备合法权利的说法。她本不该听信约翰转达她的故事：警局在接到萨莉从图书馆打来的电话后派了一辆巡逻车到哈特家。阿格尼丝接待两位警员进门，用茶水和司康饼来招待他们。显然，他们等到克莱姆回家。爱丽丝是个淘气的孩子，他这么说。没有什么大不了。为了约翰，萨莉尽了最大的努力不再去想这件事。可她控制不了自己见到爱丽丝时的感觉，因为萨莉设想过的一切都在爱丽丝身上应验了。差不多在爱丽丝离开图书馆的一个月后，克莱姆拿着那本有关海豹人的书和用胶带拼起的爱丽丝的图书借阅卡，厚颜无耻地走进了图书馆的大门，俨然一副拥有一切权利的模样。萨莉躲在一架书后面，由别人为他服务。他走之后，她抖得厉害，请了病假回家。萨莉冲了个凉，灌下半瓶威士忌，依然无法平静。他总是会对她造成这样的影响。他是她埋藏在心底最深处的秘密。

几年后的现下，城里的每一个人都在议论克莱姆·哈特，说他是一个富有魅力的农夫，家里关着美丽的妻子和古怪的女儿，有如一则暗黑童话故事。有人疾呼，太可悲。有人回避目光，评价道，真幼稚。

心率监控器连续作响。萨莉停下脚步。爱丽丝紧闭的眼睑上有几条血管，它们在透光的皮肤下像细小的紫罗兰色的小溪般流淌。萨莉用双臂环抱自己。自从吉莉恩离世以来，她在图书馆遇见过几十个孩子，唯独爱丽丝·哈特使她心神不宁。这当然不是巧合，关键在于她是克莱姆·哈特的女儿。有天晚上，约翰从前门进来告知萨莉那场大火。自那时起，她每日都去医院为爱丽丝朗读。与此同时，警察和福利机构在外相聚商议，爱丽丝的命运掌握在他们手中。萨莉确保自己的声音是柔软的、清晰的、有力的，因为她希望无论爱丽丝的灵魂在体内何处都能听见她的声音。

门打开了。

"嗨，小萨。我们的小斗士今天如何了？"

"不错，布鲁克。真的不错。"

布鲁克看过了爱丽丝的各项记录表，检查了她在打的点滴，笑着为她量体温。"你让她的房间充满了玫瑰的香味。我想你可能是我认识的唯一一个只用同一种香水的人。"

这份老交情里的温暖和熟悉给萨莉带来了安慰，她笑了。可是，她的脑子里全是仪器发出的声响。萨莉再也忍受不了了，她开始和布鲁克闲聊起来。

"她今天很棒。真的很棒。她喜欢童话故事。"萨莉用颤抖的双手拾起刚才读的那本书。"不过，谁会不喜欢呢？"

"是啊。谁不喜欢完美的结局呢？"布鲁克笑着附和。

萨莉的笑容僵住了。她比任何人都清楚完美的结局并不总是表面上看起来的那样。

布鲁克仔细地观察她。"我懂你，小萨，"她温柔地说，"我懂这对你来说有多艰难。"

萨莉用衣袖擦拭鼻涕。

"这些年来我都没有醒悟过来，"她说，"我本来是可以救她的。我本来可以为她做些什么。你看看她现在的模样。"她的下巴不受控制地抖着。"我真傻。"

"不是这样的,"布鲁克摇头说道,"在我看来并非如此。我不想再听到你这样说自己了,你听见了吗?上帝让阿格尼丝·哈特这个可怜的灵魂安息吧。假如我是她,我会万分感谢你的付出,你有着宽阔的胸怀,每天都怀揣着爱心来这里陪伴爱丽丝,为她读故事。"

听到阿格尼丝的名字,萨莉心中一阵绞痛。过去几年,她曾见过她几次。有两次阿格尼丝坐在克莱姆卡车的客座上在城里穿行。有一次阿格尼丝排在邮局的队伍里。她是一个纤瘦的女人,有点憔悴,就像会直接在你眼前消失一样。萨莉排在她身后,看到她纤弱的肩膀,难以接受。她能为阿格尼丝做的只有在医院照顾爱丽丝了,所以她陪伴在侧。

"她根本就听不到我说话。"萨莉瘫坐在椅子上,眼里发酸。

"胡说,"布鲁克哼着鼻子表示,"我知道你不相信,但我有把握让你宽心。"她亲切地碰了碰萨莉。"你每一天的陪伴都在帮助她恢复。你知道的。她的体温持续下降,肺部也变得越来越干净。我们留意着她的脑水肿,不过一切正常。如果她照这个速度好转,那么本周末她就能出院了。"

萨莉皱眉。布鲁克误解了她眼里的泪水,给了她一个大大的拥抱。

"我了解你。关于她奶奶的消息真是再好不过了,不是吗?"布鲁克紧抱她一下后挺直了身板。

"奶奶?"萨莉反问,此时双腿变得麻木。

"社会福利机构找到爱丽丝的奶奶了。"

"什么?"她勉强嘀咕了一声。

"在一个不知道是哪里的农场里头种花,我觉得是内陆的某个地方。我猜务农是他们家的传统。"

萨莉止不住地点头。

"我认为应该是约翰打电话给她,请她安排一切的。他没告诉你这个消息吗?"

萨莉从椅子上跳起,匆忙拿走自己的东西。布鲁克谨慎地朝她挪了一步,坚定地伸出双手。萨莉摇头,朝门走去。

"噢,小萨。"布鲁克的神色说明她弄明白了。

萨莉打开门,冲出过道,离开了这家夺走她生命中最爱的两个孩子的医院。

爱丽丝摇摆在平静的虚无之中。无海,无火,无蛇,无声。在期待中,她的皮肤有刺痛感。附近有空气的涌动和振翅的声音。拍一下,再拍一下,俯冲;向上飞,再向上飞,远走。

一片燃烧的羽毛留下一道微光,示意她跟随。

爱丽丝无所畏惧地跟上了。

## 05

花 语

泪水

**彩绘羽毛花**
Verticordia picta

澳大利亚西南部

小至中型灌木,粉色杯状花朵,气味香甜。
繁茂,色泽明艳,花期较长。
一旦定植,仅可存活约十年。

我在——这里。我在——这里。我在——这里。

爱丽丝聆听内心，她只知晓这一个让自己平心静气的法子。不过这个方法不是总能奏效。有时候耳听比目睹更加可怕，比如听见妈妈的身体砰砰地撞击墙面发出的沉闷声，又如听见爸爸对妈妈施暴时几近无声的微小呼气声。

她睁开双眼，用力呼吸，环顾四周以寻求帮助。在她梦里讲故事的人去哪里了？房间里只有她独身一人，仪器在她身侧疯狂地发出嘟嘟声。恐惧刺痛着她的肌肤。

一个女人冲了进来。"没事的，爱丽丝。我扶你坐起来，这样呼吸更为顺畅些。"这个女人伸出援手，还在她身后的墙上按了一下某个按钮。"不要惊慌。"

爱丽丝病床的上半部分逐渐升起，待她坐直后停下。她胸口的痛感渐渐减轻。

"舒服点了吗？"

爱丽丝点头。

"乖孩子。尽你最大的能力做深呼吸。"

爱丽丝用力大口呼吸，想让心率放缓。这个女人靠在床边，两根手指轻轻地搭在爱丽丝的手腕上，同时看着夹在上衣的一块小表计时。

"我叫布鲁克，"她和蔼可亲地说道，"我是照看你的护士。"

她盯着爱丽丝,并眨了一下眼睛。她笑起来有两个深深的酒窝。蓝色和紫色的眼影在她的眼皮里闪闪发光,好似爱丽丝曾见过的如峭壁般的牡蛎壳内侧光彩闪烁的样子。嘟嘟声慢下来了。布鲁克放开了她的手腕。

"你有什么需要吗?"

爱丽丝想要一杯水,但她说不出来,于是做了一个喝水的手势。

"没问题。宝贝,我一会儿就回来。"

布鲁克出去了。仪器仍叫个不停。这个四壁通白的房间里面十分嘈杂,混有各种奇怪的声音,有远处的砰砰声,有或急或缓的静电声,有开门关门的呼呼声,有跑步或漫步发出的吱吱声。爱丽丝的心跳加剧,心脏又开始撞击肋骨。她闭上双眼,尝试用呼吸放慢心跳,可过于用力的深呼吸弄疼了她。她想喊人来陪伴,来帮忙,可嗓音如同水汽般消散。她的双唇裂开,眼鼻发红。满脑子的疑问压得她喘不过气。她的家人在哪里?她何时可以回家?她再次尝试说话,可还是发不出声。她的脑中有一个挥之不去的画面:在一片火海之中,一群白色的蛾子从她的嘴里飞出。这是记忆吗?这是真实发生的事吗?还是说,这只是一个梦?如果是梦,那这能说明她只是沉睡一场吗?她又昏睡了多久呢?

"爱丽丝,放轻松。"布鲁克赶回房间时说道。她把手里端着的一壶茶和一个杯子放妥后一手扶着爱丽丝,一手抹去她脸上的泪珠。"宝贝,我知道你醒来之后会觉得很震惊。但你现在十分安全。我们会好好照顾你的。"爱丽丝望着布鲁克那双犹如珍珠母的眼睛。她很想相信她。"医生马上就到了。"布鲁克的拇指在爱丽丝的手上缓慢地揉圈。"她人很好。"她看到爱丽丝的表情后又补了一句。

不一会儿,一个穿着白大褂的女人走进了爱丽丝的房间。她又高又瘦,银色长发在脸上掠过。她让爱丽丝想起了海藻。

"爱丽丝,我是哈里斯医生。"她站在床尾,浏览夹板上夹着的几张病历纸。"见你醒来真是太棒了。你是个十分勇敢的女孩。"

哈里斯医生沿着床边走过来,打开从口袋里掏出的一个小手电筒,来回照射爱丽丝的双眼。爱丽丝本能地眯起眼睛,转过头去。

"抱歉,我知道这很不舒服。"医生把冰冷的听诊器按在爱丽丝胸口,仔细听。她会听见里面的问题吗?她会突然抬头告诉爱丽丝那些连她自己都不清楚是否真的想听到的答案吗?充满恐惧的几个小洞在她肚子里扩张。

哈里斯医生取下佩戴着的听诊器。她和布鲁克小声说了几句,并递给她夹板。布鲁克把夹板挂在床尾,关上了房门。

"爱丽丝,我要讲述你是如何来到这里的,可以吗?"

爱丽丝望向布鲁克。她的眼神凝重。爱丽丝又看着哈里斯医生,慢慢点头。

"乖孩子。"哈里斯医生的笑很短暂。"爱丽丝,"她开始讲述,摆出祷告的手势,"你家里失火了,你在火场中被发现,警方还在调查究竟发生了什么,最重要的是你安全得救了,而且现在恢复得非常不错。"

她停顿了一下,房间里突然安静得可怕。

"我必须非常遗憾地告诉你,爱丽丝。"哈里斯医生的双眼深邃,有些湿润。"你的父母都没从这场灾难中生还。这里的所有人都关心你的健康,我们会在你的奶奶到来之前一直照顾你……"

爱丽丝的耳朵罢工了,她听不到哈里斯医生后面说了什么内容,也没再听见奶奶这个词。她脑子里只有妈妈。想念她充满了光亮的眼睛。想念她在花园里哼的带有令人难忘的忧愁的小曲儿。想念她转动柔软的腰身,想念她装满花的口袋,想念她早晨带有奶香的温暖呼吸。想念在烈日下躺在清凉的沙滩上,窝在她怀中感受她呼吸时胸腔的起伏,心跳的节律,以及讲故事的声音,那声音能将她俩编织进一个温暖且神奇的茧。小兔儿,你是我的真爱,你能将我从诅咒中唤醒。你是我的童话故事。

"我下次查房时再来看你。"哈里斯医生说完看了一眼布鲁克,便离开了房间。

布鲁克还站在爱丽丝的床尾,面色阴沉。爱丽丝的腰部有一个小洞在燃烧。布鲁克听不到吗?狂怒的嘶嘶声像火一样咆哮,它会吞噬体内的一切吗?这个问题萦绕在她心头。它钩住爱丽丝,一点一点地撕扯她。

她做了什么?

布鲁克来到她床边,倒了一杯浅色果汁递给爱丽丝。起初,她想让布鲁克喂她慢慢喝,可尝到凉凉的甜味后她立马仰头猛咽。凉意直抵胃部。她喘着气,举起杯子还想喝。

"别急。"布鲁克又倒了一些,但有些迟疑。

爱丽丝喝得太快,果汁从下巴滴落。她打了几个嗝,再次举起杯子想喝更多。还要。还要。她在布鲁克面前晃动杯子。

"最后一杯。"

爱丽丝吞下最后一口时都快满出来了。她颤抖着放下杯子。布鲁克抓了一个呕吐袋,赶紧打开,及时接住了爱丽丝吐出的果汁。她倒在枕头上喘息。

"好了,"布鲁克抚着爱丽丝的背说,"不错,很稳。乖孩子。

每次吸一口。"

爱丽丝根本不想再呼吸了。

爱丽丝睡睡醒醒。梦中的火让她出了一身冷汗。醒来后，她感到心脏无比火热，甚至可能会融化胸腔。她在锁骨上疯狂地挠痒，直到抓出血才停手。布鲁克每隔几日就会帮她剪指甲，但这阻止不了她每晚到处乱挠，最终布鲁克只能在她睡前为她套上毛茸茸的手套。她的嗓子依旧发不出声音。爱丽丝的声音像低潮里的咸水坑一样蒸发了。

不断有新的护士来看望她，她们穿着不同于布鲁克的围裙。有人会陪她在医院散步，向她解释长期昏迷后肌肉会有些萎缩，她需要记住如何锻炼肌肉。她们教她可以在床上和病房里做的恢复练习。有人会过来和她谈天聊感受。她们会带上图画卡片和玩具。爱丽丝再也没在梦里听见讲故事的那个声音了。她变得更加虚弱，肌肤皲裂。她想象心脏的干裂从边缘向内蔓延，因缺水而枯萎。每晚她都与火浪作斗争。多数情况下，她就躺在床上，凝视着窗外变幻的天空等候布鲁克的到来，尽量不去回忆，不去提问。布鲁克拥有最美丽的眼睛。

时光流逝。爱丽丝就像成了哑巴一样。布鲁克体贴有加，可爱丽丝每餐都只能吃一点。那些未解的疑问填满了她的身体，其中有一个问题最让她感到害怕。

她做了什么？

虽然她不怎么进食，但她会喝下一壶又一壶的甜果汁和水，可这也无法洗去烟尘和悲痛。

不久,风暴云似的深紫色的斑点在她眼下显现。护理人员每日扶她在太阳底下散步两次,不过她每次只能承受一会儿刺目的阳光。哈里斯医生又来探望并告知她,倘若她再吃不下东西,她们就得通过管子喂食了。爱丽丝让她们插了管子,因为这点痛比起未解的疑问根本算不了什么。她的体内已经被疑惑填满,没有什么好在意的了。

某天早上,布鲁克穿着一双粉色橡胶鞋嘎吱嘎吱地进了爱丽丝的病房,她的眼睛如同夏日的大海般闪闪发亮。她背在身后的手里藏了东西。爱丽丝略有兴致地看着她。

"有个东西寄到啦,"布鲁克笑嘻嘻地说,"是寄给你的。"爱丽丝的一根眉毛挑了起来。

布鲁克模仿了击鼓声。

"嗒哒!"

她的手里有一个用鲜艳彩绳绑起来的盒子。爱丽丝在床上撑起来,身体因些许好奇而兴奋。

"今天早上我刚换班就在护士站看到它了。上面什么都没写,只贴了你的名字。"布鲁克眨着眼睛把盒子放在爱丽丝的腿上。盒子很重,令人感到高兴。

爱丽丝解开绳结,打开盖子,看见厚厚的纸巾里包裹着一摞书。它们的书脊朝上,如同妈妈花园里的花儿仰面沐浴阳光。她的指尖划过每一个书名,她认得其中一本书,不禁哽咽。这是她从图书馆借阅的第一本书，讲海豹人的。她突然有了一股把盒子翻过来的力量，里面的书都四散在腿上。她满心欢喜地叹了口气，把它们全都搅入怀中。她快速翻着书，闻着纸墨的霉味。她被眼前有关盐和渴望的故事深深吸引。当她听见布鲁克的鞋子在门外的油毛毯上发出的嘎吱声时，她才惊讶地抬头，发觉自己没注意到她在何时离开。

稍后，布鲁克轻轻地将一张餐桌推到爱丽丝的床边，上面堆满了丰富多彩的菜肴：一瓶酸奶，一份水果沙拉，一块去皮的芝士蔬菜沙拉三明治，一小盘油盐发亮的脆薯片，边上还有一盒杏仁葡萄干和一罐带吸管的凉麦芽牛奶。

爱丽丝与布鲁克对视。不一会儿，她就点头了。

"乖孩子。"布鲁克说着固定好餐桌的轮子，随后离开房间。

爱丽丝把那本有关海豹人的书放在身旁，翻动其他书籍，从中挑选了一本。她打开封皮，听见书脊裂开的声音高兴地抖了抖身子。她拿起一块三明治，闭上眼睛，咬了一口新鲜酥软的面包。爱丽丝记不起最后一次吃到如此美味的食物是什么时候了。三明治里有柔滑的咸黄油和浓芝士，还有爽脆的生菜、香甜的胡萝卜和多汁的西红柿。爱丽丝饿极了，把剩下的全塞进嘴里，可面包片和胡萝卜都满出来了，她只能一点一点地咀嚼。

爱丽丝吸了几口牛奶帮助吞咽，还打了个饱嗝，心满意足地笑了。吃饱喝足后，她把注意力集中在书本上。尽管她确信自己没有读过这本书，但她不知为何知道里面的故事。她用指尖抚摸着压纹封面，上面有一个美丽的女孩在沉睡，手里握着一枝带刺的玫瑰。翌日，她差不多快读完《睡美人》时瞥见布鲁克和哈里斯医生同两位陌生女士在门外徘徊。一位身着西装，戴着一副厚重的方形眼镜,唇彩鲜艳。她的怀里揣着一个装满纸的文件夹。另一位身着卡其色带扣衬衫、同色裤子和结实的棕色靴子,和爸爸工作时的装扮一致。她的头发显得有些花白。只要她一动就会发出小铃铛的叮当声,原来她的手腕上挂着一串银手镯,会随着手的移动不断相互碰撞。爱丽丝一直盯着她看。

这群人准备走进爱丽丝的病房。爱丽丝专心读书,在她们进来后没有抬头。小铃铛互相碰撞作响。

"爱丽丝。"布鲁克起了头,说得很大声。爱丽丝读不懂布鲁克眼里的泪花。

穿着西装的女人走向前。"爱丽丝,我们来向你介绍一位特殊来客。"

她的视线始终落在书上。布莱尔·罗斯[1]即将迎来能令她苏醒的真爱之吻。穿着西装的女人再次开口说话时提高了音量,仿佛爱丽丝有听力障碍。

"爱丽丝,这位是你的奶奶,琼。她来接你回家。"

---

布鲁克推着坐在轮椅上的爱丽丝出了医院,沐浴明媚的晨光。先前,她在穿着西装的女人说话时离开了爱丽丝的病房。琼只是注视着爱丽丝,坐立不安。爱丽丝在书里读过许多祖母的形象,但穿了一身金吉[2]和布伦德斯通[3]的琼无论从外表还是举止来

---

[1] 即睡美人。
[2] King Gee,澳大利亚著名工装品牌。
[3] Blundstone,澳大利亚著名鞋类品牌。

看都不太像一位祖母。她的手镯响个不停，自己却少言寡语，就连那个女人告知爱丽丝给她寄书的人是琼时也毫无反应。哈里斯医生表示琼是爱丽丝的监护人。她和穿着西装的女人反复提及这个词。监护人。监护人。听到这个词，爱丽丝脑中浮现的是灯塔。不过琼看起来不太具备监护能力。她的眼睛是爱丽丝所见过的最疏远的，就像天幕与深海的交界处给人带来的距离感一样。

访客停车场内，琼坐在一辆老旧的农场卡车里等候她们。她身边有一只大狗在喘气。古典音乐从开着的车窗飘扬而出。大狗发现布鲁克和爱丽丝过来了，它跳起来狂吠一通，车厢被这个大块头塞满。琼发动了车子，调低了音乐的音量，训斥起大狗来。

"哈里！"她大喝一声，想让它停止叫喊。"抱歉。"她从车里出来时关切地说。哈里仍在吼叫。爱丽丝举起手臂一直向哈里示意"安静"，可它是哈里，不是托比。见它没有照做，爱丽丝才恍然意识到自己搞错了，她的下巴颤动，停止了示意。

"噢，别怕，"琼没有看懂爱丽丝的神情，慌忙喊道，"它是长得很大，不过你不必害怕。斗牛獒很温顺。"她在爱丽丝的轮椅旁蹲下。爱丽丝没有看她。"哈里有特殊能力。它在人们悲伤时提供照料。"琼蹲在那里等着回应。爱丽丝并未搭理，只顾在腿间摆弄着双手。

"爱丽丝，坐进车里吧，我来扶你。"布鲁克说。

琼后退几步，布鲁克扶爱丽丝站起来，帮她挪到乘客座。哈里一跃而上，坐在她身边。它的气味闻起来甜甜的，带着泥土味儿，和托比身上咸咸的、汗津津的味道完全不同。它也没有托比那样的长茸毛能让她把手指埋进去。

布鲁克趴在窗边。哈里兴冲冲地冲她哈气。爱丽丝抿了下嘴唇。

"爱丽丝,要乖哟!"布鲁克轻抚爱丽丝的脸颊,突然间背过身向琼走去。她俩站在不远处小声交谈。爱丽丝期盼着布鲁克会随时转过身,踩着粉色橡胶鞋向卡车走来,打开门告诉她这一切都搞错了,爱丽丝不必离开。爱丽丝期盼着布鲁克会带她回家,那里有她的书桌和妈妈的花园,爱丽丝会从在海底某处的扇贝和寄居蟹群中找回自己的声音,继而放声大叫,让家人听见她的呼喊。爱丽丝期盼着布鲁克会在此刻随时转过身。随时。布鲁克是她的朋友。她不会让爱丽丝跟着陌生人离开的,即便这位陌生人是所谓的灯塔。

爱丽丝目不转睛地看着她们。琼搭了一下布鲁克的手臂,布鲁克又搭了回去。也许布鲁克在安慰琼,向她解释这一切是个巨大的误会,不会让爱丽丝离开。布鲁克随后把装满书的行李包递给琼,转身面对车子。

"要乖哦!"布鲁克挥着手,用口型对爱丽丝说了这句话。她推着空轮椅在入口处逗留了一会儿才走进去,在通过几道自动门后消失不见。

爱丽丝头晕目眩,仿佛布鲁克离开时也带走了她体内所有的血液。布鲁克把她留给这位陌生人了。爱丽丝使劲搓着眼睛,想把眼泪挤回去。她错以为泪水会和自己的声音一样消失不见,然而,这不过是徒劳一场,泪水像关不上的水龙头似的哗啦啦地流下来。琼站在爱丽丝的窗外,双臂垂在身体两侧,看上去不知所措。过了一会儿,她打开车门,把爱丽丝的包放在她的座椅下面,又轻轻地关上门。她绕到卡车另一边,攀上驾驶座,发动引擎。车内一片沉默,就连那条大狗哈里也没有出声。

"爱丽丝,我们就直接回家吧,"她边挂挡边说,"路程很远。"

卡车驶离停车场。爱丽丝疲惫不堪,浑身都痛,眼皮也耷拉下来。哈里几次用鼻子蹭她的腿,都被她推开。她背对两位旅伴,紧闭双眼,试图逃离这个陌生的世界。

戳了电梯下行按钮后,布鲁克便在手袋里不断翻找烟盒,找到后把它紧紧攥在手里。叮,电梯到达。她走进去,敲了下通往停车场的按钮,其实她没想使这么大的力。布鲁克再一次回想爱丽丝看见那盒书时的喜悦之情,就冲那时她眼中闪烁的光芒,对她谎称书是她的奶奶寄来的也算值得了,毕竟爱丽丝从现在开始已经交给她的奶奶了。布鲁克提醒自己,家人将是爱丽丝最需要的。

布鲁克这一生从未见过类似于哈特家火烧过后的场面。警察称之为彻底的风暴:一场无雨闪电、一个独自玩火柴的小孩和一对深陷家暴的母女。警察向琼说明案件时,布鲁克在不远处徘徊。按照警察的说法,克莱姆在爱丽丝的房间把她打昏,突然发现房子着火就把孩子拖出去,再回屋里救阿格尼丝。消防车和救护车到达时,阿格尼丝已经救不活了,克莱姆也因吸入过量的烟气在事发地断气。琼听到这里脸色发青,布鲁克打断了警察,建议稍事休息。

电梯到达停车场时又发出了叮的一声,这欢快的声音实在令人作呕。布鲁克深吸新鲜空气,迟迟不去点烟。阿格尼丝,那个可怜的女人,她走的时候才二十六岁。她出于对丈夫的深深恐惧为孩子们的监护权立下遗嘱,可其中一个孩子永远都见不到她了。想到那个从垂死的阿格尼丝饱受摧残的躯体里取出的男婴，布鲁克一手按压腹部。她咽下了腾起的怒气。她不禁好奇，一个丈夫怎能如此对待怀孕的妻子、年幼的女儿和未出生的儿子？爱丽丝，这个从火灾里捡回一条命的女儿，将来会变成什么样子？

布鲁克满脑子都是爱丽丝失去意识、遍体鳞伤、吸入烟气的样子。她把烟和打火机都丢进垃圾桶，开车驶离医院。她迫不及待地想远离爱丽丝的空病房，速度之快使得轮胎在水泥地上摩擦出刺耳的尖锐声响。

闷闷的夏日黄昏是宜人的。布鲁克沿着诺福克岛[1]的海岸行驶，看见在松树上吱吱喳喳的鹦鹉，它们醉醺醺地为落日吟唱。她靠边停下车，摇下窗，闻着海水、海藻和鸡蛋花的浓郁气味。爱丽丝在午夜的噩梦里总是不停地嘀咕各种花。除了花，还有凤凰鸟和火。

"好了，"布鲁克自言自语，"振作起来。"

她擦干眼泪，擤好鼻涕，转了下车钥匙点火发动，迅速驶离海边。她从邻里的空街抄了近道，在自家门前的小道猛地停了车，一进屋就直奔电话，抓起听筒，拨出那个令她忐忑了一整天的电话。她从十二岁起就熟记萨莉的电话号码，当下毫不犹豫地按了整串数字。

当电话那头的嘟嘟声响起时，她听见了自己的心跳声。

---

[1] 澳大利亚领地，位于太平洋西南部。

她的光华

均匀地洒满咸咸的海洋

与开满繁花的田地。[1]

——萨福[2]

1 节选自《如果不是冬天:萨福断章》(*If Not, Winter: Fragments of Sappho*)。
2 古希腊首位女诗人,创立"萨福体"。

# 06

花 语

遗弃的爱

**黑纹木薄荷**
Prostanthera striatiflora

澳大利亚中部

长于岩谷和露头岩边。散发浓郁的薄荷清香。叶片窄小坚韧。白花形如钟,内缀深紫色条纹,喉部有黄点。不宜食用,否则会做过于生动的梦,影响睡眠。

车程漫长，天气炎热，一路上黄尘滚滚。微风里已经不再有海水的味道了。卡车风扇的热气吹打在爱丽丝的脸上，让她想起托比喘气的模样，它的脸上流着口水，带着如狼的笑。想到这些，她紧咬着下唇，两只眼直勾勾地瞅着车窗外全然陌生的环境。见不到银色海草和盐池，无法通过寄居蟹[1]和海潮判断潮汐涨落，不能佩戴海藻项链，更不存在漫天幽灵般的雨幡来提醒人们暴风雨将至。

在平坦的高速公路两侧，土地干涸，仿佛碎裂的舌头一般。可即便如此，这片神奇的土地上依然生机盎然。蝉鸣嗡嗡，声声入耳，偶有笑鸰[2]狂野的笑声。有时能见到桉树脚下野花遍布，色彩交织。有的树干洁白似童话里的雪花，有的则像裹了一层赭石色油彩般光亮。

爱丽丝眯上了眼，脑中一一浮现妈妈、未出世的弟弟或妹妹、书籍、花园、书桌、托比和爸爸。她用掌根搓了搓胸膛。爱丽丝睁开眼睛，用余光瞥见琼向她伸出一只手，好像不知该放何处，再三犹豫之后还是把回方向盘。爱丽丝佯装没有看见，大抵能够化解这尴尬的局面。她继续转身背离琼，这样一来，想看窗外的景色就更方便了。她向座椅背后伸手，摸到装着书的袋子，

---

1　寄居蟹在落潮时聚集，在涨潮时藏入湿沙。
2　澳大利亚的标志性翠鸟，叫声似人笑。

就算这些书是琼的馈赠，现在它们也只属于她了。爱丽丝的手指触碰到一本书，她从包里取出一看，差点儿就笑了。爱丽丝紧紧抓着这本给予她完美慰藉的书，它坚实牢固，装帧精美，书香沁人，里面的故事引人入胜。爱丽丝曾盯着硬皮封面上的图像看了许久，因为上面印着一个与她同名、坠入一个奇妙的世界但找到了归家路的小女孩[1]。

琼始终认真看路，双手紧握方向盘，生怕一个不留神或是一丝放松会酿成苦果。她的四肢不自觉地抖动着，只有啜一口边袋瓶里的威士忌才能有所缓解，但她今天不敢这么做，因为她的身边坐着一个伸手就能够到的孩子。这是她的孙女，她们在今日之前未曾谋面。琼用余光观察着这个女孩，只见她将书紧贴胸口，仿佛只有如此心脏才会跳动。爱丽丝显然很喜爱这些书，因此琼接受了护士的建议，让爱丽丝以为书是她给的，这是为两人建立情感纽带最省力的方式了。当前的重中之重是让爱丽丝不再承受更多的压力，护士交代过。

琼上下打量着爱丽丝，她感到用谎言来打破隔阂的做法十分荒唐，暗自斥责自己竟然愚蠢地相信了护士的说法。她原本应该坐下和孩子直抒胸臆。你好，爱丽丝。我是你的奶奶，琼。你的爸爸是——琼摇了摇头——原是我的儿子，但是我们已经多年未见了。我要带你回家，给你安全感。琼眨眼甩开泪水。也许敞开

---

[1] 指《爱丽丝梦游仙境》。

心扉只要说几个词就能办到。我很抱歉，爱丽丝。我本应该做一个更合格的母亲。真的，真的很抱歉。

当地警方来到桑菲尔德敲大门时，琼躲在食品储藏室里怒灌了好几口威士忌才出去回应。她以为他们是为某一位女人花而来的，便开了门。谁知，他们摘下帽子告知，她的儿子和儿媳均在家中遇火灾身亡，留下了一双儿女，儿子刚出生，女儿才九岁。两位孙辈都在接受医疗护理，而她是登记在册的直系亲属。她应当知晓，克莱姆虐待妻女，情节严重，在责难逃。他们离去后，琼的胃里翻江倒海，差点在跑到卫生间前就吐了出来。她对儿子最深的担忧已埋藏心底多年，可它最终还是成了现实。

琼再次用余光看了爱丽丝一眼，她又泛起了恶心。这个女孩长得太像阿格尼丝了。她们都长着凌乱的头发，浓密的睫毛，饱满的嘴唇，深邃的大眼睛透着好奇与渴望。她们看起来都很柔弱，这个特征就像体表的器官一样必不可少。既然爱丽丝的外貌像妈妈，那她的性格会随爸爸吗？她像克莱姆吗？琼暂时下不了结论。爱丽丝的沉默不语让人深感不安。选择性失语在经受严重创伤的孩子身上很常见，回想起哈里斯医生的话，琼放宽心了不少。通常来说，这不是永久性的。若有适当的心理疏导和关心，爱丽丝准备就绪便会再次开口。在那之前，我们无法得知她还存有多少记忆。

琼抓紧方向盘，手镯随之叮当作响。她扫了一眼。五个银手镯上都悬垂下一片黄色花瓣，共计五片，用银线固定着。蝴蝶灌木的五片黄色花瓣也是这般略不对称。每一朵花中最高的花瓣上会有一个红色斑点，花的正中有三枚雄蕊，其中最大的一枚形如小桨船。这串手镯是琼特意为今天的场合挑选的。每次它们在腕上碰撞奏乐时,它们都在向她传达同一个意思,像在做秘密祷告。从头再来。从头再来。从头再来。

爱丽丝在睡梦中喘气抽搐。她以一个别扭的角度仰着头。琼想伸手帮她换个舒服的姿势,但没过一会儿爱丽丝咳了几声,自行调整过来。

琼集中注意力看路。她更用力地踩油门。她祈祷孩子在梦中能被温柔对待。

日暮时的阳光倾洒入车内。爱丽丝醒了过来。她没意识到自己睡着了,眼角的泪痕已经干涸,脖子也抽筋了。她挺直身体,伸了伸懒腰。哈里舔她的手,她已然无力再次推开它,便默许了。车已不再行驶在高速上,而是在崎岖不平的土路上颠簸,碰撞发出的声响不绝于耳。车子在凹凸的道上震荡起伏,她的膝盖抵着门把手,撞得发红。爱丽丝想念夹着咸湿海水味的空气了。

琼摇下车窗,一只晒黑的手肘倚靠在窗沿上,灰白的发丝在风中轻舞。爱丽丝仔细观察她的长相。琼长得和爸爸一点都不像,却很眼熟。她把一缕头发别到耳后,腕上的银手镯发出刺耳的碰撞声。每一只手镯都垂下一根细线,线上都串着一片压扁的黄色花瓣。她看过来时,爱丽丝还没来得及装睡。

"你醒啦。"

视线因装睡变得模糊,爱丽丝透过睫毛看到琼微笑着摇晃腕上的那串手镯。"喜欢它们吗?我亲手做的。所有的花都源自我的农场。"

爱丽丝扭头看向窗外。

"每一种花都代表一句秘密的语言。当我戴上不同的花语组合时，其实我在写自己的秘密代码，别人要是不懂我的语言就看不懂我想表达什么。我觉得今天只能戴这一种花。"

爱丽丝脸上的一块肌肉抽搐起来。琼调了低挡，手镯跟着发出叮当声。"想知道它们的含义吗？我会告诉你这个秘密。"

爱丽丝没有搭理她，牢牢盯着在窗外飞逝而过的干枯灌木丛。车路过牛栏时，她的胃在翻滚。蝉鸣声扰乱了她的思绪。琼还在说："我可以教你。"爱丽丝盯着身边这个奇怪的女人。琼暂时没有说话。爱丽丝合上眼。她只想清静一会儿。

"你刚错过了城里的风光。不要紧。以后多的是机会来看。"琼踩了刹车，换了挡，减速使得发动机轰隆响。"我们到家了。"

车子从土道转至一条更窄的平坦车道上行进，在车里回响的噪声也减轻了许多。空气变为香甜清新。车两旁是开着花的银桦。帝王蝶在野棉花丛中盘旋——拍翅，拍翅，俯冲。爱丽丝提起了兴趣，克制不住地挺直身板看。蜜蜂的嗡嗡声从一组白色蜂箱里传出，旁边树皮灰绿的桉树齐刷刷地扭向一座爱丽丝有生以来见过的最大的房子。噢！她的记忆里似乎有它的影子。

这座房子比她在爸爸的木棚里翻出的旧相片更为生动——那张和一把系着褪色丝带的头发藏在一起的相片。爱丽丝察看琼的头发。尽管她的发色已经变白，但以前可能会有那么深。

车行至车道尽头，琼调转车头，把车停在被厚厚的藤蔓笼罩的车库里。哈里坐着摇尾巴，尾巴一下一下地甩到爱丽丝身上，与她的心跳同步。鸟儿在繁茂的树林里啼叫。要是在家，这会儿该黄昏将至，天地一片蓝，空气里充满潮水带来的气味，这可是爱丽丝每日最享受的时光了。可在这里就不同了。空气变得更燥热，丝毫没有海的迹象，没有鹈鹕漂浮，也没有噪钟鹊鸣叫。爱丽丝用手掐大腿，让自己镇定。一只帝王蝶轻叩车窗，盘旋片刻才飞走，差点让爱丽丝以为它能听见她无法诉说的一切。

"欢迎你，爱丽丝。"琼跳到车外，站在通往阳台的台阶高处，向爱丽丝伸出了一只手。

爱丽丝留在车里，用手挠着哈里的耳后方，如果此刻是托比在她身旁，它一定高兴坏了。哈里也甚是喜欢这个动作，发出了满足的哼哼声。爱丽丝想到除了琼，没有人为她来到医院，她如同一条走失的小狗被送给了这个陌生人。琼的笑容开始僵硬。爱丽丝闭上眼睛。她累了，累到可以昏睡百年不醒。她和自己较了会儿劲，最后决定进去睡觉。

爱丽丝避开琼的目光和哈里一起爬下车。她做了深呼吸，放平肩膀，拖着沉重的步伐一级一级地走上台阶。

屋外围着一条宽敞的木制阳台，上方串了一排点燃的煤油灯笼。鸟儿和蟋蟀为落日歌唱。风于树间婆娑，沙沙作响，桉木释放出清凉的气味。爱丽丝跟在琼身后穿过阳台，在前门停下。纱门开合，琼进了屋，爱丽丝却没有跟进去。哈里陪在她身旁。

"爱丽丝？"琼走回到纱门前。"我为你准备了一个房间。我知道你不习惯，但在这里你完全可以无拘无束。"她轻轻推开纱门说道。

爱丽丝流了鼻水。她用手背擦拭。

"进来洗把脸躺下休息吧。我会给你拿些吃的过来。"

爱丽丝的视线模糊了。

"你想要热毛巾吗？卫生间就在门厅尽头。"琼走出门，来到爱丽丝身旁。

爱丽丝无力拒绝，跟着进了门。她垂头丧气，蔫得就像开败的花朵。哈里跟在她们身旁。

这座房子可真大啊！爱丽丝暗自惊叹着。长长的门厅如海贝壳般灰暗，仅有大小各异的灯透出深深浅浅的柔光。长条地毯直铺到底。一路走来，每个角落都少不了精美的盆栽。书本整齐排列于架上，以白石头瓶、羽毛瓶和干花束隔断。爱丽丝真想把这些东西挨个摸过去。

琼领她到一个宽敞的木墙白砖卫生间。琼在洗手池里放了热水，打开贴着镜子的柜门，取出一个棕色小玻璃瓶，拧开盖子，摇出几滴液体。水中腾起的温暖香气让人心安。爱丽丝这时候累坏了。琼把面巾放在洗手池里浸湿后递给爱丽丝。她接过毛巾盖在脸上做深呼吸。热气驱散了些许眼里的疼痛。她洗完脸，发现琼一动不动。

"我不会离开你的。我哪儿也不去。"琼轻声说道。

在卫生间梳洗完毕后，爱丽丝和哈里跟随琼走上亮着灯的旋转楼梯，走到顶便是一扇小门。琼打开门时，爱丽丝有些犹豫，但还是跟了进去。在琼开灯的那一瞬间，晃眼的灯光迷了爱丽丝的眼，她屏息捂住眼睛，琼见状立马关了灯。

"来，我帮你。"她提议。琼伸出手臂搂住爱丽丝，她僵硬地与琼一同在房内走动。她独自跑开，爬到柔软的床上，在黑暗中盖上被子，感觉就像羽毛落在肌肤上一样轻薄。她等着听琼离开的声音,结果,她的希望落了空,奶奶在床沿坐下了。

"爱丽丝,我们一步步慢慢来,"琼悄悄地试探,"好吗?"

爱丽丝翻过身去,静静地期盼琼离开房间。过了一会儿,她感觉到琼站起来,轻轻地合上门。爱丽丝舒了口气。她听见哈里转圈时趾甲发出的嗒嗒声,接着是它从床尾跳下地时发出的噌的一声,再往后她就什么也没听见了,因为她睡着了。

琼在楼下的门厅里单手扶墙支撑自己。她整日滴水未进。

"她在这里吗?"

特威格在身后说话,把她吓了一跳。她没有转身。只是点头。

"她还好吗?"

一阵沉默。

"我不清楚。"琼回答。蟋蟀的歌唱声填补了她们对话间的停顿。

"琼。"

她还是手撑着墙,没换姿势。

"她需要得到的照料不比任何女人花少。这点你很明白,"特威格严厉又坚定地说,"她值得从你这里,从我们这里,从这个地方得到更多关爱。她是你的家人。"

"她是他的孩子,"琼反驳道,"她是他的孩子,所以我不想照料。"

"可这由不得你。"特威格的声音柔和了不少。又一个停顿。"你在发抖。"

琼点头。

"好吧,你还好吗?"

"有好几天了。"琼觉察到鼻涕要流出来,就捏了下鼻梁。

"那个小宝宝呢?"

琼深深叹了口气。

"你真的没带他回家?"特威格的声音颤抖。

"现在还不行,特威格。拜托,我们明天早上再说这件事吧。"她转身发现门厅空无一人,纱门砰地关上。琼没再喊她。她比任何人都清楚有时候多说无益。

她在房里走了一圈,把全部灯都关了。她想到万一孩子在夜里醒来会看不见,又走回去重新开了一盏台灯。琼在坎迪的房间门口驻足,房门紧闭,但门缝里没有透出光。也许她和女人花们一起在花田对面的宿舍里。特威格在阳台上抽烟,烟味在房内四散。琼往回走,从门厅穿过,来到休息室。她把手伸到窗外,从红千层树上折了一朵花。她又从门厅穿回来,把花插在特威格卧房门的锁眼上。致谢。

琼回到自己的卧室,在这一方私密的空间里打开台灯,瘫陷在床上。她用手臂挡住双眼,想再坚持一会儿,假装口袋里装满酒的瓶子没有因为诱惑而逐渐变沉。

克莱姆在成年后得知琼没有把他列入遗嘱,便愤怒地带着阿格尼丝离开了桑菲尔德。自那以后,琼只收到过一次他的消息。那是在九年前,克莱姆寄了一个包裹到桑菲尔德,收件人那一栏上写的是她的名字。她现在推断,爱丽丝是在那时候出生的。她当时的反应和现下完全一致,就是攥着她的威士忌瓶躲在卧室里。

琼坐在床上,从口袋里拿出瓶子,拧开盖子,喝了一大口威士忌。她一直喝，直到四肢不再颤抖，头颈麻木。当双手不抖了，她拉出了床底下那个已破烂不堪的包裹，揭开盒盖，小心翼翼地提起里面的手工木雕，用手抱住。这是一个新生儿的雕像，嘴巴长得像玫瑰花苞，眼睛很大，和在楼上房间里沉睡的孩子一模一样。它躺在一张布满了革质叶片和钟形花朵的温床上。每一朵花里都有条纹，喉部都有黄点。

"遗弃的爱。"她含泪说道。

## 07

**花 语**

欢迎陌生人

### 黄铃花
*Geleznowia verrucosa*

澳大利亚西部

开满黄色鲜花的小灌木。喜阳,耐旱,
适宜生长在透水性较好的土壤上。
生境荫蔽,但需要保证充足的光照。
繁殖和种子萌发不稳定,因而稀有。很适合做切花。

旭日初升，琼便起身，穿上那双布伦德斯通牌靴子，轻轻地走到房子后门。室外天气凉爽，晴空万里。她沉浸其中，享受呼吸。她昨晚没有睡好，喝完一整瓶威士忌也没起什么作用。实际上，她已经几十年没有睡过好觉了，特别是在克莱姆出走之后。琼长呼一口气，仔细察看着靴子的刮痕和磨损。她昨晚把婴儿雕像和黑纹木薄荷放在床头柜上，却适得其反。她尝试通过忏悔获得救赎，却因此失眠了。

天色渐亮，琼从房子侧面绕至工棚，取了剪子和篮子，穿过田地，走向种植本土花卉的温室。蜜蜂嗡嗡低鸣了整个早上，偶尔还能听见喜鹊高歌。

温室内空气湿润，馥郁芬芳，琼感到呼吸更为顺畅。她走到最里面，从围裙兜里拿出剪子，剪下已经盛开的黄铃花。

桑菲尔德一直以来都是花朵争奇斗艳、女人风华正茂之地。每一位到此地的女人都会获得一个机会向饱受摧残的过去告别，拥抱新生。自从克莱姆走后，琼致力于打造一个兴旺的桑菲尔德，使之成为一个美好、和平的庇护所。她这么做是为了确保自己喜怒无常的儿子无法继承这些绝妙的花卉，这些花是那些比她自己更重要的女人们的命脉所系。

特威格是第一个抵达的女人花，她来的时候空有一具躯壳，因为政府夺走了她的孩子们。每一个人都需要某处和某人来寄托归属感，在她刚到桑菲尔德的第一晚，琼就这么告诉她。自此之后，无论发生什么，特威格都忠实不渝地相伴琼左右。昨晚，她提醒琼，即使那个在钟塔里熟睡的默不作声又略显古怪的小女孩是克莱姆的女儿，她也应当得到足够的关爱，断不能比那些在琼的花田里工作的女人们少一丝一毫。

琼知道特威格说得没错，只是恐惧令她感到窒息。她有一些无法向别人袒露的心事，她宁愿一辈子不去提它们，让它们烂在心里。琼一想到要和爱丽丝谈论她的爸爸就变得口干舌燥，好像单单开口说话的恐惧就能让她的话化为尘埃。

与爱丽丝相处时的如履薄冰、脆弱无助和对再次搞砸的担忧都令琼感到无比陌生。她习惯了掌控的感觉。她种下种子，它们便能理所当然地如愿开花。她这一生都在重复着播种、栽培和丰收的循环，所以她沉迷于这种节奏和秩序。就在她清闲下来，开始考虑退休之时，一个孩子突然闯入她的生活，需要她的照顾，这让她感到万分不安。不过，当琼看到孙女躺在病床上生命渐渐消逝的样子，她意识到自己的在意和心痛，情不自禁地将手紧紧按在胸口。

阳光渐强，琼在本土花卉间漫步，剪下绽放中的花枝。她或许还没想好在哪里或是如何同孩子开口，不过她可以退而求其次，先从教会孩子通过花语沟通做起。

爱丽丝醒来时犯恶心。令人作呕的尖叫声和火焰燃烧的嘶嘶声回荡在脑中。她抹去脸上的冷汗，尝试坐起。她的内裤湿透了，双腿被浸湿的被单缠绕，被单盘绕的样子犹如活物。她使劲蹬腿，好不容易坐在床的边缘。梦里的热气消散，她的皮肤也冷却下来。一旁，"托比"汪汪叫。爱丽丝摇了摇头。它不是托比，托比不在那里。妈妈也没有过来，她不能再讲故事了。爸爸没有被火吞噬，他只能是那个样子，没法再改变了。她永远都见不到宝宝，也回不了家了。

爱丽丝任凭眼泪直流，不再去擦拭。她感觉体内的一切都已被烧焦，与梦里总是出现的海草无异。

渐渐地，她意识到房间里不止有她。她转身发现哈里乖巧地坐在床脚边盯着她看。它看起来很像在笑。它向她走去，身形巨大，比起狗来，它似乎更像是一匹马。琼是怎么喊它的来着？牛什么的？哈里把头靠在爱丽丝的膝上。它挑动眉毛，神情里流露出期待。爱丽丝有些犹豫，不过它不吓人，她还是伸手抚摸它的脑袋。它叹了口气。当她在它耳后抓挠时，它便坐下，喉间发出咕噜咕噜的声音，一脸满足。它在她身边坐了许久，尾巴在地板上左右摇动，慢慢划出一道道弧形。

她昨晚才到这里，不过感觉这已经是很遥远的事情了，她好像穿过了一条又长又暗的隧道，从一头抵达另一头。脑子里不断闪过碎片一般的记忆。琼手镯的碰撞声。她自己的皮肤上覆盖着一层黄灰。

哈里站起来尖叫一声。爱丽丝低下头，缩着肩膀。哈里又叫了一声。她瞪了它一眼。哈里再叫了一声，这一次更为响亮。她忍不住哭泣了，但眼泪最终还是自行止住了。哈里摇了摇尾巴。尽管它的听觉甚好，爱丽丝还是竖起大拇指左右摇动。它竖起头揣摩爱丽丝的用意，然后向她走来，舔了舔她的手腕。爱丽丝拍拍它,打了个大大的哈欠,对周围环境不太感兴趣。

这是一个六边形的房间。两面墙上嵌有长长的白架子,每个架子上面都塞满了书。三面墙都配上了落地窗,均挂着薄窗帘。其中一面窗前立着一张刻有复杂花纹的桌子,边上摆着一张相配的椅子。椅子被拉开,像在请人入座。她转身观察身后的最后一面墙。她的床从这面墙向外铺开,好似一页纸从一本巨大的书中摊开。布置这个房间要花不少工夫。是琼——那个爱丽丝从没听说过的奶奶——为她安排的吗?

爱丽丝晃着腿触地,支撑自己站起来。哈里转了个圈,喘着气,一副静候差遣的模样。她的头晕得厉害,走起路来都趔趔趄趄的。她闭上眼睛等这阵晕眩过去,哈里靠着她。等到头不再晕了,她便走到桌旁,坐在椅子上,感觉甚好,似乎椅子是为她量身定制的。爱丽丝用手划过椅子表面,木头光滑细腻,边缘刻有不少太阳和月亮,周边包围着蝴蝶的翅膀和星形的花朵。她用指尖感受着每一寸雕刻。爱丽丝对这张桌子有某种熟悉感,不过究竟为何如此,她暂且答不上来。桌上摆放着墨水瓶,几只装有钢笔、彩色铅笔、蜡笔、颜料管和画笔的笔筒,以及一叠整齐的笔记本。爱丽丝翻了翻彩色铅笔,颜色齐全,凡是她能想到的应有尽有。她在另一个笔筒里找到一支水笔,打开笔帽,在手背上画了几条黑色细线,那是她非常喜欢的湿墨的光泽。她又翻阅了笔记本,空白页排着队向她打招呼。

"这里曾经是钟塔。"

爱丽丝吓得跳起来。

"抱歉,我不是故意要吓你的。"

哈里见到琼兴奋地嚷嚷。琼站在门口,身体僵硬,手里端着一盘加蜜吐司和一杯牛奶。香甜的黄油味溢满房间。爱丽丝上一次进食是在昨天,她在加油站只啃了几口不新鲜的咸味酱三明治。琼走进房内,颤巍巍地把吐司和牛奶放在桌上。她的头发上夹了一片黄色花瓣。

"很久以前,桑菲尔德是一座奶牛场,而这里是整座房子里最重要的房间之一。钟声从此处传出,响彻整个庄园,告知所有人一天的开始与结束,还有饭点。这已经是多年之前的事了,但有时候,当风从特定的方向吹来,我仿佛还能听见钟声。"琼心不在焉地调整盘子摆放的位置。"我总觉得来到这里就像走进一个音乐盒。"

琼环顾四周,吸了吸鼻子,走到落地窗边拉开窗帘。"你得这样打开。"她示范了如何打开靠近顶部的三分之一扇窗。

爱丽丝见琼靠近床时满脸通红,不敢再看,通过余光偷偷看见琼掀开被单,叠好后若无其事地抱在怀里,朝门口走去。"你吃完了就下楼吧,我在那儿等你。洗个澡也不错。我拿些干净的衣服过来,还有被单。"她轻轻点头,眼神依然空洞。

爱丽丝舒了口气。看来把床弄湿不要紧。

琼的脚步声已经远去,爱丽丝扑向早餐盘。她闭着眼睛咀嚼,细细品味香甜多油的口感。她睁开一只眼睛,发现哈里坐在一旁盯着她。她没怎么考虑就撕下一小块吐司,抹了点黄油喂给它。休战。哈里小心咬住她指尖上的吐司,大声嚼起来。两位一起分享了吐司和牛奶。

一阵香气吸引了爱丽丝的注意。她小心翼翼地靠近琼打开的那扇窗,双手撑开趴在玻璃上。她在房子顶部能环视四周的情况。在这扇窗前,她看到满是灰尘的车道从阳台的台阶通往桉树林。爱丽丝跑到另一扇窗前,看到房子侧面有一个大木棚,瓦楞铁皮屋顶已经生锈,一面墙上爬满厚藤。爱丽丝在最后一扇窗前心跳加速,她看见房子和木棚后面种着一排排各类灌木和鲜花,它们延伸至田里,一眼望不到尽头。她身处一片花海之中。

爱丽丝打开所有窗闩。香气袭来,比海水更刺鼻,比燃烧的甘蔗园更浓烈。她试着辨认里面都夹杂着哪些气味,闻出了翻过土的草皮、汽油、桉叶、潮湿的肥料,还有不会错认的玫瑰。不过,爱丽丝永远记得接下来的那个瞬间,那是她第一次看见女人花们。

她们像爱丽丝的爸爸一样穿着厚厚的棉工装和笨重的工靴,俨然一副男人模样。她们以 V 型编队从工棚里出来,戴着全檐帽和手套,拿着桶、剪子、肥料袋、耙子、铲子和喷水壶,分散在花丛中。有几位负责剪花,装满桶后运回工棚,再拎着空桶出来继续剪花。有几位负责推着载满新土的独轮车,在花丛中沿路停下为花床添土。还有更多的人负责在花田的不同区域喷水,检查茎叶生长情况。她们时不时彼此说笑,传出银铃般的笑声。爱丽丝用手指清点人数,一共十二人。随后,她听见了歌声。

在一片温室的旁边,一个女人独自坐着整理一箱球茎和种子。她放下手里的活儿,摘了帽子挠了挠脑袋,淡蓝色的头发落在背上。爱丽丝见此唏嘘了几下。那个女人把扎好的头发卷入帽中,继续歌唱。

爱丽丝靠在窗上目不转睛地看着她。这个蓝发女人是第十三个。

整个上午,爱丽丝都待在房里观察这些女人的工作节奏,看她们浇水、打理、种植和剪花。装满艳丽鲜花的桶看起来简直要比抱着它们在花田和工棚间穿梭的女人们还要庞大。

她们中的任何一位都有着妈妈的影子,反正大家的脸都被大帽子挡住看不清,身上也都穿着厚重的工服。只要爱丽丝待在房间里,她就能看见妈妈那样的形象:帽子拉低至眉毛,手腕沾了一圈土,伸手去采摘花蕾。

哈里边叫边抓她的房门。托比以前要去上厕所时都会这么干。爱丽丝不想理它,只想整日坐在窗边。不过,它开始用双爪抓门了,爱丽丝担心有人会上来,也不想让它在房里尿出来,就开了门。哈里飞奔下楼,狂吠不止。她在窗口看见它在屋外像箭似的冲向每一个女人,这边闻闻,那边嗅嗅。她们都亲切地拍它的肚腩。它根本就不是去尿尿。叛徒。

爱丽丝再次清点人数,这一回只有九人在外工作。她搜寻那个蓝发女人,不过难以辨认,便作罢离开窗边,坐在床上。阳光正盛,房内炎热。要是能下楼走到屋外,在花丛中奔跑该有多么美妙呀!她的手指像打鼓一样敲着正在晃动的大腿。

她的思绪被门外急促的狗叫声打断。哈里缓缓走来,舔她的手。尽管爱丽丝并未理会,它还是挨着坐下,紧紧盯着她看。它没有喘息,也没有摇尾巴,只是盯着看。爱丽丝摇了摇头。哈里站起,又开始叫唤。爱丽丝想通过手势示意它闭嘴,可它完全停不下来,直到爱丽丝站起来,它可算安静下来。它跑到门边等候,爱丽丝跟着走出去,见它下了楼,她站在楼梯前犹豫是否继续跟随。她听见一阵狗吠自旋转楼梯而上,只得下楼,心中满是怒火。

下了楼,爱丽丝见门厅空无一人,不过发现其中一头是琼带她洗脸的卫生间。她蹑手蹑脚地走进去，突然停下。在她的面前有一排搁架，上面不仅放了干净毛巾，还叠着一堆新衣服：一条内裤，一条卡其色长裤，一件工作衬衫，就是在外劳作的那些女人穿的那种，还有一双浅蓝色靴子。爱丽丝的指尖缓缓划过发亮的漆皮。这是她第一次拥有这般漂亮的鞋子。她拿起衬衫在身上比试。是她的尺寸。她把衣服盖在脸上，吸着干净的棉制品气味。她匆匆关上卫生间的门，打开淋浴喷头，脱下身上的旧衣服。

爱丽丝回到门厅，以手指为梳，整理了湿发。她止不住地颤抖，因为新衣服轻薄透气，加上脏兮兮的尘土都已被冲走，身体变得如此干净让她十分享受。她的肌肤还散发着香皂的味道。她扫了一眼门厅的上上下下，不见一人。她不知道接下来该做什么，又有些难为情，正准备跑回楼上的房间时听见了餐具和餐盘的声响，以及女人的声音。她趴在墙上倾听嘈杂的交谈声和偶尔出现的笑声。门厅延伸至房屋后面，尽头处有一扇纱门，外面是一个宽阔的阳台。爱丽丝躲在暗处偷偷观察纱门外的情况。

阳台上有一群女人围坐在四张大桌子旁边，有些人背对爱丽丝，有些人的脸被挡住，不过还有几个正对她。她们年纪各异。有一位在喉咙处纹了几只精致的蓝知更鸟。有一位戴着一副迷人的黑框眼镜。有一位将斑点羽毛编进自己的头发。有一位涂了完美的鲜红色口红，但汗水和尘土弄脏了她的脸庞。

桌子都铺了白色桌布，上面放满了食物：沙拉碗里拌了蔬菜沙拉，淌着水珠的瓶子里盛有加了柠檬片和酸橙片的冰水，盘里装了烤蔬菜，深碟里堆着乳蛋饼和馅饼，罐里排着切片鳄梨，小碗里挤着草莓。哈里的尾巴在两张椅子之间前后摇晃。爱丽丝靠近了些，瞧见每张桌子中间还摆着一个花瓶，里面的花都快装不下了。她的妈妈肯定会十分喜欢它们的。

"原来你在这里啊！"

爱丽丝被吓到了，身体抽搐了一下。

"新衣服穿着不错。"也在门厅里的琼在她身后说道。爱丽丝不知该看哪儿，只好低头紧盯脚上的浅蓝色靴子。"爱丽丝。"琼伸出手，似乎想摸她的脸颊。爱丽丝向后一缩，琼见状立马收手，手镯叮铃铃响。

阳台上笑声四起。

"好吧，"琼看了眼纱门外，继续说道，"我们去吃午饭吧。女人花们都等着见你呢。"

08

花 语

爱的使者

**香草百合**
Sowerbaea juncea

澳大利亚东部

见于桉树林、林区、荒野和亚高山带草甸的多年生草本，根可食用。
叶片如草，花朵似纸，由粉紫渐变至白，花叶均含浓郁香草味。
火后重新抽芽。

琼打开纱门。那些坐着的女人们即刻鸦雀无声。她转身示意爱丽丝跟上来。

"各位,她是爱丽丝。爱丽丝,她们是女人花。"

她们轻声的问候纷纷涌来,落满爱丽丝全身。她的肚子有些不舒服,便用双手互掐手腕,想转移注意力。

"爱丽丝是,"琼略微停顿,"我的孙女。"有几位女人花致以欢呼。琼不急着打断,"她今后与我们一起生活在桑菲尔德。"她宣布。

爱丽丝很想知道那个蓝发女人是否在她们之中,不过这点好奇没能撑起她去看任何人的勇气。一片寂静。哈里悄悄走近,坐在她脚上,庞大的身躯倚着她。她落落大方地拍拍它。

"好了,"琼打破沉默,"我们开动吧。噢不,先别吃,等一下。"她挨个扫了一眼,问道:"特威格,坎迪怎么不在?"

"她还没完工。她说要继续干,午饭就别等她了。"

爱丽丝循声望去,只见一个苗条的女人,一头黑发盘起,脸庞清澈,神情开朗。她冲爱丽丝一笑,笑容十分温暖,仿佛煦日当头。

"谢谢,特威格。"琼点头,继续说道,"爱丽丝,这位是特威格,她照顾女人花们,同时打理桑菲尔德的大小事宜。"

特威格笑着挥挥手。爱丽丝试图报以微笑。

琼绕着桌子逐个介绍女人花。戴着迷人眼镜的是索菲。在头发里穿羽毛的是埃米。唇如烈焰的是罗宾。在白皙的喉咙上纹知更鸟的是米弗，她冲爱丽丝点头微笑时，知更鸟仿佛在抖动翅膀。其他女人花的名字也被一一报出。其中三人的名字——弗林德、坦马伊、奥尔加——都是爱丽丝闻所未闻的。剩下五位的名字——弗朗塞纳、罗塞拉、劳伦、卡罗莱娜、博——爱丽丝倒是在故事里见过。博是爱丽丝见过的最年长的人，她像是从书里走出来的一页纸，皮肤皱巴巴的。

琼介绍完女人花后，领爱丽丝落座。她的餐具旁摆着一个黄色花环，每一朵花都像一个小皇冠。

"黄铃花向陌生人致以欢迎。"琼在她身边坐下时生硬地说。她的手晃动不止。爱丽丝的双腿在椅子下面摇荡。"开动吧，女人花们。"琼边说边招手，手镯叮当。

随着她一声令下，阳台立刻热闹起来。碗不断传递，玻璃杯叮当作响，冷饮冰凉爽口。勺子舀食、钳子夹茄片发出的碰撞声中混着几声哈里兴奋的叫喊。女人们边进食边聊天，声音此起彼伏。在爱丽丝看来，这场景就像一群海鸥发现湿沙上的小龙虾，为此盛宴哇哇大叫。爱丽丝始终低着头，隐约感觉到琼在和她讲话，手也没闲着，每样食物都取了一点放在她的餐盘上。爱丽丝满脑子都是黄铃花环，没有一点要吃饭的心思。欢迎陌生人。琼是她的奶奶，是她的监护人，却也是一个陌生人。爱丽丝不禁在暖天里打了个寒战。她确认无人注意后偷偷从花环上拽下几朵黄铃花放入口袋。

她细细打量围坐在桌旁的女人们。有些人眼神忧郁，笑起来的时候眼里会迸出泪水。有几人的头发和琼一样银白发亮。她们和爱丽丝对视时都会挥手致意，好像她带来了欢乐，好像她是她们失而复得的东西。爱丽丝观察她们的互动，每个人都如此同步,好似在跳一场已练习千遍的舞蹈。这让爱丽丝想起了一则她和妈妈一起读过的故事,故事里有十二位喜欢跳舞的姐妹,她们每晚都会在城堡里凭空消失[1]。爱丽丝坐在这群把愁容当作最佳舞裙的女人中间,感觉像是已经入睡并在妈妈的故事里醒来。

女人花们收拾干净餐桌便回去工作了,琼和爱丽丝一起坐在屋后的阳台上。在温和宜人的午后,空气里飘浮着被炙烤的大地的味道,还有防晒霜里添加的椰子味。远处,喜鹊啼啭,笑鸫叽喳。哈里解决了残羹剩饭,挺着饱肚瘫坐在她们身旁。

"爱丽丝,过来,"琼展开双臂邀请道,"我带你四处转转。"

爱丽丝跟在她身后,沿着屋后的台阶走向一排排鲜花。相比在房间里俯视,它们从平视角度来看更为高大。这种感觉很像站在甘蔗丛中,爱丽丝陷入了片刻的困惑,止步不前。

"这些花用来做切花,"琼指着前方介绍,"我们主要种植本土花卉。桑菲尔德长期以来都依赖本土花卉贸易。"她的话听起来僵硬、尖锐,犹如舌头在说话时卡着一片柠檬。

琼走向花田远端,指出后面的拱形温室和玻璃暖房,还有对面的工棚,那是女人花们在午后躲避高温时的工作场所。

"农场后面是一片原始灌木林地,一直通往河边。这条河是……"琼变得支支吾吾。

爱丽丝抬头看她。

"这条河完全是另一回事了。我下次再告诉你。"她转身面向爱丽丝,而爱丽丝听闻周边有水就分心了。"所有这些都是桑菲尔德的地产。我的家族世世代代拥有它,"她稍顿一下,纠正了

---

[1] 详见《格林童话》中收录的《十二个跳舞的公主》。

说法,"我们的家族。"

在一个炎热的午后,爱丽丝和妈妈同在家中厨房,阿格尼丝在准备晚餐,爱丽丝则坐在她脚边阅读一本童话书。她从童话书里学到,家务事不总与表面上看到的一致。童话里,国王与王后失去了孩子,感觉就像丢了不成双的袜子一样不以为意,若有找寻的念头也得等到他们已至垂暮之年才会付诸行动。童话里,母亲会离世,父亲会失踪,七兄弟都会变为天鹅。对于爱丽丝而言,家务事可归为最稀奇古怪的故事了。妈妈在筛粉,面粉从头顶飘落至爱丽丝正在读的书上。她双眼直勾勾地看着妈妈。妈妈,其他家人在哪里呢?

阿格尼丝屈膝,用手指捂住爱丽丝的嘴。她的眼神越过爱丽丝,飞快地看了一眼起居室,克莱姆正在那儿轻轻打鼾。小兔儿,我们家就我们三个,她回答。一直如此。知道了吗?

爱丽丝迅速点头。她读懂了妈妈的脸色,知道不该再问。不过,自那日起,每当爱丽丝独自在沙滩上与鹈鹕和海鸥玩耍时,她都会幻想其中一只鸟突然变成生命中素未谋面的家人,比如一个姐姐,一个阿姨,或者,一个祖母。

"我带你去工棚好不好?"琼提议,"你可以看看女人花们工作的样子。"

她们在花丛中穿行，爱丽丝不认识的花居然有不少。不过，她认出面前的灌木是深红色袋鼠爪花，再前面是旋花。爱丽丝一排排找寻，在右手边发现了长着毛茸茸黄色头状花序的柠檬香桃。爱丽丝几乎能闻到空气中弥漫着腐烂海藻的香甜味和甘蔗园里的青糖味。她想起书桌桌面的光滑触感，手指微颤。她想起桌子里面放了几盒蜡笔和铅笔，还有几本练习册，打开桌盖会飘出蜡和纸的气味。她想起妈妈会从窗前经过，双手一一抚过花枝，嘴里念着秘密语言。悲痛的回忆。爱情，回来了。记忆的乐趣。

记忆中夹着疑惑。她想起每天早上都在焦虑中醒来，因为不知在房里陪伴她的是生气盎然、永远讲不完故事的妈妈，还是一堆赖在床上不走的幽灵。她想起每个等待爸爸回家的时刻都充满担忧，像潮湿的空气让人感到压抑，因为爸爸的性情如西风一般反复无常。然后，她想起了托比的笑脸，大眼睛，松软绒毛，失聪却活泼的耳朵。她忽然想到一个先前未曾考虑的问题。

托比死了吗？

没人提到过托比。哈里斯医生，布鲁克，琼，她们都没有说起过。托比怎么样了？它到底在哪儿？动物死时会发生什么？还有任何她喜爱的人物在世上吗？她该为这一切负责吗？是她点燃了爸爸木棚里的灯……

"爱丽丝？"琼叫她时用手挡了挡午后刺眼的阳光。

成群的苍蝇扑向爱丽丝的脸颊，被她拍走。她盯着琼，这个从未被爸爸妈妈提到过的奶奶。琼作为监护人，把她从海边带到了这个开满花的神奇世界。琼赶忙跑过来，蹲至爱丽丝的高度。粉红的凤头鹦鹉在头顶尖叫。

"嘿。"琼的声音温暖悦耳，透露出殷切关心。

爱丽丝大口吸气,想恢复正常呼吸。她全身疼痛。

琼张开手臂,爱丽丝不带丝毫迟疑地走入她的怀中,被强壮的双臂抱起。爱丽丝把头埋进琼的颈部,闻到咸咸的皮肤上混着烟草和薄荷的气味。爱丽丝的泪水不断涌出,在她的内心深处有一个可怕的地方,就像大海最暗的部分。

琼抱着她走上台阶,抵达阳台时爱丽丝在她的肩头向后望去,发现自己口袋里装的刚采摘的鲜花从花田到房子落了一路。

桑菲尔德的厨房充满蝉鸣,洒满微光。糖糖停下手中的洗碗活儿,倚在窗边呼吸秋日的空气。空气里含有附近河流里的苔藓和芦苇的潮湿味,这味道让她的皮肤起了鸡皮疙瘩。琼曾经告诉她,坎迪[1]大约是在这个时节里出生的,不过无人知晓她的出生地和父母。某天晚上,琼和特威格正在屋里安顿两岁的克莱姆睡觉,突然听见小孩的哭声。琼打着手电找到她,特威格蹲下把她抱起,克莱姆拍着手轻轻叫,这天也就成了她庆生的日子。她是个弃婴,当时裹在一件蓝色舞会礼服里,躺在摇篮内漂浮在小河与花田间的浸水香草百合堆上。香味溢满空气,琼和特威格便称呼她为糖糖,这个名字在她俩成为法定监护人时被保留下来。

她继续洗碗,同时打量着布有靛蓝色条纹的天空。桑菲尔德的建筑由木头和砂浆砌墙,在用水时,墙里头的水管会发出声响。坎迪洗完碗,用茶巾擦干手。她走到厨房门口,偷看了一眼楼下

---

[1] 坎迪原文为 Candy,意为糖果,因此昵称糖糖。

的门厅。卫生间里有人，琼在外面等候。她靠门而坐，头后仰，眼睛闭着，双臂放在膝上，十指交叉，冒着汗的脸颊在微弱的苍白灯光下闪闪发亮。哈里坐在一旁，一只爪子搭在她的脚上，这个动作经常出现在她情绪低落的时候。

坎迪回到厨房内，把台子擦得发亮。其他人都在外打理花卉，而她的花园是这个厨房，在此盛开的是珍馐和筵席。在二十六岁这个年纪，她对任何事物的喜爱都不及烹饪，尽管这没什么了不起的，既没有高档的白色大餐盘又没有精致的小块佳肴。她做饭是为了喂养灵魂，因而口味和数量的重要性不相上下。从高中辍学后，坎迪让琼相信自己能安全用刀，于是成了桑菲尔德的常驻厨师。你天生是块做厨子的料，特威格在头一回尝了一口新鲜出炉的木薯蛋糕后夸奖道。你有天赋，琼在吃了第一盘用自种蔬菜和药草做的芒果酱春卷后评价道。的确如此，每当坎迪烹饪或烘焙时，她的双手、本能和味蕾好像几乎为一种更高深的不可见的智慧所控制。她在厨房里春风得意，想象可能母亲是厨师或者父亲是面包师，以此激励自己。每当她被面对未知时的无力感吞噬时，烹饪都能抚平她内心的伤口。

房屋剧烈抖动，准是谁关水了。坎迪停止擦拭，身体靠在台子上，竖起耳朵听。门厅里传来拖着脚走路的声音，过了一会儿，又从卫生间传来开门的声响。

每当桑菲尔德收容一个需要安全之所的新人时，此处每个女人尘封的记忆都会被唤起，随之而来的是一段艰难的日子。不过这次情况有所不同，来的是克莱姆的孩子，还不会说话，何况她是琼的家人。关于琼的故事，所有人最清楚不过的就是她没有家人。花和女人花是我的家人，她常常这么说，说的时候手臂一挥，囊括了所有花田和桌边的女人们。

可现在，有关琼家人的秘密守不住了。一个孩子回来了。

被琼留下独自洗澡，爱丽丝甚感放松。热水在她脸上流淌。她想沉入深海之中潜水，让咸水刺激双唇，让凉意减轻眼痛。可这里不靠海。她想起附近有一条河，恨不能马上找到它。她下定决心，一有机会就朝它奔去。无论这多么微不足道，都算是个奔头。

爱丽丝一直在冲澡，剪好指甲才关了水。她用松软的绒毛浴巾擦干身子，穿上琼为她准备的睡衣，刷了牙。她的粉色牙刷上印有一些卡通公主，牙膏则闪光发亮。一切都过于精美，爱丽丝一度无法判断这些东西是玩具还是真的。她想起在家里卫生间的洗漱台上，她那个咸味酱颜色的玻璃杯放在妈妈的牙杯边上，里面插着她的透明塑料牙刷，上面的毛已磨损。她体内那个黑暗的深处再次翻滚，眼泪顷刻间落下。她越哭越相信身体里真的有某些大海的特质。

爱丽丝从卫生间出来以后，跟随琼上楼。哈里冲到她们前头。

"我知道它看起来有点蠢，但你可千万别被它给骗了，"琼向爱丽丝眨了眨眼睛，"它具有特殊魔力，能闻出悲伤。"

爱丽丝在门口停下脚步，看着哈里在她的床尾安顿下来。

"大家都在此工作，而哈里的职责所在是照看悲伤者并帮其找回安全感，"琼温柔地说，"哈里也有一套秘密语言，不管它出于何因没能意识到你需要它的帮助，你都可以自行告诉它你的需求。你愿意学吗?"

爱丽丝掐着拇指甲边缘点了头。

"太好了。那么学习如何'说'哈里就是你的第一份工作。我会让特威格或坎迪来教你。"

爱丽丝微微挺直了身板。她有工作了。

琼在房里绕了一圈,拉上了所有窗帘,它们翻卷的声音像是裙摆在舞动。

"想要我抱你上床吗?"琼指着爱丽丝的床问。"噢。"她大呼一声。爱丽丝顺着她的目光望去。

她的枕头上放着一个长方形小托盘,里面有一个闪闪发光的白色纸杯蛋糕,饰以一朵淡蓝色糖花。蛋糕上挂着一颗纸星星,上面写着,吃了我。蛋糕边上摆着一个奶油色信封,上面写着爱丽丝的名字。笑容挤过内心的纷乱和伤痛展露出来,温暖了她的脸颊。她奔向床头。

"晚安,爱丽丝。"琼站在门口道别。

爱丽丝轻轻地摆摆手。琼一走,她就打开了信封,拿出了手写信,信纸也是相称的奶油色。

亲爱的爱丽丝:

有三件事对我而言是毋庸置疑的:

1. 在我出生时,有人——我愿意认为此人是我的母亲——把我包裹在一件蓝色舞会礼服里。

2. 有位国王的女儿穿的礼服永远是同一种蓝色,这个世界上便有一种颜色是以她命名的。她在公众场合抽烟(那个年代的女人都不这么做);有一回穿戴整齐,与一位船长一同跳入泳池；经常在脖子上缠绕蟒蛇；还有一次在行进的火车中朝电线杆开枪。这些故事让我幻想有朝一日能与她成为朋友。[1]

3. 我最喜欢的故事如下：曾经，在一座距此不远的岛上，有一位王后爬上树等候丈夫从战场归来。她把自己绑在一根树枝上，立誓他不回来就不下来。她等了很久很久，渐渐变为一朵兰花，竟与她所穿的蓝色礼服上的图案一模一样。

还有一件我确信的真事。

在琼告知我她要去医院接你回家的那天，我在工棚里制作蓝女士太阳兰压花。我最喜欢这种花，因为它们中心的颜色是我最爱的，正是曾经包裹我的礼服的颜色，也是国王那位任性的女儿偏爱的颜色。这个颜色名为爱丽丝蓝。

晚安，宝贝。早餐见。

爱你的糖糖

爱丽丝脑中浮现的画面尽是新生儿、任性女人和变为花朵的蓝色礼服。她突然觉得饿坏了，拿起纸杯蛋糕，撕下包装纸，深深咬了一口香甜无比的香草味蛋糕。

她睡着的时候脸上还有蛋糕屑，坎迪的信则被牢牢捂在胸口。

水槽后面的壁龛里放了几盆草本植物，坎迪用一个旧番茄罐头为它们浇水。香菜和罗勒的清香四溢。她在水壶边放了四个水

---

[1] 实为美国总统西奥多·罗斯福之女，其因在白宫屋顶抽烟、在钱包里装蛇、赌马等行为而出名。

杯，为明天的早餐做准备。一个是琼的汤碗，不过她喜欢称之为咖啡杯；一个是碎裂的露营搪瓷杯，特威格坚持用它喝茶；一个是她自己的瓷茶杯和茶碟，上面有罗宾为她手绘的香草百合；最后一个小杯子十分朴素。坎迪想到孩子写满悲伤的脸庞，抬头望着天花板，心想爱丽丝是否看见她做的纸杯蛋糕。

琼下楼走进厨房时，她正在挂茶巾。油烟机的灯光打在她脸上，显出深影。

"坎迪，谢谢你做的纸杯蛋糕。这是我第一次见到她的笑容。"琼用力抹着下巴。"真是太不可思议了，"她接着说，声音里带着哭腔，"她怎么会和父母双方都如此相像。"

坎迪点头。正因如此，她还没做好见爱丽丝的准备。"明天你就能从头来过。你总和我们这么说，对吗？"

"不那么容易做到，不是吗？"琼咕哝了一句。

坎迪走出厨房时捏了一下琼的手臂。她走进卧室，听见酒柜门被打开的嘎吱声。在警察来访告知克莱姆和阿格尼丝的死讯之前，坎迪从未见过琼的酒瘾如此之重。人们寻找各种逃避之所，威士忌瓶底是琼的寄托。坎迪猜想，自己的母亲在一片香草百合荒野之中得到了解脱。坎迪历尽艰辛才寻到她的逃避方式，那就是待在桑菲尔德的厨房里。

她关上房门，打开床头灯，房内光线四散。她爱的一切基本都在这里。几扇大窗户下有宽敞的靠窗座位。特威格画的植物素描装裱后都挂在墙上，全是香草百合，每一幅都标注了日期，最早的日子便是特威格和琼带她回家的那晚。角落里摆放着她的桌椅，食谱堆在最上方。她的单人床上盖着一张用钩针手工织成的桉叶毯子，那是昔日的一位女人花内丝为她做的十八岁生日礼物。几年前，内丝从北边一个种植香蕉的小镇寄了一张明信片回来，上面提到她在那边买了一座房子。来到桑菲尔德的女人中，有些在度过一段时光、获得足够力量之后就离开了，比如内丝。而其他人，比如特威格和坎迪，知晓这里就是她们最终的归宿。

琼为她的十六岁生日做了一条项链，她每次做饭都会收好放在床头柜里。她坐下打开抽屉，取出项链戴起来，拿着吊坠在灯光下观赏。吊坠呈扇形，由保存在树脂里的香草百合花瓣组成，以纯银为边，扣在麻花状链子上。那是一个无月之夜，她收到礼物后开了卧室的窗户，悄悄溜至昏暗处，拼命奔跑，试图将给予她重击的失去抛诸脑后。

琼的儿子取名自铁线莲[1]，这是一种绽放鲜艳星形花朵的攀缘草质藤本。克莱姆对于年少时的坎迪来说恰是如此，她迷恋这个像星星一样迷人的男孩。她总是到处跟着他，尽管他为此愁容满面，却依然频繁回头看她是否追随左右。

坎迪踱步至窗边，注视着花田尽头的蜿蜒小道，它延伸至灌木丛中，通往小河。琼第一次准许她独自一人走去小河时，她和爱丽丝现在差不多大。坎迪以为自己是孤身跑过弯曲的小道，穿过树林，可她应该料到，克莱姆才不会让她独自探险。当她抵达河边时，他系着绳索，从头顶的桉树上一跃而下，尖叫着掠过河面，她被吓得惊叫不已。待她回过神来，克莱姆带她去了一棵高大桉树边的空地，他在那里用枝条、木棒和树叶搭建了一座秘密小屋，里面有一个睡袋、一盏灯笼、一把随身小折刀、收集的河石以及他最喜欢的一本书。他们坐在一块儿，彼此的膝盖靠在一

---

[1] 铁线莲原文为 clematis，克莱姆原文为 Clem。

起。他为她读故事,手指在温迪为彼得·潘缝上影子的插图周围划过。

坎迪,我们像这样缝在一起,他说。我们永远不会长大。他打开小折刀。发誓。

她把柔嫩的掌心递给他。我发誓,她向他保证时突然而至的刺痛感让她猛吸一口气。

血誓,他得意地说,同时用刀尖划破了自己的手掌,而后紧贴坎迪的手掌,十指紧扣。

坎迪用指尖摸了摸掌心依稀可见的小疤。

在她的成长过程中,克莱姆的确是一颗明星,始终高挂在她的天空。可是,在坎迪十四岁、克莱姆十六岁时,救世军[1]把阿格尼丝·艾维送到桑菲尔德。自那天起,一切都变了。克莱姆变得面容憔悴,情绪多变,他对坎迪的关注都转移至阿格尼丝身上。阿格尼丝与坎迪同龄,也是个孤儿。她来的时候头发里编了枝条,手里拿着一本《爱丽丝漫游仙境》,深邃的大眼睛像画一样,你走到哪儿,她就跟到哪儿。琼直接安排她去工作,阿格尼丝干得很卖力,仿佛想要赢得一场比赛。从日出到日落,她都在花田里工作,直至双手起泡、裂开、出血,直至细长的手臂因一趟又一趟地从花田搬运采摘的鲜花到工棚而耗尽气力。她学习桑菲尔德词典时眉头紧蹙。每到夜晚,她都会坐在钟塔里,对着月光吟唱学到的花语。坎迪开始在桑菲尔德到处跟踪阿格尼丝,在她劳作时躲在暗处观察这个更得克莱姆欢心的女孩。坎迪跟踪至河边,藏在灌木丛里偷看阿格尼丝,见她提笔在肌肤上写故事,顺

---

[1] 成立于1865年的国际性宗教及慈善公益组织。

着前臂往下写，又沿着腿往上写，四肢都写满之后才褪去衣衫，在碧绿的河里游泳，游到身体洗净为止。附近的一根细枝落下，让坎迪发现了藏身的克莱姆，他也在偷看河里的阿格尼丝，脸上的神情宛若找到一颗坠落地球的星星。他在一棵巨型桉树的树干上刻了他和阿格尼丝的名字，坎迪看到后明白自己已经失去他了。桑菲尔德的每个人都中了阿格尼丝的魔咒，尤其是克莱姆，坎迪能做的只有无助地观察。阿格尼丝的出现，似乎激活了他体内的某些东西，某些冠冕堂皇的、残暴的东西。他与坎迪相处时变了一个人。

克莱姆和阿格尼丝离开桑菲尔德后，他体内被唤醒的暴怒和他的彻底消失掏空了坎迪的全世界。她怀着悲愤，疯狂地从那棵巨型桉树上抠掉阿格尼丝的名字，指甲碎裂了整整一个月。可是，无论她做什么都无法抚平她的伤痛，就算离开桑菲尔德也没用。

她本能地记得逃离桑菲尔德的那个夜晚，因为她还能感觉到当时跑过灌木丛时腿部的灼烧感。此前的一个午后，她走在放学回家的路上，一个男人在她身边停了车，递给她伏特加和烟，说他来自沿海一个天堂般的地方，在返程途中经过城里。后来，坎迪常常溜到城里和他见面。有一回，这位爱人许诺在公路上等她，带她走。她会跟他走吗？他会教她海泳，找一个带有私人花园的住所。她经不住诱惑，那晚在月光下穿越灌木狂奔。在高速公路上与他碰面时，那种自由的感觉令她沉醉。为了能摆脱克莱姆的离去带来的挥之不去的痛苦，她上了他的车，他踩下油门，在淡淡的银色夜光里驶向远方。然而，才没过几个月，坎迪又走进了桑菲尔德的车道，全身上下只有身上穿着的棉裙和脖子上挂着的香草百合吊坠。当时，琼和特威格坐在前门阳台上，见她回来便迎她进门，在桌边加了个座，却什么都没说。她发现卧室一点儿都没变，原原本本地保留着她离开时的样子，她被击垮了。原来，琼和特威格早就知道她只是一时糊涂，还会回来的。唯有坎迪以为自己能逃离悲伤。

坎迪又抬头望着天花板，心里想着阿格尼丝和克莱姆沉默寡言的女儿爱丽丝。她陷入自己的回忆里，抽丝剥茧，想搞清楚爱丽丝的遭遇。坎迪曾无意中听见琼告诉特威格，克莱姆把爱丽丝打得不省人事，他的孕妻阿格尼丝也有相似的经历，从她满是瘀伤的身体上就能看出来。是怎样的懦夫会施如此暴行？他到底变成了什么样的禽兽？克莱姆的幼儿，也就是爱丽丝的弟弟，现在情况如何？

她把这些问题抛诸脑后，用拇指抚摸吊坠，琢磨着香草百合的花语：*爱的使者*。自琼的曾祖母露丝·斯通在十九世纪把这片旱地改造为花卉农场起，桑菲尔德的标语就从未改变：*野花盛开的地方*。坎迪和其他投奔琼的女人都认为这点千真万确。

坎迪准备休息了，不过还在思忖爱丽丝是否哪怕有一丝意识到不管她从何而来，过往有何经历，她都已经到家了。

## 09

花 语

魅惑，妖术

**紫龙葵**
Solanum brownii

新南威尔士

茄科的一种，一般有毒性。
通常与民间传说中的死亡与鬼怪相联系。
拉丁学名源自"solamen"，
意为平静和宽慰，也指某些种子的麻醉性。
为某些蝴蝶和蛾子的幼虫所食用。

爱丽丝在床上径直坐起，不断地干呕着，全身冒着冷汗。在梦境里，火焰织成的条索紧勒着她的喉咙，让她无法喘息。随着双颊上的温热褪去，她向后仰去，躺在微湿的枕头上，眯着眼睛瞥向窗口挤进的一缕晨光。坎迪的书信就在她身旁，略带褶皱。爱丽丝拾起书信，指尖缓缓划过墨迹。昨晚的梦里，火焰的颜色与往常不同，是蓝色的。那是爱丽丝名字的颜色，是坎迪头发的颜色，也是传说里痴情女人的礼服在悲痛中变为兰花的颜色。

爱丽丝竭力想忍住泪水，但它们却自顾自地不断从眼窝涌出，像口哨一般招来了哈里。哈里蹑手蹑脚地走进爱丽丝的房间，项圈发出丁零当啷的响声，它用湿哒哒的鼻子蹭着爱丽丝裸露的膝盖。哈里庞大的身躯给了爱丽丝十足的安全感。

爱丽丝闭上双眼，用手指紧压着它们，直到眼睛传来痛感。睁开眼的刹那，爱丽丝眼冒金星。等爱丽丝缓过来，她意识到有人来过她的房间，在她的书桌上放置了干净的衣物和一个盛着早饭的托盘。哈里舔了舔爱丽丝的脸颊，爱丽丝腼腆地笑着，起了身。

椅背上挂着一条干净的短裤和一件T恤。桌上叠放着袜子和内裤。她的靴子整齐地摆在地板上。那里还有一顶宽檐帽，以及一条与女人花们穿戴的一模一样的小围裙，口袋上绣着用蔚蓝色丝线勾勒的爱丽丝的名字。爱丽丝用指尖划过一个个字母。那种蔚蓝，正是爱丽丝幻想中出现在坎迪最喜欢的故事里的那件礼服的颜色。是否等待爱人重回身边的时间足够漫长就能让自己变成另一种存在呢？这样的想法让爱丽丝头疼。

爱丽丝取了一片托盘里的桃子，塞进嘴里，甜中带酸的汁水让她双颊发疼。她又吃了一片桃子，然后在睡裤上擦拭了双手，拿起了T恤。这件棉质T恤的质感就像被人穿过了上千次。阿格尼丝也曾拥有过类似的一件T恤。爱丽丝很喜欢在妈妈穿得足够久后穿上那件T恤，带着妈妈的味道安然入睡。

"早安。"

琼站在门口。哈里欢快地发出呼哧呼哧的声音。爱丽丝的头发披散在脸上。琼收拾了床，抱着床单一言不发地离开了房间，爱丽丝并没有把凌乱的头发撩至耳后。没过多久，琼又抱着一叠干净的床单走上了楼梯，显得有些气喘吁吁。爱丽丝感到十分羞愧。哈里靠着爱丽丝，舔去她脸上的泪痕。琼屈膝靠近爱丽丝，膝盖发出脆响。

"爱丽丝，等你习惯了，就不会感觉这么陌生了。"琼说道，"我答应你。我知道你受着煎熬，这里的一切对你而言是那么的新鲜，甚至让你感到惊惶。但是如果你能给一些机会，我相信这里会把你照顾得很好。"

爱丽丝抬起头望着琼，第一次看见琼的眼神不再游离。琼的双眸就在那里，亲近而饱满，直直地注视着爱丽丝。

"我知道，目前的一切看起来都有些糟糕，但会越来越好的。你在这里很安全，好么？不会再有坏事发生了。"

爱丽丝盯着琼的时间越长，她的心就跳得越快。她强迫自己闭上眼睛，感到难以呼吸。

"爱丽丝，你还好吗？"琼的声音开始变得逐渐遥远。哈里在她们身旁来回转悠，不住地吠叫。

爱丽丝摇晃着脑袋，一段段记忆在她身体里被撕裂成碎片。零散的记忆跳跃在不同的场景间，一步步回到了桑菲尔德，回到了医院，回到了那场大火，回到了更早更早的时刻。

记忆定格在父亲的木棚里。

她看见了手捧花朵的女人和女孩的木质雕像。

琼的嘴唇在动，可爱丽丝却听不清她说了些什么。爱丽丝感觉自己像是被投进海中，不断地浮沉，而琼的脸庞在海水的过滤下忽隐忽现。

终于，爱丽丝认出了她。

这肯定是琼：她的表情、她的头发、她的姿势、她的笑容，爱丽丝都曾见过。

爱丽丝挣扎着，拼命呼吸。

原来，她的爸爸在木棚里雕刻过千万遍的女人就是琼。

---

琼从前门背后的挂钩上取下自己的阿库巴帽，紧紧地戴在头上，顺手从侧柜上抓走了钥匙。她冲出门外，奔下阳台的台阶，大步向她的卡车走去时被晨曦刺得眯起了双眼。琼猛拉开门，哈里的出现让她惊呼了一下。就在刚才，哈里还在楼上陪着爱丽丝，一转眼，它竟卷着尾巴乖巧地坐着，直勾勾地盯着琼。

"你真是个会玩捉迷藏的小淘气！"琼嘟囔着，"你总是给我带来惊喜。"她揉了揉哈里的大耳朵。琼钻进车里的时候，回想起在楼上看见的爱丽丝的脸色和认出她的眼神，浑身冒冷汗。琼试图让颤抖的双手恢复正常，可手却不停哆嗦着，试了三次才成功插入车钥匙发动引擎。她顺着口袋向下摸索，掏出酒瓶，大喝了一口。

"琼，"前门传来特威格的呼唤声。

琼急忙把酒瓶塞回口袋。威士忌滑过喉咙直入肚子，带来一阵强烈的灼烧感。

特威格匆忙跑向琼的卡车，站在车窗旁等待。自从爱丽丝来到这里，她俩就没说过几句话。琼如临大敌一般紧绷起神经，做好和特威格再大吵一架的准备，就像那种要不绝交、要不关系升华的争吵。在过去的几十年间，她们有过几次异乎寻常的经历，此时她们正处在新一轮的考验中，仍旧团结一心。就像家人间原本该有的样子一般。

当琼摇下车窗，特威格刻意地向后退了一步，暗自后悔自己之前没吃口香糖。

"她没事，"特威格在沉默片刻后平静地说道，"她在休息室休息，和坎迪一起。"

琼点了点头。

"我打电话给医院了——"

"呵，你当然打了。"琼不屑地嘲弄道。

特威格没有理她，继续说道，"那个护士，布鲁克，她说听起来爱丽丝像是惊恐发作了，她需要休息、陪伴和关切的眼神。琼，她也需要接受专业咨询的建议。"特威格向前一步，双手趴在窗沿上，继续说道，"她必须去见一个人。"

琼摇了摇头。

"每个人都应该从某个地方或某个人那里寻求归属感。"特威格的声音被淹没在引擎的轰鸣声中，几乎听不到了。

琼皮笑肉不笑地挤出一丝刻意的笑容。特威格清楚自己在做什么，当年她刚来到桑菲尔德时，琼也曾说过一模一样的话。琼挂上了挡，准备离开。对于某些事情，琼执拗到听不进别人的建议。

"我打算让爱丽丝去上学，那里才是她该去的地方。"琼蓦地说了一句，被刺痛的特威格向后退去。

琼驱车离开时，她浑身起着鸡皮疙瘩，仿佛特威格说的一字一句都压在她的皮肤上。她脑子里究竟在想什么，对她儿子的女儿负责？除了是表上填的近亲，她是谁？今晨爱丽丝眼神中闪现的认出她的迹象一直在琼的脑中萦绕。同样的问题一遍遍地纠缠着、质问着她：爱丽丝是怎么知道她的长相的？

爱丽丝躺在窗口的沙发上，听着琼的卡车发出的隆隆声越行越远。她试图将碎片化的信息拼接起来。爸爸木棚里的雕像是以琼为原型制作的。琼是她的奶奶，更是她父亲的母亲。为什么爱丽丝在之前未曾见过她呢？要说她父亲不爱琼是不可能的，要不然他也不会花那么多工夫雕刻一个又一个她的雕像。爱丽丝叹了口气，把自己更深地埋进沙发里。窗外飘来一阵喜鹊的鸣叫。爱丽丝闭上双眼，聆听着。有落地摆钟的滴答声，有她平缓的心跳声，有她均匀的呼吸声。

自从琼把爱丽丝带下楼并委托特威格照顾后，琼就再也没有回来过，完全从这个房子里消失了。特威格给爱丽丝准备了一杯甜品，爱丽丝的身体就像在阳光下融化的巧克力一样。爱丽丝惬意地闭上眼睛，当她再次睁开双眼时，特威格已经离开了。坐在她跟前的是糖糖，她秀丽的蓝色长发就像仙子的丝线在线轴上呈波浪状散开似的。

"嘿，小甜心。"坎迪笑嘻嘻地说道。

坎迪的秀发、散发出耀眼光泽的嘴唇、略有剥落的薄荷色指甲油、珐琅色纸杯蛋糕状的耳饰，无一不让爱丽丝如痴如醉。

"你看起来气色不错，我的小花。"坎迪牵过爱丽丝的手，揉捏着。爱丽丝不知道如何回应，便继续凝视着坎迪。"我在烘烤饼干，"坎迪继续说道，"做早茶点心，但我需要有人在上桌前先品尝一下。你能帮我这个忙吗？"

看到爱丽丝拼命地点头，坎迪立刻开怀大笑。

"天哪，瞧瞧这小脸！"坎迪捏着爱丽丝的一绺头发，撩到她耳后，"这是我在桑菲尔德见过的最可爱的笑容了，"她说道。只有爱丽丝的妈妈曾和爱丽丝说过她的笑容很可爱。

在等着饼干出炉的时候，爱丽丝用手指敲着自己的肚子。明亮的阳光穿过浓密而宽阔的热带植物叶子，洒进房间。厨房里散发出烟草和糖料的混合香气。坎迪的哼唱声不时涌向休息室。

终于，厨房传来脚步声，同时也带来了一股糖浆味道的香气。爱丽丝挣扎着坐直。

"不不，小甜心，别起来，继续休息。"坎迪挪了一张小桌子到沙发旁，摆上一盘澳新军团饼干和一杯冰牛奶。"休息休息，来点好吃的。"爱丽丝拿起一块还带着烤箱余温的澳新军团饼干，用食指和拇指挤压着它的边缘。挺硬的。同样地，爱丽丝捏了捏饼干的中间，倒是挺松脆的。爱丽丝惊讶地看着坎迪。

"哦，当然。爽脆的饼边，耐嚼的饼块。正是饼干该有的口感。"坎迪边说边坚定地点了点头。这一瞬间,爱丽丝爱上了坎迪。她尽力张大了嘴巴,咬了一口。

"你的嘴巴鼓得像负鼠一样。"坎迪笑道。

纱门被完全打开,大厅里瞬间充满了踏脚声和脱靴子的声音。不一会儿,特威格来到休息室,一脸愁容。当她见到爱丽丝和坎迪时,脸上的担忧便褪去了。

"来得正是时候,我的小雏菊。"坎迪递过来盘子。特威格挑起一边眉毛用眼神询问爱丽丝。爱丽丝害羞地笑了,点了点头。

"爱丽丝都这么表示了,我又怎么能拒绝呢?"特威格从盘子里拿了一块饼干,咬下去时发出了感叹的声音。"坎迪,你和炼金术士一样厉害。"

炼金术士。爱丽丝提醒自己过会儿一定要在字典里找一找这个词。

"爱丽丝,甘菊蜜茶可算得上是款待了,感觉好一点了吗?"特威格朝爱丽丝亲切地笑着。爱丽丝点着头,口型是:"很好,真的很好。"

"琼去哪里了?"坎迪问道,话一出口,她便后悔了。

"琼,呃,她去城里办些紧要的事情去了。"特威格向坎迪投去一个严厉的眼神,随即转移了话题。"准备好迎接女人花们来喝早茶了吗?"

坎迪点了点头,"咖啡壶和茶壶,还有饼干都已经放在后面的阳台上了,一切就绪。"

"太棒了,我会——"特威格被车道传来急促的轮胎摩擦声和一阵喇叭声打断。她把头探向窗外。

"博良娜来了,来领取她的报酬。我能给她拿一块饼干吗?"

特威格从盘里拿了两块饼干,又笑着拿了第三块咬在嘴里。她朝门厅走去,消失在视线中,没过一会儿,她又穿着靴子回来了。"天哪,饼干太好吃了,坎迪。"特威格转身打算离开,又停住了。"既然爱丽丝对工棚这么感兴趣,你怎么不带她去那边转转呢?女人花们不在里面工作的时候正是带她参观的好时机。过会儿见。"特威格挥了挥手,向外走去。

"博良娜也是一位女人花,唯一一位不住在这儿的女人花。"坎迪解释道,"她带着儿子住在城镇的另一头。小博每周都来,她负责保持桑菲尔德的干净整洁。她是一个十分可爱的保加利亚人。"

爱丽丝好奇,保加利亚人是什么?或许,这是一种花卉?

"听着,我现在去取来你的靴子和行头,等你穿戴好了,要不要一起参观下工棚?"坎迪问道,"如果你有兴趣,我带你去认识一下博良娜。"

爱丽丝点了点头。只要是和糖糖在一起,做什么她都兴趣盎然。

坎迪在楼上的时候,爱丽丝走向窗口,去看一看保加利亚人长什么样。外头,一辆旧车旁,一位手臂黝黑有力、头发黑长、嘴唇鲜红的女人和特威格交谈着。她们时不时哈哈大笑。吸引爱丽丝注意力的并不是这个女人,而是坐在车里前排座位的一个小男孩。

爱丽丝从没有和一个男孩有过这么近的距离。

她只能看清小男孩的轮廓,他蓬松的麦色头发遮挡了大部分面容。和爱丽丝一样,小男孩的头发披散在脸上。他低着头,看着他手里的某样东西。爱丽丝想知道他的眼睛是什么样的。小男孩换了个坐姿,把正在读的书本摆在车窗上。是一本书!

小男孩就像听到了爱丽丝那扑通乱响的心跳声一样,他抬起头,直直地看向她。爱丽丝的身体被一种奇怪的感觉击穿了。她的四肢变得不听使唤,就像被冻在原地一样。爱丽丝在窗后凝望着小男孩。慢慢地,他抬起了手,向爱丽丝挥了挥。他在招手。爱丽丝变得不知所措,她也抬起手来向小男孩挥了挥。

"准备好了吗?"

爱丽丝转过身来。坎迪晃着蓝色靴子的鞋带,手臂下夹着工作服。爱丽丝摇了摇头,她感到体内一团糟,就像身体的某些部分被掏出来,又被装填回不同的位置一样。

"怎么了?"坎迪一边问着,一边走向爱丽丝。爱丽丝又转向窗口,向外指去,但博良娜已经载着那个小男孩开车离去,只留下飞扬的尘土。

"哦,别担心,我的小甜心。你很快会再见到她的。"

爱丽丝把手按在玻璃窗上,望着扬起的尘土回落的地方。

爱丽丝跟随着坎迪路过了女人花们居住的宿舍。到达工棚后,她们在被藤蔓覆盖的门前停下了脚步。坎迪移开了藤蔓,从口袋里拿出了一串钥匙,将一把钥匙插进了钥匙孔。

"准备好了吗?"坎迪笑着问道。门开了。

她们一起站在工棚的入口。早晨暖洋洋的阳光洒在她们的后背上,但工棚里的冷气还是让爱丽丝哆嗦了一下。爱丽丝搓着双手,想起了那个向自己挥手的小男孩。

"你叹了好大一口气,"坎迪抬起一条眉毛,看向爱丽丝,"你还好吗?"

爱丽丝很想说话,但蹦出嘴巴的,是另一声叹息。

"语言有时候并没那么有用,"坎迪一边说着,一边握着爱丽丝的手,"你觉得呢?"

爱丽丝点了点头。坎迪捏了捏爱丽丝的手才放开。

"来吧。"坎迪顶着门,不让它合上,"一起进去转转吧。"

她们向内走去。工棚的前半部分堆满了长凳和一摞摞的桶,还有一行水池,以及一排靠着墙的冰柜。架子上放着工具,一卷卷整理好的遮阳服,各式各样的瓶瓶罐罐。墙上挂着宽檐帽、围裙和园艺手套,下方整齐摆放着一双双橡胶鞋,就像一列立正的隐形花朵战士。爱丽丝转向长凳,看见每一张长凳下面也都有架子,上面堆满了各式容器。整个工棚散发着肥沃土壤的气息。

"我们从田间剪下花朵后,就把它们转移到这里。每一朵花在被送出工棚前都得仔细检查。它们必须是完美的。我们的订单来自四面八方的买家,我们将打包好的花运送到远近的花店、超市、加油站和花鸟市场。它们被佩戴在新娘、遗孀和——"坎迪的声音颤抖了一下,"新晋妈妈的身上。"她用手平抚着一张长凳。"真是件神奇的事情,你说对吗,爱丽丝?我们在这里种植的花朵,在任何你能想到的场合,都能帮助人们传递语言无法表达的情愫。"

爱丽丝模仿着坎迪的动作,用手划过工作台。谁会用花朵代替语言来表达自己的情感?一朵花怎么可能传达出与语言一样的意思呢?一本包含了千言万语的书,若用花朵来替代会是什么样呢?从来都没有人给她的妈妈送过鲜花。

爱丽丝蹲下来，观察长凳下的器具，一个个盆里装着修剪工具和一团团线球，一只只小木桶里装着五颜六色的记号笔和水笔。她打开了一支蓝色记号笔的笔盖，闻了闻。她在手背上画了一条笔直的竖线，写下了一个"我"[1]。随后，她完整地写下了四个字——"我在这里"。当坎迪朝她走来，爱丽丝把这些字擦得无影无踪。

"哈！是爱丽丝蓝！"坎迪探头望向蹲在长凳旁的爱丽丝，"跟我来。"

她们穿梭在长凳间，经过了水槽和冰柜，来到了工棚的后半段，那里布置得像一个艺术工作室。每张桌子上都铺着黑色帆布，喷漆瓶和装着刷子的罐子四散着。在一个角落，放置着画架、高脚凳和一个装满颜料管的盒子。另一张桌子上摆着一卷卷铜箔，一片片彩色的玻璃和一罐罐工具。爱丽丝来到工棚后方不开放的区域，她被眼前的事物完全吸引住了，全然忘记了那个小男孩，甚至把琼和她父亲的雕像们抛诸脑后。

"就是这里。"坎迪略略笑道。

头顶上方的木架里，挂着好几打不同干燥程度的花朵。一张长凳与一面临时的隔墙并排放置，长凳上摆放着由于长期使用而发黑的工具和衣服，铺散着干燥的花瓣，就像被随意丢弃在海岸的衣服。爱丽丝用手触碰它的木质表面，回想起妈妈在她的花园里用手拂花头的场景。

在长凳的一端，铺着一块天鹅绒床单，上面点缀着各式手镯、项链、耳环和戒指，用琥珀压制的花朵作为它们的装饰。

---

[1] 原文为"I"，即英文中的"我"。

"这里是琼的地盘，"坎迪说道，"桑菲尔德的建立源于一些故事。琼正是在这里施魔法，让这些故事成真。"

**魔法**。爱丽丝站在这些熠熠生辉的首饰前。

"琼在这里种植了每一种花卉。"坎迪拾起了一个手镯，上面挂着的垂饰镶嵌着一片浅桃色的花瓣。"她压平每一片花瓣，将它镶嵌在透亮的琥珀中，然后用银封边。"坎迪将手镯放回原处。爱丽丝观察着项链上的垂饰、耳环和戒指上的其他花朵组成的彩虹。每一片花瓣都被永久地封存着，尽管时间流逝，它们的色彩却不会褪去。它们永远不会褐变或者显得黯淡无光。它们将永葆活力，永不凋零。

坎迪走到爱丽丝身旁。"在维多利亚时代，人们在欧洲通过鲜花交流。这是真的。琼的先人——也是你的祖先，爱丽丝——生活在很久之前的女人，她们一代一代地传承，从英国漂洋过海地传播花语，直到露丝·斯通把它带到了桑菲尔德。人们都说她许久没有使用花语，直到她坠入爱河，她才开始用花来表达自己的情感。另外，与她从英国带来的花语不同的是，她只用爱人赠与她的花。"坎迪停顿了一下，她的脸上泛起了红晕。"无论如何……"她的声音越来越小。

**露丝·斯通**。她的祖先。爱丽丝的双颊因好奇而飞红。她想为自己的每一根手指戴上戒指，在温热的皮肤上按压冰冷的银制垂饰，在双腕套上手镯，给没有耳洞的双耳夹上耳环。她想穿戴上秘密的花语，表达出她的声音无法传递的一切。

在长凳的另一头，放着一本手工制作的小书。爱丽丝向它缓慢挪着脚步。书脊上的裂痕被反复修补过，现在由红色的缎带将书页捆绑在一起。封面插图上的红色花朵看起来就像是正在滚动的车轮,金色的手写笔迹已有些褪去,澳洲本土花卉之桑菲尔德花语。

"露丝·斯通是你的曾曾祖母,"坎迪说道,"这本是她的词典。多年以来,露丝的女性后代们在这里种植新的花卉品种时,也在不断扩充这门语言。"她的手滑向陈旧书页的底端,继续说道,"这本书在琼的家族里一代代流传下来。事实上,就是你的家族。"坎迪及时地纠正了自己的说法。

爱丽丝的指尖在封面上摩挲着。她多想打开这本书,但她不知道她是否有这个权利。它的书页已经泛黄,有几页还以奇怪的角度突出来。有部分书写的文字片段可以在外沿看见。爱丽丝把头移向书的侧面。她只能读懂少数几个单词:黑暗、树枝、淤青、芳香、蝴蝶、天堂。这是爱丽丝见过的最棒的书了。

"爱丽丝。"坎迪弯下腰,目光与爱丽丝齐平。"你之前听过关于露丝·斯通的故事吗?"

爱丽丝摇了摇头。

"小甜心,你对自己的家族有足够了解吗?"坎迪温柔地问道。

爱丽丝自己都无法理解的羞愧感让她瞥向别处。她再一次摇了摇头。

"哦,真是个幸运的女孩子。"坎迪略带悲伤地笑了笑。

爱丽丝看着坎迪,一脸疑惑。她用手背擦了擦鼻子。

"你还记得爱丽丝蓝吗?就是我在给你的信中提及的女人,一个国王的女儿。"

爱丽丝点了点头。

"她的母亲也在她年幼时就过世了。"坎迪握住了爱丽丝的手,继续说道,"她悲痛欲绝,之后被送到装满书籍的宫殿中,与她姑妈生活在一起。当她长大后，爱丽丝蓝曾说，是那些姑妈讲给她听的和她自己从书里读到的诸多故事拯救了她。"

爱丽丝想象着爱丽丝蓝的样子，那是一位少女，披着拥有夺目光彩的长袍，在窗外洒入的微弱光线下饱览书籍。

"爱丽丝，你能找到这个地方和你的故事，真是个幸运的女孩。更别提你有机会知道自己从哪儿来，属于哪里了。"坎迪把脸扭了过去。片刻之后，她擦拭着她的脸颊。空调从暗处传来阵阵声响。爱丽丝研究着这本旧书，想象着女人们花时间折着书，在为这本写满秘密语言的词典添加新词条时，她们手里或许握着一捧本土花卉。

久未走动，爱丽丝的双腿开始痉挛。坎迪又转向爱丽丝，向她抛去一个让她浑身热血沸腾的问题。

"你想让我告诉你通往小河的路吗？"

# 10

花 语

少女时代

## 澳洲黑刺李
Bursaria spinosa

澳大利亚东部

海桐花科小型乔木或灌木,树皮起皱,为深灰色。
枝条光滑,但带棘刺。叶片破损后,会散发松香。
白花在夏季盛开,气味香甜。
蝴蝶饮其甘露,小鸟觅得栖所。
枝刺排布错综复杂,蜘蛛在此竞相筑网。

阳光耀眼，爱丽丝遮挡住眼睛。尽管秋夜微凉，但白日的时光依然燥热。坎迪掀开藤蔓，为身后的工棚大门上了锁，藤蔓又垂下挡在了门口。女人们已在阳台用完了早茶，正在把桌上的杯子和盘子送往厨房。坎迪大喊着问米弗时间，就是那个在喉间纹了蓝知更鸟的女人。得到米弗的回复后，坎迪转向爱丽丝，满脸沮丧。爱丽丝的心顿时一沉。

"噢，小甜心。抱歉，我没意识到已经这么晚了。恐怕我得去准备午餐了，否则我们就是真的对女人花们照顾不周了。我会再找个时间带你去河边的。"

爱丽丝紧紧盯着她的脸庞。

"不，别这么看着我。求你了。我真的不能让你一个人去。"

爱丽丝的眼神仍停留在坎迪的脸上。

"该死，"坎迪低声咕噜道。"听着，你要答应我，要比从前都更为小心谨慎。这、辈子、以来、最小心。"坎迪皱起了眉头。"而且，你要答应我看一眼河就马上回来。直接回来。我说真的。"

爱丽丝猛地点头。

"还有最后一个要求：你不能告诉琼和特威格，在她们第一次让我独自照看你的时候，我就让你一个人行动。"

爱丽丝挑了挑双眉。

"噢。好吧。这倒不是个问题。"坎迪的双臂在胸前交叉。"好的，爱丽丝蓝，"尽管不愿意，她还是屈服了，"你可以自己去河边探索。但是，别让我失望，好吗？想在这里获得第二次机会可不是件容易事儿。"

爱丽丝奔向坎迪，环抱了她的腰。我信任你。

在接下来的十分钟里，坎迪重复着通往河边的路：找到花田尽头的那条小道。沿着它一直走，穿过灌木丛就能抵达河边。不要离开这条路。不要跑到河里去。不要尝试去河对岸。除了沿着那条路走向河边什么都不要做。

直到爱丽丝对每个字都点了三次头，坎迪才感到满意。

"好吧，那么，"她说，"我现在去准备午餐。一会儿见，小甜心。"

爱丽丝有些迟疑，她不敢相信自己竟然能被允许离开。走到最后几级台阶时，坎迪转过身来。去吧，她笑着做出了这个嘴型，双手在赶爱丽丝走。

爱丽丝行走在花田中，坎迪的指引在她耳中回响。她没有停下脚步，没有回头看，也没有任何踌躇。要是她还能发声的话，她会仰头向后，一路欢呼。她的眼神紧紧锁定花园尽头的白垩岩小道，那条通往森林的路。去河边，爱丽丝对自己唱道。去河边。

走进灌木丛后，爱丽丝放缓了脚步，按照正常的步行速度前进。一束束光线从林冠洒下，照亮了她的双脚。蟋蟀和铃鸟齐声歌唱，树蛙时不时地发出噗噗的和鸣。她凝视着头顶的桉树，看到枝叶在风中摇曳，想让彼此安静下来。帝王蝶还是按着拍翅、拍翅、俯冲的节奏飞，落在野生棉花灌丛上。她停下来细细观察覆盖着地衣的石块，布满绒毛且卷曲的桫椤芽儿，还有一块地长满散发着香甜气味的紫色野花。空气中弥漫着干土、香草和桉树的香味。

她几乎记不起自己为何而来了，但突然出现的声音让她缓过神来。她停下脚步，仔细聆听。确实有一个声音，微弱，却清晰：是水在呼唤她，生动得好似妈妈的声音。爱丽丝冲向河边，头发在脑后飘动。

这条小道的尽头是一块岸边的空地，一旁是一条宽宽的、碧绿的河。它不像大海那样卷着浪花、嘶吼或发出哗哗的巨响，而是平静地流动，不断吟唱。爱丽丝被它所吸引，也为周边的其他景象着迷：树根延伸至水中，石块半浸入河里，上面附着的苔藓拖着一缕缕长长的尾巴。

*不要跑到河里去。*

爱丽丝默默地向坎迪道了个歉，与此同时踢掉了脚上的靴子。当她注意到河边有一条窄道时，她刚脱掉了袜子。

她瞪大眼睛张望这条窄道通往何方。坎迪没有提起还有另一条小道。想在这里获得第二次机会可不是件容易事儿。爱丽丝朝窄道爬去。她只想瞄一眼。不过，令她失望的是，这条窄道没有通向任何地方。它短得就像没有一样，到前方一块极小的环形空地那儿就断了。那是河边的隐蔽处，也许能同时容纳两个人。爱丽丝在尘土中拖着脚走着，失落地叹着气。但是，正当她转身想走回河边时，她的目光被吸引住了：有一个能挡住阳光的庞然大物，它的边缘闪着金光。当她意识到眼前的这棵河岸赤桉竟如此高大时，她的眉毛不觉地上扬。她的身高还不及树干的宽度。爱丽丝观察起枝条来，它们不断向上伸展，一眼望不到顶。一想到要爬这棵树，她的手就变得黏乎乎的。树枝上挂满了盛开的花朵和芬芳的新月形叶片。树根伸至河内，形成了一个个囊袋，里面盛满了桉树的果、叶和花。它能在树中称王了。但更能吸引爱丽丝注意力的是树干上的斑点，那是一串刻上去的名字。虽说名字都在她的视平线之上，但爱丽丝踮起脚尖、仰着头便看到所有名字。她辨认出露丝·斯通的名字，但不知道其他人都是谁，直到看见最后两个名字。

琼·哈特。

琼的名字边上有一道深深的划痕，爱丽丝猜想那里曾经也刻了一个名字。下方是爱丽丝爸爸的名字：克莱姆·哈特。他的名字边上也有一个类似的划痕，那里一定也曾有个名字。爱丽丝试着弄懂这个名单，好像这和鲜花们一样代表着一种秘密语言，可她看不懂。露丝·斯通，雅各布·怀尔德。沃特尔·哈特，卢卡斯·哈特。琼·哈特。克莱姆·哈特。以及两个从树上凿去的名字。

白鹦刺耳的尖叫声吓她一跳。那些被除去的名字和如此之小的落脚区域，让她感到紧张。

白鹦再次尖叫，爱丽丝仓皇跑回河边的那块空地，气喘吁吁地站着，想要心跳慢下来。

平缓流淌的河流安抚了她。热气和潮气紧贴她的肌肤。一粒汗珠顺着她的脊柱滚落。*答应我看一眼河就马上回来。直接回来。*

爱丽丝克制不住自己。她脱掉了T恤和短裤，把它们扔到早已脱下的靴子边上，从岸边一步步走向沙软的河滩。当清凉的河水没过她的双脚，她打了个颤，有一种熟悉的舒适感。她最后一次去游泳的记忆变得遥远，仿佛那已是许久之前的事，她已经不太记得起海水的味道了。她继续往深处走，直到河水没过膝盖，水流轻柔，使她平静。她再继续向前至河水及腰，张开双手在水面激起水花。她放松了肩膀。周围的森林传来嘀嗒声和嗡嗡声。

她瞥了一眼那棵赤桉，回想着树干上刻着的名字。这条河完全是另一回事了，琼曾这么说过，当她们一起在花田的时候。我的家族世世代代拥有它。我们的家族。爱丽丝往水里看去，看着踩在沙软水底的双脚。河是能够被拥有的东西吗？这是不是像某些人想说他们拥有大海？爱丽丝认为，只要你站在其中，大海就属于你。另外，一想到她自己以某种方式成为这个地方的一部分，她心里的一块天地便被温暖填满。一只笑鸮在她头顶嘟囔着。爱丽丝点头致意。想得够多了。她又往前走了一步，沉入碧绿的漩涡之中，把所有还没提出的疑问都留在水面上。

水中竟真的没有盐，甚至显得有一丝甜味，她有些震惊。她的双目并未感到刺痛。她吐出了泡泡，看着它们上浮，破裂。爱丽丝听见了河水的心跳声。她的爸爸曾告诉她所有水都能回溯到同一个源泉。一个新的问题产生了：她可以在河里潜游，穿越时光，回到家吗？

爱丽丝一直在水下思考这个问题，待得过久了，肺部有了灼烧感。她用力踩了一下河床，把自己推回到水面上，浮出来的时候呛个不停。自那场火灾后，呼吸还从没有这么痛苦过。突然，灌木丛里出现了一道光，看起来不太友善，河水也不再让她感到舒适。她跟跟跄跄地离开水面，爬上河岸时咳得厉害。她止不住地咳嗽，弯下腰，双手撑在膝盖上。

"你还好吗？"

她循着声音转头望去。

他在那儿。在河的对岸。是坐在车里的那个男孩。

爱丽丝咳得更加频繁了，涕泗滂沱。她根本停不下来。她越是努力克制，就咳得越是厉害。随着她开始哭泣，咳嗽转为了干呕。在她身后，一声巨响，水花飞溅，不一会儿，水就滴落在她的脚上。那个男孩站在她身旁，浑身湿透。

"吸气，想着'进'。呼气，想着'出'。"他把手放在她的肩胛骨之间。她扫了他一眼，跟着他的指示照做。

进。出。

进。出。

渐渐地，她的咳嗽减轻了。

当她站起来时，她才意识到自己除了内裤什么都没穿，不过为时已晚。她抓起T恤和短裤，脸红得滚烫，没能再看他一眼就沿着小道猛冲。

"嘿！"他喊了一声。爱丽丝没有回头看。

直到她跑到了灌木丛与花田的连接处，她才停下来穿上了衣服。她发现自己光着脚时才想起来靴子落在了河边。

当她沿着花田边缘向房子跑去时，午后的阳光温暖了她的肌肤。她的脸也不红了。至于那双靴子，她不知道除了之后偷偷溜出去把它们取回来还能怎么办。

在花田的另一边，工棚里的空调嗡嗡作响。女人花们都在里面打理上午剪下的鲜花。爱丽丝轻轻地飞奔上后门阳台的台阶。桌子都收拾干净了，椅子都整齐归位了。她不知道自己离开了多久。她错过午餐了吗？她的肚子大叫一声，以此作为回应。爱丽丝蹑手蹑脚地走向纱门。

里面看起来没有一个人。可能特威格和坎迪也都去工棚了。爱丽丝舒了口气。她走进厨房弄点吃的，找到了面包、黄油和咸味酱，正好能给自己做两个三明治。

"你今天一定有哈里这样的好胃口吧!"

爱丽丝愣住了,随后转过身来,迫使自己冷静地给站在门口的特威格一个微笑。

"坎迪说你早前在楼上吃了午饭,因为早上有点累。她说你一下子就全吃完了。"

爱丽丝不知该如何回应,只得点头。她错过了午餐。她离开的时间一定比自己认为的要长得多。而且,让她感到不安的是,她会有麻烦,可能更糟的是,坎迪会有麻烦。不过坎迪替她圆过去了。想到这儿,她打心底里高兴。

"我想说,好胃口的重要性不亚于好态度。"特威格说着离开了,向门厅走去。"对了,说起哈里,你吃完三明治能来一下休息室吗?"

爱丽丝松了口一直憋着的气,看起来特威格没有注意到她那满是尘土的光脚丫和微湿的头发。

爱丽丝站在厨房里嚼着三明治,止不住地微笑。她现在有一样东西了,感觉桑菲尔德有一样东西是属于她的。她初次去河边的经历永远是她所独有的。当然,除了那个男孩。一想到他,爱丽丝的脸颊又变得通红。她放下三明治。它突然没有了味道。

休息室里空气清新,光线明亮。特威格坐在沙发上,哈里蹲在她脚边,被她挠耳朵时常常发出呜咽声。爱丽丝走了过去,坐在早上坐过的位置,那会儿琼带她下楼之后就不见踪影了。感觉这已是几日前的事情了。向外看去,爱丽丝注意到琼的卡车停在工棚边。她会过来吗?这个想法让她紧张起来。她揉了揉眼睛。眼皮突然变沉。

"我想琼和你提过我们这儿的哈里是有神奇能力的?"特威格问道。

爱丽丝点头,打了个哈欠。

"我觉得我该把我们需要帮助时和哈里沟通的方式教给你。"

一听到自己的名字,哈里直直地竖起了耳朵,等待特威格的手势指令。它在特威格腿边低垂着头,爪子耷拉着,偶尔口水直流。根本就算不上很棒的狗,爱丽丝心想。

"哈里属于救助狗。爱丽丝,你之前听说过救助狗吗?"

她摇了摇头。在哈里之前,她只认识一条叫做托比的狗,它也不是她的助手,而是她最好的朋友。

"救助狗是经过特训,在人们感到害怕时提供帮助的狗。像哈里这样的狗能够察觉人类的情感。它们会在你伤心、害怕或失落的时候安慰你,让你感到快乐。"哈里舔舐特威格的手,把她逗笑了。"也许在你来这里之后,哈里已经给你带来一点那种宽慰或是快乐?"她看着爱丽丝询问道。

爱丽丝回想起琼载着她把卡车停在桑菲尔德的时候,哈里一直待在她身旁。当她在梦中惊醒时,它也在身旁,昨天甚至设法带她下了楼。她打量着它的露齿大笑,尖头黝黑的双耳,还有金黄色的脸。它不是托比,但特威格说得对,哈里身上有些东西能让她觉得更好受一点。

"通常,新人来到桑菲尔德的时候,是最需要哈里的帮助的。所以,任何你需要它的时候,爱丽丝,任何你觉得失落、害怕或惊慌的时候,记得哈里会在这里帮助你。我们也都一样。"

特威格笑了。她抚平了哈里的耳朵,拍了拍它的两侧。"对哈里发布的指令大多数是语言,不过我们也用眼神指令。让我来教你吧,好不好?"

那个下午,爱丽丝学习如何和哈里对话。她很快就学会了要点。在身前打响指能指示哈里站在她面前,为爱丽丝竖起一道屏障。在身后打响指则告诉哈里到后面来。拍手意味着要它进入房间并开灯,这样爱丽丝就不必摸着黑进去了。这是她最喜欢的指令。哈里慢跑进休息室,按压地板上的按钮,落地灯亮了,她也开怀地笑了。

"它熟悉这栋房子里的每一个房间,爱丽丝,它也知道灯的开关都在哪儿。"特威格一本正经地点着头,不过她的眼睛里有笑意。

最后一个指令手势是用张开的手掌从左到右扫过头顶,暗示哈里进入一个空间搜寻人或入侵者,找到了就大叫。她并不喜欢这个指令。

"真好,爱丽丝。你太棒了。你学得真快。要是你觉得孤独,或像今天早上那样快要晕倒,记得你可以叫哈里。"

当工棚的门打开、女人花们完工后的交谈声飘入窗口的时候,爱丽丝已经掌握了如何给哈里指令。她瘫在沙发上,已经累得无法再练习了。

"琼很快就会过来吃晚饭了,"特威格说道,"在此之前先洗个澡,然后早早上床怎么样?今天可是个大日子。"

爱丽丝点头同意。她不是真的想要洗澡,只不过特威格温柔的声音使得她说的一切都听起来完全合理。当爱丽丝跟在特威格后面穿过门厅走向浴室时,她在身后打了个响指,尽管她不必这么做。哈里立马跟在她脚后。

日落时分，特威格打开了纱门，坐在屋后阳台的台阶上。她卷了一支烟，点燃，深吸了一口，听着卷烟燃烧的噼啪声，感受烟气填满胸腔。她吐了一缕烟，烟气向着刚显现的星辰腾空而去。花田的另一头，昏黄的灯光打在工棚的窗户上。琼下午到家后就一直待在里面。特威格在办公室里做一些文书工作，等待着爱丽丝从河边归来，不料琼拖着疲倦的步伐走上了前门台阶。她去门厅迎接她。琼举起手来回绝。

"特威格。"她说道，不给特威格任何先开口的机会。她的眼圈红红的。哈里在她们之间来回蹦跶着，几乎要把她们扑倒了。

"她在河边，"特威格说，"等她回来我就教她与哈里交流的基本手势。"特威格拍了拍哈里的脑袋。"她需要学会如何帮助自己应对惊恐发作的情况。"

"如果她再一次惊恐发作，"琼叹了口气说道，"我已经为她办理登记入学了。下周开始上课。我今晚会告诉她。"

特威格握紧了双拳。琼抚养糖糖长大成人时可不是这般固执。不过特威格知道其中的区别：坎迪是天赐之福；爱丽丝是血脉至亲。

"你用了一整个上午办理入学？"特威格的眼神穿过纱门，落在琼的卡车上。货厢的防水布底下露出来手工雕刻的榛木盒子的一角。特威格挑了下眉。她完全清楚琼去了哪里做了什么：在城里的仓库中翻出了些老东西。

"放轻松，特威格。不是你想的那样。今天可真是糟透了。"

"是啊。是啊，是很糟糕，"特威格发出了嘘声，"最重要的是为了你的孙女，但是，咳，谁知道你还有个孙子呢？你把他抛弃了，像丢一株杂草一样容易。"

这些话被打成碎片，落在她们脚上。当她看见琼的脸，特威格想把它们打扫干净，一片片地吃下这些边缘带着锯齿的碎片。琼迈着沉重的步子走进工棚，砰地一声关了身后的门。她再也没出来。

特威格又点了一支烟。她感谢琼的仁慈，没把让她痛苦的事情甩在她脸上。让她愤怒的不止是琼拆散了克莱姆的子女这件事。当然不是。其实是关于她自己的孩子们。那是大约三十年前的某一天，福利机构的工作人员驾着闪亮的霍顿汽车而来，到她家里出示了一份法院命令，指控她忽视孩子。因为她没有丈夫。因为她外出找工作时把尼娜和约翰尼留给了她的姐姐尤妮斯照看。因为她很穷。因为儿童福利部门认为孩子们只有在一个合适的澳大利亚家庭长大才能成为正当的澳大利亚公民。一个澳大利亚白人家庭。其中一个工作人员牵制住特威格，同时另一个硬生生地把尼娜和约翰尼从她的怀里拽走。他们都在尖叫。特威格试图用歌声安抚他们，可他们悲痛欲绝，在前院扯掉一把把的雏菊，在被带走时拼命伸手去够一切能抓住的东西。特威格见到被扯碎的雏菊在阳光下褐变、枯萎时崩溃了，因为那是她的孩子们最后触碰过的东西。尤妮斯下班回到家时，她还在那里，在冷酷的西北风中歌唱，照料已经凋谢的花朵，仿佛还能把它们种回去。特威格苦苦坚持着，她相信尼娜和约翰尼总会找到方法回到她的身边。可是，几年之后尤妮斯失踪了，她也开始逃避。先在海岸线上漂流，再是到内陆，搭便车走过一座又一座城镇。直到有一天，她走在高速公路上，出于好奇被通往桑菲尔德的车道所吸引，接着听见了婴儿的啼哭声。

宿舍传来的响亮笑声打断了她回忆的思绪。特威格用衬衫抹了抹眼睛。她刚让坎迪到宿舍为女人花们供应晚餐，毕竟要是琼打算向爱丽丝说明上学的事情，她们不能受打扰。当然了，一切都得看琼是否考虑从工棚里出来。

工棚的门打开了，仿佛收到了暗号。当琼向房子的前门走来时，特威格藏起了点燃的烟头，一动不动地坐在暗处。要是她看见特威格，她是不会流露真情的。前门被打开，又被关上。餐厅里，装着餐具的橱柜的铰链嘎吱作响，是琼在布置餐桌。门厅远处的浴缸发出潺潺流水声，是在放水。浴室的门开了。轻盈的脚步声从门厅一路传往厨房。烤箱被关上的气息声。琼的低语声。椅子在餐厅地板上发出的拖拉声，是琼和爱丽丝坐下来了。刀在瓷盘上奏出的叮当声和摩擦声，是她们在吃饭。

爱丽丝跑了一趟河边，一定饿坏了，她需要一顿丰盛的晚餐。下午特威格在厨房里碰见爱丽丝的时候，她显然知晓爱丽丝去了哪里。她的衬衣纽扣是错位的，湿漉漉的头发上全是树叶，两个脚丫上沾满了沙。但她的眼睛里透出光芒，脸颊不再苍白，因此特威格没有说穿。她和其他人都体验过，桑菲尔德能通过各种各样的方式为每一个称此处为家的人修补破碎的灵魂。对于特威格来说，当她来到桑菲尔德之后，她的灵魂修补师一直是琼。

爱丽丝躺在床上，晚餐时从琼那里得到的消息让她思绪万千。她被一所当地学校录取了。她下周要开始上课。

"我今天亲自去找校长沟通过了，"琼如此说道，"他建议哈里陪你去上学，这样你从一开始就有一个朋友了。"

学校。她读到过这个词。老师和教室，桌子，铅笔和书本。孩子，运动场，切好的三明治，阅读，写作和作业。她可以带着哈里一起。

爱丽丝翻身侧躺着。她的思绪转向了那条河。她想起在水面下听到的声音，想起那个男孩把手放在她背上帮助她呼吸时的奇怪感觉。

一阵清风弄痒了她的下巴。爱丽丝坐起来。房里的一幅白色窗帘在黑暗中打转。她不记得自己开过窗。爱丽丝伸手去开台灯，在光线下眯着眼睛看。

窗下，床边的地上，立着她的淡蓝色靴子。

其中一只靴子里插着一捧有香草香味的野花。

特威格听到房屋侧面的巨响声时正在卷第三支烟。她屏息，竖起耳朵听动静。通往花田的土路上传来嘎吱嘎吱的脚步声，一个小男孩出现在视线中。特威格眯起眼睛细看。她慢慢地吐气，一只手里捏着未点的卷烟，另一只手里拿着打火机，想看看他会不会回头看。就在小道快消失于森林之时，他转身了，明朗的月光照亮了他的脸庞。

站在那里的是博良娜的孩子。他的眼睛紧紧地盯着透出灯光的爱丽丝的窗户，特威格不确定他是否注意到在屋后台阶上的自己，尽管她的烟带着火光。

他转身继续在小道上前行，消失在森林中，特威格用颤抖的双手点燃了卷烟。她曾经见过这种事情。那时候，住在钟塔里的孩子是阿格尼丝·艾维。溜进窗户送花的人是克莱姆·哈特。

# 11

花 语

遮掩的爱

## 河畔百合
Crinum pedunculatum

澳大利亚东部

巨大的多年生植物，常生长于林缘，
也见于高潮水位时的红树林附近。
有香味，白色，细窄星形花朵。
种子未离开亲本植株时也可萌发。
汁液被用于治疗箱形水母的蜇伤。

在这周剩下的日子里,爱丽丝在女人花们工作时跟着她们在农场到处走。早茶时间,她和博一起做报纸上的填字游戏,博认识很多词。之后,她从罗宾的蜂箱里采集蜂蜜,她能用罗宾放在围裙口袋里的几支红色唇膏,她也从罗宾那里学到如何享用从蜂箱里取出的新鲜蜂巢蜜。奥尔加、米弗和索菲来回穿梭于花田中,剪下新开的花朵,爱丽丝则跟在她们身后贴标签。她也帮助坦马伊用新鲜的玫瑰花瓣制作玫瑰香水,听她讲有关西塔和德劳巴底[1]这两位公主的故事。西塔被指控使用巫术,此后便被贬到人间。德劳巴底则诅咒了虐待她的一百个男子。午后,当弗朗塞纳、劳伦、卡罗莱娜和埃米在工棚里忙着根据订单用棕纸和线绳包装一束又一束的鲜花时,爱丽丝就在工作台边转悠,用花、茎、叶和线制作项链。她也会在花苗房里和罗塞拉一起哼着小曲儿,帮弗林德给野生棉花灌丛浇水。此时帝王蝶会俯冲下来大快朵颐,在她们身边翩翩起舞。

到了周五的午后,爱丽丝、特威格和坎迪与十二位女人花一同坐在午后的阳台上。她们都解开了围裙,摘掉了宽大的草帽,在面前扇风。琼拎来一个装满了冰镇姜汁啤酒的保温箱,酒瓶如琥珀珍宝般被分发。女人花们仰头坐着,半闭着双眼。这里宛如

---

[1] 印度史诗《摩诃婆罗多》中的人物。

梦境，有一列列正在盛开的鲜花，有一排排拱形温室，有一只只白色蜂箱，黄昏之下，还有浓密的银绿色灌木丛在远处摇曳。

爱丽丝小口小口地喝着，还时不时地偷偷看她们的脸。女人花们在大多数时候都是心情愉悦、工作努力的。但那个午后，坐在阳台上的她们显得有些不同。每一个人都沉默不语。太阳落山时，女人花们的心头涌上了过往经历的喜爱的或逃离的生活。她们的肩膀都塌下来，向内垂着。有几人哭了。她们便互相安慰对方。琼坐在中间，挺着背，神情安详。

爱丽丝意识到自己和女人花们并没有什么大不同，甚至和琼相比也没多大区别。所有人都需要一些安静的时光。而这正是桑菲尔德的神奇之处，它能让你说出难以提起的事情。爱丽丝也开始以自己的方式理解通过花来交流的语言所具有的力量。自从她去过河边以后，她每晚用完餐回到自己的房间时都能看见床尾边的那双淡蓝色靴子里插着一支新鲜的花朵。

琼坐在屋后的阳台上，一边吹着手里那杯浓郁的黑咖啡散发的热气，一边看着旭日升起，照亮花田。早晨有一丝寒意，这是预示冬天来临的最早迹象。她从口袋里掏出酒瓶，倒了一点儿到咖啡杯里。她的双唇抵在杯沿，小口抿着，享受这份暖意。

花田吸收着光亮，这让琼突然想到，在桑菲尔德开满鲜花的时候，她可以看日出。也许在八十年前，露丝·斯通也会从工棚绕到角落里，身后是铜色的曙光。她的双手也许插在口袋里，脸上还没有布满愁容。

琼喝完了咖啡，拾起园艺手套塞进背心的口袋里。她走进了愈渐明亮的晨光里，穿过花田，走向她的母亲建造的花苗房。有时候，她想与母亲再交谈一次，这样的渴望让她感觉，要是自己过于用力呼吸就可能会裂成小碎片。琼知道阿格尼丝的离去让爱丽丝承受着同样的痛苦，这让她饱受折磨。历史总在不断重演，这实在是太残忍了。

花苗房内的空气让人强烈地感到新的开始即将到来。琼闭了一会儿双眼。她和母亲曾一起在这里待过几个小时，她一边听着母亲讲述桑菲尔德的故事，一边帮着采集一把把的嫩苗和种子，它们身上被寄予了人们内心的期待。琼儿，认真听。沃特尔·斯通过去常这么说。这些是露丝的馈赠。我们就是靠此生存的。

当琼还是孩子的时候，祖母的故事总能勾起她的无限想象。她会在河边那棵参天桉树旁用指尖划过刻在树干上的名字，露丝和旁边的雅各布·怀尔德，一摸就是几个小时。

她第一次去城里时，就听到许多关于露丝·斯通的传言。有人说她的母亲是在最后一艘开往澳大利亚的囚犯船上生下她的。有人说她是想逃脱命运掌控的彭德尔山女巫[1]的后代。据说，她只有一本小小的笔记本，里面写满了一种奇怪语言。有人认为那是一本咒语书，也有人发誓曾一睹笔记本的真容，说里面全是花。唯一得到一致认同的说法是露丝·斯通被隔壁镇一家路边妓院的老鸨博蒙特卖掉，以此和城郊摇摇欲坠的桑菲尔德换取最后的奶牛。隐居者韦德·桑顿是桑菲尔德的主人，他无助地看着自己的农场在史上最严重旱灾期间变为一片废墟。城里人热衷于谈论的八卦里也有

---

[1] 彭德尔山位于英国兰开夏郡。1612年的彭德尔女巫受审案为英国历史中最著名的女巫受审案之一。

他的份。众所周知，韦德试图借朗姆酒驱魔消愁，不过当露丝·斯通来了以后，随意享用她的肉体成了他更喜欢的驱魔方式。

没过多久，露丝就摸清了可以逃出房子的时间点。她晚餐时随便做点燕麦粥，韦德吃完之后，她就在他喝第四顿酒之前溜出去找柴火，跑去因干旱侵袭变为涓流的河边。露丝在那里找到了一个藏身之所，可以一直待着，等到韦德喝得不省人事。露丝在一棵巨大的河岸赤桉的树干旁坐着，尽情歌唱，放声大哭。阅读和唱歌支撑着她的强大内心。她会把她的母亲教她的故事唱出来，那些故事讲的都是花能传达出语言无法描绘的东西。有一个夜晚，她在树下唱歌时，有位兜里只有种子的失业牛贩子出神地走进了干裂的河床，仿佛她的歌声把他拉到她的身边。人们说，雅各布·怀尔德看见在月光下唱歌、哭泣的露丝后，一声不吭地蹲在她脚边，在桉树根之间的土地上种下了种子。那晚，露丝的眼泪落在那块地上，开出了一簇野生的香草百合，与之一同滋生的还有露丝和雅各布之间的情愫，和鲜花一样让人陶醉的情愫。

只要露丝能够溜出来，他们就会在河边见面。他为她带来花的种子，她给他送去能从屋子里偷拿出来的一点残羹剩饭。

露丝很快就攒下了足够多的种子，她在房子边上一个阴蔽的角落里耕一小块地把它们种下，那里原有一棵濒死的金合欢树。那块地极干，她把河里能运过来的水都浇了上去，花了足足一个月的时间软化土壤。最终，金合欢树上开满了鲜花，像是冬日里带着芳香的金黄色火焰。见到这幅景象，露丝跪倒在地。花香一路飘到镇上。蜜蜂围着树嗡嗡作响，汲取它的甘露。树下有一圈圈绿色的嫩芽，每一个都被露丝画在她小小的笔记本里。鲜花盛开时，露丝发现它们不同于妈妈歌曲里的毛地黄和雪花莲，便采用维多利亚时期的花语形式记录下来它们对她的意义。这些奇异美丽的本土花卉可以在如此艰苦的条件下茁壮成长，露丝为此着迷了，最吸引她的是那些深红色的花朵，花心的红是最暗的血红。花语，露丝在笔记本里记下，鼓起勇气，振作起来。

在极度干旱的影响下，庄稼枯死，农业家庭随之破产，也不会在地里耕种任何东西了。似乎小镇要永远从地图上消失已成了板上钉钉的事情，但就在这时，露丝·斯通创办了一个种植本土花卉的农场。

消息迅速传播开来。镇民们纷纷过来开开眼界，瞧见尘土和牛骨间的色彩异常惊艳。很快，他们再次造访，带来了自家垂死花园里的剪花。它们全被露丝种下去，在她的照料下繁茂生长。韦德·桑顿不再酗酒。他敞开了桑菲尔德的大门，迎接来客。来者带着锄头，带着水鼓，带着珍贵的种子。要去哪里，要种什么，都由露丝安排妥当。他们建了一座又一座温室。他们从日出忙到日落，照管新的嫩芽。空气中充满了饱含期待的新鲜味儿。到了桑菲尔德繁花锦簇之时，他们和露丝一起采摘鲜花，制作花束，通宵开车去国内最大的鲜花市场。每一束花上面都系着一份手写卡片，上面介绍了露丝为每一种花设计的花语。他们在午饭前就卖完了，带着订单回到了桑菲尔德。那些藏着露丝内心花语的花卉供不应求，这让镇民们开始有了盼头。

日子一天天过去。冬季的鲜花也绽放了。更多前往鲜花市场的行程被制定出来。当韦德·桑顿清醒地站在房子附近的暗处看着露丝在一群当地人中间红着脸微笑时，他的心中泛起了一丝愁苦。

在露丝首次丰收不久后的某个夜晚，韦德喝了大量朗姆酒，故意让露丝以为他已醉倒。他一直装睡，直到听见露丝在屋外踩着泥土的脚步声逐渐消失才起来。漫天星辰之下，他在冷夜里沿着自己许久之前徒手清出的小道跟踪她至河边。他在灌木丛后面等待着。当韦德看见从河床里站起来的男人把露丝拥入怀中时，怒火模糊了视线。每次他强压在露丝身上时，他都得在自己的手指上啐一口唾沫，才能进入她体内，可她总是把脸转向一边，眼神空洞，死气沉沉。但在这个男人怀中的露丝是神采奕奕的，闪着光芒的，明亮耀眼的。在冬日朦胧的月色里，露丝握着这个男人的手，把它压在自己的肚子上。她笑着，眼神里有光。韦德·桑顿怒吼着从灌木丛中猛地冲出，用一块河石把雅各布·怀尔德砸得失去意识。他塞住了露丝的嘴，把她绑在树上，让她眼睁睁地看着自己的爱人被他徒手按在水里淹死。

琼打了个冷颤，不断揉搓双臂来抵挡花苗房里的潮气。桑菲尔德这份厚重的遗产在她十多岁时就已重重压在她肩上，那时候她对祖母的遭遇感到震惊。*琼儿，认真听。这些是露丝的馈赠。我们就是靠此生存的。*

为了能让新种子发芽，琼开始为它们松土，同时她在思索她的母亲现在会和她说些什么。沃特尔·斯通应该会这样对她的女儿说，*琼儿，桑菲尔德是爱丽丝生来就有权继承的财产。她应该从你这里了解桑菲尔德。*

---

"爱丽丝，我们该行动起来了。"琼的声音沿着螺旋阶梯上升。

爱丽丝穿着硬邦邦的校服坐在床上。哈里舔舐着她的膝盖。

爱丽丝叹了口气。她把新书包拖下了床，慢吞吞地下楼。

"从现在开始，不许再这样了，"琼从厨房里出来时有些生气，说着把午餐盒递给爱丽丝。"你将度过一段美好的时光。你会交到新的朋友。"

屋外，琼拉开了农场卡车的门。哈里跳了进去。爱丽丝站在阳台顶部。她的腿迈不开步子。琼向她伸出了一只手。

"哈里会陪你的。"琼比了个手势，示意她去它那里。爱丽丝踩着重重的步子走下台阶，想让头脑清醒一些。琼扶她上了车。哈里一通乱吠。爱丽丝生气了。琼关上车门的时候手镯发出了丁零当啷的声响。

"我们出发。"她边说边慢跑到另一侧车门，上了车。在她驶离房子时，她们身后突然传来一阵喊叫声和大笑声。爱丽丝转身看向后车窗。女人花们追在后面跑，欢呼着，尖叫着，抛着彩条筒，撒着五彩糖果。

"你会很棒的，爱丽丝！"

"爱丽丝加油！"

"祝你在学校度过愉快的第一天，爱丽丝！"

爱丽丝从车里探出身子，疯狂地挥手。车开走的时候，琼按了下喇叭。爱丽丝看见她在抹眼泪。

当车开到了去镇上的公路后，琼把油门踩到底。爱丽丝紧紧抓着哈里的颈圈，手指隐隐作痛。

镇上的小学里有一片以防风板为外墙的小屋，屋顶在桉树阴蔽之下。树叶和坚果在琼和爱丽丝的脚底下发出嘎吱嘎吱的声音，释放着柠檬味的清香。哈里使劲想摆脱牵引绳，这里嗅嗅，那里闻闻，几乎要把爱丽丝拽倒了。在主楼外面，琼蹲下来帮爱丽丝把领子竖直。她的呼吸闻起来带着薄荷味。爱丽丝端详着她的脸，很近很近。琼的眼睛和爸爸的一样。琼站起来，抬平肩膀。

"走吧，就现在。你可以做到的。"

走进接待室时，爱丽丝不确定琼在和谁交谈。

爱丽丝与琼和哈里一起坐着等候。接待员说爱丽丝的新老师马上就会过来见她，在午餐时段。琼嚼着薄荷味口香糖，就像一头母牛反刍一样。她的腿不停地抖动。爱丽丝牵着哈里的绳子，抚摸它光滑的两侧。琼看了眼手表。

刺耳的铃声响起。

"她随时会来哦，爱丽丝。"琼轻声说道。哈里向前舔她的手，给她安慰。琼揉了揉它的双耳。它弓起背舒展身体，放了一个长长的响屁。琼咳了几声，不过还是面无表情。爱丽丝的脸颊变得通红。接待员清了清嗓子。当她们闻到味道时，琼情不自禁地笑出声来。她又咳了几声，眼里泛着泪光，好像声音能盖住气味似的。她起身，匆忙地寻摸窗户插销。在爱丽丝试着帮她一把的时候，哈里坐在一旁，笑着喘气。

"我感到很抱歉，"琼对接待员说话的声音有些低沉，"十分抱歉。"那个女人点了点头，用一块手帕捂住鼻子。她们把窗打开了，可算舒了口气。爱丽丝瞥了一眼从教室里涌出的各个年级的孩子们，转身坐回了刚才的位子，想象在教室里，哈里在她身旁放屁的情景。过了一会儿，她俯身给了哈里一个大大的拥抱，随即把牵引绳递给了琼。琼看了看绳子，又看了看爱丽丝，她的眼神变得柔软起来。

"你可以独自面对，爱丽丝。"她笑着说。爱丽丝点了点头。

门开了。一个脸颊上挂着白粉笔痕的年轻男子走了进来。

"爱丽丝·哈特？"

随着他不断走近，他的鼻子抽动了一下。他嗅了好几下，然后盯着哈里看。琼站起来迎接他。爱丽丝有些畏缩。这个男人的一只及膝袜正在滑落，露出了裹着好看的金黄色毛发的腿，并不是她爸爸那样的深色粗糙的腿。

"嗨，爱丽丝，"他笑着打招呼，"我是钱德勒先生。你的新老师。"

他在裤腿上拍了拍手上的粉笔灰，伸出手。爱丽丝瞥了琼一眼。她点头鼓励。钱德勒先生的手伸在那里不动。琼和他嘀咕了几句，爱丽丝没听到任何内容。他放下了手。不一会儿，他开始摸下巴，爱丽丝曾注意到特威格有时候也会做这个动作，在她陷入深思的时候。

"告诉我，爱丽丝，你喜欢书吗？我需要一个助手帮我管理班里的图书角，我觉得你可能来得正是时候。"

又过了一会儿，爱丽丝主动伸出了手。

时间像是被冷蜜糖粘住了一样过得缓慢无比，三点的铃声终于响起。

"大家明天见，"在爱丽丝的同学们冲出教室的时候，钱德勒先生喊了这么一句。

爱丽丝磨磨蹭蹭地收拾书包。

"爱丽丝，感觉怎么样？第一天过得还好吗？"

爱丽丝点了点一直垂着的头。她没有交到任何朋友。因为她没有说话。因为每个人的表现都让她觉得自己和哈里一样臭。她本应该留它下来的。这样她至少有一个朋友。

"会有人来接你吗？"钱德勒先生问道。

"我就是来这儿接她的。"糖糖站在门口，嘴里嚼着粉色泡泡糖，极其亮眼的颜色就像一朵在冬天盛开的春天花朵一样格格不入。哈里坐在她身旁摇着尾巴。爱丽丝的鼻子抽动了一下，他们的出现令她眉开眼笑。

走向停车场的路上，坎迪向爱丽丝打听了这天的情况，而哈里则兴奋地舔着她的脸，他们路过了一群女孩，爱丽丝认出是她班里的同学。

"她在那儿。那个怪人。"有个人喊道。

"他们在说什么？"坎迪问道。

爱丽丝想回家，回到都是书的房间，回到能俯视女人花们的房间。她心烦意乱地摆弄着书包拉链，突然听见有人在抽泣。她停下脚步听。又听见了。她离开坎迪和哈里独自走去。在一栋学校小屋后面，她发现了那个在河边遇见的男孩，他正躺在一块草甸上面。他的一侧脸颊上有瘀伤，嘴唇也裂开了。他的双腿上满是渗血的伤痕。

"爱丽丝？"坎迪担心地喊道。"奥格！"她走到爱丽丝身后惊呼道,"奥格,发生什么事了?"

"我没事,"他在被她们扶着坐起来时回答道。他看着爱丽丝的眼睛。"你不是唯一一个因为不同于常人而被欺弄的人。"

"怪人互相喜欢!"附近的灌木丛中传出一阵窃笑。

坎迪马上走向他们,摇动枝条,爱丽丝的同学们四处逃散。爱丽丝并不在乎,无论奥格有什么不同,她都不会有一丁点的介意,就算所有人都觉得她也一样奇怪。

爱丽丝扶他起身时,他痛得难受。她捡起他的书包,单肩背着,留出另一个肩膀让奥格倚靠。他比她受伤的妈妈更容易支撑,他和爱丽丝一般高。

他们一起踽跚着来到了前门。坎迪拉开了车门,放好了他们的书包,把哈里的牵引绳固定在后面,然后和爱丽丝一同扶奥格坐上了客座。

"我们送你回家,小伙伴。在伤痕和淤青上面敷一些金盏花吧,你很快就能完全恢复。但我不愿保佑任何害你成这副模样的人。等博良娜发现的时候,他们就自求多福吧。"

"所以我们不能告诉她,"奥格请求道。

坎迪一边倒着车,一边摇着头。他们这一路上很安静,只有哈里在货厢里来回踱步,时不时地迎风把脑袋探出去。车子行进到主街上,爱丽丝沉醉于商店门口斑斓的色彩。她的脑中浮现了许多画面,甘蔗园、时装店、桌上放着黄色鲜花的咖啡店,还有街对面的图书馆,馆员的微笑十分友好,她还给了爱丽丝关于海豹人的书。萨莉。爱丽丝试图让她的形象变得更清晰一些,可萨莉的脸飘走了。

路过城镇界限牌后,坎迪将卡车开上一条土路。

"这些古老的参天大树多么漂亮啊！"坎迪感叹道，趴在方向盘上抬头看。爱丽丝欣赏它们银白的树干，想起了妈妈故事里被厚厚的雪花覆盖的地方，树木、大地和天空融为一体。"我们到了。"坎迪把车停在了河边的一小块空地上。爱丽丝看着河水流动。因此他是这样找到她的，是河流指引奥格找到她的。

奥格缓缓地从车里挪出来，艰难地走向一座小木屋。屋前有一个宽阔、低矮的阳台，窗内挂着红棉窗帘，前门敞开着。

"奥格？"声音从屋内传出。一个黑发红唇的女人从屋里走出来。"发生什么事了？"

"奥格在学校遇上了一些麻烦事儿，"坎迪下车时回答道。

博良娜急匆匆地说了一大段爱丽丝听不懂的话。她对奥格身上正在变紫的瘀伤和三齿耙的划伤的反应显得有些大惊小怪。他举起双手，仿佛在投降，他回话时用了同一种让人摸不着头脑的语言。哈里在卡车后部狂叫不止，直到坎迪松开了它的牵引绳才停下来。它跳下货厢，跑到博良娜身边，冲着她正在做手势的双手一通乱吠。

"抱歉，抱歉，哈里。"博良娜轻轻拍着哈里的头，让它安心。"一切都很好。奥格尼安已经是个大男孩了，他显然能照顾好自己，也不会告诉我是谁干的。"博良娜叉着手臂。

"我们得走了，小博，你俩自行解决吧，"坎迪点头说道，"走吧，哈里。"

"什么？不行！你们得进来喝杯茶，很快的。琼不会介意的。"

"她肯定会的，"坎迪说，"今天是这个小家伙头一天上学。"坎迪用手臂搂着爱丽丝，"琼可是盼望着听一听所有情况呢。小博，这是爱丽丝。她是琼的孙女，最新加入我们的女人花。"

爱丽丝羞涩地笑了，尽管她的眼神根本就没有离开过奥格。

"好吧，既然如此，很高兴能见到你。"博良娜的说辞听起来话里有话。她握住爱丽丝的手，上下摇动。

"你和我的奥格是朋友吗？"

"我们一起去上学。"奥格走上前说。

博良娜点点头。"不错。"她瞄了一眼坎迪。"你真的不留下来喝杯茶吗？看起来有不少消息可以听呢。"博良娜挑动了一条眉毛。爱丽丝抬头看着坎迪，眼里带着恳求。

"好吧，好吧。快一点噢。"她屈从了。

坎迪和博良娜挽着手臂进了屋子，头也靠在一起，讲着八卦。奥格和爱丽丝尴尬地站着。

"我带你参观吧。"奥格指了指那条河。爱丽丝点头同意。她在身后打了个响指。哈里舔了舔她的手腕，跟着他们走。

房子后面有一个精心打理的小玫瑰园和一个养着三只肥鸡的鸡舍。爱丽丝坐在一棵白千层树下，看着奥格打开鸡舍，放肥鸡出来散步。哈里跟在它们身后嗅了嗅，不一会儿就失去了兴趣，蜷缩在一边。

"这只叫佩特，是我最喜欢的。"奥格指着一只毛茸茸的黑鸡介绍道。由于受伤的手臂伸得太直，他痛苦地皱了下眉头。爱丽丝紧紧闭上了双眼，可她还是能看见从海里走出的妈妈身上满是淤青。

"你还好吗，爱丽丝？"

她耸耸肩。奥格走进他妈妈的玫瑰园里收集落地的花瓣和叶子。当他的手里再也装不下的时候，他就回到爱丽丝那里，把花叶铺在她身边的泥土上。他就这样在玫瑰园和爱丽丝之间来来回回走了几趟,直至铺满了一个圈圈。他跳到圈里面坐下。

"在我爸爸去世以后,我就这样做,让自己好受一点。"奥格双臂抱膝,吐露心声,"我告诉自己,在这个圈里面的一切事物都远离悲伤。圈的大小全凭自己的想法来做。一旦妈妈哭得停不下来,我就会在整个房子外面围一个圈。但我得用光她所有的玫瑰花瓣才能做成,不过她的反应和我想象的也不一样。"

黄色的蝴蝶在玫瑰花上方飞舞。爱丽丝看着它们犹如微小的柠檬火焰般的翅膀时想起了它们在夏日盘旋于海上的样子,在木麻黄树间晒太阳的样子,在夜间轻叩她卧房窗户的样子。

"我爸爸工作的矿井塌了。有一阵子,妈妈每天都坐在阳台上等他回家。手里总是拿着一朵玫瑰。"

正如那个等候爱人回家的皇后,她等得实在是太久了,最后变成了一朵兰花。爱丽丝打了个寒颤,搓了搓双手。

"你觉得冷吗?"他问道。她摇了摇头。他们都坐在那儿看着河流。

"这就是我为你采花,到晚上在你的靴子里放花的原因。"奥格轻轻地说。

爱丽丝任由头发散落在脸上。

"我知道这种感觉。伤心。孤独。"奥格在手里翻了一片玫瑰花瓣。"我们原本只打算在这里待一阵子,等爸爸赚到足够多的钱就搬走。可是他过世了,我们不得不继续住在这里。妈妈没有那些可以做其他工作的文件。"

爱丽丝的头偏向一侧。

"我们不是澳大利亚人。我的意思是,妈妈不是在这里出生的。所以我们没有留在这里的官方许可。妈妈说,假如我们离开城镇，或者去别的地方，我们可能被捕或分离；她可能被遣返回家，再也不能回来。妈妈不希望发生这样的事情，因为这里是——曾是——爸爸的国家。所以我们不离开这里，妈妈不怎么出去工作，我也不可以在学校交朋友。还有，没人想成为我的朋友。他们把我的妈妈称为女巫。他们也这么叫桑菲尔德的女人们。"

爱丽丝瞪大了眼睛。

"不，不，别担心，"他说，"这不是真的。"

她叹了口气，放宽了心。

奥格从泥土里捡了块石头。"妈妈梦想着有朝一日能回到保加利亚，我长大后要帮她实现。我要赚够钱，送她回家，那个叫玫瑰谷的地方。"

爱丽丝将一片玫瑰花瓣凑到鼻前。花的香气让她想起了关于火的梦。

"妈妈说那里是我出生的地方。在保加利亚的玫瑰谷里。那里并非只是一个地方。妈妈说，那里更是一种感觉，尽管我不太懂那是什么意思。我只知道国王们长眠于斯，且玫瑰开得香甜，因为在埋葬他们尸骨的地里还有金子。"

爱丽丝抬起了一条眉毛。

"好吧，最后那点金子和尸骨的部分是我自己编的。但那样很酷，不是吗？要是国王和宝藏都埋在这些神奇的玫瑰谷底下？"

脚步声靠近了。

"我们得动身了，小甜心。"坎迪喊道。

爱丽丝和奥格走出了用玫瑰花瓣围成的圈，跟着坎迪走到屋前，博良娜正在那里等候他们。

"这儿，爱丽丝。欢迎你到来的一个小礼物。"博良娜递给她一个小玻璃罐子，顶部缠着布条、系着丝带。罐子里面的粉色果酱闪闪发光。"这是用玫瑰做的，"她说，"它会对吐司施魔法。"

"拜拜，爱丽丝，"奥格喊道，"明天学校见。"

明天。坎迪开车驶向主街时，爱丽丝向车后的他挥了挥手。她明天会见到他。

她们朝家里驶去，爱丽丝的指尖触碰到发烫的脸颊。她想象着阳光从她的脸上发出夺目的光芒。

# 12

## 库塔曼德拉金合欢
**Acacia baileyana**

花 语

用伤痛治愈

新南威尔士

树形优雅,叶片似蕨,
球形头状花序呈现出明亮的金黄色。
适应性好,耐寒常绿,易生长。冬季花团锦簇。
芬芳四溢,香甜无比。
花粉充足,蜜蜂常以之为食并产蜜。

琼摸黑拖着鞋进了门厅，打开了几盏灯。落地式大摆钟在凌晨敲了两声。太阳升起后她就得开很久的车去市里的几个鲜花市场。不过那是几个小时之后的事情了。琼小抿了一口。

数周以来，黑夜变得越来越长，让人觉得心里空落落的，坐立难安。琼的床上压着太多鬼魂，它们坐在她脚上，手捧着开满金合欢花的枝丫。冬天总是最艰难的季节。鲜花订单回落。古老的故事们裹着早霜躺在地里。这个冬季，爱丽丝回家了。

尽管爱丽丝不说话，她的笑容却出现得愈发频繁了。学校的某些东西以某种方式将她从悲痛的深深麻痹感中唤醒。她已经好几周没把床弄湿了。惊恐也没有再次发作。特威格寻求专业咨询的压力减轻了。爱丽丝的膝上总是放着一本打开的书，书页间夹着一朵压花。有时候她会陪着坎迪在厨房或是药草园里，协助她烹调一道新菜。有时候她会穿着小蓝靴拖着步子走路，像特威格的第二个影子一样跟着她在工棚里到处转悠。

不过，无论琼如何努力看着她，甚至在气温每天都下降的情况下，爱丽丝有时候仍能消失不见，湿着头发回家。琼清楚她找到那条河了。她肯定也发现那棵河岸赤桉了。可琼还没法告诉爱丽丝桑菲尔德的故事，她的祖辈的故事。一旦琼提起露丝的名字，那么故事只能往一个方向发展：先是沃特尔，再是琼，紧接着便是克莱姆、阿格尼丝，以及琼做的决定。

琼站在厨房台边，拿着开瓶的威士忌，又给自己倒了一杯。她累了。过往的记忆太痛苦了，背负着这样的重量令她感到疲倦不堪。她对能传达出人们难以说出的情感的花也感到厌倦了。令她厌烦的还有心痛的感觉，孤独的状态，纠缠的鬼魂。总是被误解也让她疲惫。一想到要和爱丽丝谈起她的家族，琼就觉得自己要为桑菲尔德鲜花中生长的秘密背负更多的指责。除了了解她家族的真相，一定还有其他方式能抚慰这个孩子的伤痛。尽管那天早上爱丽丝似乎认出了琼的脸，琼还是确信她不知道任何真相。没有任何迹象表明爱丽丝已得知为何她的爸爸把妈妈从桑菲尔德带走，或者琼本可以改变主意，向克莱姆屈服，这样就可能救阿格尼丝。但是她让自己的儿子离开了，而他带着爱丽丝的妈妈一起走了。因为琼没有向他的狂怒低头。因为阿格尼丝对他的爱胜过了自爱。

她拿着威士忌走到休息室，直接对着瓶口喝。在爱丽丝抵达桑菲尔德的第一天，她的身体蜷缩在琼的臂弯里，脸庞埋在琼的颈部，这让琼感到自己体内充满了一种爱，那是一种她不敢记住的爱。她承受不起失去它的风险。她无法忍受爱丽丝认为她不好。日子一天天过去了，这些故事依旧未能说出口。她在不断推迟期限。等爱丽丝去上学了，我就告诉她。等爱丽丝笑了，我就告诉她。等爱丽丝问起来，我就告诉她。谨慎点儿，琼，特威格提醒道。往事会古里古怪地长出新芽。倘若无法正确对待这些故事，它们会自己扎根生长。

琼瘫坐在沙发上，手里垂着威士忌酒瓶，往事聚集而来，包围了她。桑菲尔德的故事从来都不曾远离她的脑海。

雅各布·怀尔德被谋杀一事伤透了露丝的心。她独自在河边产下他的孩子，为其取名为沃特尔，以此纪念旱季最先绽放的金合欢树[1]。这是露丝的花园里仅存的植物，也是她能给予女儿的全部：这个名字会鼓励她在这个家里从韦德·桑顿和他的虐待中幸存下来。我下定决心不让他对我做母亲经历过的事情。她的眼神异常空洞，犹如她曾经种过花的土里的蝉壳，琼儿，沃特尔曾经这么说过。

露丝不再卖花后，镇民们故意装作对桑菲尔德的状况不知情，任凭她的花园枯萎、凋零。若是他们在镇里看见韦德，没人会前去质问有关他暴力的传闻，他们多数情况下也会对沃特尔视而不见，有人说鸟都比她自己的母亲更照顾她。但是卢卡斯·哈特不属于这拨人，他头一回见到沃特尔的时候正独自沿着河边散步。他那会儿以为她是河里的某种美人鱼，因为她的肌肤在水下闪着绿光，乌黑的长发缠绕着树叶和花朵。尽管他从未在学校、商店和教堂里见过她，但她注定会成为他的幻想。每当他来到河边，他都期盼着能见到她游泳的样子。她在水里身姿矫健、奋力划水的样子仿佛在参赛，这样的画面每一次都扣动他的心弦。随着时间的流逝，他们都长大了。她长成了一个几乎在镇上见不到的隐居少女，而他则离开家乡完成医学学业。城市生活和高等教育都没能让他忘记沃特尔，对她的思念就像热病一样在他的血管里流窜。他回到家乡，做了一名全科医生，每夜都会去河边走一趟。他听说了有关韦德·桑顿的流言。可是，似乎没有人站出来替露丝发声，毕竟家务事是一个男人和他的妻子之间的私事。只是，卢卡斯总想说，露丝·斯通从来都不是韦德·桑顿的合法妻

---

[1] 沃特尔英文名为 Wattle，拼写与金合欢树 wattle tree 相同。

子，而且根据传闻，韦德也不是沃特尔·斯通的父亲。卢卡斯每晚走到河边时都向自己许诺，一定要走上通往桑菲尔德前门的台阶，敲门介绍自己。不过每晚当他走到桑菲尔德的边界时，都必然转身折返。直到那一晚，他听见了女人的尖叫声，随后是一声枪响。然后是寂静。

卢卡斯从河边沿着小道跑到桑菲尔德布满灰尘的院子里，看见沃特尔·斯通手持步枪，瘫在韦德·桑顿的尸体上。她全身浸在血中，血色暗得和墨水没两样。你受伤了吗？卢卡斯惊呼。是你在流血吗，沃特尔？你受伤了吗？沃特尔坐起来，面色惨白，神情僵硬，眼睛的深黑色和脚边的血一样。沃特尔？卢卡斯大喊。她缓缓地摇了摇头。不是我，她轻声回答，手里的枪在抖。他们彼此间交换了眼神，默默许下约定。

韦德·桑顿离世的消息一夜之间传遍了小镇。有人说是露丝对他施了巫术，他才自杀身亡。也有人说是露丝的女儿谋杀了他。母女俩和她们的花语被视为厄运的象征，是对小镇的诅咒，因为露丝没能维持花田的运转，剥夺了人们的收入和希望。河边的渔民很快就加入了谴责队伍，声称他们曾在夜里见到露丝对着浅滩的什么东西说话。当墨瑞鳕[1]出现在新闻报道中时，议论甚嚣尘上。河中之王本不该出现在如此之北的河道中，她一定是施了什么恶毒的巫术。而露丝·斯通和她的花卉农场曾把全镇从干旱危机中救出来的事情再也无人提起。

类似的诽谤愈演愈烈，直至卢卡斯·哈特医生公开了他的证词：他亲眼目击醉得不省人事的韦德·桑顿在清洁步枪时失足跌

---

[1] 澳大利亚的国宝鱼，这种动物十分凶残，会吃其他鱼类。

倒，走了火击中自己，结果因此丧了命。警方把他的死因归为意外事件，全镇对这件事情有了完全的改观。沃特尔·斯通嫁给了卢卡斯·哈特，她在婚礼上手捧一束金合欢。他们婚后和露丝一起住在桑菲尔德。

后来，我们就生了你，琼儿，她的母亲每次讲故事到这里时都会说这句话，眼睛直直盯着琼看，热泪盈眶。人们又开始变得友善了，你打破了桑菲尔德的诅咒。

琼躺在沃特尔身边的摇篮里，沃特尔吹了吹露丝笔记本上的灰尘。卢卡斯在诊所上班时，她会有条不紊地从镇上的图书馆收集书籍，大声朗读，给琼的素描命名，列出需要从城里订购的种子清单，而琼则在一旁咿咿呀呀地叫。不过三年多时间，沃特尔就让母亲的花卉农场恢复了生机。人们开始点头称赞在镇上市场里出售的花束。幸福归来，一束每朵都和人心一般大的特罗皮如是说。挚爱，一捧芳香沁人、杯状花型的悉尼玫瑰上写着。一桶花不一会儿就售罄了。桑菲尔德的鲜花再一次成了抢手货。

虽然沃特尔复活了母亲心爱的花园，但是她没能解决母亲的精神失常。沃特尔像对待自己的孩子一样溺爱母亲，尽力让她开心，可露丝仍然每晚悄悄离开家。沃特尔每晚都清醒地躺在床上听木板发出的嘎吱声，直到有个月光如水的晚上，尽管琼依偎在她的胸口，她还是决定跟着母亲去河边一探究竟。露丝把花洒在水里，嘴里不停地念叨。

妈妈，沃特尔在银色星光的照耀下踩上了沙软的河床。母亲的眼神清澈明亮。你在和谁说话，妈妈？

和你的父亲，我的宝贝，露丝的回答很简洁。河中之王。

水面上浮出一些气泡，一朵花被卷到底下，但沃特尔没看见花是被什么东西拉走的。她转身跑开，回到温暖被窝里丈夫的身旁。

琼还只有三岁的时候，露丝便在睡梦中离去了。那日清晨，沃特尔找到她时，露丝的头发被河水泡湿了，发丝间夹着桉树叶和香草百合。

根据她的遗愿，一切都留给沃特尔。露丝只要求她的女儿做一件事：确保桑菲尔德永不传给一个不值得的男人。自那以后的确没有传给男人过。这让克莱姆·哈特难以原谅，大发雷霆。

琼儿，认真听。母亲的声音在她脑中回响。这些是露丝的馈赠。我们就是靠此生存的。

天空出现了第一道晨光，琼深深地叹了一口气。她晃晃悠悠地从沙发上起来，摇摇摆摆地走向卧室，瓶底剩下的威士忌哗啦哗啦地晃荡着。

寒假第一天，爱丽丝站在窗口，注视着穿过灌木丛通往河边的白垩岩小道。她和奥格明天早上一起来就会去那边见面，为了庆祝她的十岁生日。奥格是爱丽丝最好的朋友，这个结论有理有据，因为托比是一条狗，坎迪又太年长了，哈里也是条狗，书也不是人。

她离开窗口，去看摊在地上的作业。她坐下的时候哈里摇着尾巴。她要完成一份假期作业：为自己喜欢的一本书写一篇读后感，说明为何喜欢。当钱德勒先生分发作业纸时，其他小朋友都满腹牢骚，只有爱丽丝激动不已地抢过来。她不用想就知道自己会选哪本书：萨莉在图书馆里为她挑选的那本关于海豹人的书，也就是琼来医院接她之前送来的书。

爱丽丝来到书架边,指尖划过一本本书的书脊,最终停在了有关海豹人的那本书上。她从书架上取下这本书时,另一本书跟着落在了地上。爱丽丝捡起来看到这是一本布面精装书,封面上有烫金文字和褪色插画。这本书讲了一个和她同名的女孩坠入一个神奇世界的故事。

爱丽丝打开了封面。当她读到题词的时候,她的身体凉了下来。

"嘿,小甜心,我给你拿了杯热可可。"坎迪站在门口,手里端着冒着热气的马克杯。"爱丽丝?这是什么?"她放下杯子。"让我瞧瞧。"坎迪掰开爱丽丝的手,夺过了书。爱丽丝看着坎迪读题词。"哦……"她的声音越来越轻。

爱丽丝生气了。她把坎迪推出房间,砰的一声关上了房门。哈里冲到爱丽丝身边叫唤。爱丽丝开了门,把它也推了出去。

她整日没有下楼。坎迪给她送了烤好的晚餐,但她一口未动。特威格试过隔着房门和她说话,但没成功,便回到了屋后的阳台上抽烟,一根接着一根。

黄昏过后,琼的车前灯才在车道上跳动。爱丽丝坐在床上,手里紧紧抓着那本书。楼下传来了前门打开的声音。琼的钥匙放在桌上玻璃盘里的声音。疲惫的步子经过门厅进入厨房的声音。厨房水龙头打开的声音,水流哗哗的声音,水龙头关上的声音。手镯当啷响的声音。电炉上的水壶里有泡泡跳动的噗噗声,接着是嘘嘘声,最后是沸水浇上茶包的声音。茶匙轻叩陶瓷杯沿的清脆声。安静了一会儿。最后是琼精疲力竭地穿过门厅走上楼梯的脚步声。

"琼。"

"等一下，特威格。"

"琼，我——"

"等一下，特威格。"

她走在楼梯上。向上。向上。她敲了敲爱丽丝的房门。

"嘿，爱丽丝。"琼打开了门。哈里跟着她跳进房间，不停地叫唤。爱丽丝一直低着头。她的双脚用力地踢着床架。

"今天过得怎么样？"琼在爱丽丝的房里踱步，一只手插在口袋里，另一只手端着那杯茶。她走向书架的时候踩到了地上爱丽丝的作业。爱丽丝盯着琼的靴子看。当琼转身面向爱丽丝时，她突然停住了。

爱丽丝双手捧着那本书，翻至题词页，她妈妈在上面写了一遍又一遍自己的名字，每个字母"a"都写成了心形。

阿格尼丝·哈特。A·哈特夫人。C·哈特先生和A·哈特夫人。哈特夫人。阿格尼丝·哈特夫人。

底下是她爸爸的笔迹。

亲爱的阿格尼丝，

我在镇上看见了这本书，想到了你。我知道这是你来到桑菲尔德时带的书，我希望你不要介意我再送你一本。

在我为你买这本书之前，我没有读过里面的故事。但是现在我看过了，它让我想起了你。在你身边的感觉像是在不停地坠落，不过是以最美妙的形式坠落。在我遇见的人和事里，你是最神奇、最令人费解的，阿格尼丝。你比桑菲尔德种植的任何鲜花都漂亮。我想这就是为何妈妈特别喜爱你。我想你可以成为她从未拥有过的女儿。

我只想感谢你告诉我关于大海的故事。我从来没有见过大海，但当你看着我的时候，我感到自己可能领会了你所描绘的样子。野性和美丽。可能有一天我们会离开。可能有一天我们会一起在海里游泳。

爱你的，<br/>克莱姆·哈特

琼用力搓着前额。哈里喘着粗气，忧虑地甩着尾巴。

"爱丽丝，"她开口了。

爱丽丝望着她，感觉自己的灵魂像是在医院里那样离开了身体，感觉自己看见了火蛇缠绕着她的身体，把她变成了自己认不出的东西。她从床上站起来。一只手臂摆到身后。用尽所有力气把书猛地扔向琼。书正好砸到了琼的脸上，随即掉落在地，书脊在那一刻碎裂。

琼几乎没有退缩。一块带着怒气的淤青开始在她颧骨上显现。爱丽丝怒气冲冲地盯着奶奶。琼为什么没有反应？她为什么不生气？她为什么不挡一下？爱丽丝的视线变得模糊不清。她用力拉扯自己的头发，想要大喊大叫。她妈妈什么时候住在桑菲尔德？为什么没有人告诉她妈妈曾经生活在这里？还有什么事情是瞒着她的？为什么所有人都不告诉她这些？为什么爸爸妈妈离开了？爱丽丝感到头痛。

琼向她走过来，但爱丽丝不断踢她。哈里怒吼着来回踱步。

爱丽丝完全不理会它。它没法在这种情况下保护她。

"噢，爱丽丝，我很抱歉。我知道你很伤心。我都懂。我很抱歉。"

琼越想安抚她，爱丽丝就越气愤。她踢着、咬着、挠着琼的双手。她奋力和琼强壮的身体搏斗，就像与她在桑菲尔德的生活抗争，就像与在学校受到的伤害和其他人对她和奥格的取笑斗争。对于人们为何会死去这件事，爱丽丝也在抗争。她抗拒哈里提供的帮助，她抗拒在坎迪做的食物里品尝到伤感，她抗拒在特威格的笑声中听到泪水。

爱丽丝只想获得自由，跑到河边去，跳入水中游泳，游得越远越好，回到海湾。在那里，有妈妈的家。在那里，能用脸颊感受托比温暖的呼吸。在那里，有她的书桌。那是她归属的地方。

爱丽丝闹得有些累了，开始哭泣。她多么希望自己未曾来过桑菲尔德，这里的一切都不是表面上看起来的那样。她多么希望自己从未进过爸爸的木棚。

13

**铜杯花**
Pileanthus vernicosus

澳大利亚西部

花 语

我的投降

纤细的多木灌木，见于沿海荒野、沙丘和平原。
花朵色彩瑰丽，有红色、橙色和黄色。
春季开花，长于覆满耐寒小叶子的嫩枝上。
幼小的花苞外边裹着一层油光发亮的外衣。

爱丽丝可以通过多种渠道得知父母在桑菲尔德的过往,但最令琼意想不到的便是由他们自己来告诉她。可偏偏有他们的笔迹出现:阿格尼丝在练未来的签名,克莱姆写的则是后来将会发生的事情。在接爱丽丝回来前,琼认为自己该把阿格尼丝和克莱姆的东西都打包装箱,于是把所有相关物品都存在了镇上一个租来的仓库里。她根本没想到要把钟塔里的书架理干净。

待爱丽丝彻底累坏了,琼抱她下楼,特威格已经在浴室准备好热水浴等候。琼试着不和特威格对视。她不该说出那些话的,那不是特威格的风格,可琼还是听见她说了。往事会古里古怪地长出新芽。

琼匆忙经过厨房,坎迪在里面用电炉为爱丽丝热牛奶。琼一言不发地进了卧室,紧紧关上了身后的门。她此前把榛木盒放在床上,现在它还在原处。她小心翼翼地注视着它。

在爱丽丝惊恐发作的那个早晨,琼开着卡车离开,她确实去了学校给爱丽丝报名。不过,她的绝大多数时间是在那个仓库里度过的,她在那里找寻记忆和遗物,以此获得慰藉。当她离开准备回家时,她带上了这个榛木做的盒子,她告诉自己这是因为她需要里面的东西作为爱丽丝的生日礼物。

她坐在盒子旁边,凝视着精细的木工活儿,猜想克莱姆在这上面花费了多少气力。他曾经为阿格尼丝雕刻过一张桌子,现在还放在爱丽丝住的钟塔里。除此之外，这个榛木盒是他最引以为傲的作品了。他在种子和鲜花方面做得不错，不过他特别擅长把砍倒的树削成各种如梦如幻的造型。他做好这个盒子的时候恰好临近十八岁，这个年纪的男孩以为自己能把灵魂刻进榛木，然后长成男人。

在盒盖的一边雕刻着几个露丝的形象。其中一个是她手里握满了种子、脚边开出了鲜花的样子。另一个从侧面刻画了她隆起的腹部。最后一个明显是年老之后的：她弓着背坐在河边，满是皱纹的脸上是安详的神态，怀里抱着鲜花，身边还有若隐若现的一条大鳕鱼。盒盖的另一边雕刻了沃特尔，她怀里抱着婴儿时期的琼，琼的头上戴着一顶由鲜花编成的皇冠，她们身后坐落着一幢房子和蔓延生长的花田。克莱姆在盒子中间雕刻了自己，一个看不清脸的男人站在他身后。克莱姆的一边站着以全视角呈现的挂着笑的琼，另一边有一个女孩在靠近，拿着许多金合欢的枝条。

克莱姆就是这样看待自己的：桑菲尔德故事的中心。琼提醒自己，这就是为什么他做了自己想做的事情：琼告诉阿格尼丝，她不打算把桑菲尔德传给克莱姆，他无意中听见后就带着阿格尼丝离开了农场。问题的本质在于她的亲生儿子听见母亲告诉他爱的女孩，她认为他不值得。

琼伸手拿来酒瓶，痛饮一口。又一口。再一口。她的头不再突突作痛了。

琼看着他儿子的手雕刻出的阿格尼丝的面容，尽管很不情愿，却也不得不承认爱丽丝长得很像她。她们长着一样的大眼睛，笑容都是那么明媚。步态也是一个模子里刻出来的。还有同样的高尚气质。琼能为爱丽丝做的也就剩下给她一些妈妈的东西了。她提起锁闩上黄铜做的钩，打开了盒盖。记忆涌入，占据了她的所有感官，她没来得及阻止它们。冬季在河边闻到的甜蜜气味。秘密的苦涩。

琼站在母亲身边绕着合欢树撒父亲的骨灰时只有十八岁。此后，镇民们每每聚集在她家里分享父亲接生孩子、救死扶伤的故事时，琼就逃到河边去了。她不常在白垩岩小道上跑，尤其是从她小时候开始听说家里的女人这样做就会招致厄运的故事之后。琼渴望万物有序，如此狂热和不公的爱情让她感到害怕；她讨厌看见刻着母亲和祖母名字的桉树，上面承载着爱情带给她们的幸运和苦难。不过，那一天，悲痛让琼感到全身燥热，她一想到水，就被它吸引着穿过了灌木丛。

她到河边的时候，脸上满是泪痕，黑丝袜上全是洞。她看见一个年轻男子赤身裸体地在茶绿色的水里游泳，仰头凝视天空。

琼立马抹了抹脸颊，控制了情绪。这里是私人领地，她用最傲慢的语气宣告。

他冷静的表情让琼消了气。好像他是在等她。他长着一头黑发，一双浅色的眼睛。下巴上都是胡子茬。

下水吧，他说。他的眼神落在她的黑衣服上。在水里不会感到伤心难过。

她试图忽视他。不过看到他望着自己，火辣辣的感觉爬上了她的肌肤，她感觉到除了死亡和悲伤之外的一种解脱，这比父亲蜂箱里的蜜还要甜。

琼开始解裙子的扣子。刚开始动作很慢，后来发狂似的脱下了黑色的丧服，全身白皙的她跳入水中。她沉入水底，把肺里的空气吐到水面上。沙子和砾石在她的趾间摩擦。河水灌入了她的耳朵、鼻子和眼睛。

他说得对。在水里不会感到伤心难过。

当肺承受不了更多压力时,她一个打挺,蹿到水面上,拼命想要呼吸。他保持着一定的距离,透过碧绿的河水看着她。琼在还没完全意识到自己正在做什么时,直接朝他游过去。

那个午后,他们在河岸上的一个沙坑里生了一小把火,彼此蜷缩在一起。她的身体体会着痛苦和愉快的刺痛感。她曾在高中和一群男孩子在灌木丛里乱摸一通,但这是她头一回完全和一个男人分享自己。她用指尖抚摸一个长在他胸口的斑驳的红色疤痕。还有一个在他背上相对的位置。琼吻了这一前一后两个疤痕,品味留在他肌肤上的甜甜河水。

你住在哪里?她问道。

他从琼紧紧的怀抱中挣脱出来。

四海为家,他回答的时候穿上了靴子。她看着他,意识到他打算走了,这种念头像石头一样在她体内下沉。

她把衣服包在身上。我还会再见到你吗?

每个冬天,他回复道。金合欢盛开的时候。

琼陷入爱情了,她觉得它像河流:平稳,恒久,真实。她告诉自己,这不同于祖母露丝和河中之王的苦命爱情,也不同于妈妈和爸爸的牢不可破的结合。在琼看来,她能掌控。她不会把心给一个男人,也没必要把她的名字刻在一棵将见证她苦楚的树上。她的爱情不会是一个没有结局的故事。他会回来的。在金合欢盛开的时候。金合欢总是盛开。

父亲去世后的几个月是缓慢、枯燥、艰难的。沃特尔·哈特不再下床。房子里充满了花腐烂的味道。琼开始打理农场,每天都花许多时间照看花田、送货去周边的镇子。到了晚上，在给沃特尔喂一顿几乎提不起食欲的晚餐后，琼就待在工棚里，自学如何把鲜花压进珠宝商的树脂里。她会一直做到视线开始模糊。有时候她会在桌子前睡着，醒来时脖子抽搐，花瓣粘在脸颊上。无论在哪儿，她都用尽一切方式避免母亲遭受的痛苦。见证爱留下的残骸是她无法忍受的。

次年五月，琼时刻关注着，金合欢的花苞刚有要开放的迹象，她就冲去了河边。她奔跑的时候屏住了呼吸。*我见到他就呼吸。我见到他就呼吸。*

她每一天都失望而返。冬天快过去了。金合欢花开始掉落。琼的衣服从臀部和锁骨松垮下来。紫色的半月映入眼帘。当她的肌肤变得火热、手指上沾着泥土时，花田繁茂生长。八月底的一个下午，她穿过林中空地来到河边时，有一小团火在燃烧，上面正煮着一壶茶。他望着她，浅色的眼睛直勾勾地穿透她的身体。

*你都去哪儿了？*她问道。

他看向别处。*我现在在这里*，他说。他的右眼下方出现了一个新的伤疤，是蓝色的，凹凸不平的。

琼扑倒他，让他的双臂环住自己，通过两人压在一起的法兰绒衬衫感受他的心跳。

琼三天没有回家。

他们在河边露营，就着听装的豌豆和炖火腿吃硬面包[1]，烤着火在沐浴着阳光的榄叶菊灌木丛边缠绵。他没告诉她自己去了哪

---

1　Damper，澳洲未经发酵的在灰上烘制的面包。

里。她没告诉他自己多么需要他留下来。

不出数月，报纸上刊登了一些文章，上面写着一系列远在市里发生的银行盗窃案。文章声称窃贼是一群从战场回来的老兵，警告乡村小镇保持警惕。这些罪犯配有武器，十分危险，他们在找地方藏身。

经过春季、夏季和秋季，桑菲尔德繁花似锦，这是琼不懈工作的成果。她专注于把自己受到的折磨变为鲜花，甚至没有注意到母亲已经虚弱无比了，等她发现时，沃特尔的状态已与过去天差地别了。

琼儿，认真听。沃特尔用遗言告诫自己的女儿。这些是露丝的馈赠。我们就是靠此生存的。

琼没把这回事放在心上，疾病夺走了母亲仅存的气息。琼为了葬礼剪下了所有桑菲尔德开放的金合欢花。

他们在河边共度的第三个冬天里几乎没有交流。他没过问她为何哭泣。她也没打听他指关节上的伤疤都从何而来。他们都不想听到对方的答案。

当春天来临，琼知道自己怀孕了。她在一个狂风大作的秋日里独自分娩，儿子的名字源于铁线莲，他将像一颗明亮的星星，冉冉而升，不断向上攀爬。金合欢再次开花的时候，她抱着襁褓里的婴儿走向河边，不过在她到达河边那块空地前，她就已经知晓孩子的父亲不会在那里。他再也不会出现了。

琼独自生活在农场上，她失去了至亲，还要抚养一个小宝宝。她夜夜落泪，内疚和恐惧渗入了枕头，她担心是自己的疏忽导致了母亲的离世，她担心儿子会和生父一样冷酷无情。夜复一夜，琼都是这样度过的，不过在一个温暖的日子里，一段意料之外的友谊在她的车道上向她走来,改变了这一切。

琼快速地翻着榛木盒子,最终找到它们了:一捧多枝小雏菊干花。她用手掌捧起干花,双手来回翻转着。

塔玛拉·诺思在一个晴空万里的春日早晨抵达桑菲尔德,她随身带的只有一个小包和一盆属于她的盛开的雏菊。琼听到敲门声后前来应答,她当时没有洗漱,身上散发着酸牛奶的臭味,怀里抱着大喊大叫的克莱姆,身后是一片凋零的花卉农场。她立刻给塔玛拉安排了一份工作。她不清楚让她做什么,可能是农场上的帮手,也可能是朋友,其实这两者琼都需要。塔玛拉放下了小包和花盆,从琼的怀里抱起了克莱姆。

你可以把哭闹不停的宝宝放在水里,她说。水能安抚宝宝。

塔玛拉自信地走向卫生间,仿佛她十分清楚自己要去哪里,要做什么。琼待在门厅,浴室的流水声、塔玛拉的催眠曲和克莱姆渐弱的哭喊声让她困惑不已。

那天晚上,塔玛拉照顾克莱姆入睡后在自己的新卧室里安顿下来,琼从她的花盆里剪了一点雏菊。她在窗口倒挂了一小束用来风干,压制了几片夹在桑菲尔德词典里,边上写了一个新的词条。

多枝小雏菊。你的出现减轻了我的痛苦。

自那以后,塔玛拉就被称为特威格[1],不断抚慰琼的伤痛。就算是琼不愿听的时候。

她把干花放回盒子里。指尖掠过盒上的螺旋图案。这是克莱姆得知桑菲尔德永远不会属于他之前给她的最后一件东西,在他与生俱来的暴脾气彻底爆发之前。我宁愿自己是被爸爸抚养长大

---

[1] 特威格,即 Twig(意为枝条),与 Twiggy(意为多枝的)呼应。

的，而你才是那个我从未见过的人，他冲着琼一通嘶吼后，抓着阿格尼丝上了卡车离开。在她的记忆里，他声嘶力竭、面色阴沉的画面仍历历在目，阿格尼丝在客座望向窗外时那空洞的眼神也深深刻在她的脑海里。

琼的肚子开始作痛，因为她在思索儿子是否有意选择了榛木，尽管他不可能知道在今后的数年里它的花语让她魂牵梦萦：和解。她止不住地流泪，匆忙在盒子里搜寻，最后找到了她需要送给爱丽丝的生日礼物。

她合上了盖子，颤颤巍巍的手拿起了酒瓶。猛灌了几大口后，她离开房间，走出了房子，前往工棚。

众人早已入睡，琼仍在做珠宝的台灯下工作，直到双眼发红、瓶里不剩一滴酒。她写好了给爱丽丝的信，包装了刚做好的礼物，便关了台灯离开工棚。她在夜色中踉踉跄跄地走向房子，她要去爱丽丝的卧室。

爱丽丝在睡梦中翻了个身。她坐起来，借着穿过窗户的微弱月光，看见琼坐在桌前，不过她实在睁不开眼睛，就躺在枕头上继续睡了。当她再次醒来时，天已经亮了。她的十岁生日到了。她想起昨晚看见的景象，突然从床上跳起。她的桌上放着一个礼物，还有一封信。

她撕开了包装，屏着呼吸打开了里面的珠宝盒。一条银色的链子上挂着一个大大的银色盒式坠子。坠子的盖子是围在树脂里的，边上有一簇压好的红色花瓣。爱丽丝伸了一个手指到扣环里。坠子一下就弹开了。她在一层薄玻璃片后面看到了一张妈妈的黑白相片。热泪划过爱丽丝的脸颊。她戴上项链，拿起了信。

亲爱的爱丽丝，

有时候，某些事情是很难开口说的。我知道你比多数人都更能理解这封信。

我差不多在你这个年纪开始从我的母亲那里学习花语，也就是你的曾祖母——她也是由她的母亲传授的——就用在这片土地上、在我们家里生长的鲜花学习。它们帮助我们传达有时候无法通过语言表达的内容。

我无法弥补你失去的一切，这让我感到心痛。就像你失去了声音一样，一想到要和你谈起你的父母时我好像也失去了一部分语言能力。这并不好，我知道。我也知道你需要答案。随着我们的相处，我会找到答案的，正如你也在寻找答案一样。请你知道，当我找回了失去的那部分声音时，我会尽我所能解答你的每一个疑问。我答应你。或许我们能一起找回我们的声音。

我是你的奶奶。我很爱你的父母。我也爱你。我会永远爱你。我们现在是彼此的家人。永远都会是家人。还有特威格和坎迪。

这是我仅有的你母亲的相片。现在它归你所有了。我用压扁的斯特尔特沙漠豌豆花瓣做成了这个坠子。对于我们家族的女人来说，这种花意味着勇气。鼓起勇气，振作起来。

桑菲尔德是你母亲的家园，是你祖母的家园，也是你曾祖母和曾曾祖母的家园。现在它也是你的家园了。它会像这个坠子一样告诉你这里的故事。倘若你允许的话。

爱你的奶奶，

琼

爱丽丝合上信，手指抚过折痕。她把信叠好放进口袋里，把坠子放在摊开的掌心上，凝视着相片里妈妈的面容。也许琼说得对。有些事情难以开口；有些事情难以记起；有些事情难以知晓。但是琼做了保证：如果爱丽丝找回了她的声音，琼会找到答案。

爱丽丝穿上了蓝色靴子，在寒冷的闪着紫光的早晨溜出了房子。

特威格在楼下的办公室里一直握着耳边的听筒，尽管对话已经结束了。她的心在怦怦直跳。这一切做起来太容易了：在黄页里找到州立领养部门的电话后，她只是拿起听筒，拨出号码，告诉对方自己叫琼·哈特，想要查询她孙子的领养情况，报出桑菲尔德农场经理人塔玛拉·诺思的邮政地址，就被告知她需要填写的表格将于七至十个工作日内寄达。通话还不到五分钟。接着，就断线了。特威格就坐在那儿，听着耳朵里嗡嗡作响的嘟嘟声。这是命运开始转动的声音，这是她寻找自己的孩子时从未成功听到过的声音。尼娜和约翰尼的名字没有任何文件记录。不过，特威格每年都会以种下一株幼苗的方式纪念他们的生日。到现在，桑菲尔德周边已经有超过六十株具有这种纪念意义的植物或树木了。

屋外，阳光洒在女人花们的身上，她们正忙着剪下新长的金合欢花枝条，再集中放在桶里。其中有一位正哼着一首古老的赞美诗。特威格想跟着哼哼，却发现自己已经不会唱了。她多年前就不再去教堂了。

琼的卧室里没有任何声音。特威格知道她熬夜到凌晨，用她知道的最好的方式来修补关系，也就是鲜花。可是，内疚是一种不同寻常的种子，埋得越深，想要生长就越困难。若是琼不打算把这个孩子的事情告诉爱丽丝，那么特威格准备替她说。这就意味着她需要一些信息。

她俯身把听筒放回去，屋外有个什么东西在阳光下闪着光亮。特威格眯起眼睛，循着光线看过去。爱丽丝蹑手蹑脚地走过女人花们身边，想快跑进灌木丛，她脖子上的那条新项链反射着阳光。特威格知道爱丽丝要去河边见谁，也没兴趣阻止她。那个孩子需要一切她能获得的慰藉。

爱丽丝蹦蹦跳跳地穿过了花田。枯死的冬草在脚底下被踩得咔嗒作响，吸入的冷空气在肺里燃烧。在农场尽头，金合欢树裹上了烈焰般的黄色，光彩夺目，香气袭人。女人花们已经在外工作了。爱丽丝在花田里穿行时躲开了她们的视线，来到了通往灌木丛的小道。她奔跑的节拍和在胸口弹来弹去的坠子同步。

鼓起——勇气——振作——起来。鼓起——勇气——振作——起来。

爱丽丝跑到河边后停下来恢复正常呼吸，她看着碧绿的河水涌向石头和树根。她站在那里看了一会儿，回想起了大海。她感觉这已十分遥远，有种几乎从未发生过的不真实感，几乎像是梦里的情景。在睡梦中，她更常看见的是自己与火作斗争，而不是她在海边的生活以及她在那里喜爱的一切；是火光闪烁，而不是在她给托比读书的时候，它就算听不见也会把爪子放在她腿上的场景；是一缕烟，而不是妈妈光着脚在花园里温柔地照料植物的样子。她讨厌这样子。妈妈曾经来过这条河边吗？她曾站在爱丽丝现在正站着的地方看着河水涌向石头和树根吗？她的名字从河岸赤桉上抹掉了吗？她似乎能感觉到妈妈的肌肤和她臂膀的温暖。

爱丽丝从口袋里取出琼的信，打开了它。请你知道，当我找回了失去的那部分声音时，我会尽我所能解答你的每一个疑问。我答应你。或许我们能一起找回我们的声音。

爱丽丝把信叠好放回口袋里。随着爸爸出现在记忆里，她的前额冒出了一串汗珠。她记得爸爸从木棚里出来时，扛着她新书桌的双臂有些颤抖，眼里充满了希望。这双眼睛很快就黯淡下来。他在去屋里的一路上乱摔东西，把妈妈拎起来往墙上撞，而后冲着爱丽丝咆哮。

爱丽丝紧紧闭上眼睛，双手握拳垂在身体两侧，深吸了一口气，放声尖叫。这感觉很棒，她又叫了一次，想象着她的声音可以随着河水流动，一路奔向大海，在大海的边缘，她在家为妈妈、那个未出世的孩子和托比吟唱。一路奔回家，他们就能在她燃烧的梦里出现，保护彼此。

爱丽丝的喉咙开始作痛，她便不再尖叫。她脱下了衣服，提走了靴子。她怕自己那条用沙漠豌豆花瓣做成的坠子受损，就解下来塞到了衣服里。深绿色的河水在旁边奔腾。她浸了一根脚趾进去，冷得直发抖。她犹豫了一会儿，一直在积攒勇气。数到三。她跳进河里。冰冷的河水带来的冲击使她噗地浮出水面，她发现自己咳出了和火一样鲜艳的玫瑰花瓣。她疑惑不解,往水下看。另一片花瓣粘在她哆嗦的肌肤上。接着又有了一片,又有了一片。她瞥了一眼上游。奥格蹲在河岸边,把花瓣撒向水面。他身后有一条厚厚的毯子和一只书包。她笑着朝他拨起了水花。

"嗨,爱丽丝。"

她挥了挥手,爬到岩石上。

"拿去。"他站起来给她递了那条毯子,把头转向一边。"我有种感觉,你今天会来游泳,尽管天很冷。"爱丽丝哆嗦着接过了毯子,裹住了身体。"生日快乐,"他说。他明亮的笑容温暖了她。他们一起走向她放了靴子和衣服的地方。他坐下来,打开了书包。"你知道吗,在保加利亚,你每年要为自己庆祝两次。一次是在生日,还有一次是在命名日。所有叫一样名字的人都在同一天庆祝。不过,我不知道是不是有一天会用来庆祝爱丽丝这个名字。总之,传统的做法就是人们会不请自来,而要庆祝的那个人就得招待他们吃好喝好。"

爱丽丝的眉头一皱。

"但我从来都没喜欢过这种做法,所以我自己带了食物给你。"

听他这么说,爱丽丝眉开眼笑。她坐在他身旁。奥格从他的背后拿出了一个盖着布的小包裹,上面用玫瑰作了图案,四个角上都系了结。他做手势示意爱丽丝把结打开。盖着的布落下来,显现出了一罐火焰色的果酱和一个扁平的长方形包装礼盒。她笑了。奥格从书包里拿出了一盒黄油饼干,一把切面包的刀和一个破旧的小酒瓶。

"在保加利亚,你的生日正好落在采摘玫瑰的季末,我估计你不知道。从五月到六月,当玫瑰谷里开满了各种颜色的玫瑰时,人们就会一朵朵剪下来，放进用柳条编织的篮子里送去蒸馏厂。在那里，花被制成了各种产品。果酱、精油、肥皂、香水。"

爱丽丝在手里翻转那瓶果酱。它在清冷的光线下闪着微光。奥格拧开了酒瓶的瓶盖，把它当作杯子来用。

"这就是我们庆祝的时候喝的东西。"奥格从瓶里倒了一种清澈的液体出来。"它叫 rakija[1]。"他把酒瓶递给她，举起盖子敬酒。"我们说，'Nazdrave'[2]。"

爱丽丝点点头。她模仿他的动作，举起酒瓶，放在唇边呷了一口，然后咽下。他们都呛得咳了几声，喷了出来。爱丽丝吐了吐，反复用毯子擦拭嘴唇。

"我知道这不太好喝，可大人们都喜欢它。"奥格抱怨道。爱丽丝拉长了脸，做了个厌恶的表情，随之把酒瓶塞回给他。他又把瓶盖拧上了，笑着说，"打开你的礼物吧。"

她先撕开了一角，紧接着兴奋地一下扯开了书外面的棕色包装纸。这本书的书脊已经裂开，纸张也发黄了，闻起来有一股桑菲尔德词典的味道。爱丽丝摸了摸标题。

"我觉得你可能会喜欢它。其中某个故事讲的是有个来自大海的女孩失去了声音。"

爱丽丝看着奥格。

"后来又如何找回来。"他接着说。

她想都没想就俯身亲吻了奥格的脸颊，再次坐好后才意识到自己刚才做了什么。奥格的手指飞向了她的嘴唇触碰过的地方。爱丽丝急切地想要分散注意力，就伸手把靴子拿过来，里面放着

---

1 一种水果白兰地。
2 保加利亚语：为了您的健康。

她的坠子。她把坠子倒在手掌上，抓着链子举起来。

"哇，"他惊叹道，伸手碰了一下坠子。爱丽丝打开了扣环。奥格研究起爱丽丝妈妈的相片。

"奥格，这是我的妈妈。"她谨慎地介绍道。

坠子从奥格手里掉落，他突然往后蹦，就好像被她掐了一下。"什么……"他大惊失色，表情凝固。"爱丽丝，你说话了？你在说话？什么？你能说话？"

爱丽丝咯咯地笑起来。她已经忘记笑起来的感觉有多么美妙了。

"她说话了！"奥格站起来，绕着她转了一圈又一圈。爱丽丝合上了坠子，任其滑落。

奥格停下来，他弯下腰，双手放在膝上。"该吃生日早餐了吗？"他气喘吁吁地问。

"好的，谢谢。"她害羞地答复。

"她说了'好的，谢谢'！"奥格笑了。"欣喜若狂！"他把手放在嘴边做了个喇叭，欢呼喝彩。"爱丽丝，这是我遇见的最好的生日，虽然不是我自己的生日。"

"非常谢谢你送我礼物。"她缓缓地说，再次适应说话的口型。她抱住了那本书。

"不用客气，"奥格笑着说。他打开了装着果酱的罐子。"妈妈特意为你的生日做了这罐果酱。"他把切黄油的小刀浸在罐里，随后在一片面包上抹了一层果酱。"原料是她花园里的和我同名的玫瑰。"

"你的意思是？"她接过了他递来的面包。

"噢，就是那些玫瑰的颜色。"他解释的时候也给自己抹了一片面包。

"奥格尼安[1]是一种颜色?"爱丽丝惊讶地问道。她的名字也是一种颜色。

"可以是一种颜色,"奥格回答道,咬了一大口涂了果酱的面包。"意思是我。"他接着说。

"什么?"

奥格笑着咽下了面包。"我的名字,奥格尼安,"他解释道,"意思是火。"

"噢,"爱丽丝应了一声。铃鸟的呼喊伴着潺潺流水声。冬日的阳光穿透了树林。

"聊点别的吧,"奥格顿了一会儿才说。

"别的?"爱丽丝说话的时候脸颊泛红,洋溢着能让他开怀大笑的喜悦。

---

爱丽丝到家时,琼正在厨房里照看发出咝咝声的平底煎锅。坎迪和特威格坐在桌旁阅读。哈里坐在特威格脚边。它一看见爱丽丝就把尾巴重重地甩到地上。三个女人都抬头看。

"生日快乐。"琼开了口,她的眼神落在爱丽丝的坠子上。

"生日快乐,小甜心。"坎迪合上了食谱。

"嗨,爱丽丝。生日快乐。"特威格把报纸叠好。

琼驼着背。坎迪的脸色苍白。特威格的动作缓慢又沉重。她们三个都试着挤出笑容,可她们的眼睛并没有透露出一丝高兴。

---

[1] 奥格的全名。

没人提起爱丽丝湿漉漉的头发和黏着沙粒的双脚。

"我在做生日薄饼。你想吃点吗？"琼的声音在颤抖。

爱丽丝尽力给琼一个最友好的笑容。

"马上就做好。"琼往一个平底锅里倒了更多的面糊。

爱丽丝在一把椅子上坐下来。

"要不要再来点生日气泡果汁，爱丽丝？"特威格提议说，挪了挪椅背。爱丽丝点了点头。特威格去橱柜那边取了一个细长香槟杯，经过琼身边时捏了一下她的手。哈里扑通一声在她脚边趴下来，缩成一团。爱丽丝观察着这三个女人。琼那总是有点颤抖的肩膀。特威格忧郁的眼神。坎迪的蓝色头发，不管发色多么明亮都掩盖不了她的悲伤。爱丽丝并不是唯一一个失去所爱之人的伤心人。

琼端上了做好的薄饼，还有黄油和糖浆。特威格在爱丽丝的餐盘边放了一杯苹果气泡水。

"谢谢你，琼。谢谢你，特威格。"爱丽丝说。

琼手里粘着薄饼的刮刀掉了。特威格张口结舌。坎迪尖声叫喊。不知道该舔地上的面糊还是该转圈的哈里选择一心二用。

三个女人都在爱丽丝身边俯身，用一个大拥抱包围了她。

"再说一遍，爱丽丝！"

"爱丽丝，说糖糖！"

"不，爱丽丝，你能说特威格吗？"

爱丽丝站在她们中间，抬头望着她们的脸，她们紧紧地围在她身边，就像一个新花苞上开出的花瓣。今天是她的生日，可让她们听到自己的声音仿佛是送给她们的礼物。

她们围着她跳舞时，她暗自微笑。她找回了自己的声音。现在琼得按照约定帮助爱丽丝找到答案了。

我多么盼望，我多么渴求
鲜花绽放的时节能够到来

——艾米莉·勃朗特[1]

1　代表作为《呼啸山庄》(*Wuthering Heights*)。

## 14

**河岸赤桉**
Eucalyptus camaldulensis

领土全境

花　语

痴迷

澳大利亚标志性乔木。树皮光滑，长条状剥落。树冠浓密。种子需经历大量春雨浸润方可生存。晚春至仲夏开花。因为经常突然掉落巨大的树枝（直径可达树干的一半），被冠以一个不太吉利的昵称"寡妇制造者"。

爱丽丝紧握着方向盘，精神紧张。她盯着交通信号灯，等待绿灯亮起。她的左腿因为一直踩着离合器而颤抖。

"好了，爱丽丝，我们现在正朝着主街尽头开去，到那里请调头。"警官一直低着头，在腿上的带夹写字板上匆匆书写。这个时候还很早，学校还没开始上课，商店还没开门。昨夜的春雨让马路在晨光下显出水银的颜色。爱丽丝眯起了双眼。绿灯亮了。

她放松了踩着离合器的左脚。等到你感觉它完全放开了，这句话奥格曾对她说了不下几十遍，当时她在驾驶那辆老农场卡车。一想到他，她就镇定下来。当离合器完全松开后，她的右脚踩在了油门上，这一下不那么像袋鼠跳。爱丽丝舒了口气，暗自笑着重新握紧了方向盘。她瞥了一眼警官。他的表情难以捉摸。

经过一盏盏信号灯，行驶在主街上，她留心着不超速。前方的道路平坦地延伸开来，就像一条黑色丝带通往城外，蜿蜒进入林地。道路消失在参差的桉树之间，爱丽丝的视线精确地落在那个位置，没有移开。她想跟着那条路过去看看，它通往的地方充满了各种可能，这让她产生了晕眩感。

"请在这里靠边调头，我们回到警局去。"

爱丽丝点了点头。她减了速，开了转向灯，不过看见路中间是双实线。她关了转向灯,继续往前开。

"爱丽丝?"

她仍目视前方,看着道路。"双实线,警官。违法。"爱丽丝让自己保持镇定。"我会在名为胖胖帕蒂的那家店那里左转。我们从那条路开回警局。"

警官努力保持面无表情的样子,不过爱丽丝捕捉到他脸上一闪而过的笑意。她在那家炸鱼薯条店转了弯,开过了几条寂静无声的街道,回到了警局。

爱丽丝开进来时琼和哈里都在停车场。她边停车边按喇叭。

"真棒!"琼拍着双手称赞道。哈里扯着沙哑的嗓子叫唤。它现在已经年老了。

"让我来开车回家!"爱丽丝兴奋地说,她跟着警官进警局时手舞足蹈。不一会儿,爱丽丝就出来了,兜里揣着她的驾照。尽管警官已经提醒她很多遍要摆一个稍加严肃的表情,可她的证件照上还是挂着一个露齿的大笑。

爱丽丝把卡车开到了桑菲尔德的车道上,在屋前小心地掉了个头。她拉起了手刹,不过引擎还在转动。

"你要去哪里吗?"琼解开了安全带,挑了下眉毛问道。哈里的眼神飞快地前后移动。"所有人都等着见你呢。"

"我知道,我就是去接奥格过来,"爱丽丝笑眯眯地说,"因为我考过了,也为了他所做的一切。"

琼的脸上闪过一丝阴影。"当然了。薄饼还多得很,人多更热闹。"她笑着说，不过眼神里透着冷漠。

爱丽丝开车穿过了小镇，一直做深呼吸让自己冷静下来，直至她希望对琼说的事情不再在她体内如火焰般燃烧。哈里在她身边喘着气。她和桑菲尔德之间的距离拉得越远，她就变得越冷静。她和奥格之间的距离拉得越近，她就变得越开心。她从九岁起就这样了。

在小镇界牌前，爱丽丝最后向左转弯，开到了土路上，此时哈里开始吠叫。

"快到了。"爱丽丝笑了。有时候她觉得哈里甚至比她更爱奥格。

她在奥格家门前停了车，他正在阳台上等她。强烈的情感涌上心头，当她的手快碰到车门把手时，她几乎期待火花从手指上飞溅出来。

"我拿到啦，"她笑着喊了出来，下车时手里拿着驾照。哈里紧随其后。

奥格的脸上充满欣喜。爱丽丝想沉醉其中，他的表情，还有他眼睛里的光亮，都是他爱她的体现。

"我就知道你会过的，"他用双手捧起她的脸庞，与她深吻。发丝落在他的眼睛上，她往后退了退，拨去发丝，手腕上的镯子叮当作响。她特意为今天这个日子从珠宝盒里挑了这些手镯。*河岸赤桉。痴迷。*

"想和我一起兜风吗？"她腼腆地问。

"当然了,"他再次亲吻她。"不过,先让我给你一样东西。"

她冲他挑了下眉,他用一只手遮住她的双眼,另一只手搂着她的后腰。

"准备好了吗?"他的双唇轻轻擦过她的耳朵。

"你要去哪儿呢?"她紧紧抓着他,在他的引导下走下阳台。

"好了,睁开眼睛吧。"奥格把挡着她眼睛的手移开。爱丽丝屏住呼吸。

眼前出现了一辆脱漆的薄荷绿大众甲壳虫汽车,引擎盖已经生锈了,还少了一只轮毂罩。后视镜上缠了一圈火红色的花瓣。

"奥格,"爱丽丝激动地说,"你怎么做到的?"她打开了车门,坐在了松软的驾驶座上,双手打着细细的大方向盘。

"我在木材厂多做了几个轮班。"他耸耸肩说。"然后,我想我应该是在酒吧用实惠的价格买下了它。"

她哈哈大笑。早前,奥格在当地的酒吧找了份夜班兼职。

"你从一个醉汉那里为我骗了一辆车?"她跳了起来。

"我可不会这么做。"他微笑着把她拉近。

"可是,如果我没通过考试呢?"

他的指尖抚过她的背心和裙子间裸露的肌肤,勾勾她的腰带,掠过她的内裤上方。她的大腿之间涌过一阵暖流。

"我就是知道你会过的,"奥格回答。

爱丽丝亲吻他时一直睁着眼睛,她想要尽力记住有关这个时刻的一切,想要永远保持它的完整:明亮清澈的光线,屠夫鸟的歌声,身后流淌的碧绿河水。热烈的情感和欲望席卷了她的全身，因为这个男孩是她在自己的世界里最爱的人。

爱丽丝开着新到手的甲壳虫回家，奥格则开着农场卡车，载着哈里紧随其后。她简直不敢相信自己驾驶着奥格买来送她的车。这辆车堪称完美。斑驳的薄荷色涂漆、关上车门时发出的那有力的砰的一声。巨大的方向盘，富有弹性的小座椅和踏板。最重要的是，引擎震动时的隆隆巨响快让她听不到音响里播放的音乐了。他必定得工作不少时间才能攒下这笔钱。都是为了她。她回味了刚才在河边与他共度的时光，一阵欣喜在体内荡漾开来。他对她来说意犹未尽。

爱丽丝在桑菲尔德停车时按了按方向盘中间的喇叭，听见甲壳虫发出的兴高采烈的嘟嘟声狂笑不止。奥格在她边上停了车。女人花们从工棚赶至屋前迎接他们。

"你做到了，小甜心！"下巴上挂着一条面糊的坎迪激动地大喊，给了她一个带有肉桂香味的拥抱。其他人都围在一起，兴奋地议论着这辆甲壳虫。

特威格从她们身后走来。"嘿，你成功了，"她说。"祝贺你，爱丽丝。"她的吻落在爱丽丝的脸颊上。

"谢谢，"爱丽丝犹豫地回答。她看着特威格的眼神，问道，"怎么了，特威格？"

特威格看了看奥格，又看了看爱丽丝。"琼，呃，她——"

发动机的回火声打断了他们。琼从房子后面开了一辆翻新的莫里斯迷你卡车出来。车身刷上了明亮夺目的黄色，抛光后的白色轮毂盖内圈熠熠发光。琼转弯停车时,爱丽丝看见了车门上的字。

爱丽丝·哈特,花语师。野花盛开的桑菲尔德农场。

她的心情沉重起来。从爱丽丝十七岁时开始,琼就说让她完成学业后在桑菲尔德参与管理工作。琼从来没问过她的意愿,这比这个想法本身更令她感到烦恼。琼在为爱丽丝规划未来时也总是忽视奥格的存在,这也令她深感不安。

"这是我们大家送你的礼物,"琼从卡车上下来时说,"每一个人都凑了份子。"

"噢,这……这……"爱丽丝结巴了,"这太棒了,琼。大家。非常感谢你们每一个人。"

琼和她对视。"这是什么呢?"她指着甲壳虫问道。

"你不会相——相信,"爱丽丝结巴地说,"奥格为我存钱买了这辆车。"

琼脸上的笑容没有变化。"奥格,"她哼了一声轻蔑地说,"你送爱丽丝的礼物真是不可思议,你自己都还买不起车呢。我们想到一块儿去了是多么幸运啊!这样吧,爱丽丝可以开这辆莫里斯,奥格,你就自己留着那辆大众吧。两个人都有车了。"她拍了拍手。"好了,坎迪一上午都在准备一场不折不扣的盛宴……"

"是啊,"特威格匆忙走上前极其大声地喊道,"是啊,大家,我们去吃饭吧。"

当一群人走向小道时,特威格侧身接近了爱丽丝。"给她留点面子吧,"她谨慎地说,"她为了这个惊喜准备了六个月,现在她只是有点措手不及,仅此而已。"

爱丽丝强迫自己点头。可是为什么总是和她相关呢?她想放声叫喊。

奥格走到爱丽丝身边时，她根本无法和他对视。他拿起她的手，紧握了一下。他一直这么握着，直到爱丽丝抬头看他才松开。尽管她知道他一定受了屈辱，可他还是冲着她眨眼睛。过了一会儿，她也用力捏了一下他的手。爱丽丝和奥格吃完一顿弥漫着紧张气氛的早午餐后从房子里溜出去，奔向河边。他们坐在河岸上。她用野花做了一条链子。他用衬衫擦了擦白色的河石，然后抛出去，石子打着水漂掠过河面。他一直斜眼瞥她，她察觉到其中的强烈情感，但她做不到开口说话。她也不知道要说什么。如何为琼的行为道歉。如何为没能站出来支持他和他的礼物而道歉。如何为没能站出来为自己说话而道歉。最终，他打破了沉默。

"她为什么能为所欲为，这样对待你。你就像是她花园里的某朵花，她说什么时候开就什么时候开。"奥格说这番话时没看着她。

爱丽丝把菊花的茎都打结在了一起。

"有时候是有这种感觉，"她说，"好像我是她温室里的一颗种子。我永远不能超越她的保护伞。我的未来已经写好了。"

"你是什么意思？"

"感觉我的命运已被决定。你知道吗？就像现在，我生活的地方是我将来不能离开的地方。"

"这是你想要的未来吗？"他研读着她的表情。

她哼了一声说，"你知道我不想要。"

过了好一阵子，他才清了清嗓子说道，"没事，我给你准备了另一份惊喜。"

奥格从口袋里拿出来一张折角的明信片，递给了爱丽丝。她接过来后认出来上面的场景是他讲过的一个故事。关于玫瑰谷。

"惊喜就是，等明年你十八岁了，我们会有足够的钱买机票。"他用拇指搓着她的无名指，把温暖传递至她的心田。"我们可以先飞去德国，再坐火车去索非亚[1]。我们能在星空下露营。喝着rakija保暖，在祖母的花园里摘梨炖着吃。我可以种植玫瑰，由你去市场里兜售。我们可以成为不同于现在的人，过上不一样的生活。我们可以在一起，就我们俩。"他用双手握住她的双手。"爱丽丝。"他盯着爱丽丝的脸庞，想获取她的答案。

爱丽丝渴望去那一片被雪覆盖的土地，那里有堆满了圆石头的城市，有在国王尸骨的滋养下盛放的玫瑰园，她深吸了一口气。她不明白为何奥格一直在笑，直至她意识到自己在点头。

"好，"她在他靠近时说道。"好。"她对着他的耳朵笑着说。他怀抱着她，略微有些颤抖。阳光洒下来，爱丽丝的脸上出现了斑驳的暖光。奥格吻了吻她的前额，再吻了吻她的脸颊，又吻了吻她的双唇。他报了一串他们会去的地名和他们在新生活中会做的事情。一起。

---

坎迪收好了最后几只早午餐餐盘，给自己泡了一杯黑咖啡。她边喝边看着女人花们在花田里到处转悠，寻找新开的花朵。她们的交谈声和嬉笑声和往常相比减弱了不少。桑菲尔德被笼罩在一片冰霜之下。早午餐过后，奥格和爱丽丝偷偷溜走，自以为没人注意到。琼怒气冲冲地走进工棚，砰的一声关上了身后的门。

---

[1] 保加利亚首都。

特威格去了花苗房,她要照看那一盘盘沙漠豌豆花。坎迪用钢丝球刷洗着餐盘,洗得指节生疼。

不能再忽视这个事实了:爱丽丝的童年早已远去。特威格、坎迪和琼都不再提及想在爱丽丝深邃的眼神里找寻阿格尼丝的那种希望和克莱姆的那种野性是多么困难。有时候,当爱丽丝在房子里或花田中经过坎迪身旁时,坎迪的本能反应就是仰望天空,寻找烟的痕迹,她发誓自己能闻到有东西在燃烧的味道。

尽管坎迪在克莱姆带着阿格尼丝离开后再也没有收到过他的消息,她也从来没有违背他们的誓言。她就在那里,她的生命和他的缝在了一起,只不过现在是通过他的女儿来实现的,而她很快就成长为一个拥有自己思想的女人。一个看似没有遗传到克莱姆恶魔那一面的女人,一个看似打破了桑菲尔德命运的女人。这是坎迪从来都没能驾驭过的事情。

她喝完了最后一口咖啡,咽下苦味的咖啡时脸上露出了诡谲的表情。她已经三十四岁了,但在她心里自己仍是那个九岁的小女孩,她在枝条堆成的小房子里和一个再也没回家过的幻影捆绑在一起。

午后的阳光开始变得柔和之时,爱丽丝从河边一路奔回家。她的指尖兴奋不已,想要赶快拿起笔和日记本。她该如何记录这一天呢?一切都如此美好:钩粉蝶抖着黄色的翅膀在灌木丛和花丛中翩翩起舞,被她的脚步压碎的桉树叶使空气中充满浓烈的柠檬味,还有那金黄色的阳光。奥格的声音在她耳边回响。我们可以成为不同于现在的人,过上不一样的生活。

她奔跑的时候,脑子里浮现的全是琼的面庞。如果她离开了桑菲尔德,琼将何去何从?内疚感拼命压迫着她的肋骨。

爱丽丝放慢速度以调整呼吸,她也想推开脑海中浮现的琼的脸庞。当她再次提速时,她的心跳和脚步又同步了。

## 15

花 语

被爱吞噬

# 蓝女士太阳兰
Thelymitra crinita

澳大利亚西部

多年生春季开花兰科植物。
花色极蓝，呈巧妙的星形。
无需山火刺激，便可开花。即便如此，
周期性的山火可限制上层灌丛植被，
对蓝女士太阳兰有益无害。

在爱丽丝快到十八岁的这一年里，特威格看见了桑菲尔德其他人都没发现的事情。每一晚，她都坐在暗处，看着后门的纱门被打开，看着爱丽丝偷偷穿过阳台、跑下台阶、在月光下冲进盛开的花田，看着她的长发在她身后飘动。爱丽丝银白色的轮廓消失在灌木丛中，特威格还久久地坐在那儿抽烟。尽管她知道琼想让爱丽丝变得不同，不让她受到伤害，可事实上，每个人都能从通往河边的小道看出来：爱丽丝不顾一切、发了疯似的深陷于浓烈的初恋之中。

在爱丽丝十八岁生日那晚，众人享用完美味的晚餐、坎迪烤的香草百合分层蛋糕和琼特意订购的一箱酩悦香槟，醉醺醺地上床睡觉。特威格坐在屋后的阳台上卷着烟，心满意足地望着宁静冬日里的星空。万物在变化。你能在空气里闻出来，比如季节的交替。爱丽丝不太安定。正如每次她问特威格关于家族的事情时，特威格总对自己答复的谎言感到心慌一样。尽管她在与琼的不诚实行为作抗争，可她自己又何尝不是同谋呢？她对爱丽丝隐瞒秘密的时间可不比琼短。

此前，在特威格填好并寄回州立收养机构的表格没有得到回应后，她又翻开了黄页，打了一通电话。她把信息报给了第一个接她电话的私家侦探，包括阿格尼丝在遗嘱中写明的女人的名字和爱丽丝长大的地方。在爱丽丝上学后不久，侦探就把报告邮寄过来了。特威格不得不一路走至河边，等到自己足够冷静才打开阅读。阿格尼丝曾写明如果琼不适合或无力抚养她的孩子，那么某个女人就是孩子们的监护人。爱丽丝的小弟弟在她的照料下过得不错，身体健康。爱丽丝和弟弟分开成长，双方都不知道彼此的存在——尼娜和约翰尼也有相同的遭遇吗？特威格知道，就连桑菲尔德也不像传说中的那样能够把一个女人从她的过往经历中拯救出来。她在桑菲尔德的生活挺不错的，她养大了坎迪，也尽全力拉扯大了克莱姆。她照顾了阿格尼丝和其他女人花们，管理着农场，生意被打理得红红火火。可现实就是即使在桑菲尔德也找不到能够改变过去、重新开始的机会，无论琼多么希望这里能做到。自从琼开着卡车，只带了爱丽丝回家后，特威格和琼的关系就回不去了。*我是遗嘱的执行人，特威格*，她这些年来总在醉酒后小声嘀咕这句话，特威格早已数不清听到过多少回了。*我做出了艰难的决定，对大家都无害的决定*。特威格一直把侦探的报告和一份秘密的阿格尼丝遗嘱的拷贝件藏在花苗房里。她等待了九年，想在恰当的时机把它们交给爱丽丝。它们现在还被藏在沙漠豌豆的种子之间。

纱门被打开的时候，特威格退至暗处，看着爱丽丝溜进花田，她身后的空气里飘过一丝微弱的香槟味。爱丽丝在晚餐时喝了一杯又一杯香槟。特威格能够感知到爱丽丝生活中有什么东西漾开了，就像她能感知到天气的任何细微变化一样。她不出声地数着数儿，数到足足六十秒才跟着她从小道跑向河边，这样爱丽丝就一定不会听见她的脚步声了。

奥格在河岸上等候，那棵巨大的河岸赤桉旁燃起了一小簇火苗。他在晚餐时表现得特别安静。特威格在一片细长的铁皮树林里蹲着。爱丽丝一下扑到他怀里,就好像几年没见过了一样,他们的肌肤在火光映照下变成了古铜色。他们温柔地亲吻。奥格看着爱丽丝时的神情令特威格热泪盈眶。她曾经也爱过这样的人。她还记得那种感觉,那种被人用坚定的眼神近距离凝视的感觉。

他们不再抱一起了,爱丽丝靠着他坐着,身体陷入他的臂弯。"再和我说一遍计划吧。"

他吻了吻她的头顶。"我们明天午夜在这里见面。我们每个人带一个箱子。就这么多。我们轻装出行。"他的吻顺着她的太阳穴、她的脸颊和她的脖子一路往下。"我们搭乘去市里机场的首班巴士,取我们的机票。我们会飞行很久很久,你可能会觉得我们不会抵达大陆,但实际上我们会到索非亚。我们去我祖母家,喝 rakija,吃 shopska salata(保加利亚沙拉),倒时差,醒来后坐缆车上维托沙山[1],站在满是石子的湖上,眺望整个世界。我们将在每个早晨放羊。它们颈上戴着的铃铛所发出的动听乐声胜过圣诞节的乐曲。在周末,我们将开着祖父的卡车,越过边境去希腊,我们在海里游泳,吃橄榄和烤芝士。"

"奥格,"爱丽丝转身面对他,如梦般轻柔地问,"你带小刀了吗?"

他们把名字刻在了桉树的树干上,而后互相缠绵,带着青春期少男少女的渴望热吻。这个来到桑菲尔德时非常安静、被恐惧折磨的孩子竟变得如此充满活力,特威格从没见过这样的她。

特威格静静地站起来,抖了抖抽筋的腿,蹑手蹑脚地回到

---

[1] 意为双峰山,位于索非亚以南 10 公里。

小道上，走回了家。她在花苗房里挖出了一个小塑料袋，里面发黄的纸张诉说着有关爱丽丝人生的真相。她进了房子等待爱丽丝归来。

她坐在沙发上。想冲一杯咖啡。就合眼一分钟。

特威格睡得很沉，没有听见爱丽丝进屋时地板发出的嘎吱声，自那天起，特威格就一直背负着这个遗憾。

翌日上午，琼下楼的时候爱丽丝已经进城送货去了。特威格在厨房里泡早茶，转身想给琼递一杯，不过突然停住了。琼站在门口，一只手里垂着爱丽丝的日记本。

"琼？"特威格看了一眼日记本，页面上的圈圈和曲线都是爱丽丝的笔迹。

琼缓缓地走出后门。她在阳台上坐了一会儿，凝视着花田。特威格在她身旁放了一杯茶。白鹦在头顶尖叫。琼一言不发。

整个上午剩余的时光，特威格都忙着不让女人花们打扰琼。就连哈里都和她保持了一段距离。特威格会时不时地瞥一眼在后门阳台上的琼。无论琼是否与自己和解，自爱丽丝抵达之日起，她就永远地因此而改变了。现下爱丽丝已经长大，迎来了独立的转折点，陷入了爱情。琼自己也清楚，这世上没什么事情比一个女人摸透自己的思想更具威胁性了。

琼直到午后才起身。特威格没离开，她期待看到琼进入工棚或是坐上卡车。可是，琼进了屋，走进书房，关上了门。特威格跟过去，把耳朵贴在门上。她能听见琼的声音，但她听不清她在说什么。犹豫了许久之后,特威格敲了门。敲了一声,又更用力地敲了一声。她试着转门把手,结果转开了。她进房间的时候,琼挂断了电话。看见琼脸上的神色,特威格停下了脚步。

"你做了什么?"特威格冷漠地问。

站在书桌后面的琼转身看了一眼窗外,爱丽丝的卡车正噗噗地开进车道。她俩都看着爱丽丝和奥格从卡车里下来,说笑着走进工棚。

"做了我不得不做的事情。"琼答道。眼泪从她的脸颊上滚落。

特威格已经多年没见琼哭过了。房间里没有威士忌的味道,这更让她警觉起来。

琼随意擦了擦脸颊,站在那里。"做了我不得不做的事情。"她重复说了一遍。"没事吧,特威格?"她站在那里,仿佛在藏什么东西,不想让特威格看见。

"发生什么事了?"特威格向前走了一步问道。

琼想把桌上的一叠信塞进抽屉里,可在慌乱之中。信全撒在了地上。她暗暗地咒骂了一句。特威格蹲下来,拾起一封封信和一张张同一个小男孩的照片。她转身面向琼。"你怎么能藏着这些不让她知道?"她低声问道。

"因为我知道这对她来说最好,"琼厉声说道,"我是她的奶奶。"

特威格站在那里怒目而视,颤抖的手中紧握着信。她二话没说,把信全甩到琼的脸上,砰地关门离去。屋外,狂风大作。特威格倚靠在阳台上深呼吸,想让自己冷静下来。爱丽丝和奥格嬉笑打闹着,在工棚周边闲逛。

特威格看着他们,双臂抱在胸前,挡着正灌入衣服的大风。

她能感觉到风在她的骨头间游走,刮来的是一阵西北风。

---

爱丽丝小心地打开卧室房门,站在螺旋楼梯的顶端,竖起耳朵来听。房子里只有落地摆钟有节奏的嘀嗒声,以及从琼的卧室传来的沉闷的打鼾声。爱丽丝的身体突然变得沉重起来。她想起她刚到这里的那一晚,她还不能开口说话,在伤痛的重压之下也难以抬起头来。琼用一块热毛巾帮她洗脸。我哪儿也不去,她当时这么说。确实如此。她一直都在这里。在放学后,在花园里的花丛中,在晚餐桌主位上,在工棚里监督爱丽丝组合花束。爱丽丝想起了琼那双起了硬茧的双手,它们握着方向盘,它们在门口挥动,它们揉搓哈里的耳朵,它们紧紧抓住爱丽丝。过于紧了。

爱丽丝最后扫了一眼房间,提起行李箱,偷偷溜下了楼,仿佛自己和在桑菲尔德的记忆一样是如幽灵般不可捉摸的迷雾做的,而她极度想要从这种记忆中解脱出来。

爱丽丝踮着脚尖走过了门厅。哈里在它的床上抽动了一下,颈圈发出的叮铃声在休息室回响。她蹲下来亲吻了它的脑袋。它就算在梦乡里也为她保守秘密。

她的手在打开纱门的时候颤抖了。她深深吸了一口夜里芬芳的空气。走下阳台的台阶,踏上土路后,爱丽丝飞奔起来。

她在黑暗中穿越灌木丛时趔趄了一下,灌木擦伤了她裸露的脚踝。她的眼里流下两行泪,但她继续前进。干冷的夜里蝉鸣声不绝于耳。月光给整个世界镀了一层乳白色。她的未来在前方发着光亮,等待着为她的生命注入活力。

爱丽丝到河边了。她放下行李箱。擦了擦额头。她在月光下注视着刻在桉树上的名字，她的家族的女人们都曾坐在这个位置，把自己的梦想注入河中。她的手指划过她自己的名字，还有奥格的名字，然后闻了闻指尖上留下的划伤后的树皮散发的香味，回忆起她第一次来到河边的情形。当时她还是个孩子，以为能沿着河一直回到自己的家。不过，这条河把奥格带到了她身边。现在他就是她的家。他就是她的故事。

她在桉树底下把自己收拾干净，坐在一块平滑的灰色石头上，等待奥格的脚步声。她提起了衬衫领口下的坠子。"我在这里，"她看着妈妈的脸庞轻声说道。她用围巾包裹着身体，靠着桉树的树干。

爱丽丝仰头看着下坠的星辰。

她在等待。

粉红凤头鹦鹉的嘎嘎叫声惊醒了她。她的脖子有些酸痛，皮肤也湿漉漉的。她缩了一下身子之后颤抖着挺直身板。在清晨的冷冽光线下，河水正猛烈地翻腾。

她的嘴里立马蹦出了他的名字。爱丽丝站起来，爬过河边的几块灰色岩石和一些树根。石头缝里没有夹着任何纸条，矮枝上也没系任何东西。可能他在鲜花农场等她。笑鸿开始了清晨的合唱，一阵咯咯声从树上传来。爱丽丝扔下行李箱，奔跑着穿越一片草地和树木，试图比直穿心窝的恐惧跑得更快。

当她回到桑菲尔德时，女人花们正围着围裙，四散在花田里照料植物。爱丽丝开始啜泣。她走上屋后的台阶,进了厨房。琼正站在厨房台边喝咖啡。

"早上好,亲爱的。想让我给你拿点什么吗?吐司?一杯茶?"

"他在这里吗?"她问这问题时都破音了。

"谁?"琼平静地反问。

"你知道是谁。"她恼怒地吼道。

"奥格?"琼放下了杯子,皱了皱眉头。"爱丽丝,"她说着绕过台子把她拥入怀中,"爱丽丝,发生什么事了?"

"他在哪儿?"她大喊道。

"在家吧,我猜,为工作做好准备,你也该这么做,"琼说的时候上下打量她皱巴巴的裙子。"怎么了?"

爱丽丝挣脱了琼的怀抱,一把抓走墙上挂钩上的钥匙,向自己的卡车跑去。

她快速穿越城区,她的身体被恐慌包围。她在奥格家的车道前猛地左转,卡车在疏松的土道上摆尾,最终摇摇晃晃地停在了他家门前。

门廊上摆放着两张椅子,两边各放有一张小桌子,上面的花瓶里都插着一枝新采的玫瑰,看起来博良娜好像随时会打开门,拿着一壶茶出来。

爱丽丝跑到前门,希望门是锁着的,但她很容易就打开了门。屋内看起来与平常无异。没有任何迹象表明出了什么事儿。没有任何可能的混乱、危机或原因表明他被阻止去河边找她。她在房子里漫无目的地走着。房子看起来很有生活气息,非常舒适,但有一点不太正常。它太整洁了。或许她只是不想承认更深层的真相和最明显的解释。他带着博良娜回保加利亚去了;他改变了主意，不带爱丽丝走了。风呼啸着灌入屋内，在里面不断回荡。

屋后面的玫瑰园开得灿烂无比。爱丽丝想到了山谷里在金子和国王的尸骨上生长的玫瑰，想到了如火般鲜红的花海。她把玫瑰花朵从茎上折断，把它们撕碎，一片片的花瓣散落在她的脚上。

他抛下她走了。

琼停车的时候爱丽丝正站在扯下的花瓣之间。她没察觉到自己的膝盖已经疲软无力了。她苏醒后发现自己倒在泥土上，被琼抱着。她能闻到琼身上的味道，夹杂着新耕过的泥土味、威士忌的味道和薄荷的清香。

"你晕倒了，爱丽丝。你现在没事了，我找到你了。"琼安抚道。

"他抛下我走了。"她呜咽着说。

琼把她抱得更紧了，前后摇晃。

她们两人就那样坐了好久，直到爱丽丝的哭泣转为安静的抽噎。

"我们回家吧。"琼轻柔地搓着爱丽丝的手臂。爱丽丝点了点头。

她们互相支撑着站起来，拍了拍身上的灰土，绕过房子，上了各自的卡车。爱丽丝慢慢地开回桑菲尔德。琼紧紧地跟在后面。

她们到家后，爱丽丝直接上楼跑进了自己的房间。琼没有管她。她一定疲惫不堪。琼不去想爱丽丝整夜等候奥格的情景。木已成舟，她保全了她的孙女。这是最好的安排。这是最好的安排，她更加坚定地和自己重复说这句话。她打开了纱门，任其在她身后合上。完成了。爱丽丝在这里。她很痛苦，但这种痛苦对于年轻的她来说能够克服。她安全了。她与琼的距离是如此之近，琼能充分保证她的安全。

琼走到冰箱边，给自己倒了一杯冰镇的苏打水。她从冷冻柜里取出一个柠檬，切成楔形，扔了两片到苏打水里。她快速走到酒柜旁，拿出威士忌，打开瓶盖，把杯子倒满。她把苏打水和威士忌混在一起后，站在水槽边，一饮而尽。

不久之后，桑菲尔德就会由爱丽丝来打理了。这是下一步计划。一个伤透了心的年轻女孩非常脆弱，好比在森林易起大火的季节里一栋没有安装防火障的房子，任何一点小火花都能吞噬她。就像琼看着失去双亲的阿格尼丝被克莱姆所吞噬一样。现在是爱丽丝，他们两人的孩子。当爱丽丝的脸上划过像极了克莱姆的表情时，琼在早餐前不得不去拿酒瓶。也有些时候，她温柔的、异想天开的性情又像是阿格尼丝再次来到桑菲尔德。琼无法承受。她不能再犯相同的错误了；她不会再失去她的家庭了。她会做一切必要的事情来确保这些。爱丽丝现在需要分散注意力，并学会独立。价值感、使命感和自由感。这些都是琼打算给予她的。

爱丽丝在河岸赤桉的树干上拼命挖着、刻着，直到手腕发酸才停下来。她连续一周每晚都来到河边。日子一天天过去，爱丽丝没有等来回应，奥格也没有现身给她答案，她越来越觉得自己被这条河以及与之相关的秘密故事所诅咒。从刻在树干上的最上面的名字开始，露丝·斯通。

这些年来爱丽丝得知的关于露丝的一切仅限于她九岁时从坎迪那里了解到的事情：露丝·斯通把花语带来了桑菲尔德，并在这里种植她那位命中注定的情人送她的澳大利亚本土花卉种子。每当爱丽丝向特威格和坎迪问起露丝时，她们都让她去问琼，可就算她问了琼，从琼那里得到的也不过是闪烁其词的回答。桑菲尔德是靠露丝·斯通幸存下来的，她要么这么回答，要么给个同样晦涩难懂的说法，比如，都是因为露丝你将来才能拥有这块土地。爱丽丝总想顶一句，觉得自己拥有这片土地、树木、鲜花或这条河的任何人都是那么荒谬可笑。不过，她的思绪总是转到一个相比之下无关紧要的想法。我的爸爸呢？她曾经问过琼一次。他不该从你这里继承桑菲尔德吗？琼没有回答。

尽管琼在爱丽丝十岁生日时给她的那封信里写道假如爱丽丝找回了声音，琼就会找到答案，可她从来没说过关于克莱姆和阿格尼丝的事情，或是他们如何走到一起又为何离开。爱丽丝所知的关于父母的一切以及琼和爸爸之间发生的事情都是她通过半真半假的信息拼凑出来的。她知道家族的故事被埋在土地里，琼在这片土地上种花来表达她认为难以开口的事情；要是爱丽丝知道去哪里挖就好了。爱丽丝只能靠不停地缠着女人花们几个小时来拼凑出一个基本的事实：就连琼也不能免受命运和爱情的伤害。二者都吞噬了她生命中的某些部分，又吐出了一些东西，使她成了今天这样的女人。琼的父亲在她年纪尚小的时候便去世了，她的情人和儿子都离他而去。每当琼给了一个男人她的爱，她就会被伤透心。爱丽丝和琼是血脉相连的,她们也因承受着同样的悲痛而被捆绑在一起。现如今,爱丽丝也经历了如出一辙的命运:等待着一份承诺,却在河边被抛弃,换来的是心碎。

爱丽丝用小刀在树干上乱砍,她要把奥格的名字从树皮上抹去。她把刀刺进了他的名字、他的笑容、他的善良和本性。完工后,她把小刀和所有能找到的石头都扔进了河里。

她倒在泥土上,身体蜷缩成一个球,哭泣。她再也不会让爱这般愚弄自己了。

爱丽丝从河边回来的时候,琼透过窗户看着她。爱丽丝拖着沉重的步子,带着悲伤前行,面容和九岁时刚被琼从医院领回家那会儿一样憔悴。但至少她在这里。琼没有失去她。

爱丽丝从后门进来了。琼忙着为自己泡一杯茶。

"琼,"爱丽丝开了口,但没有说完这句话。

琼转过身来面对她,张开了怀抱。爱丽丝在走入琼的怀抱前端详着她,好像心中有什么事情压得她很沉重。

琼把孙女抱在怀里的时候心里想着桑菲尔德词典里她最爱的词条,斯特尔特沙漠豌豆,还有它的花语。*鼓起勇气,振作起来*。露丝·斯通用她细长的笔迹写下了这个词条。琼从她的母亲和书里学到了一切她能了解到的关于斯特尔特沙漠豌豆的知识。即便它能在澳大利亚某些最贫瘠的土地上生长,它的繁殖还是不稳定的、困难的。但是,它是怎么做到总能在适宜的条件下开出灿烂无比的花呢?

**景色即命运**

——艾丽斯·霍夫曼[1]

---

1 美国小说家,青少年儿童文学作家。

## 16

**花 语**

不同寻常的美

### 金雀花苦豌豆
*Daviesia ulicifolia*

澳大利亚全境

多刺灌木，有鲜艳的红黄色蝶形花冠。
花盛开于夏季。松土后，易通过种子繁殖。
种子可保持多年的活性。
其通体遍刺的特征使其在园艺栽培中并不受欢迎，
但为小型鸟类提供了免受捕食的避难所。

爱丽丝站在后门阳台上，看着花田上方的天空在傍晚逐渐变暗。她把脸埋进围巾的褶皱里。已经二十六岁的她还像九岁时那样害怕暴风雨。

对于桑菲尔德的每个人而言，二月是一个浮躁的月份。酷暑天里从西北方向刮来的风暴会带来浩劫，可能会掀翻花田，撞破拱形温室，摧毁蔬菜园。干热与狂风相伴的日子几乎让人难以忍受；它们搅起了早已被遗忘的事情，唤醒了沉睡在无人记得的角落、梦境和未读完的书本里的过往伤痛和未能诉说的故事。酷热难耐的夜晚里充斥着噩梦。到二月中旬，每一个在桑菲尔德的女人都有过惴惴不安的感觉。

对于爱丽丝来说，最糟糕的事情便是穿过花田的大风，它仿佛怒吼着她的名字。反复无常的天气总让她想起决定她命运的日子，她在那天偷偷溜进了爸爸的木棚。

她摸出了工作服里面的坠子。模糊的相片里，妈妈的双眸直直地看着她。爱丽丝仍能记起它们的色彩：它们在光线下变着色；它们在妈妈讲故事时闪烁着光彩；妈妈在花园里采摘花朵时，它们很遥远。

爱丽丝看着花田随着风浪摇曳不止时踢了踢靴子。她告诉自己，她永远不会离开桑菲尔德，这里是妈妈受到保护、寻得慰藉的地方，这里是她学习花语的地方。这里也是她的父母相遇的地方,爱丽丝也愿意相信,他们一度像她爱着奥格那样深爱对方。

爱丽丝现在已经可以本能地不去想奥格了。她不允许自己去想那么多的如果。如果他没在河边露面的那晚,她去找他会怎么样?如果她自己去了玫瑰谷会怎么样?如果她找到了他会怎么样?如果他们制定了全新的计划会怎么样?如果她在海外的大学念书,比如书中写的全是蜜色砂岩建筑物的牛津大学,而不是在琼的餐桌边通过函授的方式上课,又会怎么样?如果她在十八岁那年拒绝了琼,不同意接管桑菲尔德会怎么样?如果她从未进入过爸爸的木棚会怎么样?如果她的妈妈离开了爸爸,在桑菲尔德和坎迪、特威格还有琼一起抚养爱丽丝和弟弟会怎么样?

如果,如果,如果。

爱丽丝看了下手表。琼和几位女人花昨天去市里的鲜花市场了,她们下午就该回来了,但要是爱丽丝帮她们卸货的话,她就会赶不及去邮局了。圣诞节过后生意就恢复正常了,有一箱箱的邮寄订单需要寄送,琼做的首饰一直都很抢手。

爱丽丝从房内穿过,在前门戴上了亚古巴帽。最底下几级台阶上扬起了漏斗形的赭色尘土。她慢慢地推开了纱门。

"尘卷风。"她轻声说道。

卷起的尘土约莫有男子的高度和宽度,摇摆了一阵后就散落了。爱丽丝用力呼了一口气,提醒自己二月正是过往被吹回来的时候,到处都是鬼魂。

她爬上卡车,车内的平静让她安心。她瞥了一眼乘客座,期望哈里能陪伴在侧。哈里已经离世了,当爱丽丝仍在试着习惯它已不在的这种空虚时,琼开始明目张胆地从威士忌酒瓶那里寻求慰藉,肆无忌惮。

哈里的死是让琼崩溃的最后一根稻草。随着琼年纪渐长，她越来越容易被激怒，就连最微小的事情都能让她发作，比如信件到了，西风刮来，或是库塔曼德拉金合欢开花了。爱丽丝有时候还能听见她咕哝克莱姆的名字，她也开始只用表达失去和哀悼的花来做首饰了。琼的双眸越来越频繁地盯着远处爱丽丝看不见的东西。她在怀念什么呢？她最终还是为爱丽丝的爸爸感到难过了吗？每次爱丽丝想着要问琼这些事情的时候，她总觉得还是保持沉默更容易些。沉默，还有鲜花。有时候她会在琼的工作台上放些花。比如一把淡紫色的仙女花：我能感到你的好意。琼则总是把回复放在爱丽丝的枕头上。比如一束金丝百合：你给所有人带来快乐。

爱丽丝坐在卡车里，看着树皮斑驳的桉树、房子、被藤蔓覆盖的工棚、小麦色的草地、在岩石缝隙间生长的野花。桑菲尔德已成了她生活的全部。花语也成了她最依赖的交流语言。

她深深叹了口气，转动钥匙发动引擎。天色渐暗。爱丽丝开车离去时通过后视镜看着桑菲尔德渐行渐远。

爱丽丝停车卸下邮寄订单的箱子，此时雷声轰鸣。她把货推进了邮局，又取了邮件。当她出来时，午后的光线已变成怪异的绿色。一道闪电劈来，爱丽丝赶忙跑进驾驶室。她发动了引擎，为了摆脱内心的不安，她翻了翻那一叠邮件：银行对账单、话费单、发票、垃圾广告。还有一个手写的信封。是寄给她个人的。爱丽丝翻到背面，寄件地址是保加利亚的。

她撕开了信封。她飞快地扫着用黑墨水写的潦草字迹，每一眼也就看进去三四个字。在信的末尾是一个名字,是他写的。奥格。她回到信的开头,强迫自己一字一字慢慢地读。

Zdravey[1] 爱丽丝,

　　我已经记不清自己曾有多少次尝试给你写这封信了。可能我之前写的信能填满一个盒子,信里面的内容全都是我没有勇气告诉你的事情。不过这句老生常谈的话很有道理:时间是愈合所有伤口最好的药。现在看来,时间已经足够久了。这封亲笔信,我会寄给你。

　　老实说,自我们本该在河边见面的那晚以来,你一直在我的心里。我在网络上看到你已经接管了桑菲尔德,生意在你的打理下日渐兴盛。这些年来我一直在看你更新的个人信息。我可以从你的眼神里看见我记忆中的那个女孩。

　　但那已经是很久之前的事情了。我们现在是不同的人了。我们过着不一样的生活。

　　我目前和我的妻子,莉利亚,一起在索非亚生活和工作。五年前,我们生了一个女儿。她的名字叫做伊娃。她很像你,我们儿时的那个你。她很活泼,喜爱冒险,异想天开,生性敏感,而且她也喜欢读书。尤其是童话故事。她最喜欢的是一则著名的保加利亚童话,它讲述的是一匹善良、天真的狼与一只无耻、狡猾的狐狸的故事。故事的寓意是诡计多端的人总是会利用你的弱点伤害你,假如你允许他们这么做的话。伊娃一次又一次地要我为她读这个故事。我读了

---

[1] 保加利亚语:亲爱的。

很多遍，只要还能坚持下去就会一直读。她每次都会为那匹狼哭泣。她总是问我，狐狸其实很狡诈，为什么狼总是看不清这一点。我一直不知道该如何回答。

过了这么多年，我现在终于能写信给你来合上这个伤口了。我希望你能快乐。发生了这么多事情之后，我祝愿你能过上幸福的生活。

照顾好自己。在桑菲尔德要当心。

Vsichko nai-hubavo[1]，爱丽丝。万事胜意。

奥格

爱丽丝用力地咬了咬下嘴唇。她扔下信，靠在方向盘上看着闪电穿透暴风云散开。一群凤头鹦鹉站在一棵银绿色桉树的顶端尖叫不止。前方通往城外的路召唤着她。她多么渴望知道那条路能带她去哪里。如果她当时沿着这条路走，没有停下来会怎么样？未实现的梦想给她带来不少负担，它们压在她胸间，她沉重地叹了叹气，重量又把它们压扁了。她想象着它们像压花一样，每一朵都在盛放时被压得变了形，成为一个纪念品。她重重地拉上车门，抹去了泪痕，发动了卡车。事实是她只能怪自己。怪自己没有去找奥格。怪自己在有机会的时候没离开。她为什么留下来了？这是她注定的生活，全身心地投入对这片土地的照料。这片土地生长秘密和鲜花，这片土地是她有朝一日会拥有的，可这片土地她一点儿也不想要。

她又拿起了他写的信，略读这些文字时她发出了悲痛的叹息。

---

1 保加利亚语：祝好。

我可以从你的眼神里看见我记忆中的那个女孩。但那已经是很久之前的事情了。我们现在是不同的人了。我们过着不一样的生活。

爱丽丝把油门踩到底，直到轮胎压过一块块石子，她才完全意识到自己在做什么。

她突然心血来潮，没有开车回家，而是顺着主街去了相反的方向。她在一条几乎被灌木丛遮蔽的土道前猛地打了左转。桉树道上杂草丛生，她一直往前开，开到了奥格之前住的房子。她已经八年没有来过这里了。

爱丽丝开到空地上时，已经透不过气来。她跳下车，走进了暴风雨即将来临的天空下。奥格尼安色的玫瑰吞噬了整座房子。它们从各个面向上攀爬，覆盖了墙体和屋顶。爱丽丝目之所及之处，野生的灌木丛都盛开着鲜花，房子被笼罩在一片玫瑰火海之中。花香扑鼻，简直让人受不了。

爱丽丝大喊着他的名字，明知不会有人应声。风打在她的脸上。她来回踱着步。八年来，他知道她在哪里，知道她在全心做什么。他用了八年时间才写信给她。可是，他仍旧没能给出答案。为什么那晚他没有来河边见她？他遇上什么事了吗？为什么他等了这么久才来联系她？为什么他没有勇气告诉她？他怎么能忍受和另一个女人过着他们一起规划的生活？为什么他的信里有那么多篇幅是在告诉爱丽丝他的女儿最喜欢的童话故事？他一直都知道她在哪里，而她对他却一无所知，甚至都不知道他是否安好。这些年来她在网上搜索过他的名字，不过毫无音讯。对于爱丽丝来说，奥格好像是她想象出来的人。

狂风折断了玫瑰，花朵散落在爱丽丝脚边。她捧起一把花瓣，又把它们撕成碎片。她冲向被玫瑰包裹的房子，撕扯藤蔓，任由自己被刺割伤。她撕着，扯着，哭着，陷入一阵充满愤怒、悲痛和羞辱的狂暴之中。

一阵突如其来的倾盆大雨让她从恍惚中回过神来。爱丽丝呆呆地站着，慢慢恢复了知觉。她奔向卡车时已浑身湿透。雨水重重地落在挡风板上。她坐在车里调整呼吸，透过雨刮器看着这座房子。

一道闪电击中了附近的灌木，桉树的一根大树枝被击落在地，发出一声巨响。爱丽丝尖叫着调转了车头。她开车离去，湿漉漉的肌肤上沾着玫瑰花瓣。

爱丽丝回到桑菲尔德时，大家都手忙脚乱地忙着防护房子、宿舍和工棚，用绳子把东西拴好，把所有不能拴的都运到室内。雨已经有些小了，而大风仍旧横冲直撞。爱丽丝冲过狂风，奔上了通往阳台的台阶。

"发生什么事了？"爱丽丝问琼的时候挡住了肿胀的双眼。

"暴风雨，"琼喊道，"我们都从市里赶着回来了。天气预报说暴风雨会带来气旋洪水。"

"洪水？"爱丽丝担心地望着花田。

"他们是这么说的。我们得行动起来了，爱丽丝。现在就行动。"

暴雨没有减弱。她们奋力防护农场，但要在突如其来的疾风骤雨中保护花床不受破坏，其实很难。太阳下山后不久，电力就中断了。宿舍窗口透出了灯笼和蜡烛的光亮，厨房也是如此。坎迪、特威格、琼和爱丽丝在餐桌上吃着剩下的咖喱木薯，还是坎迪在野营瓦斯炉上重新热过的。

"你还好吗，小甜心？"坎迪说着递给爱丽丝一碗切碎的香菜，"你都不说话。"

爱丽丝挥了挥叉子拒绝了。"只是想着暴风雨。"奥格的话萦绕在她心头。他女儿喜爱的那则童话故事让她感到焦虑。她沮丧地把餐具丢在桌上，没想到发出了巨大的撞击声。"抱歉。"她说着用手指按压太阳穴。大风从门底下灌入，也撞击着窗户上的玻璃。暴风雨愈渐加强。桑菲尔德陷于危险之中吗？"天哪，我感觉自己不能呼吸了。"爱丽丝把椅子往后挪了挪。她站起来，来回踱步。

"爱丽丝？"琼的脸上写满了担忧，"你怎么了？"

"没什么。"爱丽丝冷冷地回了一句，拒绝了琼的关心。在泪水喷涌而出之前，她紧紧闭上了双眼。她试图忘记火一般的玫瑰覆盖着奥格家房子的画面。

"不只是暴风雨，你看起来不像没事，爱丽丝。到底怎么了？"特威格问道。

爱丽丝想起了倒在奥格家土地上的大树枝。"你是不是有什么事情瞒着我？"她脱口而出，"有什么是我不知道的？"

"什么？"琼的脸色变得苍白。

"我不知道。我就是，我不……"爱丽丝摇着头说。"抱歉。"她吐了一口气，稍闭了一会儿眼睛。"我今天出乎意料地收到了一封奥格的信，我很难过。"她抬头扫了一眼。坎迪的眼神在特威格和琼之间游走。特威格则冷静地看着爱丽丝。琼的表情难以捉摸。

"他说了什么?"特威格放下了叉子。

"没说多少,"爱丽丝摇着头说,"就说他想和我合上'过去的伤口'。他已经结婚了,也有了孩子。他希望我能'过上幸福的生活'。"爱丽丝的声音有些沙哑。"但他没说为什么把我抛下,也没说他为什么走了。我就是不明白……我不知道自己是怎么走到这一步的,我的人生怎么会变成这样。"她深吸了一口气,有些急促。"我不知道我该成为什么样的人,或者我归属于哪里……"她的声音渐渐减弱。"现在又有该死的洪水来了,我很害怕。没有这个地方,我不知道自己是谁。如果我们失去了这些花,又会发生什么?为什么我们不能有更多的交流?关于任何事?任何一件我们不和对方谈的事情都让我感到难受。我想知道一些事情。每次快接近真相的时候,我都想有一场真正的对话,而不是收到一束花。我想知道,琼。"她面对着奶奶乞求道。"我想听你告诉我。所有事情。关于我父母的事情。还有我从哪里来。我就是有一种强烈的感觉……"她的声音在失意中又减弱了,她的手在空气中打着空圈。"等待的感觉,等待永远不会到来的事情。你说过假如我找回了声音,琼,你会找到答案……"她的双肩绝望地耷拉下来。

琼的颧骨上出现了阴影。"爱丽丝,"她说着站起来向她走了一步。爱丽丝充满希望地盯着她的眼睛。外面的暴雨在怒号。

"我哪里也不会去的。你有我。"琼小声说道。

失望刺痛了爱丽丝。"这就是你对所有问题的回答,不是吗?"她无情地说,"不要管这些了,因为我有你。"看着她的话化作锋利的刀刃刺向她的奶奶,爱丽丝退缩了。"对不起,"她恢复了镇定后说道,"对不起,琼。"

"没事,"琼咕哝着,"没事,你是该生气。"她叠好餐巾,离开了厨房。不一会儿,特威格也往后挪了椅子,跟着出去了。

爱丽丝双手掩面。琼只是想要照顾她。为什么自己不能任由她这么做呢?但这又让她想到另一个问题:为什么琼不能告诉她想知道的一切呢?在这一点上,为什么奥格也做不到呢?既然他已成家立业,而且在八年后费了这么大的劲给她写信,为什么他还要对她隐瞒事实呢?

坎迪开始收拾桌子。

"对不起。"爱丽丝又说了一遍。

坎迪点了点头。"这也不是谁的错,小甜心。每个人都有伤心事。这里也一样,一直如此。我们的鲜花就是因此生长的。"她心不在焉地收拾着餐具。"有许多事情在琼的内心纠缠在一起,我想她是不知从何说起。"

爱丽丝略带牢骚地说:"如果从最简单的事情开始说起呢?比如从'爱丽丝,你的父母是这样相遇的',或是'爱丽丝,这就是为什么你父亲离开了',或是'爱丽丝,你的爷爷曾经是这样的'开始说起。"

"我懂了。不过,她可能觉得如果她讲了一个故事,她就得继续说与之相关的十个故事。拔起一条根就会让整个植株处于危险境地。她一定是被这种想法吓到了。你能想象吗?在这种情况下,假如你是像琼这般喜欢掌控的人?"坎迪在门口停了一下,一只手拿着一把叉子,另一只手提着煤油灯。"当你很想告诉别人那些他们应该知道的事情时,你背负的压力会让你感到很难受,但这意味着你不得不进入内心,在不愿碰触的地方找那个故事,而你偏偏又十分清楚自己根本无法改写它,这又会让你吓得要命。"

"可这样又把我置于何地呢?我在世上仅有的亲人不愿告诉我家族的事情。我只能得到一些二手的消息,我很珍惜你和特威格,甚至是奥格告诉我的有关这个地方和我父母的一切故事,但这和从琼那里听到不一样。你们的故事和她的不同。"

"是的,我们的故事不同,"坎迪说,"但就像我一直和你说的那样,你至少知道一个故事了,小甜心。至少你可以得知自己从哪里来。不要忽视这份礼物——"

"我没有。"爱丽丝打断她,努力想保持声音的平稳。"我知道你是好心的,坎迪。让我对已经知道的故事报以感激之情,以此避谈我不知道的那些故事,可是我觉得被这样的建议打发是很痛苦的。那些故事是琼在我小时候答应要告诉我的。可她从来没提起过。"

房间内充斥着暴雨的声音。过了一会儿,坎迪清了清嗓子。

"我对于奥格的事情感到很遗憾。"

爱丽丝没有应声。

坎迪走出房间的时候,带走了大部分的光亮。

那一夜,爱丽丝辗转反侧,梦中一次次地出现了火海。她一次又一次地尝试呼喊把衣服留在岸上的母亲。可一次又一次,那片火海不愿屈从。在烧焦的沙滩上,一匹狼和一只狐狸穿越沙丘,相互追逐,它们的尾巴都着了火。在浅滩,一个小男孩坐在一只纸船上，船已焦黑的边缘正在燃烧。爱丽丝醒来时一身冷汗，她坐起身。焦虑和疲惫砰砰地猛击她的太阳穴。她打开手电筒，下楼去泡茶。

她突然在门厅里站住了。厨房里飘出了一些声音，空气中满是威士忌的气味。爱丽丝小心翼翼地往厨房挪动。

"你已经快失去她了，琼。"特威格嘘声说道，"这是你想要的吗？你得告诉她真相。你得告诉她。"

"闭嘴，特威格。"琼含糊不清地说。

爱丽丝贴着墙悄悄靠近。

"你以为自己什么都知道，其实你他妈根本就不懂。你不过是又一个自以为知道所有故事就什么都懂的人。"

"我无法和你这样交流。你需要上床休息了。"

"我看得出来你有多爱她，你以为我对她的爱就很少吗？你以为我不知道你把她当成自己不能抚养的孩子吗？"

"说话注意点，琼。"

"嚯，'说话注意点，琼'。"琼冷笑道。

爱丽丝站在门口。

"我救了那个女孩，"琼嘘声说，尽力地组织着语言。"我救了她。奥格只会偷走她的未来，伤她的心。我们此前都见过了，特威格。别说我们没有见过。那天我拨打了移民局的电话，这是我为她做过的最好的事情。"

琼的背叛带来的震惊席卷了爱丽丝全身，仿佛她的身体被什么击中了一样。她宁愿在记忆中的那晚，她一直望着窗外而不是被这一刻的愤怒所支配。她记得自己冲进厨房时双眼燃着怒火，双手颤抖不止。她记得当特威格意识到对话被爱丽丝听见时，眼里闪现的恐惧和悔恨。她记得琼想保持镇定时脸上醉醺醺的笑容。她记得自己的大喊大叫。她记得特威格试图安慰她所做的努力。她记得琼的哭泣。她记得特威格告诉自己真相时悲痛万分的眼神。

"他被驱逐出境了,"特威格用颤抖的声音说,"他和博良娜被送回保加利亚了。"

爱丽丝强压着怒火,转身看着琼。"是你揭发了他们吗?"她尖声问道。琼抬起了下巴,眼神空洞。

"发生什么事了?"坎迪急忙跑进厨房问道,她的脸上还带着睡意。

突然升高的肾上腺素让爱丽丝拂袖而去。她跑出厨房,上了楼,进了房间。她冲向自己的背包,把视线范围内自己在意的东西全都塞了进去。她跑下楼,推开了站在门厅里的女人们,一把拽走挂钩上的钥匙和帽子。爱丽丝推开了前门,又被强劲的风雨挡了回来。她踉跄了几下,极力保持平衡。特威格和坎迪求着她不要离去。下一个画面总是以同样缓慢和扭曲的形式在她脑中播放:她转身看了看她们写满了担忧的脸庞。在她们身后,琼在暗处摇摇晃晃。

爱丽丝狠狠地瞪了一会儿这三个女人之后,转身冲进了暴风雨之中,门在她身后砰地关上了。

雨刷器在倾注而下的大雨面前毫无用处。爱丽丝的卡车在泥泞、淹水的道路上打滑,她握紧了方向盘,手臂由于过于用力而抖动不止。她一直把油门踩到底，生怕自己会陷在路中，更怕自己失去了勇气掉头回去。

她打算直接穿过小镇，开过界牌、进入灌木林之后朝东行进。不过才开了几公里，她就猛踩了刹车，因为在车大灯的照亮下，她发现公路上的一个洼地已被不断上涨的洪水完全淹没了。河水暴涨。爱丽丝垂下了脑袋。花田会被摧毁；花床上的种子全都会被冲走。

她盯着后视镜中的一片黑暗。如果她不去东边的海岸，而是往内陆走会怎么样？远离水。她再次发动引擎。又过了一会儿，爱丽丝猛打方向盘，沿着来时的路快速往回开。在通往桑菲尔德的分叉路口前，她踩着油门的脚松了一些。她踩到底，把方向盘握得更紧，朝西边疾驶，消失在一片黑暗中。

无论特威格和坎迪如何哭喊，如何恳求，琼都拒绝回到屋内。她在黑暗中被风雨吹打得摇摇晃晃。爱丽丝会回来的。琼目不转睛地盯着前方看，这样当她看见爱丽丝的车大灯时她就能站在那里迎接她。爱丽丝会回来的。然后琼就能解释了。

她体内的酒意逐渐散去；她开始感到刺骨的寒冷。又一阵大风袭来时，她跌倒了。前门打开，特威格冲出来，送来一件外套。

"起来吧，琼，"她大声喊道，想盖过狂风的呼啸声。"带着你的愧疚滚回房里来。"特威格把外套甩在她身上，把她扶了起来。

"不用。她会回来的，她到的时候我得在这里。"琼颤抖着说，"爱丽丝会回家的，那时我就可以向她解释一切。"

特威格怒气冲冲地盯着她看。琼已准备好听到她严厉的批评。

她们就这样站了一会儿,身体靠得很近,内心却互相疏远,直到后来特威格用手臂搂着琼。天空在哭泣,特威格转过身和琼一起面对猛烈的暴雨。

# 17

花 语

我是你的囚徒

**丽花斑克木**
Banksia speciosa

澳大利亚西部和南部

小乔木,叶片细长,具显著"锯齿"。
奶黄色的花穗全年开放,浴火后结籽。
花朵吸引着以花蜜为食的鸟类,尤其是那些吸蜜鸟。

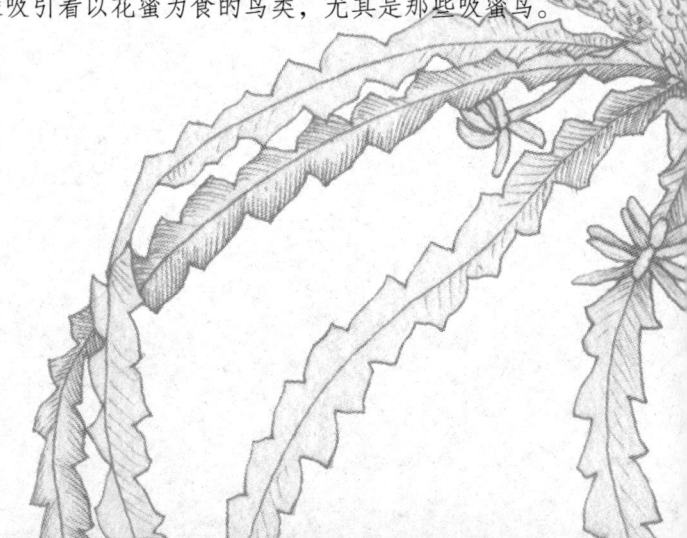

爱丽丝整夜都在暴风雨中驱车前行。破晓时分，她在一个距离州边境不远的服务站停车加油。加满油以后，她把车停在了一棵桉树下面，头靠着窗睡觉。醒来后她发现炙热的阳光打在脸上，感到口干舌燥。她下车进了服务站，十分钟后才出来，手里拿着一杯焦黑咖啡，一个盖了厚厚一层粉色糖霜的不太新鲜的小圆面包，还有一份地图。她喝了一小口咖啡，咬了几口面包，剩下的全扔进垃圾桶了。她跟着指示牌往西边的高速公路开去，车轮在砂粒上飞速滚动，地图摊开在她身边的座椅上。除了面前的路，爱丽丝什么都不去想。她只允许自己专注于开车，开得离水越远越好。

随着她深入内陆，她觉得越来越干渴，车窗外的景象也变得越来越陌生。广袤平坦的黄色草地上布满了露头岩石和长满扭曲的桉树的河谷。爱丽丝偶尔也能看见农舍的瓦楞铁皮屋顶，或是立在嘎吱作响的风车旁的银色水箱。一切都被笼罩在宛如倒扣的碗一般的一望无际的蓝色苍穹之下。

在出来的第一天，她的手机就没电了。她懒得去包里翻找充电器。不管她开到哪儿了，只要累了，她就停在路边，锁上车门休息。深度睡眠，没有做梦。只有一条街道的小镇看起来像雨后的野花一般在黄色尘土里欣欣向荣地生长。每当穿过这些小镇时，她就会停下来加油，买点沙拉三明治或是桃子罐头，直接用手拿着吃。有时候，她也会买一杯奶茶，在研究地图的时候喝。一个小镇的名字吸引了她的注意力。要到那里至少还得在酷热的阳光下再开上几天车，不过她没有因此放弃。到了下一个服务站时，她买了一个喷雾瓶，灌满了自来水，在之后的旅程中用来给自己的脸喷水降温。刺眼的阳光照射着她，毫无仁慈可言。

在路上的第三晚，太阳已经落山，而汗水仍然在她的脊背上流淌。爱丽丝在一个产矿城镇的市郊看见了一个闪着光的霓虹灯牌。她在这家汽车旅馆的停车场停了车，加钱开了一间带有小厨房的空调房。附近的便利店里有薄饼粉。于是她买了一盒薄饼粉，一块黄油和一罐金色糖浆，靴子都没脱就开始做煎饼。她只穿着内裤，四肢摊开躺在印花涤纶床罩上，把薄饼撕成一条一条的，抹上大量的黄油和糖浆，然后享用这一叠薄饼条。此时，咔嗒作响的组合柜里散出了强劲又难闻的冷气。有线电视上二十四小时播放的电影像摇篮曲一样催人入眠，爱丽丝又睡着了，不受梦境困扰。

第二天早上，爱丽丝把房间钥匙留在书桌上，出去时带上了门。旭日才刚刚升起，可热腾腾的雾气也已经生成了。起初，她以为是眼前产生的错觉，但她又四处看了看，停下了脚步。前一晚，她在黑暗里没有发觉土地的颜色已经发生了巨大的变化。尽管她曾听人们说起红土中心[1]，可这并不是她所以为的红色，而是更接近于橙色，像铁锈，像火焰。爱丽丝有些不知所措，便闭上了眼睛听声音：有鸟儿的歌唱声，有空调运转的嗡嗡声，有沙漠之风的呼啸声，还有轻轻的汪汪声。她睁开双眼四处看。她走向

---

[1] 位于澳大利亚北领地，拥有卓绝的沙漠平原景观、风化的山脉、岩石林立的峡谷等自然景致。

卡车，寻找汪汪声的源头。

一只黄褐色的小狗蹲在附近的灌木下，它的背中间有一块白毛。爱丽丝扫视了一圈。停车场里只有她的车，在平坦的高速公路上，两个方向也都没有车驶来。小狗又汪汪叫了。它没有戴项圈，身体两侧少了几簇毛。爱丽丝检查它的身体时，几只跳蚤蹦出来，又躲到了白毛里面去。这条小狗看起来没有主人，就算有的话，主人也不关心它。爱丽丝看了看它的尾巴那边，是条小母狗。她用一只手臂抱起它，打开了车门，把它放在乘客座上。爱丽丝和它相互盯着看。

"你觉得皮平这个名字怎么样？"爱丽丝问道。小狗喘了喘气。"太正式了吗？"爱丽丝发动了车子，转向上了高速公路，跟着指示牌朝着她在地图上选定的小镇进发。

"好吧，那就叫皮皮好了，"她说，"还有不到半天的路程。"

阿格尼斯布拉夫[1]小镇坐落在高耸的红色岩石露头的山麓，小镇也因此而得名。主街两旁是一排排树皮斑驳的桉树，点缀着刷了糖渍杏仁颜色的维多利亚式店面。街上有一家报社，几家沙漠画廊，一座图书馆，一些咖啡店，一家杂货店，还有一个加油站。爱丽丝停在了加油站准备加油，她在清理乘客座时，皮皮叫唤起来。它的尿液里有血。

"噢，皮皮。"爱丽丝说。小狗呜咽着。

---

1 布拉夫意为峭壁。

爱丽丝赶紧跑进加油站，出来时手里拿着一张小纸片，上面是用潦草的字迹写的一些提示。她全速前进，祈祷着油能支撑车子开到最近的宠物诊所。

爱丽丝用拳头不断敲着诊所的门，皮皮在她怀中哀嚎。她把手窝成杯状，放在眼睛上，透过玻璃仔细看，看到一只钟挂在墙上，指针显示现在是一点过了三分钟。门上的牌子写着诊所在周六一点关门。今天是周六吗？她不知道答案。她一直猛敲着门，直到一个和她差不多年龄、脖子上挂着听诊器的男人出现在接待台后面。他解了锁，打开了门。

"有什么需要帮忙的吗？"

"请帮帮我。"爱丽丝恳求道。

她跟着他走进了诊所。他戴上了一副手套，从爱丽丝的怀中抱走了皮皮。他弯腰检查它身上少了毛的那块皮肤，用光照了照它的双眼，再照了照口腔。他起身时，神情变得严肃。

"你的狗患了严重的兽疥癣。"

"噢，它不是我的狗。我的意思是，它现在是的，我，我今早才发现它。我的意思是，我们发现了对方。在一个服务站里。"

他打量了她一会儿。"你最好洗一下手。"他更加温和地说，头冲着角落里的洗手池点了点。爱丽丝用温水洗了手。

"这就是那个气味的来源。"他说。

爱丽丝用纸巾擦手的时候茫然地望着他。

"你闻不到吗？"

她把双手插在口袋里。"我,呃,没注意到。"

"这就是为什么它一直在抓痒。"

爱丽丝意识到他说的是对的。自爱丽丝发现它以来,它就不停地抓痒。"我刚才在它的尿液里也发现了血……"爱丽丝的音量越来越小。

"它有很严重的尿路感染,因此出血。它也发了高烧,一定是营养不良所致。"他把脱下的手套扔进了垃圾桶。"不幸的是,在这边走失的宠物很容易得这种病。"

兽医抱起了皮皮,把它放到一个空的笼子里。它立刻开始狂吠。

"嘿!"爱丽丝走上前去。

"它需要马上治疗,"他打断了她的话,"我是在帮助它。"爱丽丝顿了一秒,后退了。皮皮夹着尾巴蜷缩在笼子最里面的角落。

他们来到接待台,兽医向爱丽丝询问了一些信息。

"我没有,呃……"她的声音又减弱了。

"你是刚到这个小镇么?"

爱丽丝点点头。

"是我理解的字面意思'刚到这个小镇吗'?"

"是啊。"

"你是 FIFO 工人吗?"

她皱了皱眉头。

"也就是飞进,飞出[1]?"

她摇了摇头。

---

[1] 即 FIFO 的全称,指澳大利亚采矿地区的一种常见用工模式,只需要工人来到某地暂时工作,而不安排他们及家人在此处永久居住。

"你有落脚的地方吗？"

爱丽丝没有回答。他在记事本上匆匆写了些什么，把最上面的那张纸撕了下来。

"去布拉夫酒吧。找默尔。告诉她是我介绍你去的。"他把便条递给了她。

"多谢。"爱丽丝接过了便条，目光扫过信头。莫斯·弗莱彻。阿格尼斯布拉夫兽医。莫斯。她想起了桑菲尔德词典上的一页。苔藓[1]。爱无例外。她咕哝了几句告别语，以最快的速度离开了。

爱丽丝到了室外，干燥的高温像一堵无形的墙撞上来。这个地方的一切都是陌生的。天空的蓝色像漂白过似的，空空如也，一望无际。没有丝毫河水或花香的迹象。她感到头晕，且心跳加快。

爱丽丝跌跌撞撞地朝卡车走去，被心脏快速跳动的声音压倒了。她努力尝试呼吸时伸手去够门把手，但没能抓紧。她的双手开始抽筋，手指内缩。记忆又开始涌现，大海和火的咆哮毫无差别。

她试着闭上眼睛。试着在惊恐中呼吸。试着在两眼一抹黑之前保护自己。

---

莫斯在关门前最后为动物们做了一遍检查。爱丽丝的小狗得到了治疗，已经入睡。他走出门，闻到午后的烈日下有很重的柴

---

[1] 莫斯，Moss，作植物名时为苔藓。

油烟气的臭味，还有隔壁快餐店里的外卖炸鸡的香味。这些气味提醒了他眼前的生活：又要独自在家度过一晚。

他穿过停车场，走向自己的面包车，注意到一辆亮黄色的卡车。爱丽丝·哈特，花语师。野花盛开的桑菲尔德农场。车里一个人也没有。他绕过车尾，发现了倒在沥青路面上的爱丽丝，她的鼻子在流血。

莫斯冲到她身边，不断喊着她的名字。她没有动弹。她的肌肤惨白得吓人。他探了探她的呼吸，摸了摸她的心跳，马上从口袋里掏出手机，用力按下了拨往医疗中心的快捷键。他很谨慎，没有去动她。医生接了电话后，心跳加速的莫斯机械地回答了她的一系列问题。

拜托了，别再这样了。

爱丽丝在一条河上漂浮，而不是在一片火海中。这条河是由星星组成的。星星的光亮使她的肌肤呈现出银绿色。她躺着看星星从夜空中如雨点般落下，有些挂在了橡树最高的几处枝头，有些则卡在了她的睫毛上或是脚趾间。她吞下了几颗星星，甜甜的，凉凉的。她又揽了一满怀的星星，它们的重量之轻让她感到惊讶不已。她小心翼翼地用星星在身边摆了一个圈，在这个圈里不存在伤痛。

爱丽丝恢复意识时发出了噗噗的声音，以为自己要把吞下的星星吐出来。

"奥格。"她说得很含糊。

"是啊，爱丽丝，你会觉得有些晕眩无力[1]。小心点。"

爱丽丝抬头看见一个女人朝她微笑着，两只眼睛里闪着光。这个感觉搅动了她的记忆。她在一个白色房间里，躺在一张病床上。她的手臂上有个枕头。她退缩了一下，别过头去。在她的床边，有一个坐得直挺挺的男人正盯着她看。他举起了自己的手。爱丽丝也举起手指挥了挥。是那个兽医。他是那个兽医。莫斯什么的来着。爱无例外。

"你正吊着盐水呢，爱丽丝。你脱水得厉害。我们经常遇到不适应沙漠高温的来客出现这种情况。这可能是你晕倒的原因。"这个女人穿着一件白大褂，口袋上绣着基拉·亨德里克斯医生的字样。"现在问一些常规问题。你们家族有出现过低血压吗？"

爱丽丝不知道。她摇了摇头。

"那么焦虑或者惊恐发作呢？"

"在我小时候有过。"她静静地回答。

"是由什么引起的？"

是刮来的风？是看见一朵花？是梦里挥之不去的火焰？

"我不清楚。"爱丽丝答道。

"你现在有在服用处方药吗？"

爱丽丝再次摇了摇头。

"你很幸运，鼻子没有撞断，而且很快就能康复。眼下，你要多休息，多吃流质食物。如果出现任何不适症状，来找我复诊。莫斯说你今天刚到我们镇上？"

爱丽丝点了点头。

---

[1] "奥格"（Oggi）和"晕眩无力"（groggy）的读音相近，易听错。

"你住在哪里？"

爱丽丝瞥了一眼莫斯。他与爱丽丝进行了一番眼神交流后开口说话。

"在酒吧，医生。酒吧的一个房间。"

"嗯，"医生也再次开口。她拍了拍爱丽丝的肩膀，转身看着莫斯，挑了下眉毛问，"借一步说话？"

他们在房间的对角商议。爱丽丝斜眼瞥了一下他们。基拉医生看起来异常严肃，而莫斯的脸上写着吃惊。

"很好，"基拉医生愉快地结束了对话。她回到爱丽丝的床边。"我们现在把点滴从你的手臂上取下来吧，爱丽丝，你可以走了，再见。记得吃些点心，多睡觉。"

爱丽丝点了点头，眼睑低垂着。

莫斯打开了面包车副驾驶座一侧的门锁，扶着车门，等没精打采的爱丽丝爬上去之后再关上。车内一尘不染。后视镜上面挂着一棵卡纸做的树，散发着类似桉树的气味。

他们一路上很安静。莫斯清了嗓子几下。

"我，呃，关门后在停车场发现了你，"他说话的时候没有看着她，"我没有挪动你，我打了电话给基拉医生，她来了之后把你搬上了救护车。我开着自己的面包车跟在后面。"

爱丽丝一直目视前方，脑中过了一遍他发现她失去意识的画面。一种深深的羞愧感让她的眼眶发热。你不能现在哭。

"我们到了。"莫斯说着在诊所门前停了车。他伸手从口袋里拿出了她的卡车钥匙。"我发现你的时候,你的手里拿着这串钥匙。"他的声音里带着歉意,好像他要为她的昏厥负责一样。

"多谢,"她静静地回答,"你做的一切。"爱丽丝拿走他手里的钥匙时注意到他的手缩了一下,是钥匙锋利的边缘划痛了他的手指。"抱歉,"她小声道歉的时候用双手捂住了脸。她叹了口气,对自己摇了摇头。"多谢。"她又说了一遍,下车走向自己的卡车。看到车门板上的字时,她突然停下了。那行字完全暴露了她试图丢弃的一切。

爱丽丝·哈特,花语师。野花盛开的桑菲尔德农场。
"那么,呃,爱丽丝?"
她转过身来,想挡住门上的字不让莫斯看见。
"你会没事吧?"
"会的,"她点点头说,"多谢。我会在酒吧开一间房。"
他看向别处,又把目光移回到她身上。"基拉医生问我能否在接下来的二十四小时里留意你的状况。"他清了清嗓子。"你能照顾好自己吗?"

爱丽丝挤出了笑容。"休息,流质,食物。我肯定能应付的。"她只想爬到床上,把床罩盖在头上,不再出来。"不过还是谢谢。"

"是的。好吧。"又是一个很长的停顿。"对了,酒吧的默尔有我的电话,如果你有任何需要的话。"他说着发动了面包车。爱丽丝点了点头,看他开走后舒了口气。

她上了自己的卡车,直接开去了加油站。加满油后,她在站里的架子上搜寻润色漆,找到后便在货架前停了下来。这里只卖青绿色的。她提了一桶,拿了把刷子。她走向收银台时,一个摆放着鲜艳贴画纸的柜台吸引了她的注意力。她拿了一包,结账离开。

在酒吧的停车场里,她拿着刷子和漆,带着怒气走向自己的卡车。在沙漠中部的第一天,爱丽丝在渐暗的光线下用青绿色的漆遮盖了她曾经是谁、从何而来的信息。

---

爱丽丝到酒吧的时候默尔不在。一个口音很重的年轻女孩帮她办理了入住。她不减热情地介绍着晚餐菜单,爱丽丝假装听着。这个女孩的前臂内侧刺了一幅世界地图,地图上点缀着小星星。来到一个远离自己所知、但愿意前往探索的地方会是什么感觉?不带任何目的,只是旅行,收集生动、有意义的经历,把它们永久地留在自己的肌肤上,会是什么感觉?地图上的每一颗星都像在嘲笑着爱丽丝。我没有去过那里。我没有去过那里。我没有去过那里。

"小姐?"女孩露着灿烂的笑容,在爱丽丝面前挥了挥菜单。

"不好意思,"她摇了摇脑袋,"我能点餐到自己房间吗?"

"付小费就可以。"

爱丽丝点餐后就背着包上了楼,打开房门,进门后就锁上了。

她坐在床上,解开了靴带,侧身倒在了枕头上,让压在胸间数日的泪水释放出来。

# 18

## 橙色不凋花
Waitzia acuminata

澳大利亚西部

**花 语**

写在星辰中

多年生草本，叶片狭长。花纸质，呈橘色、黄色或白色。
冬雨后，春季迎来花事。漫山遍野，蔚为壮观。
在澳大利亚西部的低矮灌木丛和荒漠中，
到处是它们的倩影。
许多人不远万里，只为一睹芳容。

日出时，爱丽丝就醒了。她踢走沾满腿上汗水的被单，坐起来抹掉了眼睛上的一层盐皮。她的房间沐浴着橙光。她走到床边拉开了窗帘。阳光肆意地涌了进来，反射出高耸于灰蒙蒙的小镇上的峭壁。爱丽丝的目光越过了建筑和街道，落在了起伏的红色沙丘和长满了三齿稃和沙漠木麻黄的河谷上，它们连绵不绝，一眼望不到尽头。爱丽丝想起了寄居蟹，海边的和风，青甘蔗园，泛着银光的河水，和开满了鲜艳花朵的花田。沙漠里的空气非常干燥稀薄，以至于她身上的汗水还没结成珠就已经挥发了。她所在之处远离了她曾经所知道的人、物和地点。

"我在这里。"她喃喃自语道。

爱丽丝在酒吧喝了一杯咖啡，吃了一个水果司康饼，然后走出旅馆，来到了自己的卡车前。她细细察看了车门，青绿色的漆都已经干了。她从杂物箱里取出了贴纸，贴在了两扇车门上，接着往后退了退，双臂交叉在胸前。她从没想过隐姓埋名也不是件难事，只要涂上一层漆，再贴点帝王蝶贴纸就行了。

她随后去了杂货店，在房里小冰箱的冷冻室里塞满了柠檬味冰块。她躺在床上，连着吃了三块，看着窗外的树木在正午的阳光下变得苍白。下午，当室外开始凉爽起来，她便出门闲逛，探索神奇的红色景观。

她沿着峭壁的山麓步行，研究着又矮又宽的喜沙木、三齿稃丛和纤长的沙漠木麻黄树。她注意到在岩石间生长的野花，便停下脚步，采了几朵放在口袋里。头顶飞过一群雀鸟，它们向着午后鲜亮的天空歌唱。爱丽丝大口大口地咽着口水，沙漠景观带来的超脱尘世的感觉盈满了她的感官。

日子一天天过去了。爱丽丝鼻子上的伤口也愈合了。记忆偶尔会出现，爱丽丝不再去刻意逃避。但是，每当回想起离开桑菲尔德的那个夜晚，她就会做些任何可以分心的事情，从而不去深究琼的背叛，或是去想奥格和博良娜遭遇了什么。他们被捕了吗？他们害怕吗？他们知道自己是被琼举报的吗？她知道该怎么压下那些得不到解答的问题。

为了安排好自己每一天的生活，爱丽丝摸索出了一套日出而作、日落而息的规律作息。她贪婪地渴望着沙漠之光。每日清晨，她会坐在高过旅馆瓦楞铁皮屋顶的窗台上。随着太阳升起，岩石露头和山脊都涂上了多彩的颜色：如醇厚红酒般的暗红色、明亮的赭色、闪光的红铜色和浅棕色。爱丽丝看着延绵无际的天空，想更深地呼吸，仿佛她能吸入整个宇宙，仿佛她能在自己体内创造出类似的广袤。

日出之后，她总是出门散步。小镇坐落于古老、干涸的河床上，到处都铺着卵石和沙，上面长出又高又细的伞房桉。树干都染上了粉白色，她漫步于其中，会停下来细细察看一块浅灰色石头或是一颗掉落的桉树坚果。很难想象，曾有河水奔流至此，这条河似乎只在坊间传说中存在，在很久很久以前，它已乘着黑凤头鹦鹉的双翼飞往天际。

在午间，也就是一天里最热的时段，爱丽丝会待在房里，吹着从空调里释放的强力冷风，在有线电视机上不断换台。午后降温后，她会再次出门闲逛。在晚上，她吃过晚饭就会在昏暗处看着星空寻找慰藉。

两周过去了。她没有再去兽医那边。她也没有查收电子邮件。她把从手机里取出的 SIM 卡扔掉了。

令她惊讶的是，沙漠之中有些东西就像有药物作用一般能带给她许多安慰。比如尘土那火焰般的色彩，还有把尘土捧在掌心里那种软若粉末的感觉。比如鸟儿美妙的歌声。比如每天日出日落时分的光线。比如暖风、银青色的桉树叶、一望无垠的蓝天白云，还有最重要的，在河床上的树根和石头间生长的野花。她开始摘下花朵压制，没有完全承认最能带给她慰藉的其实是花朵带给她的亲近感。

有一天早晨，爱丽丝发现自己压好的野花已经夹满了一整本笔记本。她在酒吧吃完早饭后便进城去买新的本子。

爱丽丝沿着干涸河床边一条安静的街道走着，突然看见了小镇图书馆。她冲着图书馆墙体上已褪色的壁画笑着，它看起来显然是想把这个盒状的小建筑装扮得像一叠书。图书馆内部无比凉快，进去可以逃离室外火辣辣的灼烧感。

爱丽丝非常满足地在书架之间穿行。她记得儿时的那个图书馆，里面有陆离光影穿透讲述故事的彩色玻璃窗。

"萨莉。"她咕哝了一下。

"有什么需要帮忙的吗?"站在后一排书架那边的图书管理员问道。

"你们的童话书放在哪里?"爱丽丝询问。

"在后面那堵墙那里。"

爱丽丝的指尖划过一本本故事书的书脊,她记得自己还是小女孩的时候曾读过这些书。她也想起了她的书桌、借书用的包和妈妈的蕨园。她特意在找某本书,当找到的时候,她小声惊呼了一下。

之后,她申请了图书借阅权限,把借阅卡塞进了口袋。爱丽丝把借书额度一次用完了,拖着这一摞书回了旅馆房间。整个下午,她都在翻阅着这些书,指尖在零星几个句子上跳跃,不过她会时不时地停下来,把摊开的书放在胸口,注视着在墙上跳舞的桉树影子的网状花样。那天晚上,她打包了泰式炒面,多加了些辣,买了一提六罐装的冰啤,然后就躺在床上,吹着空调,读着她儿时最珍视的书。这本书里讲的全是把海豹皮脱下留在岸上的女人们为了一个男人的爱而离开大海的故事。

在一个午后,爱丽丝从河床边摘了一把野花回来,旅馆和酒吧的老板默尔在酒吧拦住了她。

"爱丽丝·哈特,"她通知说,"有个电话找你。"

爱丽丝跟着默尔走进了酒吧后方的一间小办公室。她的掌心出汗了。不会是琼找到她了吧?

电话听筒放在桌上。爱丽丝等到默尔出去以后在短裤上擦了擦掌心的汗才接起电话。

"喂?"她说。她用另一只手捂着耳朵,否则酒吧减价时段的哄闹声会盖过电话里的声音。

"我想你应该想要知道你的狗已经好多了,"莫斯在电话线的另一头说道。

爱丽丝舒了口气。

"喂?"

"嗨,"她惊呼道,一下放松的感觉让她有些头晕目眩。

"嗨,你好。"莫斯笑着说。

"抱歉,"爱丽丝在心里自责了一下,"谢谢你告诉我这个消息。这真是太棒了。"

"我也觉得你会很高兴。你什么时候能过来接它呢?它现在胖胖的,很快乐,毛比默尔的卷发还要蓬松。"

爱丽丝因为这个惊喜笑了出来。当然了,还有一个原因是他声音中的温暖。

"明天。"她听见自己这么回答。

"好的。"一个停顿。"你最近过得怎么样?"他问。

"不错,"爱丽丝一边摆弄着采来的花,一边答道,"抱歉,我没有……"

"没事的。你总是很忙。要休息。还要把小镇图书馆里的所有书都借走。"

"什么?"

"这是个小地方。"莫斯轻松地笑着说,"消息在这儿传播得可快了。看得出,你喜欢阅读。"

默尔在门口清了清嗓子。

"抱歉,我得挂了。"爱丽丝说。

"那么，我们明天见。"

"在哪里？"爱丽丝问。

"主街一家叫比恩的店。十一点如何？"

"没问题。"

爱丽丝挂了电话。

"不好意思。"她离开办公室的时候轻声对默尔说道。

"没事儿，"默尔的笑容里带有好奇，她挑起了一边眉毛问，"想要来瓶啤酒吗，亲爱的？现在是欢乐时光[1]。"

"也许我能把它拿回我的——"

"不行。"默尔举起一只手打断了她，"在我看管的时候，没人能独自喝酒。来酒吧坐着喝吧。和我说说你在这片荒芜之地做些什么，你成天独自躲在我的旅馆里。我喜欢听有趣的故事。"

想到要和别人说起自己在来到阿格尼斯布拉夫之前的生活，爱丽丝感到十分厌恶。莫斯的话在她脑中回响。消息在这儿传播可快了。

---

莫斯结束通话后就一直盯着电话机看，好像它能回答困扰了他多日的有关爱丽丝·哈特的疑问。他一直等，一直等，等她为小狗而来，可她一直没有出现。他靠着和默尔的平常闲聊获取她的最新消息。她还住在那里。她很好。她没有再晕倒了，至少大家没见过了。为什么你这么关心呢？默尔曾问他。你和所有人一

---

[1] 酒吧减价时段。

样应该清楚自己不可能拯救每一个无家可归的人。莫斯换了个话题。他没有告诉默尔,他之所以关心爱丽丝,是因为在这座小镇居住五年以来,她是第一个让他觉得自己能给予、能付出些什么的人。在失去了克拉拉和帕特里克之后,他从未期待能再次体验这种感觉。他也一直没能再次体验到。但她来了。爱丽丝·哈特。一个知道如何通过鲜花交流的女人。

他走去冰箱,拿了一罐啤酒,又回到书桌前。电脑屏幕又亮了,因为鼠标被碰了一下。一看到之前搜索到的她的照片,莫斯的心跳加快了。那是他检索结果里的第一条内容。爱丽丝·哈特。花语师。桑菲尔德农场。她的简介被登在"关于我们"的页面上。照片里的她站在被扭曲的桉树包围的一片花田深处,手里拿着一束本土花卉,它们体型巨大,衬得她很矮小。她斜眼看着镜头,几乎看不见笑容。她的目光很清澈。她的头发盘在头顶,用一朵很大的心形红花固定着。

> 爱丽丝·哈特的人生基本都在桑菲尔德度过,她从小在农场学习本土花卉的语言。她是一位经验丰富的花语师,能够帮你创造出完美表达内心的组合。只能通过预约咨询。

他随后在谷歌上检索了花语师,得到了如下定义:一个能流利运用花语的人,花语曾一度盛行,在维多利亚时期达到人气巅峰。他本来想通过谷歌来抑制自己对她的着迷,不过她的神秘故事反倒勾起了他的好奇。

莫斯靠在椅背上,看着桑菲尔德的联系方式。他喝了一口啤酒,拿起了电话,又放下了。犹豫了一阵之后,他身体前倾,再次拿起了电话，拨打了网页上的号码，听着铃声时紧紧抓着酒瓶。

他正准备挂断时，一个女人接了电话，她的声音里透着哭腔。

爱丽丝在酒吧里坐下了。落日的光线照得旅馆色彩斑斓。

默尔在桌上放了一个新的杯垫，再往上放了一扎冰啤酒。"干杯，"默尔举起了一杯波旁威士忌酒说道，"好了，爱丽丝·哈特，现在你和我说说你独自在这里干吗吧！你从哪里来？你要去哪里？"

爱丽丝双手握着她的那扎酒。

"噢，现在就说吧，别守口如瓶了。这里的每一个人都有故事。你以为自己是唯一一个跑到沙漠里来重新生活的白人吗？亲爱的，请原谅我这么说，你没有那么特别。"默尔涂了指甲油的指甲轻轻叩着吧台。一阵很响的叫喊声从外面的啤酒花园里传来。"哎！快他妈消停一会儿！"默尔的怒吼让爱丽丝紧张地站了起来。"哪儿也别去，宝贝，我去解决一下这个吵闹声。"

爱丽丝松了口气。酒吧里的人越来越多，爱丽丝周围的喧闹声也在不断加剧。爱丽丝拿着采回来的花和啤酒，下了高脚凳，逃到了凉爽的蓝色黄昏里。她喝了一小口啤酒，松开拳头，手里的花全捏烂了。她低头看着它们的时候察觉到有人在自己身后。

"不好意思，我没想到会吓着你。"一个女人举起一袋烟草解释道。她的声音听起来很友善。爱丽丝点了点头，握紧了手中的啤酒。这个女人卷了支烟，点了根火柴，朝着微弱的火苗低下头。她身着一件工作服，不过在昏暗的光线下，爱丽丝看不清上面的徽章。这个女人怕烟气熏着爱丽丝，在吐气的同时用手打散了烟圈。

"这是方圆百里内唯一一家酒吧。生意很好。"

"是啊,我知道,"爱丽丝回道,"我住在这里。"

"噢,好吧。你在这个小镇很久了吗?"这个女人问道。

"到今天正好一个月。"

"你在北领地住的时间长吗?"她问爱丽丝的时候扬起了一条眉毛。

"到今天正好一个月。"爱丽丝笑着说。

"啊呀。那你还要再待上几个月。"

"那是什么时候?"

"直到你开始感觉自己并没有来到一颗新的星球。我猜你是典型的从城市或海岸边来到沙漠的新人。你脸上那种车灯下的鹿才有的忐忑出卖了你。"

爱丽丝盯着她看。"你怎么知道这不是因为我就长这副模样?"她听见自己这么说。

这个女人愣了一会儿,随后咯咯地笑了出来。"该死,你完全正确。抱歉,是我冒犯了。"

爱丽丝点了点头,观察起啤酒的气泡。

"我住在这条路的尽头。我在这片红土地上长大,"这个女人笑着说,"这也许可以解释为什么我的社交能力如此突出。"

爱丽丝不得不抬起头看她,回了一个微笑。

"顺便说一下,我叫萨拉。"

"我叫爱丽丝。"

她们握了握手。

"你在这边做什么工作呢,萨拉?"爱丽丝指着她的工作服问。

"我管理这个公园。"她回答的时候用拇指在肩膀上戳了戳某一处。

"这个公园?"

"Kililpitjara[1],就是那个国家公园?我觉得你还没去过那里。"

爱丽丝摇了摇头。

"那是很特别的地方,"她捻灭了烟头,"那你呢,你是做什么的?"

"我,呃……"爱丽丝的声音弱下去。"抱歉,"她抹着前额说,"我是做传播的。"

"传播?"萨拉重复了一遍。

爱丽丝点了点头。"我从开放大学拿到了商务传播学位。我曾经,"她停顿了一下,又试着说下去,"我曾经经营一家花卉农场。但现在没在做了。"她害怕萨拉注意到她的笨嘴拙舌,就没有继续说下去。

"天啊。这个地方的运转方式一直都让我惊讶不已。"萨拉摇着头,笑着说道。爱丽丝看了眼酒吧,不太理解。"不,不,"萨拉说,"不是说酒吧。是指沙漠,这里的过客、时机和这一切背后的疯狂。"

爱丽丝礼貌地笑了笑。

"我们这阵子刚好公开招聘一位在公园里工作的游客服务管理员。所以我在镇上和几个人交流这件事情,想找个人来填补这个职位,"她对爱丽丝咧嘴笑了笑说,"这件事情需要谨慎对待,因为我们要找一个既能承担艰苦工作,又能胜任沟通的人。"

爱丽丝开始有些理解了,缓缓地点着头。

---

[1] 皮坚加加拉语,澳洲土著语的一种,如无特殊说明,后文中的西文均为此土著语。

"薪水不错。提供住房，"萨拉说，"我把名片给你，你要是感兴趣的话，不如给我发封邮件，然后我把详细信息发给你？"

爱丽丝的手掌变得黏乎乎的。她已经很久没有感觉到希望了。"那很棒。"她边说边掸掉手臂上看不见的东西。

萨拉从衬衣口袋里拿了一张名片出来，递给了爱丽丝，此时爱丽丝能看清萨拉衬衣上的徽章了。徽章上面写着 Kililpitjara 国家公园，设计则借用了澳大利亚土著的旗帜：上半面旗是黑色，下半面旗是红色，中间有个黄色的圆圈。黄色圆圈的中心有一簇斯特尔特沙漠豌豆花。

"谢谢。"爱丽丝接过名片的时候道了谢。

萨拉看了下表就准备走了。"我得走了，不过很高兴遇见你，爱丽丝。我会注意查收你的邮件的。"

萨拉消失于人群之中时爱丽丝举起了名片告别。她让光线照在上面，看到名片上的徽章和萨拉衬衫上的一样。爱丽丝不需要桑菲尔德词典了。她早已在十岁生日那天早晨打开坠子、读琼写的信时就熟记了斯特尔特沙漠豌豆花的花语。

鼓起勇气，振作起来。

---

第二天早上，爱丽丝早早等候在图书馆门前。九点整门一开，她就拿着已经折了角的萨拉的名片跑向电脑。她在搜索引擎上输入了国家公园的网址，等待网页加载。她看了下钟。她两个小时之后就要见莫斯了。

网页加载得很慢，满屏都是国家公园的主页。主页最上方是一张风景照。爱丽丝的身体往前倾,仿佛这样能让加载速度变快。

淡紫色的天空。几缕烟状的云朵。紫色的地平线上杏黄色的光斑。航拍镜头下耀眼红土地上的绿叶。

爱丽丝过了一会儿才意识到自己正在俯瞰一个陨石坑,不过直到整张图片加载完毕她才搞明白这个陨石坑有多大。她还看见了一条小土路和上面的一些白点,也就是车辆。陨石坑的中心吸引了她的目光,因为里面全是红色的野花。她等着加载一张野花照片时手指在桌上敲打不停。她的手指停下来。陨石坑的中心有一圈血红色的斯特尔特沙漠豌豆花,它们兴高采烈地怒放着。

爱丽丝往下滑动页面时紧紧捏着坠子。

Kililpitjara,即厄恩肖陨石坑,在五十年代早期才被非土著人"发现",那时它已是阿南格族数千年来的活文化景观。从地质学角度来说,陨石坑是数十万年前一块铁陨石的撞击点。在阿南格文化里,这个陨石坑也是来自天空的撞击,不过并不是被一块陨铁撞的,而是一个伤心的母亲的心脏坠落地球的位置。很久以前,Ngunytju住在浩瀚星辰之中。有一天夜里,孩子在她没有照看的时候从天空的摇篮里摔落到地球上。当她意识到发生了什么事情的时候,她悲痛欲绝,把心从自己的天体里摘出来,扔到了地球上,与她坠落的孩子一起成为一块土地。

爱丽丝没有往下看。她靠在椅背上,页面上保留着描绘陨石坑由来的故事的图片。她做好准备之后又继续阅读。

在 Kililpitjara 的中间长出了野生的 malukuru，也就是斯特尔特沙漠豌豆花，它们组成了一个个同心圆，每年开放九个月。世界各地的游客都前来欣赏在 Ngunytju 的心脏上怒放的鲜花。对于阿南格族的女人来说，这里是一个具有深刻的精神和文化意义的圣地。她们欢迎您来到这里，也乐意邀请您来了解这片土地的故事。她们会要求您在走进陨石坑的时候不要采摘任何花朵。

爱丽丝滑动鼠标去看刚才的那张照片。她迅速打开了新的标签页，设置了一个新的邮箱地址，看到空白的收件箱时心情愉悦。她立马写了一封邮件，输入了萨拉的地址，没有多想就点了发送键。电脑高兴地回复了一声叮。已发送。

爱丽丝瘫坐在椅子上，盯着由天体撞击而形成的陨石坑。一行说明文字吸引了她的注意。

在皮坚加加拉语里，Kililpitjara 意为属于星辰。

# 19

花 语

我的隐形财富

**珍珠滨藜**
Maireana sedifolia

澳大利亚南部和北领地

常见于沙漠和盐碱地带,
这种低矮的灌木创造了绝妙的生态系统,
孕育着那些被隐藏的宝藏:
壁虎、细尾鹩莺科植物、真菌和地衣。
耐旱,常绿叶片呈现银灰色,
组成一道茂密的隔火层。

爱丽丝在主街上奔跑，她的脑袋里全是相互碰撞的星星和暗红花心的血红色花朵。她看了一眼自己之前写在手背上的咖啡店名，还有默尔的指引：到主街尽头左转，找植物和胡乱摆放的桌子。她已经迟到十五分钟了。

比恩咖啡店开在一条窄巷里，放了一排五颜六色的椅子，它们边上随意摆着泼了漆的桌子。每张桌子之间都有一小堆种了植物的花盆。这可以算是沙漠里的繁茂之处了。

莫斯坐在盆栽的鹅掌柴树下的一张桌子旁，手指拨弄着一个小宠物笼子的金属格栅。

"早上好。"爱丽丝看了一眼莫斯说道。他坐直了身体，一脸如释重负的样子。皮皮一见她就扭起身子来，跳着趴到了格栅上。它圆圆的，毛茸茸的，眼神澄澈。爱丽丝如鲠在喉。

"我不太确定你会不会来。"他说。

一个扎着脏辫、身上散发着广藿香气味的年轻女孩来为他们点单。"喝咖啡吗？"

"白咖啡，谢谢。"莫斯说。服务员点了点头，转向了爱丽丝。

"我也一样，谢谢。"爱丽丝回答。这个女孩收回了他们手里的菜单，进了店。

"嗯，"莫斯见爱丽丝忙着关心皮皮的状况，主动问，"这阵子过得怎么样？"

她紧闭双唇，像仪表盘上摆的玩具一样点着头说，"不错。"皮皮啃着她的手指。

"没有再昏倒了吧？"

她靠在椅子上，发现他正在注视着她。他看起来是发自内心地关心她。她摇了摇头。服务员端着他俩的咖啡回来了。

莫斯笑了笑，换了个话题。"皮皮现在非常健康。我给它用了些强效抗生素。"

爱丽丝点点头说道，"谢谢你。"

"你想抱抱它吗？"他问道。

"好啊，谢谢。"她眉开眼笑。

他打开了笼子的门。小狗跳到她怀里的时候爱丽丝尖叫了一声，它舔了舔爱丽丝的下颚，又在她的耳旁嗅了嗅。

"要不是你当时救了它，它是不可能活下来的，"莫斯说，"动物的需求有时候和我们的需求没区别。亲切的照料有时候和药物一样有用。"

爱丽丝的脑海里开始不断浮现画面，在被她掐断之前，坎迪淘气的笑容、特威格冷静且整齐的步伐和琼颤抖的双手都出现了。

"这燥热的空气真让人受不了。"爱丽丝抹眼睛的时候小声说了一句。她闭上双眼一会儿，想象着航拍画面里的自己是一个被淹没在广阔无垠的沙漠里的一个无法识别的小点儿。

"爱丽丝？"莫斯俯身向前碰了下她的手臂。爱丽丝一把抓起皮皮跳开。她不弱。她不需要帮助。

"我不需要别人来拯救我。"她静静地说。

莫斯的脸上闪过一个奇怪的表情。他的目光越过了她，望向了主街上正在树荫下布置的市场。

"我没觉得你需要，"他慢慢地说道，"我就是知道独自在这里出现是什么感觉而已。"他交叉双手，放在桌上。"爱丽丝，我不知道你有没有听说过这个说法，白人最终留在红土中心只有两个原因，要么是躲避法律的制裁，要么是不能面对自己。这话说得太对了——"

"我没有逃跑。"她打断了他，她涨红的脸上燃着怒火。"不为任何理由。"她努力不让下巴颤动。她不想让他看见自己哭泣。"你不懂我，莫斯。我不需要被保护。我不需要被——"她在说出琼的名字之前打断了自己。"我不需要帮助。"她说。

莫斯举双手投降。"我无意冒犯。"他的眼神变得呆滞。为什么他不和她争论呢？为什么他不与她争辩呢？她已经准备好大吵一架了。

"我没有请求帮助。"她的声音变得尖利。皮皮在她的怀里汪汪叫着，爱丽丝这才意识到自己把它抱得有多紧。

"我不明白为什么你会指责我，也不明白为什么你会如此生气。你出现在我的诊所里，在停车场昏倒了，爱丽丝。有什么样的人会不帮你呢？"

爱丽丝叹了一口气，心中难以抒怀的情感也随之而去。她没精打采地用手指划着富美家桌面上的图案，从大理石白到蓝色，这些蜿蜒的线条就像一条条小溪流。一段记忆浮现：她的爸爸站在帆板上，以之字形朝海天相接处行进。

莫斯一言不发地在桌上放了一张十元纸币，把椅子归位。他离开的时候爱丽丝没有抬头看，不过当他快要走到小巷转角处时，她控制不住地呼唤他的名字。他转过身来。

"你是出于什么原因来这里的？"她问道，"法律，还是自己？"

莫斯双手插兜，低头看了一会儿。他抬起头时，脸上悲伤的神情戳中了爱丽丝的内心。他冲她挤出一丝微笑，没有回答就离去了。

爱丽丝留在原地，盯着他刚才坐过的位置。直到皮皮啃着她的手指时，爱丽丝才想起来莫斯没有要治疗皮皮的钱。

那个午后，莫斯强迫自己以肌肉能承受的最快速度奔跑。当他跑到通往峭壁顶点的小道时，他放松下来，减速至慢跑。

他本来已下定决心要兑现对特威格的承诺，告诉爱丽丝那些话的。可当爱丽丝到了咖啡店后，他看到她从起初的谨慎到后来的脆弱，就是说不出口。那个医生可以走到医院等候区，对莫斯说出令他双腿发软的话，可他做不到。他不能成为爱丽丝会永远记得的那个人，那个告知她唯一的血亲已经去世的人。

他又想起了特威格的话。琼死于自己的心病。那是在洪水之后发作的非常严重的心脏病。尽管他不认识琼，可这些话让他感到痛苦。琼和爱丽丝的关系很糟糕，但她们是彼此唯一的家人了。特威格的声音发哑了。爱丽丝还好吗？莫斯毫不迟疑地说爱丽丝很安全，让特威格安心。而且，是啊，在这种情况下，他当然会让她打电话回去。他当然会告诉她，特威格需要她回家。

莫斯登上峭壁顶端，停下来喘息，同时俯瞰着整座小镇。是什么让他拨打了桑菲尔德的电话？为什么他要掺和进一个陌生人的生活中？

他身体前倾，试图用嘴呼吸，这是多年以前医师建议他的方法。当时他的家庭第一次出门度假。帕特里克坐在自己的位子上,紧紧地握着水桶和铲子。克拉拉穿着一条新的夏日裙,鲜艳无比。莫斯的视线离开了路面几秒。就只有几秒。轮胎驶上松软的沙砾,他们的越野车在他驾驶的车速之下翻车了。他缝了几针,脖子上架了护具。你能活下来可真幸运,那个医生告诉他。那克拉拉和帕特里克呢?莫斯在冷静下来之前一直在尖叫。

无论对错与否,莫斯不会——也不能——成为爱丽丝生命中传达这种消息的人。

两天之后,电话来了。

"是找你的电话。"默尔倚在爱丽丝的门框上说。

"是谁找我?"爱丽丝往里退了一步。

"宝贝,虽然我在这里身兼数职,可不包括做私人秘书哦。"

"好吧,"爱丽丝说,"抱歉。"她把皮皮关在房里,自己跟着默尔下了楼。"谢谢你让我在这里养皮皮,默尔。"爱丽丝在她们走进办公室时说道。

"不客气。莫斯已经欠我一份人情了。"默尔说。她冲着自己的书桌点了点头。默尔一走,爱丽丝就走到桌前接起了电话。

"喂?"她紧张地问道。

"爱丽丝,我是萨拉·科温顿。我收到了你对管理员职位的申请。谢谢。"

爱丽丝再次因为电话并非来自桑菲尔德而松了口气。

"爱丽丝?"

"是,抱歉,我在听。"

"好的。嗯，你的申请给我留下了很深的印象。经营一家农场可是个不小的成就。我们这次空缺的职位是签临时合同的，所以我们不必进行面试了，也就是说，爱丽丝，我愿意给你提供这个职位。"

爱丽丝开怀大笑。

"喂？"

"抱歉，抱歉，萨拉，我正在点头呢。好的。谢谢你！好的。"爱丽丝激动到晕眩。

"太好了。你什么时候能入职？"

"今天是周几？"

"周五。"

"那就周一？"

"你确定吗？你不需要多留点时间打包整理吗？"

"不用。"

"那就周一吧。等你到了，我们在公园办公楼见面。我会让入口站在你进来的时候通知我，这样我就能知道什么时候准备见你。"

"入口站？"

"你到那儿就知道了。"

"好的。入口站，公园办公楼，Kililpitjara，周一。到时候见。"

"我很期待，爱丽丝。"

通话结束了。爱丽丝挂了电话。

仅此一次，她不想让心跳放慢。

周一的早晨晴朗又炎热。爱丽丝和皮皮最后一次走在峭壁下干涸的河床上。爱丽丝没有浪费这个机会,她采了一把蝠翼刺桐的叶子放在口袋里。她留了一片叶子,把其他的全都贴在了笔记本里,在这一页上根据记忆写下:治头痛。她把算不上多的个人物品装进了背包,仓促地看了一眼之后,离开了曾被自己当作家的酒吧房间。

"我们还会再见面吗?"默尔在等爱丽丝用银行卡结账时问道。她从机子上撕下了单据,把它和卡一起递给了站在柜台另一面的爱丽丝。爱丽丝收下时点头表示感谢,把它们塞进了口袋。她从未想过自己最终把存下来和奥格一起看世界的钱用来独自在沙漠里开始一段新生活。

"你永远不会知道。"爱丽丝说着走向停车场,没有回头看。

她把行李放进了卡车,吹口哨叫皮皮跳上车,随后自己也上了车。她从口袋里掏出了最后一片刺桐叶子,把它贴在了后视镜的边框上。治头痛。随着她驶离,皮皮坐直了吠叫,这让爱丽丝被一个想法所困扰。到了下一组红绿灯口,她掉头朝着宠物诊所所在的街开去。但是,当爱丽丝看见他的面包车时,突然失去了勇气,把油门踩到了底。

高速公路在上午的高温下闪闪发光。在她身后的阿格尼斯布拉夫小镇已消失在远处。爱丽丝在道路分叉处向西开去,深入沙漠。她摇下车窗,把手肘抵在窗沿上,然后仰头靠在椅背上。她想象着这高温可以冲刷她的记忆,就像被胡乱丢弃在这块贫瘠土地上的牛的尸体被澳大利亚中部的太阳暴晒后那样，只剩下白色的骨头和尘土。

爱丽丝在空荡荡的沙漠里开了三个小时的车才到一个服务站。她开进去加了油，也让皮皮喝够水。一大批露营车、越野车和游客巴士都开了进来。爱丽丝回想起自己和莫斯的对话。白人来到沙漠，不是为了躲避法律，就是为了逃避内心。爱丽丝带着皮皮上了卡车。她没有犯罪，但也不是个例外。

她环顾四周，琢磨着朝她这个方向看的人会看到什么。一个带着狗坐在卡车里的女孩，谁知道她要去哪儿呢？她也不知道自己在做什么，不过她不希望自己表现得太明显。她不希望有人发现自己正努力去相信，假如她想丢弃某物的意愿足够强烈，她就能够摆脱它。

爱丽丝穿梭于各个家庭、背包客和旅游团之中，她突然对自己正在前往的地方燃起了希望。若她能够在一颗悲伤的心撞击地球且长出鲜花的地方开始自己的生活，那么也许她想要丢弃的一切也可以被转化为一些有意义的东西。

红岩景观逐渐转变成整齐的沙丘之海。她距 Kililpitjara 只剩不到一百公里了。为了分散注意力，爱丽丝研究起了此起彼伏的沙丘的样子。最近的沙丘越来越近了，轮廓变得逐渐明晰。那是一个金字塔状的由似火般鲜红的沙土构成的沙丘，保持着最初的样子，风在它身上留下了层层波浪状的痕迹。她用 T 恤袖子擦去了脸上的汗水。她的双腿黏在座椅上。窗外艳阳高照。皮皮跳向了车座下方，在阴凉处卷起了身子。爱丽丝用脚踩下了油门。

"快到了，皮皮。"

终于，在高速公路上驶过了一段上坡路后，远处地平线上的一团紫色阴影出现在她眼前。爱丽丝眨了好几次眼，确认她看到的不是海市蜃楼。离得更近时，她向前倾着身体，大腿离开了坐垫。在起伏的沙丘后面，出现了一片屋顶。一些白色的船帆。还有一些观光巴士。离开高速公路的匝道处，两旁竖立着标语：欢迎来到厄恩肖陨石坑度假村。爱丽丝继续向前开，直到 Kililpitjara 国家公园入口站出现在视线中。她把车停在了门口，门旁有一栋砖块和波状钢造的建筑，她就停在窗边。一个女人在迎接她，穿着和萨拉穿过的类似的公园工作服。

"嗨。"她弯下身子，对着窗户下的对讲机说道。"我是爱丽丝·哈特。"

那个女人笑着，手指在有夹子的书写板上划了一下，然后抬头看她。

"爱丽丝，请向前笔直走。萨拉在办公楼等你。"她的声音通过对讲机噼里啪啦地传送，同时她按下了按钮，升降杆升起。

爱丽丝开了进去，被眼前的陨石坑迷住了。它如梦幻一般精致，在路上每转一个弯，从不同角度看，它都呈现出不一样的形态。它的美丽显得有些诡谲，像蓝天下出现的具有红褐色织纹的画卷。沙丘看起来无边无际，点缀着三齿稃、几簇无脉相思树和沙漠木麻黄，令人着迷。在沙漠里待了几周之后，爱丽丝非常享受这种渺小、陌生和远离尘嚣的感觉，好像她能随时完全沉浸在自我消遣之中而不被人注意。她能成为自己想变成的那种人。

过了二十分钟，爱丽丝在一栋被乔木和灌木环绕的木板建筑外停了车，就在高耸的陨石坑壁之下。她关了引擎。听着它发出滴答声，冷却下来。她再次用T恤擦了擦脸颊。爱丽丝发现建筑侧面有一个水龙头，便在皮皮的项圈上系了牵引绳，下了卡车。皮皮的牵引绳在水龙头上打了个结，不是很紧，水龙头打开，水滴流下，皮皮摇着尾巴咕噜咕噜喝水。在爱丽丝身后，一扇纱门打开了。她转身看见萨拉笑着走了出来。

"爱丽丝·哈特。欢迎。"

"谢谢，"她松了口气。她突然想到，在国家公园里养狗是件麻烦事。"萨拉，我没告诉你，我有一条狗……"

"其他管理员也养狗。你的院子有栅栏。"萨拉点着头说。"进来吧。要做好多事情呢，签合同、试穿工作服等等，之后我再带你去你的房子那里看看。"

爱丽丝跟着萨拉进门时脚步变得轻快起来。也许有时候从头开始真的和丢弃一切一样容易。

爱丽丝开车跟随萨拉出了办公楼停车场，上了绕着陨石坑的环路，她的身边放着一堆绿色的管理员工作服。陨石坑的外壁十分巨大，让人误以为它是山脊的一侧，它看起来更像是一座座连绵不断的山峰而不是一个环形的岩石结构。它的体积，它的年龄，还有流星撞击土地时的巨大冲击力让爱丽丝为之一颤。那是多久以前的事情呢。皮皮坐在爱丽丝身边的座椅上打哈欠。

"快到了，皮皮。"爱丽丝喃喃自语道。她的脑子已经很疲劳了。天气过于炎热。她已经完全无法思考陨石、地貌或者任何东西了。

萨拉驶离环路，开上了一条更窄、没有标识的蜿蜒小道。爱丽丝的目光穿过了小道两旁的金合欢树，发现几栋房子和一个灰蒙蒙的椭圆形场地。她们开到了一个三岔口环岛，在第一个路口转弯，缓慢驶过一个有围栏的工作场，里面有一个很大的铝棚，几辆加油车，还有许多可锁的停车箱，里面的机器和车辆上都有着公园标志。爱丽丝驶过的时候看见里面有两个管理员。其中一个戴着墨镜和耷拉下来的帽子，趴在他的小卡车顶上和另一个交谈。尽管她无法看见他的双眼，可她知道自己开车经过的时候，他在看她，因为他的头跟着她的卡车在转动。

她们越过了一个沙丘，转了一个弯，来到了一排职工宿舍的边缘。她们停在一幢白砖堆砌而成的平房前，房子配有一个停车箱和一圈挂着锁的栅栏。爱丽丝感到有些好奇，不知这些安全设施和栅栏是干什么用的，也不知要把谁或者什么锁在外面。萨拉从她的小卡车上下来，示意爱丽丝把车停进那间空车库。

"你就只有这么点东西吗？"她拿着爱丽丝的背包和一箱笔记本问道。皮皮跳出来四处蹦跶。

"我新买的床上用品和厨房用品都在车里面。我离开布拉夫的时候去采购的。"

萨拉从别在工作腰带的钥匙圈上取了一把钥匙，打开了前门。皮皮先跑了进去。

房子有着刚刚消毒过的气味，光线很足。爱丽丝把行李放在餐桌上，被后边玻璃推拉门外的景致所吸引。后院里开满了野生金合欢、三齿稃和葵蜡花。

"柜台上有水壶和茶，冰箱里有可以长期储存的牛奶，"萨拉介绍道，"你要知道空调开关和电箱在哪里。"萨拉指了指前门边上的开关，按了一下。房间里出现了低沉的嗡嗡声，同时空气从天花板上的通风口里涌出。"这是一个水循环制冷系统，所以它是通过水来降温的，也就是说，室温不会低于二十五度左右，不过还是有效果的。"

爱丽丝点了点头。

"你的电箱在后面的水箱边上，如果出现短路情况，你到那边复位就可以了。你的电卡也在那里插着。里面已经有五块钱了，够你用几天。你可以在公园度假村商店充值。"

"公园度假村？"

"就是我们现在所在的地方，"萨拉略略笑着，"职工宿舍和社区。"她指了指周边的建筑。"沙丘的这一侧，"她指了指爱丽丝后院栅栏后面耸立的红色沙丘说，"是公园的工作人员住的区域。在沙丘的另一侧有一个小型综合商店，一个田径场，一座礼堂，以及访客居住区。二十公里外就是景区了，所有游客都会住在那里。你可以在那边找到超市、邮局、银行、加油站，还有几家酒吧和餐馆。"

爱丽丝又点了点头。

萨拉的脸上洋溢着热情。"一步步来，伙计。很快，你就会生发出第二种天性了。我安排了一位管理员，她下午会过来带你参观。"

"谢谢，"爱丽丝说。

"我就留你自己在这里收拾了。希望明天早上见到一个明媚的你。"

"谢谢，"爱丽丝再次道谢，"为这一切。"

萨拉的小卡车在远处逐渐消失不见，爱丽丝背靠着门，合上了双眼。房子里非常安静，这让她的太阳穴突突直跳。我在这里。她吸了一口气。又吐出来。她反复深呼吸。我在这里。

皮皮舔舐着她的脚踝。爱丽丝睁开了一只眼睛，瞄了一眼小狗。皮皮的脑袋歪向一侧。爱丽丝点点头。她看着自己的新家。

墙上立着一个很高的木制书架。书架边上有一张灰色大书桌，还有一张椅子。爱丽丝坐下来，双手摊开放在桌上，想着那些夹着花的笔记本。她看了一眼后院，从野生本土植物那里获得了安慰。这里会是她写作的地方，她就这么决定了。她的指尖汇聚了小时候坐在书桌边写作的记忆：微凉的、光滑细腻的木头，蜡笔的气味、铅笔屑、纸。妈妈花园里棉绒的绿蕨。爱丽丝摇了摇头，把注意力重新集中在眼前的书桌和前方的景色上。宝蓝色的天空下有红土、绿色灌木，和一道把后院和周围沙丘阻隔开来的带电栅栏。

桌子边上的拱门通往主卧室。爱丽丝离开了新书桌，去铺她的新床。

后来，她站在卧室的窗口。远处，陨石坑的红色岩壁在热浪中像燃烧的梦一般熠熠生辉。

## 20

花 语

先见之明

**蜂蜜银桦**
Grevillea eriostachya

澳大利亚内陆

Kaliny-kalinypa 是一种株型披散的灌木,
灰绿色的叶片呈长披针形。
花呈明亮的绿色、黄色或橘色。
通常生长于红壤沙丘上。
花中富含似蜂蜜的花蜜,可从花中吮吸而出,
是颇受阿南格族孩童喜爱的大自然的馈赠。

下午五点，屋外响起了汽车喇叭声。爱丽丝在厨房往窗外瞄了一眼，看见一个女人坐在一辆公园小卡车里。她给皮皮弄了点新鲜的水，揉了揉它的耳后，抓着家里钥匙赶去前门。在傍晚的光线下，她的鞋踢起了一团团红色尘土。

"爱丽丝！"这个女人摘下了墨镜，像个老朋友一样和爱丽丝打招呼。"我是露露。"她的眼睛有着桉树叶子的颜色：浅绿色和榛褐色。她的脖子上戴着一条细窄的皮圈，上面挂着星形的银色坠子。

"嗨，"爱丽丝上车时害羞地打了招呼。

"亲爱的，我们一起去看日落吧。"露露交谈自如，仿佛她们已经聊了一会儿天了。她踩下了油门，小卡车蹿上了有点坡度的土路，驶离了爱丽丝的家。粉色和灰色的凤头鹦鹉在她们头顶飞过。

"你是哪里人呢，爱丽丝？"

陨石坑耸立在她们面前，边缘镀上了金光。

"呃，先是住在东海岸，后来去了内陆，生活在一个农场里，到处流浪那种。"她吞吞吐吐地说。"你呢？"

"我是从南边过来的。来自南海岸，不是城市。"露露瞥了一眼，笑着回答。"所以，我们都是从海边来的女孩。"

爱丽丝点着头，没有说话。车子快速地驶过了一些沙丘和有着红沙与棕绿色灌木丛的隘谷。乘客座的后视镜已被红土覆盖。它火辣辣的颜色和到处附着的样子不知怎么地开始让爱丽丝镇定起来。她翻开了手心,看到细小的手纹里全都是红土。爱丽丝交叉双手,放在膝上。

露露把车开到了环路上。"萨拉建议我给你指一指谁住在哪儿,不过我觉得这没什么意义,毕竟你一个人都不认识。因此,我想我还是直接带你去最适合看日落的地方。"她凝视着几朵浮云下方的紫色光线说道,"应该是绝美的景色。"

远处出现了陨石坑的红壁。头顶是直升机桨叶的轰鸣声。闪光灯吸引了爱丽丝的目光。

"游客的班机,"露露说,"日落广场,亲爱的。"

爱丽丝看着在头顶盘旋的直升机。"日落广场。"她不解地跟着说了一遍。

停车场里停满了大巴、租来的小轿车、露营车和越野车。游客们叽叽喳喳的交谈声、照相机的咔嗒声、车子发动机的嗡嗡声,以及此起彼伏的轿车车门与露营车舱门的开关声极不和谐,愈发刺耳。露露把车停在了另一辆公园小卡车边上,打开了警示灯。

"欢迎你第一次欣赏 Kililpitjara 的落日。"露露下车时吹了个口哨。

爱丽丝开了车门,紧跟其后,不过突然停了下来。露露在和一个帽檐耷拉、戴着墨镜的管理员说话。

她的棉裙顿时显得有些单薄。她的双手交叉于胸前,她想穿露露身上男女皆宜的公园工作服和她脚上结实的工靴。尽管天气暖和,可爱丽丝还是打了个寒战。她试着看向别处,不去看他,不过露露让她没得选择。

"爱丽丝,这位是迪伦·里弗斯。迪伦,她是爱丽丝·哈特,我们的新同事。"

她硬是让自己抬头看他,看见他墨镜镜片里映出的自己很小。

"下午好,"他点头问好的同时举了一下帽子。"欢迎你来到仙境。"

她的体内泛起了一阵激动。她让自己保持冷静。"谢谢。"

"是第一次进入兔子洞吗?"迪伦指着人群问。

"是啊。我明天开始工作。"

"就让火光开始洗礼吧,"露露说。

爱丽丝挑了挑眉毛。

露露大笑。"别担心,亲爱的,你不会有事的。我们都经历过这些。这里就是这样的。"

迪伦正准备接话时,一群游客转移了他的注意力。

"抱歉,请你们从栅栏后面出来。"他把跳过矮栅栏、踩着植物和野花拍火山坑的一群人赶了回来。当他回到爱丽丝和露露身边时,他特意站在了爱丽丝身旁,让她能够闻到自己身上的古龙香水。

"有时候我在想,假如他们不拍这些照片,他们会不会甚至不记得自己来过这里?"他摇着头说道。

"每天都会发生这种事情吗?"爱丽丝问道。

迪伦点点头。"日出和日落的时候总是这样。两年前,此处开始被各种旅游书列为'一生必去的景点'。从那时起,来这里的游客数量就多了一倍。"他突然转向露露问道,"嘿,艾登告诉你昨晚的事了吗?"

露露像站岗似的站直了身体,摇了摇头。"我还没见过他,他值昨晚的日落班,我值今早的日出班。"她看了一眼爱丽丝说,"艾登是我的男友。"爱丽丝点了点头,她注意到露露声音里的些许紧张。

"哦,是这样的,"迪伦接着说,"昨天下午,鲁比巡逻快结束时走进陨石坑,发现一群 minga 离开了游览路线。他们在 Kututu Kaana 里面。她自然要求他们离开那些沙漠豌豆花,结果他们又搬出了那一套老掉牙的说辞:'我们和其他人一样,也有权接触这些花。我是澳大利亚人,这个地方是你的,也是我的,你不能把我们赶走。'全是些屁话。鲁比只能联系艾登,请求支援。"迪伦摇了摇头说,"今早我去上班的时候,鲁比在萨拉的办公室,她肯定是在汇报这件事情。我听见萨拉说她的手被捆起来了之类的,提到了意外事件报告和公园工作人员会议。"

"天哪,"露露低声咕噜道。"你今天见到鲁比了吗?"

他耸了耸肩。"我猜她应该去了 homelands。"

"我觉得也是。"露露点头赞同。

爱丽丝想听懂他们的对话。Minga? Homelands? 迪伦和露露看着爱丽丝,像是才想起来她也在这儿。

"抱歉,"他说,"你现在还听不懂这些。"

"不过很快就会明白了。"露露斩钉截铁地说。

"好吧,"爱丽丝笑了。"你们提到的地方是哪里?"她问道。

"Kututu Kaana。就是陨石坑中心的那一圈沙漠豌豆花。这个名字的意思是心脏花园。"露露解释道。

"心脏花园。"爱丽丝轻声说。

露露点了点头。"问题出在步行道上。这条道沿着陨石坑的边缘顺壁而上,通往一处游客观景平台,这是在此地被认为属于土著领地并交还后才建的。在平台上可以沿着步行道走进陨石坑,里面有一条已经存在数千年的小路通往沙漠豌豆花周围。在传统文化里,这是女人的典仪之路。阿格南族数年来一直要求公园不对游客开放这条小路。曾经有段时间双方已经在商谈这件事情了,不过自从游客数量激增以来,这件事就停摆了。"

"为什么呢?"爱丽丝问道。

"游客就是钱,懂吗?他们买门票进入公园,是想更靠近这些沙漠豌豆花。所以,进入陨石坑,通往 Kututu Kaana 的小道仍然开放。游客总归会摘一些花,作为纪念品带回家。只是,对于像鲁比这种祖祖辈辈一直生活在这里的女人来说,这是非常可怕的事情,因为每一朵花都是 Ngunytju 心脏的一部分。"

"Oong-joo?"爱丽丝重复了一遍。

"Ngunytju,"露露点头说,"意思是母亲。"

母亲的心脏。爱丽丝的胃开始翻腾。

"最主要的担忧是对沙漠豌豆花造成的威胁。如果游客不停止采摘花朵,就会导致大量的根系被破坏。要是沙漠豌豆花的根被毁坏,那么这些花,也就是这个地方的心脏,会和这里的故事和人民一起被摧毁。"

爱丽丝试图不让充满热泪的双眼被发现。她不明白为何自己会变得如此沮丧。

"你明天入职培训的时候可以亲眼去看看。"迪伦说。

爱丽丝点了点头,看着一群又一群游客到达。有些人从大巴上蜂拥而出,有些人则喝着塑料杯里的香槟、吃着三文鱼烤面包片。各个家庭拿出了野餐的食物,放好了露营椅子,以此满足他们要在前排观看陨石坑的壁面随着落日变幻色彩的想法。情侣夫妻们坐在越野车顶,仰望天空。空气中有一种紧张的能量。静下心来,爱丽丝有一股想要大喊的冲动。专心。

在他们周围,沙漠木麻黄树细长的针状叶子在淡橙色的光线里摇曳。黄色的蝴蝶扇着翅膀飞舞在金合欢丛上方。陨石坑的壁面随着太阳下沉缓缓变色,从浅赭色,到火红色,再到巧克力紫。太阳滑落至黑暗的地平线以下,如同余火未尽的木块,闪着光亮向天空照射最后一缕光。这种广阔让爱丽丝记起了很久很久以前,当她还是一个小女孩时眺望大海的感觉。

她看着天空的时候,冷汗从她的肌肤里渗出。她的视线开始模糊,手指开始卷曲。她把双手藏在手臂下面,闭上了双眼。求求你了。她的呼吸变得短促无力。呼吸,她告诉自己。可是她的心跳无法减速。

"你还好吗?"迪伦的声音听起来很远很远。他朝她走来的时候摘掉了墨镜。

接下来的这个瞬间成了爱丽丝会在脑海中慢速播放的一段记忆。镜头对着隐约闪现的金光移动,他身后的天空徐徐沸腾,而她肌肤边的空气干燥难耐,苍蝇像桑菲尔德的蜜蜂一般嗡嗡作响。金合欢树的沙沙声,脚下土地的呼呼声,仿佛她曾体验的一切感觉都只是为了这一刻与他的第一次对视而做的练习。这种感觉不是被施了法术,不像被卡车撞倒,不像触电,也不像小时候女人花们和她形容过的任何一种感觉。

对于爱丽丝来说,坠入爱河的感觉就如身体里起了火。这种感觉吞噬了她,不知为何,就好像她一直都认识他,已经寻找了他很久。

他在这里。

她在双膝瘫软、坠倒在地的那一刻凝视着他的目光。

一片光海在她的眼皮上泛起了涟漪。

爱丽丝,我就在这里,你能听见我说话吗?

她的眼睛聚焦出了露露的脸。

"萨莉?"爱丽丝问道。

"谁?"是他的声音。是迪伦。迪伦蹲在她身旁。

"爱丽丝蓝。"爱丽丝看着他的眼睛回答。

"她没事了,就是说些奇奇怪怪的话。她好着呢。"露露抱着爱丽丝的肩膀,帮她放松。

"慢慢来,亲爱的。"她把打开的水瓶递给了爱丽丝。停车场已经人走车空了。天空近乎漆黑。露露的小卡车照出一小片光亮,他们就坐在那里。

"你这可真是开了个好头,嗯?"迪伦问道。

窘迫感刺痛了她的脸颊。"抱歉,"她说。

他的脸上出现了微笑。"我想我们要时刻关注你了,爱丽丝·哈特。"

"你最后一次吃东西是什么时候?"露露皱着眉头问道。

爱丽丝记起自己早上在服务站吃了一个三明治。她摇了摇头。

"好吧。那就在我家吃晚饭吧。我们走吧。"露露扶爱丽丝站了起来。陨石坑的剪影在星空之下显现。爱丽丝环顾四周。这个地方没有人烟之后变得完全不同。她的目光和迪伦的对视了。

"你们两个回去没事吧?"迪伦的目光没有从爱丽丝的脸上移开。

"没问题。"露露肯定地说。她绕过小卡车去驾驶座那边。迪伦关上乘客座车门的时候碰到了爱丽丝的肘部。被他的手指触碰的那块肌肤立马燃烧起来。

"谢谢,"露露发动引擎时敷衍地说了句。

"照顾好她,"迪伦挥着手离开时喊道。照顾好她。一阵愉悦的感觉穿过了爱丽丝。她尽力让目光在昏暗的灯光下追随他。

在她们开回公园度假村的路上,爱丽丝一直仰望着繁星点点的天空。"谢谢,露露。"她悄悄地说。

露露伸了一只手过来,捏了一下她的手臂。"每个人刚到这里的时候都会觉得有点紧张。正如我说过的,火的洗礼,亲爱的。"

---

爱丽丝拿着露露给她的手电筒,从露露家出发回家。黑暗之中,露露站在屋后的栅栏前,看着手电筒的光线在连接两家的土路上越来越远。当爱丽丝挥舞着手电筒时,露露也打开了手里的手电筒,朝她挥了挥,直到爱丽丝关掉了电筒。露露穿过院子,进了屋。浴室里传来了哗哗的水流声,艾登在里面洗澡。她收拾了脏乱的餐盘,倒空了底部有湿软酸橙片的科罗娜啤酒酒瓶,想等他洗完澡之后再开始洗碗。

晚餐没剩下什么东西了。露露用祖母的食谱做了墨西哥玉米鱼卷，祖母当初从墨西哥瓦拉塔港逃离包办婚姻时曾带着这个食谱走遍了全球。香料的秘方就是新鲜的可可粉。一直都是。甚至只有一小撮也能成。爱丽丝像条饿狗般把三盘食物都吃得一干二净，还喝了不少啤酒，直到她脸上出现了昏昏欲睡的笑容，她表现出的那种满足感是露露每次烹饪时都想尽力达成的。这不过是祖母教她的其中一样本事。

露露的预知力也是祖母传授的。就像我一样，她会这样意味深长地说。她们家族的女人有着传承了几代人的先见之明，比如能预见即将到来的危险，能看见隐藏的创伤，能察觉还未怒放的爱。信任自己，露皮塔，她的祖母曾直勾勾地盯着她的眼睛这么说。这就是我们为你取名为"小狼"的原因。你的直觉犹如星辰，能一直指引你前进。

祖母过世那年，露露才十二岁。此后，露露过度悲伤的母亲停止了传统的生活方式。她把家里的玻璃盖匣和念珠都清理了。辣椒巧克力没了，糖骷髅没了。火没了，香料没了。民间故事没了。帝王蝶没了。预知力也没了。可是，露露还是能预先看见将要发生的事情。她的母亲带她去城里看了医生。过度活跃的想象力，医生笑着说，还给了露露一些软糖豆，告诉她母亲带她去验光师那里配镜。露露按照吩咐戴上了眼镜。那些东西都消失了吗？她的母亲问着话的时候眼里充满了绝望。露露扶着鼻梁上的新眼镜点了点头。她此后再也没有告诉任何人，她还能看见。她会整晚待在窗边，对着天上的祖母私语。

随着露露长大，她的预知力也增强了。听见某人的笑声，闻到雨水的味道，感知光线的洒落，看见一朵鲜花，露露的脑中闪现一扇窗帘被拉开的画面，这是另外一个人的生活片段。别害怕,她的祖母告知她。这是你的天赋,露皮塔。

数年过后,露露的预知力没有消失,只不过大多数画面都没什么意义,比如一个奇怪的女人沿着沙滩奔跑、一个不认识的男孩坐在一只漂向海洋的纸船里、一屋子的鲜花被大火吞没,可露露体验的这些别人的经历和她自己的记忆一样生动。

在爱丽丝到来的三周前,露露在后院里把花苗栽在盆子里,可当窗帘被拉开、一群帝王蝶从她身边蜂拥而过时,它们的翅膀仿佛在她体内剧烈拍打,使她失去了平衡。那天下午,露露在爱丽丝家门口停车后上前仔细查看了爱丽丝卡车两边的帝王蝶贴纸,这时她听见了祖母的声音。Guerrero del fuego[1]。烈焰战士。露露从来都没能将预见的画面和一个现实生活中认识的人联系在一起,直到她遇见了爱丽丝·哈特。

"露?"艾登走到门厅,用毛巾擦着湿发。

"怎么了?"她转身看着他。

"我问爱丽丝安全到家了吗?"

露露点了点头。虽然露露常和艾登提起祖母,不过她从来没把自己的预见力告诉他,或者其他任何人。她曾经有几次试图坦白,不过总是没能找到令人信服的说辞,所以最后她就彻底保密了。因此,艾登以为露露的家族遗传头晕目眩这个毛病,就经常问她是不是需要足够的休息或多吃点东西让血糖升高。

他把毛巾挂在餐厅一把椅子的椅背上,走向橱柜。

"爱丽丝看起来很不错,"他说,"不过,听起来迪伦给她留下了一个不凡的印象。"他拿了一个红酒杯和他们昨晚打开的那

---

[1] 西班牙语。

瓶红酒。

"是啊,"露露表示赞同。她想到爱丽丝看迪伦的样子,担心在她全身蔓延开来。

"她知道他已经有女友了吗?"艾登倒了一杯红酒问道。

露露在洗碗,她往水槽里倒了很多洗洁精。"我不确定。"

"也许你应该提一提?"艾登问。

"这不是我该管的,亲爱的。"露露关上了水龙头,还是背对着他。

"我觉得这就是你该管的事情,亲爱的。"他回复道。露露的双手浸在满是肥皂泡的热水中,把一个餐盘洗干净了。要是过去的错误也能如此轻易地被洗去就好了。

"不过她看起来有点伤心。"他温柔地把露露推走,接着洗碗。他指了指那杯红酒。露露擦干手,抿了一口。

他们的对话暂停了。露露拿着红酒杯走到了后门,把手放在了门闩上。

"代我向你祖母问好。"艾登喊了一句。她冲他莞尔一笑。

屋外很温暖,有银色的夜光,有漫天星辰,有残月的柔光。远处的狗都在吼叫。露露坐在院子后面的沙丘上,小口喝着红酒。她捧起一把沙子,又让它们从指缝里流走。她的目光穿过沙漠木麻黄的廓影,落在了爱丽丝家亮着灯的窗户上。火焰在她的脑海里扑腾,以及有着火焰颜色的蝴蝶。

过了一会儿,她缓缓地朝着另一个方向转身,直到她正对着迪伦的家。幽暗的房子在黑夜中无声无息地立着。阴暗处的动静吸引了她的目光。露露观察着,颤抖的手往嘴里送了一口红酒。他身上一直散发的古龙香涌入了她的感官。

## 21

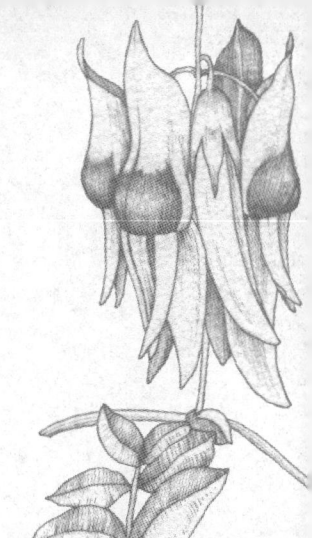

## 斯特尔特沙漠豌豆花
Swainsona formosa

澳大利亚内陆

**花 语**

鼓起勇气，
振作起来

Malukuru 因其与众不同的叶状血红色花冠而闻名遐迩。
具有黑色的球状中心，恰似袋鼠的眼眸。
由此形成一个令人瞠目的自然现象：炽热的红海。
种子经鸟媒传播在干旱地带生根发芽，
但它对根系干扰的高度敏感使其繁衍受阻。

在日出前的光线里，爱丽丝和皮皮绕着灌木丛走向后门。皮皮摇着尾巴，鼻子贴在地上，追着香味。她们上坡越过沙丘，又从另一边下来走到了火道上，是艾登告诉她公园度假村周边的小路都被称为火道的。它们是隔断，他这么说，用来防止火焰越界，要是有林火的话。爱丽丝当时点着头，想让自己看起来很有兴致，不过其实她的内心毫无波澜。她大口喝着酒，想把关于烟和火的记忆冲走。

在露露做饭的时候，爱丽丝和艾登交谈，她被他们的相互陪伴和家惊到了：露露沙哑的笑声、嘶嘶作响的墨西哥玉米饼、一堆色彩鲜艳的种着芦荟和青椒的花盆、满架子的书籍、几张装裱好的打印出来的弗里达·卡罗[1]的自画像。爱丽丝被一种归属感所吞噬，尽管她不确定究竟是什么给她带来这种感觉。回到她自己空荡荡、充满漂白剂味道的家里让她非常清醒。于是她上了床，渴望彩色的墙面、鲜艳的花盆和能摆满目前空置的书架的书。

爱丽丝和皮皮穿过一片沙漠木麻黄树抵达环路，然后过马路，溜进了灌木丛，沿着通往陨石坑壁面的蜿蜒小道走，她们的身影消失在顶部。

---

[1] 墨西哥著名女画家，曾创作数十幅自画像。

"来吧,皮皮。"

天空开始变亮。她的靴子在沙砾上踩出了嘎吱嘎吱的声音。

当爱丽丝和皮皮抵达观景平台时,爱丽丝T恤的颈部已经渗了一圈汗水了。皮皮瘫在她身边,喘着粗气。黑色的苍蝇在爱丽丝的脸旁嗡嗡地飞。她一边环顾着四周,一边驱赶着这些苍蝇。平台两边赭色的壁面都有些剥落了,被猛烈撞击的土地上现出一圈波浪状岩石。陨石坑的中心有一个完美的圈,那是一片盛开的沙漠豌豆花的野生花园,是一个母亲的心脏,是一片泛着涟漪的红色海洋。陨石坑的底部竟还铺着一层灰绿色的草地。心脏花园比爱丽丝所设想的还要令人惊愕,它符合每一个她读过的、听过的、想象过的沙漠绿洲的样子。

鼓起勇气,振作起来。

有一股想念妈妈、想念奶奶、想念她离开的那些女人们的力量毫无征兆、毫不仁慈地撕扯着她。她在痛楚中喘着气,狠狠地咬着嘴唇,直到尝到了血的味道。

爱丽丝回到家后冲了个澡,为这份新工作的第一天做好准备。她认真穿好了绿色的管理员工作服,在镜子前观察着衬衫袖口的圆形徽章。她的指尖抚过土著旗正中的沙漠豌豆花。这和她在桑菲尔德穿的围裙截然不同,这种穿上凭借自己的本事赢得的工作服的自豪感是她此前从未体验过的。

爱丽丝系上了硬邦邦的新靴子的鞋带,拿起背包和帽子。"别去招惹蛇,知道了吗?"爱丽丝亲了一下皮皮的鼻子,把它锁在了车库的笼子里，然后上了卡车。她驾车穿越公园度假村的时候对天色发出了赞叹。天空是天青石色的，晨曦是淡柠檬色的。

爱丽丝把车停在办公楼时，她的心开始怦怦乱跳。她保持匀速呼吸，试图让心率降下来。

"Wiru mulapa mutuka pinta-pinta，"她的车窗外传来一个温柔的声音。

"什么？"爱丽丝挡住了眼前的强光。一个女人站在她的卡车边上，她身上穿着和爱丽丝一样的衬衫。她的头发被一条黑、红、黄三色的头巾包裹起来，头上戴着一顶全檐亚古巴帽。她的脖子上挂着一串富有光泽的血红色种子。她的裤子是白底的，上面印着绿色、黄色和蓝色的水彩鹦鹉。这随意的搭配看起来令人愉悦，爱丽丝忍不住笑了。

"我是鲁比。"这个女人伸出了一只手。爱丽丝下车与鲁比握手。"刚才我说的是，我喜欢你的蝴蝶卡车。"

"噢。"爱丽丝紧张地笑了，她瞄了一眼车门上的蝴蝶贴纸，想着它们遮盖着的秘密。"谢谢，"她说。

"我是这里的高级管理员，今天早上由我来为你培训。今天下午你就能和其他管理员一起实地工作了。"鲁比向一辆公园小卡车走去。"你可以开这辆。"她把一串钥匙抛给了爱丽丝。

"噢，好的。"爱丽丝赶忙上前接住。她上了小卡车，俯身打开了客座门。

鲁比也上了车。"往环路开吧。"

"好的。"

鲁比的举止让爱丽丝忍不住想起了特威格。她试着聊点什么，可她的舌头上都是红土，也想不出词来。

"我是名资深法务,"过了一会儿,鲁比说,"我为你这样的新管理员做培训,告诉你们能在这里公开讲述的故事。我也写诗,做艺术。我担任中部沙漠女性委员会主席,在这里和达尔文两地生活。我的家庭——"

"那肯定存在鲜明的对比,"爱丽丝突然打断,她想找个机会参与对话,"往返于这里和城里。"她试着停顿,想吸一口气。"嗯,你是个诗人?我喜欢书。我喜欢阅读。我一直很喜欢写故事。不过,自青少年时期以来,我还没怎么写过。"令她恐惧的是,紧张让爱丽丝侃侃而谈,这很反常,可她就是停不下来。

鲁比礼貌地点了下头后就再也没有开口说话了。她背对着爱丽丝。爱丽丝咬了咬下唇。她本不该打断的。她该道歉吗?她该试着换个话题吗?鲁比在等她提关于 Kililpitjara 的问题吗?她该问些什么呢?有什么是她不能问的吗?

爱丽丝试图专注于开车,不能突然换挡,或者开得太快。她们快到主游客停车场时,无线电开始噼啪作响。

"国家公园,十九号,十九号,这是七号,七号,完毕。"

迪伦的声音击穿了爱丽丝的血液,深入她的骨头。爱丽丝紧紧握住方向盘。鲁比非常随意地前倾关掉了无线电。

"停在这里吧。"鲁比指了指停车场说。爱丽丝满脑子都是自我怀疑。自己表现得那么明显吗?鲁比是不是认为她对迪伦更感兴趣,而不是在第一个工作日好好表现?那不是真实情况吗?请停下来吧,她乞求自己。

鲁比开门下了车,爱丽丝跟着下来。她在小道的入口停下脚步,看起了几块信息牌上的内容。鲁比来到她身边。

"所以游客们知道位于陨石坑中心的心脏花园是个圣地,你要求他们不要采摘鲜花是为了确保这个圣地受到保护？"爱丽丝问道。

鲁比点了点头。"所有的旅行指南、手册和游客须知里都有写这条。我们邀请游客过来了解这里的故事，但是，请不要采摘我们的鲜花。"

爱丽丝想起了昨晚听到的对话。"不过他们还是这么做？"

"是啊！他们还在这么做。"鲁比边说边背着手漫步。

她们就这么走着，没有交流。她们沿着这条红色的土道在陨石坑的外壁行走，路过几片低矮的三齿稃、喜沙木和水牛草，又穿过几株高大的金合欢树和纤细的沙漠木麻黄树。她们走了一阵子，来到了一块巨大的红色岩石边，它就像一扇开着的门挡在一个小洞穴的入口处。鲁比绕过岩石，进了洞穴。爱丽丝跟在后面，因高温气喘吁吁。

"你带了 kapi 吗？"鲁比在昏暗的光线下挑起一根眉毛看着她。

爱丽丝的回应是茫然地盯着她看，眼睛还在适应黑暗。

"Kapi。水。"

爱丽丝的脸色一沉，她才想起来自己把装着水的背包和帽子落在办公楼的卡车里了。她摇头的时候暗暗骂了自己。

"今后你在这里无论走到哪儿都得带着水。"鲁比摇着头，转过身去仰看洞穴顶。爱丽丝为自己的愚蠢揉了揉眼睛。有哪种白痴会在进沙漠的时候不带水？

过了一会儿，等到她脑子里的声音都安静下来，爱丽丝才察觉鲁比在小声说话。她们头顶上方全是赭色、白色和红色的岩石绘画。几千年前的女人们在这里画了很多符号，爱丽丝听着鲁比解释它们的含义，得知这些绘画讲述了有关沙漠豌豆花、母亲、孩子和星星的故事。

爱丽丝往前走了几步，更近距离地欣赏这些画作。

"通往 Kililpitjara 的小道是 Kuṯuṯu Kaana 周围的典仪之路，在那里，maḻukuṟu 在星星母亲的心脏上开放。"鲁比的声音仍旧很轻。"所以我们要求人们不要采摘任何一朵鲜花。每一朵都是她的一部分。"

她们两个都没有说话。鲁比点了下头，示意参观结束，然后转身离开。爱丽丝却还逗留在内，她被这岩石艺术迷住了，万分感激能在阿格尼斯布拉夫小镇碰见萨拉。

爱丽丝赶上鲁比后，心里泛起了嘀咕。这个地方的故事一直是鲁比家族文化的核心，而且没人知道这样已经多久了。那么对于鲁比来说，为了保护这个地方和它的故事而世代努力是什么感觉？她从哪里寻找这种不断奋斗的力量？谁会漠视她的家族流传的关于这个地方的故事，自行采摘沙漠豌豆花，还否认自己在撕扯星星母亲的心脏呢？他们周围几乎全是提示牌。没有人能以无知为由为自己辩解。

鲁比走在前头，爱丽丝跟在后头。爱丽丝不太确定自己该不该问，就把这些问题咽进了肚子。

游步道和环路在一个叫 Kuṯuṯu Puḻi 的地方相交，那里设有一张带顶棚的长椅和一个水箱，可以近距离看到陨石坑的壁面戏剧般地从地面凸起，倾泻而下的红色岩块与巨石上覆盖着银色和薄荷色的地衣。爱丽丝愣了一阵。但她想起附近还有个水箱，便跑过去喝了个饱。

"这个地方让人口渴，"鲁比点着头说，"Ngunytju 的心脏在撞击地面的时候着了火，燃烧起来。这些岩石就是她燃烧的心脏碎片。地衣就是余火的烟腾起的地方，在陨石坑壁留下了斑斑痕迹。"

爱丽丝无法看向鲁比，她害怕自己眼里的泪水被发现，就此永远被认为是脆弱无助的人。

"你也住在公园度假村吗？"爱丽丝抛出了她首先想到的问题。为什么她不问更多关于陨石坑的故事呢？这才是她来这边为工作学习的内容啊！她又暗自咒骂了自己。

"是啊，"鲁比点着头回答，"我只有在培训的时候才住在这里。我来教你们文化方面的东西。我刚才说过，我们家不住在这里。这里是个令人难过的地方。不适合生活。"鲁比拍了拍手上的尘土。"你要继续走吗？"

"好的，"爱丽丝回答，她非常想问既然这里不是一个适合生活的地方，为什么他们都要住在这里。

她们接下来沉默不语地走完了剩下的路。一个人数众多的旅游团迎面走来，从她们身边经过，向主停车场行进。爱丽丝带着怀疑的眼光扫了他们一眼，心想，他们中有人摘了沙漠豌豆花吗？在为阳光歌唱的燕子从她们头顶俯冲下来，穿过桉树的树冠落下。小道终于不再有树荫遮蔽，开始向陨石坑壁上方蜿蜒而去，就是爱丽丝早上和皮皮找到的这条路。她抬手挡住了刺眼的阳光。上午还未过半，但在阳光直射下，体感温度肯定接近四十度了。

到达观景平台后，鲁比坐下来调整呼吸。爱丽丝也一样，同时欣赏着沙漠豌豆花的花心。

"Kungka[1]，我会告诉你这个地方的整个故事。"鲁比开始说话了。

"噢，好的，"爱丽丝插话道，"我读过了。是在网上看的。关于母亲的心脏坠落在这里，是在她的宝宝摔落至地球之后的事情，她的宝宝就是这附近另一个撞击出来的陨石坑。"爱丽丝克制不住自己要往下说。

这一回，鲁比根本就没看她一眼。她闭上嘴，起身离开了平台，沿着小道进了陨石坑。

爱丽丝绝望地看着她离开，对于自己的愚蠢无话可说。快他妈闭嘴！她冲自己吼了一句。她从来没想过要给人留下这样的深刻印象，可她今天出于紧张的唠叨给鲁比留下了这种印象，把一切都给毁了。

爱丽丝双手抱头。她此前从来没去过招聘面试，没接受过入职培训，也没经历过这样的训练。她从来都没有脱离过琼对她的保护。这是她人生第一次真正独自做出些成绩的机会。可她完全搞砸了。

鼓起勇气。振作起来。

她坐下来，整了整工作服，坚定地对自己点了点头，然后追上鲁比进入心脏花园。

陨石坑里十分闷热。热浪不断从地面升起。一群群绿鸟从头

---

[1] 姑娘。

顶飞过。

"那些 tjulpu，"鲁比朝鸟儿们挥着手笑着说，"无耻的混蛋。"

她们靠近鲜花的时候，鲁比对它们做着手势，准备说话。爱丽丝这次保持了沉默。

"Minga 为了这个故事而来，但当他们来到这里时，他们又闭上了耳朵。他们想知道这个故事，却又不去听。他们只会在要带一块东西走的时候听见这个故事。"鲁比的声音听起来很难过，却很有力。"因此，游客太多，不走游客步道，这对植物的根来说是个威胁。这些 malukuru，它们都很顽强。它们已经在这里繁衍数千年了。不过要是有人走下来，踩到了它们的根，它们就会变得脆弱，整个种群都会有死亡的风险。是真的。我们要求他们别这么做，可有人还是要走进去。走到圈里面。去采摘花朵。带一片母亲的心脏走。他们这样会让根变得脆弱。要是那些根变得脆弱了，我们也会不适。"

爱丽丝愣了一下，过了一会儿才说。"根腐病，"她说，"斯特尔特沙漠豌豆花很容易得根腐病。如果它们的根系被破坏，会比在干旱时更容易死亡。"

鲁比脸上的表情混着一丝惊讶和一些赞赏。"哈，"她打趣地轻推了爱丽丝一下，"你对我们的心脏之花有点 ninti pulka，kungka？"她笑着说，"你懂得挺多，嗯？"

爱丽丝舒了口气，让耸至耳根的肩膀耷拉下来。

"你说的都对，kungka。"鲁比用靴子头踢了块石头，咯咯笑着。"你只需要少说点，多听点。把你脑袋里的那些像 tjulpu 厚脸皮的想法都放一放，"她说着指了指裤子上的鹦鹉说，"这样你才能理解这个地方的故事。"

爱丽丝点了点头，不敢看她的眼睛。

鲁比拉了一下爱丽丝的袖子。"听着，当你在这里，手臂上戴着我们的旗帜时，"她指着爱丽丝衬衫上的徽章说，"你就得担起职责，告诉来自世界各地的 minga，这个地方真实的故事是怎样的。"一阵热风刮过她们身边，拂过那圈沙漠豌豆花，吹得它们沙沙作响。"这里是个令人难过的地方。一个有爱、有悲伤、有安心、有宁静的圣地。这里保留着数千年来女人们关于典仪的故事。我的祖先们抚养孩子，照看这片土地，这片土地也反过来关照他们。Malukuru 让他们的故事得以生生不息地流传。我们需要共同努力来保护它们。现在这也是你的工作了，"鲁比指着爱丽丝说，"Palya, Kungka Pinta-Pinta？"

爱丽丝不解地望着她。

"好吗，蝴蝶姑娘？"鲁比笑着翻译了一遍。

你认为自己长大后会做什么呢，兔兔？爱丽丝的妈妈在花园里，手里捧着一罐肥料，在给不同的蕨类施肥。她的脸被园艺帽挡住了，看不太清。爱丽丝没有多想就笑着回答，做一只蝴蝶，或者一个作家。只要能让她一直靠近妈妈的花园，或是一直徜徉在书海中。

"Palya, Kungka Pinta-Pinta？"鲁比又问了一遍。

"Palya。"爱丽丝回答。

鲁比满意地点点头，转身背着手，沿着鲜花旁边的小道走出了陨石坑。爱丽丝依依不舍地最后看了一眼沙漠豌豆花，随后转身离开。

午餐时间，在游客中心咖啡店享用了三明治和果汁后，鲁比把爱丽丝拉到了一边。她脸上的表情有些奇怪。"你下午离开这里之前，我想给你看点东西。"

爱丽丝跟在鲁比身后，走上台阶，来到位于游客中心屋顶的一个类似于阁楼的储藏室。房间里面拥挤闷热，到处是放着大塑料箱子的架子。鲁比走到一个架子旁，搬下一个箱子。她打开了盖子，示意爱丽丝往里瞧瞧。里面塞满了信件，有的是打印的，有的是手写的。每一封信里面都有一朵压过的沙漠豌豆干花。

"道歉花。"鲁比说，"这些信都来自把它们作为纪念品采摘、带回家的人们，无论他们来自哪里，他们都开始相信生活中的厄运是一种诅咒，因为他们漠视我们的文化。"她指了指身后的架子，上面放的都是类似的箱子。

爱丽丝前倾着身体，打开了箱子。

"去吧，"鲁比说。

爱丽丝翻着这些箱子，人们采摘并归还的干花数量之大令她震惊。信封上的邮戳是来自世界各地的，里面的信都在乞求原谅，乞求解除"诅咒"。一封手写信吸引了她的注意力。爱丽丝打开信的时候，一朵干瘪的沙漠豌豆花落在了她的掌心。她大声地读了出来。

"'我们一离开 Kililpitjara，我的丈夫就病了。我们回到意大利的家后，发现他得了癌症。几天后，我们的儿子遭遇了公交事故。后来，我们的房子被水淹了。我们在旅游时没有尊重你们这个美丽的国度，请接受我们最诚挚的道歉。请不要让我们继续经历悲剧了。我们在陨石坑里采摘鲜花，带走了不属于我们的东西，我们对此懊悔不已。'"爱丽丝踩着高跟鞋,身体后倾,有些惊讶。"所有信都是一样的内容吗?要求宽恕,解除'诅咒'?"

鲁比点了点头。"关于这个'诅咒'的故事从 minga 们来到这里开始就传遍世界了。"

"不过,这……不是真的?"爱丽丝一字一字地问。

"不是!"鲁比哼了一声。"这不是真的。这不过是愧疚本身对怀有愧疚的人们的恶作剧。"

爱丽丝的思绪飘回了琼在她离开桑菲尔德那晚说的含糊不清的自白。"如果我们做错事了,我们就不能隐瞒,"爱丽丝说,"就算我们想把它埋藏在心底最深处。"爱丽丝察觉到鲁比正仔细地观察着她,就把信放回了箱子里,拍了拍手。"你有写过回信吗?告诉他们'诅咒'只是人们编出来的东西,和你们的文化毫无关系?"

"哈!"鲁比冷冰冰地说,"我有更多有意义的事情要做,才不会围着 minga 们工作,教他们要睁开眼睛、竖起耳朵来学习就摆在他们眼前的东西。"

爱丽丝点了点头,心里记下了鲁比的话。"我实在想不到会有这么多。"爱丽丝又扫视了一遍信封。

"这就是为何我们如此担心 malukuru 陷于濒危。更糟糕的是,办公楼的屋顶里还有更多故事。我们已经在开会商量该如何解决。有几个大学来的人有兴趣给这些故事分类。不过,他们必须动作快一点。我们已经快没有储藏空间了。"

小时候和妈妈的一次对话浮现在她的脑海里。火就像咒语一样,能把一样东西变成另一样东西。

"也许你可以烧了它们。"爱丽丝脱口而出。

鲁比非常欣赏地看着她的脸。"也许。"她说。

爱丽丝晚上到家的时候已经快睁不开眼睛了。她跌跌撞撞地进了前门,开了空调,冲凉的时候站着看水变成红色。

她在午餐后和露露一起工作。鲁比向你展示'道歉花'了？爱丽丝先向她描述了自己的上午是如何度过的,随后她们一起出门工作时,露露这么问道。爱丽丝点点头。天哪,你一定是做了正确的事情,亲爱的。鲁比不会给她认为不好的人看那些花的。

爱丽丝站在淋浴头下,脑中不断回响露露的话,开心得红了脸。她做了正确的事情。

后来,爱丽丝和皮皮分了一个从咖啡店带回来的蔬菜汉堡,在日落前躺在了床上。温暖的空气里弥漫着浓郁的土地被炙烤的味道,还有她完成第一个工作日的香甜。

她的梦里都是琼的幻影。每次奶奶开口要和爱丽丝说话时,就会涌出许多褐变、凋零的干花。

落日时分,鲁比站在她的庭院里为盆栽植物浇水,看着喷出的水花里现出彩虹。潮湿的红土里夹着浓重的金属味,这让她立马想到她的妈妈和阿姨们,像一首歌。天空就像一块调色板,汇聚了黏土的粉色、石头的褐色和灰色。鲁比的三条狗沿着后院的栅栏追逐打闹,快乐地耷拉着耳朵。它们总在一天里光线最柔和的时段变得傻里傻气的。

她放下水管就拿起斧子走进花园，砍下了一些 wanari[1] 枝条。这种枝条最适合用来生火了，因为它烧得最旺。她把柴火堆在凹地上，手指被割了个伤口，便把手指含在嘴里吸血。她把沙漠木麻黄的干针状叶、细枝条和枯枝扫在一起，填满了 wanari 枝条间的空隙。往里丢了几根火柴之后，她的火就燃起来了。

鲁比拿着纸笔坐在一根木头上，肩膀放松下来。她坐稳后闭上了双眼。她失去的家庭记忆压在她身上。她年幼时就和母亲分离了，她生命中一直存在的缺憾就是家庭。这是一种目所能及的缺失，鲁比能看见的都是不在她身边的人和事。

天色渐暗，晚餐的食材在火上的长柄平底锅里煮着，她打开了笔帽，翻开了笔记本。

她盯着火光。她在等待。

星辰在旋转，狗儿在打着瞌睡，沙漠温暖的清风在吹拂。她在等待。

一首在寻找她的新诗自星空而来，就像大多数她创作的诗那样出现。它飞过母亲的国度，坠落在沙丘上，夹着土、烟、爱和悲伤而来。

> 总有种子将我们串在一起
> 它们带来的风让我们分离
> 这风是来自我的出生之地
> 还是来自我的母亲或父亲

---

[1] 金合欢。

这风可会带走我的出生之地

还是停留在远处要是我离去

这风可会屏息静止

如果我远离家人心碎死去

鲁比放下笔，搓了搓在抖动的双手。每当她的祖先送她诗的时候，她的手总在颤抖。过了一会儿，她又拿起笔来，在页面最上方写下了种子。

她给 malu 牛排加了酱料，翻了面，在炸土豆上撒了更多蒜味黄油。她靠后坐着，欣赏跳动的火光。一缕缕烟气腾空而起。

鲁比端上晚餐时，思绪回到了向爱丽丝展示一排排道歉花的场景。鲁比见到的来过 Kililpitjara 的人比她在笔记本上写过的诗还要多。她能辨认哪些人是迷失自我、漫无目的的，哪些人是真诚的、求索的，这事对她来说就和帮小狗揪出身上的蜱虫一样轻松。在第一次注意到萨拉带着颤抖、面色苍白的爱丽丝搬进来的时候，鲁比没有多想。不过在与她共度一个上午之后，鲁比改变了对她的看法。她看见爱丽丝·哈特身上有一种勇气，这是一种幸存者们会互相辨识出来的勇气。鲁比不知道爱丽丝在寻找什么，但它已经在她体内熊熊燃烧，因为她的眼睛里出现了火光。

## 22

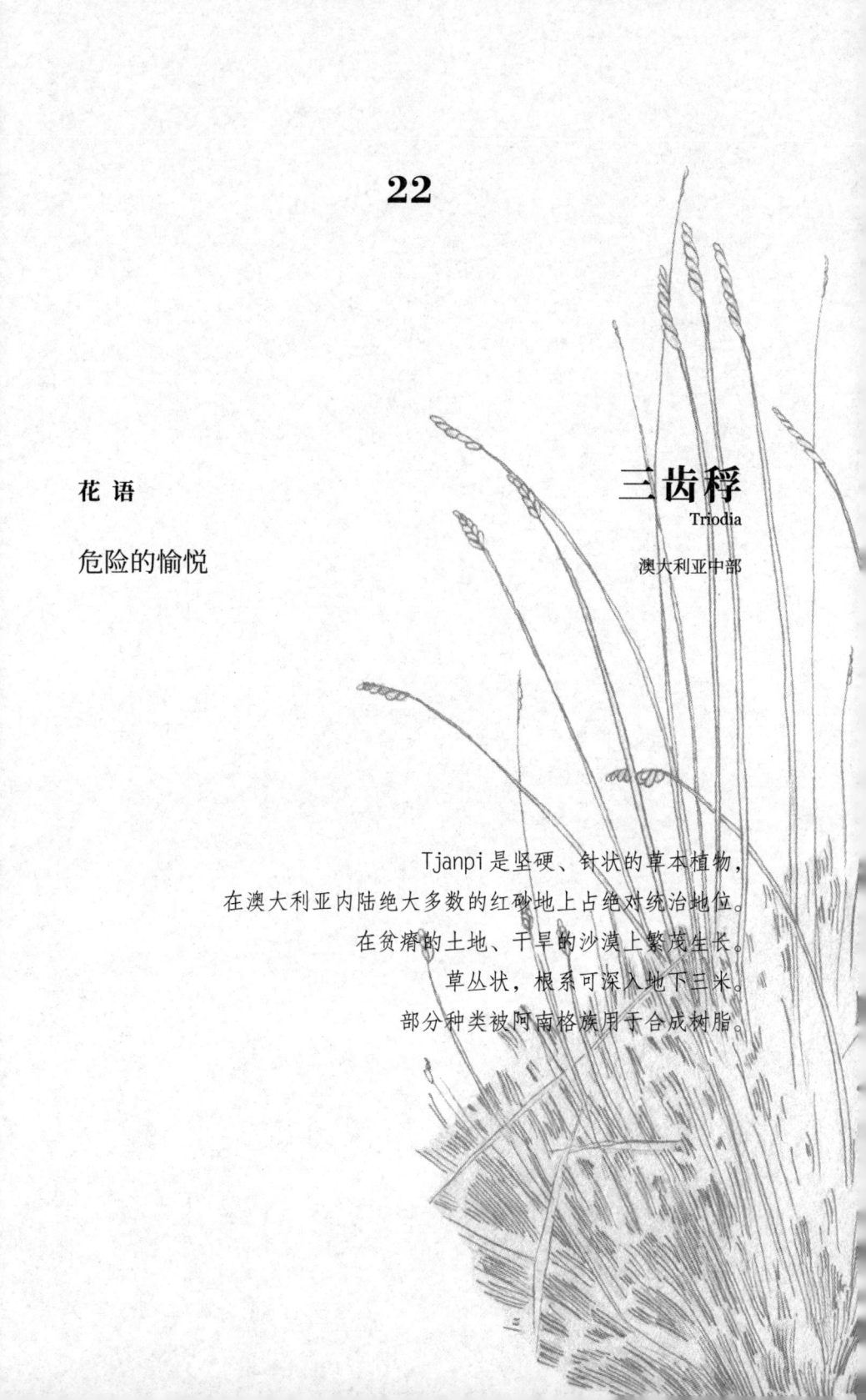

花 语

危险的愉悦

# 三齿稃
Triodia

澳大利亚中部

Tjanpi 是坚硬、针状的草本植物，
在澳大利亚内陆绝大多数的红砂地上占绝对统治地位。
在贫瘠的土地、干旱的沙漠上繁茂生长。
草丛状，根系可深入地下三米。
部分种类被阿南格族用于合成树脂。

爱丽丝全身心地投入到 Kililpitjara 的工作中。她还在接受鲁比的培训，学习这片土地的故事，和露露也变得形影不离了，因为她们一起上十天班，然后休息四天。爱丽丝全神贯注地听这两个女人说话，从她们身上学习。日复一日，她用自己的大嗓门带领游客进入陨石坑，向他们讲述这里的故事，要求他们帮助保护心脏花园。每当她看见游客理解的眼神时，她会觉得一阵兴奋。几周过去了，她可以确定，在她引导下的游客里没有人摘过沙漠豌豆花。

随着天气逐渐变冷，爱丽丝和露露下班之后会沿着那些火道散步，或者到对方的院子里懒洋洋地靠在一起喝浓咖啡，吃露露自己做的辣椒味巧克力。在宝蓝色的天空下，露露会和爱丽丝讲述祖母的故事。祖母的每一根手指上都有一只青绿色戒指，她的头发非常浓密，梳头的过程中，梳子会绷断。那么你呢，爱丽丝？能和我说说你的家庭吗？爱丽丝不敢告诉她真相。她随心所欲地编造着故事，提到她的爸爸和妈妈，提到她的七兄弟，提到他们从小玩到大的游戏，提到他们一起经历的冒险，提到他们在海边的快乐之家。这些故事被她轻松自如地说出来，听起来不像是谎言。它们对于爱丽丝来说不能更真实了，因为爱丽丝在成长过程中读过的书里有它们的世界。

夜深独自一人时，爱丽丝会把时间花在夹满花的笔记本上。

这些笔记本里由她压制、描绘的花朵成了她的慰藉，还有她的故事：儿时的记忆，孤独和困惑，失去母亲的生活，还有如怨恨、悲痛、恐惧和愧疚这些负面情绪。还有她未实现的梦想，她的忏悔，和被爱吞噬的渴望。

几个月过后，爱丽丝不再觉得工作那么困难了。她知道公园里每个工作人员的名字，能够记住重要信息，比如哪几天大货车会来配送食物、在卡车没油前她还能在公园度假村和旅游度假区之间往返几趟。Kililpitjara 成为一个能带给爱丽丝安全感的地方。这里没有任何过去。没人知道她在甘蔗园和花田间的生活。在沙漠之中，她可以只做自己。她的工作让她肌肉酸痛、指节起泡，她总是觉得筋疲力尽，因而也不再梦见火了。她被沙漠深深吸引了：它的色彩，它的广袤，它那神奇、难以置信的美。在爱丽丝不需要值日出班的上午，她会带着皮皮登上观景平台。每次她一看见那些沙漠豌豆花，泪水就会喷涌而出，因为她靠着这些花冷静下来，让自己保持完整。虽然爱丽丝教了皮皮一些原来哈里使用的援助指令，但她没有理由使用这些指令，她没再晕倒过了。她的心跳仅有一次加快过，那回她离迪伦·里弗斯很近。

某天下午，爱丽丝和露露长达十天的工作即将结束，她们在工作场清洗小卡车。她们放音乐，设想着该如何一起度过接下来的四天假期。此时，迪伦驾车进了安检大门。爱丽丝把戴着的墨镜往下挪了挪。

"Kungkas，"他把车开到她们身边时摇下了车窗，打了个招呼，"过得怎么样？"

爱丽丝点点头，露出一个浅浅的微笑。她说不出话。露露瞄了一眼她，又看向迪伦。"我们是第十天了，一切都好。"她冷淡地对他说。

"真羡慕,"他说,"我才过了一半。"他目不转睛地盯着爱丽丝看。他的明目张胆让爱丽丝感到有些不舒服,她觉得他的眼神能穿透她的内心,看到里面有这些:盐、本土花卉、故事,还有对他的无可救药的渴望。当她从露露那儿得知他有个主要在镇外做导游的女朋友朱莉时,她因嫉妒而难受。

"有什么假期的安排吗?"他问道。

爱丽丝能闻到他肌肤上清甜的古龙香水,想起了舒展开来的绿叶。她想跑到他的小卡车上,和他一起开几天几夜的车到西海岸,告别红土,拥抱白沙,在青绿色的海边从头来过。她很擅长重新开始。

"我们不是约好了吗,爱丽丝?"露露突然抛出的问题把她从白日梦里拉出来。爱丽丝不知道她在说什么,只好茫然地笑着点头。

"很棒。好吧,我要走了。祝你们假期愉快。"迪伦驶离的时候举起手来慢慢挥了几下。他手指上戴着几枚银戒,手腕上缠着几条皮绳。

"别那么做,"露露用低沉且严肃的声音说道,"那会搞砸的。那里除了痛苦之外什么都没有。别那么做。"

爱丽丝撇开了脸。她用眼角的余光目送迪伦的身影离开工作场。他的小卡车尾灯穿透了渐暗的光线。

"他是个很好的伙伴,亲爱的,"露露提醒道,"不过要是有进一步的关系?你可不比童话里在黑森林漫步的小女孩安全。"

爱丽丝庆幸光线很暗,希望它能遮掩住她的脸。露露把海绵放在肥皂水桶里浸了浸,就开始擦挡风玻璃了。

"你和他睡过了,对吗?"爱丽丝轻声问。

露露瞥了她一眼,又移开了目光。"我只是不希望你受伤。"

爱丽丝的脑子在飞速运转。想到他们在一起,想到他和别人在一起,想到他没和自己在一起,她难以忍受。

露露从上往下擦了一遍挡风玻璃后又把海绵浸在桶里,叹了口气。"我不知道你告别的过往是什么,但我知道你来这里是为了重新找回自己,"她说,"那么就为之努力吧,亲爱的。你总说自己有多么喜欢我住的地方,想把自己家也布置成那样,可你一直过得像个修女。你得装饰,得布置,得利用休息时间去冒险、去探索。在这周边,除了陨石坑,还有很多值得去看的地方,例如不远处的一个峡谷,你得在落日时欣赏它一番。那么,体验吧。务必。在这里体验你的生活。"露露指着她的心说,"别把你有的一切给不值得的人。"

爱丽丝慌张起来。她从来没和人提起过自己被抛弃的事情,可露露已经看透她了。

她们收工后一起在水彩色的幽暗天空下开车回家。"想过来一起吃晚饭吗?"露露兴高采烈地说,"我要做加干酪的玉米饼。会多放一点鳄梨酱[1]。"

爱丽丝哼了一声。"不,我不想。一点都不想。"

她们在露露家的车道上停了车,爱丽丝又想起了先前的对话。整个晚上,她都对露露讲的笑话点头,和她一起大笑,不过她忍不住要想:露露和迪伦睡过吗?为什么她不直接回答这个问题?

---

[1] 墨西哥特色,以碾碎的鳄梨、洋葱、番茄和辣椒等调制。

后来，爱丽丝准备好上床睡觉了，她告诉自己别再想了。正如露露提醒的那样，她还没真正透露过来到沙漠以前的生活。爱丽丝和其他人一样深知有些故事最好不再提起。

爱丽丝尽力听从露露说过的话。她在货车配送日去了度假村，载了满满一货厢的东西回来，有很多盆栽，有一张吊床，有一盒彩色小灯，还有几盏太阳能供电的庭院灯。她在公园的工作室里拣了一叠柳条板和一些剩下的油漆。她把柳条板都漆成了绿色，上下翻转过来，放置盆栽。她用榔头把庭院灯敲进了后院的红土深处，挂好了吊床，在庭院的梁上缠好了绳子，上面串着彩色小灯。她就像一只造园鸟，收集珍宝，告诉自己一切都是为了自身幸福。只能靠此支撑她的自我意识了。

她花了好几个小时在网上购物，买了一套新床单、一床印有蝴蝶的羽绒被套、一张印有蝴蝶的浴帘和一块以帝王蝶为装饰的桌布。她发现了一个香薰疗法的网站，买了一只熏炉、一年量的茶烛和一组混合精油。有一晚，她盯着书架看，发现上面空空如也，除了从阿格尼斯布拉夫带来的几本笔记本就什么都没有了。于是她找了一家线上书店，花光了工资，把能买的全买回来了。一箱箱的书到货之后，她拆了包装，像对待幼苗般温柔地把书一本一本地摆在书架上，尤其是那些关于海豹人的书。

迪伦的排班和爱丽丝的正好错开，她实在没有理由去见他。要是他们在路上或是工作场擦身而过，她会低头回避。为了让自己保持忙碌的状态，在不值日落班的日子里，爱丽丝下午都会带着皮皮在陨石坑附近散步,走到 Kututu Puli 去看余晖洒在被地衣覆盖的红色巨石上。她有着十足的决心正常工作,让体内刚燃起的爱火消失。也许她对他的感觉真的只是一时兴起。也许她能放下。

到了第二个休息日,爱丽丝在房子里不安地来回走动。露露和艾登很忙。鲁比不在家。爱丽丝上午和下午都散过步了,她洗完澡,开车去镇上给皮皮买了个新的磨牙玩具。到了六点,天空已经暗到可以打开彩色小灯了。终于,她向整日都在抵抗的对迪伦的思念投降了。

爱丽丝走到烟雾缭绕的紫色黄昏里。自从她第一晚亮起这些彩色小灯以来,它们就成了她心里小秘密的映射。每当她躺在床上看着它们闪烁时,她的脑子完全被一种想法所占据。她希望这些被她挂在黑暗中的脆弱小灯能以某种方式穿越沙丘到他那里去,以某种方式告诉他她不能诉说的一切。

一阵从前门传来的重重的敲门声吓得她跳起来。皮皮嗅了嗅空气,狂吠不止。

"进来吧,"爱丽丝赶紧跑出来喊道。会是他吗?她开了门。

"暖房快乐!"露露和艾登一起说道。

"噢!"爱丽丝有些吃惊。"是你们啊!"她努力大笑着,想掩饰强烈的失落感。

露露一手端着一烤盘飘着芝士香味、堆着大量鳄梨酱的烤玉米卷,一手抱着一篮子爱丽丝常常称赞的五颜六色的墨西哥花瓶，里面插满了新剪下的沙漠玫瑰。爱丽丝记得桑菲尔德词典里手写的词条。平静。艾登在露露身旁提着一组六罐装的科罗娜啤酒和一张弗里达·卡罗的画，是爱丽丝在他们家最喜欢的那张。

"送你的，亲爱的，"露露和艾登把礼物递给她的时候笑着说，"我们知道你精心把房子布置成家的样子，所以想过来和你一起庆祝。"

"说不出话来了。"爱丽丝哽咽地说，声音有些沙哑。"快进来，快进来，你们真是太棒了，厚脸皮的家伙。"她抽着鼻子说道，同时靠边让他们进门。她正关门的时候，皮皮叫了。"怎么了？"爱丽丝问它。皮皮又冲着门叫了一声。爱丽丝突然感到头晕目眩，有希望了！可当她开了门之后，看见在光下走来的是鲁比。

"你该把外面的灯修一修了，Pinta-Pinta。"鲁比说着拿了一条热乎乎的蒜味面包走进来。"我烤的。"她点着头把面包递给爱丽丝，走去餐桌旁和露露、艾登坐在一起。爱丽丝把面包和露露的烤玉米卷都拿进了厨房，想让自己保持微笑，不想因为出现在家门口的不是迪伦而是美丽友善的朋友们而哭泣。她忙着倒酒和找盘子，十分感动，更觉得自己傻到家了。

---

在这场临时的暖房聚会之后，爱丽丝的决心开始瓦解。尽管她不愿承认，但她会时不时地特意去看一眼他的小卡车，或者在公园无线电里听他的声音。这种渴求与她所知道的那些都不同。她开始取消和鲁比约好的午后安排，骗露露说自己需要一些独处的时间。你有什么事情，亲爱的。我可以感觉到。露露这样对她

说。爱丽丝会打发她离开。

很长一段时间以来，她告诉自己，下午的散步和他一点关系都没有。每次爱丽丝走在陨石坑周边的灰蒙蒙的红土道上时，她的内心都在否认自己是为这件事而来的：她在等待在参差不齐的桉树林附近的弯道上看到他脸庞的那一刻。她刻意控制自己的步行时间，这样她就能"碰巧"在落日时在 Kututu Puli 遇见他，但她无视了这些。他为下午的旅游团讲述 Kililpitjara 的故事时总是全情投入。不过，当她路过时，他总会抬起头来，目光在她身上游走，这让她兴奋不已。

他们就这样日复一日地装模作样。她会算好他多久会结束工作，什么时候会在环路上巡查最后一圈，据此控制自己的速度走路。要是她觉得需要放慢速度，她就会到她最喜欢的金合欢树底下散步，它们杵在小道两旁，枝条的顶部互相缠绕，组成的拱形遮蔽了阳光。有时候，她也会采一把沙漠野花，做成压花夹在笔记本里。要是她觉得需要提速，她就会开始慢跑。她不会停下来欣赏光线、聆听鸟儿的歌唱，也不会注意土地随着温度降低而散发出的烘烤味，更不会在拱形的金合欢树下漫步，或想一想野花。她的脑海里只有一件事情。那就是他。

到了 Kututu Puli，她停下来往故意倒空的水瓶里灌水。她总是坐在水箱边上，面朝下沉的太阳照出的光芒。她知道别人在路上能看见她的腿和脚。他会不会停车见她完全取决于他。她等候的时候凝视着红色的天空。

*他会来这里的。*

尽管她已经听过这个声音很多遍了，可每次当他的轮胎从土上碾过发出嘎吱声时，她心里的那种激动感从不会减弱。

他会关掉引擎。他会打开车门。

他在那里。

还有，如果有人看到了，他们也只会认为这是两个朋友偶然相遇。一周里的每一天都是如此。

"下午好，"他会笑着打招呼。

"下午好，"她会这样回复，总是表现出惊喜的样子，不过她从来不需要假装就能展现最暖的笑容。

他们两个会坐在那里，看着落日慢慢闲谈，小心谨慎地互相吐露心声，但他们从来不谈论她来 Kililpitjara 之前是谁，也不说起他的生命里还有谁。他们在这些事情上绕着圈子，以最佳方式向彼此透露真假参半的话。

"你去过西海岸吗？"他有一天问道，不过没有看着她。

他是听见她的想法和白日梦了吗？她也没有看着他。"还没去过，"她轻松地说。她用手赶着苍蝇，和他盯着同一个方向，目光落在背光的一簇簇三齿稃上。"不过我想去。去看看红土与白沙和碧海交接的地方。"

他笑了。"我们在这里徘徊，到底是在干吗？"

她冲着他笑。黄色的蝴蝶被橙光灌醉，俯冲向草地。地衣在阴暗中变黑，陨石坑壁反射着太阳夺目的光彩。

虽然他的出现减轻了她想忘却的痛苦记忆，但他们的每一次相见都让已被爱丽丝丢弃的生活像藤蔓一样重新攀进了她的心房，一个卷须接一个卷须，一片叶子接一片叶子。直到有一日，她在与他交谈时意识到自己总在心里为他采摘一束鲜花，用她知道的唯一方式，通过澳大利亚本土花卉不言而喻的语言，无声地向他倾诉内心最深处的渴望。

# 23

花　语

热情似火

## 沙漠葵蜡花
Thryptomene maisonneuvii

澳大利亚北领地

过去，阿南格族妇女会敲打 pukara，
用木质的碗收集花中带着花蜜的甘露。
其学名 Thryptomene 源自希腊语，意为腼腆的、拘谨的。
这种灌木平常看起来相貌平平，但在春冬之季，
枝上会挂满中心透红的精致白色小花，
仿佛在揭开某个秘密。

爱丽丝的二十七岁生日正好在四天假期的中间。她没和任何人说起这件事。包括露露在内。

她躺在床上仰望冬季的天空，在太阳升起并照亮红土之前认出变幻的色彩：海军蓝、丁香紫、蜜桃红、香槟粉。她开始整日整夜地亮着她的彩色小灯。她想起了在办公楼的员工餐厅里无意间听到的八卦：迪伦请假去看他的女朋友朱莉。这则消息给了她重重的一击，毕竟她前一天在 Kututu Puli 和迪伦见面的时候都没听他提起过。

爱丽丝在床上靠着。她呼出的气在空气中汇成一缕缕烟。皮皮惊惶地下了床，挠着门。

"只为了你，皮皮。"爱丽丝咕哝了一句，拖着身体给它开了门。她打开暖气，等待热气汇聚的时候不断打颤。

皮皮返回房间舔了一下爱丽丝。爱丽丝点了点头。

"生日饮品是个不错的想法。"

她进了厨房，热了一罐牛奶，倒了一半到碗里给皮皮，把另一半倒进马克杯里冲泡浓缩咖啡。她从书架上取了一本书，快步回到了床上。皮皮跟在后面，舔着牙床上的牛奶。

爱丽丝靠在枕头上。她喝了一小口咖啡，翻开了书，不过外面的花花世界让她分了心。昨夜的霜在葵蜡花上化开，被阳光照得闪闪发亮。天空是青瓷色的，点缀着松软的云朵。远处，陨石坑壁在晨曦中闪着耀眼的光芒。她听说过的关于这个地方的故事全在她的脑子里打转：母亲让孩子躺在星辰中休息，可孩子却坠落地面，永远无法回来。这个故事和这里的地貌是融为一体的，就连陨石坑北边天空的弧形星路也呼应着地上的环形。

她深埋进自己的羽绒被里，看着黄色的蝴蝶在开着花的灌木丛上盘旋。迪伦的花园里也会有蝴蝶吗？在她独自在家过生日的此刻，他正在做什么呢？爱丽丝热泪盈眶。她经常克制着不去想，如果她过上另一种生活，她会成为什么样的人。但今天，她做不到不去遐想。假如琼没有干涉，爱丽丝现在会和奥格生活在欧洲吗？她会取代莉利亚，成为他的妻子吗？伊娃会是他们的女儿吗？假如爱丽丝没有发现琼背叛了她，她会离开花卉农场吗？以及，更深层、更让人痛苦的一个问题：假如她从未进入爸爸的木棚，妈妈会活着吗？接下来的思绪直接狠狠地刺痛了她的心：爱丽丝已经比妈妈去世的时候大一岁了。

突然有人敲门。爱丽丝掀开了盖在头上的羽绒被。泪水使她眼周的肌肤紧绷。皮皮舔着她咸咸的脸颊。门又敲响了一下。

"亲爱的？是我。"

爱丽丝坐起来，把自己裹在羽绒被里，然后下床，挪到前门，开了一条缝。

"Dios mio[1]，"露露小声说道，"爱丽丝，怎么了？"她推开了门，赶忙进去，手里拿着一对巨大的手工制作的蝴蝶翅膀，还有一个小包。"现在这些明显不重要。"露露边说边把东西放

---

[1] 西班牙语：天哪。

在桌上。爱丽丝被露露领到沙发上，在上面缩成了一个球。露露关了暖气，打开了后门，让冬日的暖阳和新鲜的空气进入屋子。她泡了两杯蜜茶，坐在爱丽丝身旁。皮皮跑到外面去追蝴蝶了。

"怎么了，亲爱的？"露露温柔地问道，"你已经不正常很久啦。"

她满脑子都是迪伦，无法直视露露。"我只是想妈妈了，露。"她低声说，"我想妈妈了。"她又说了一遍，声音在颤抖。她觉得自己已经流光了眼泪，可又有泪水涌出来，肆意地顺着她的鼻子滑落，滴在了杯子里。

"你能打电话给她吗？要不打给你的爸爸？或者打给你的某个兄弟？远离家庭在这里生活是很艰难的，何况你有这么多家人。"露露搓了搓爱丽丝的手臂。爱丽丝没有听明白，直到自己尝到编造的家庭谎话那股死灰般的味道。她的脸绷不住了。

"嘿，"露露的眼神里满是担忧。

爱丽丝摇着头，抹去脸上的泪水。她把手伸进衬衫里，拉出坠子，递给了露露。她从爱丽丝手里接过坠子，拇指抚过镶嵌在里面的沙漠豌豆花。

"这就是我的家人。"爱丽丝帮露露打开了坠子。妈妈那张年轻又充满希望的脸看着她们。爱丽丝凝视着她花园里的野生葵蜡花。热情似火。"事实上，我没有一个大家庭。我其实根本就没有家人了。"远处有乌鸦在哇哇地叫。爱丽丝为露露的怒火做好了准备，可是过了一会儿，露露给了她一个温暖的微笑。

"噢，这是你的妈妈吗？"

爱丽丝点了点头。"她叫阿格尼丝。"她抹着鼻子说。

露露一下看看相片，一下看看爱丽丝。"你长得很像她。"

"谢谢。"爱丽丝颤抖着下巴说道。

"如果你不想回答的话可以不说，我想问，她是怎么……"露露的声音越来越轻。

爱丽丝闭上双眼，记起了自己在帆板上抓着爸爸的双腿时感受到的肌肉和肌腱的力量，记起了怀着孕的妈妈从海里走出来时，赤身裸体的肌肤上的伤痕，记起了她永远不会见到的弟弟或妹妹，记起了她未熄灭的爸爸木棚里的煤油灯。

"我不太清楚，"她回答，"我不知道。"

露露拿起了爱丽丝的手，把项链放在她的掌心。"这个坠子很漂亮。"

"这是我奶奶做的。"爱丽丝用手包住了它。"在我家里，沙漠豌豆花意味着勇气，"她说，"鼓起勇气，振作起来。"

她们坐着喝茶，一言未发。过了一会儿，露露站了起来，双手插在裤子后兜里。

"你今天可不能一个人过，"她说，"艾登忙着生火，给长柄平底锅添油。我们下午要办个烧烤会，你要过来一起啊。"

爱丽丝开始抗拒。

"不行，这可没得商量，亲爱的。再说了，我又做了一些鳄梨酱。"露露知道爱丽丝的弱点，也知道如何利用这些弱点。

爱丽丝闻了闻，望向了餐桌。蝴蝶翅膀张开放在桌上，看起来随时可以起飞。她向露露挑了挑眉。

"噢，我在为我的表妹做戏服。她参演了一出戏，衣服尺寸和你的差不多。我想知道我做的这个是否合身。"露露说。

"什么？你想让我穿上？现在？"爱丽丝打量了一下自己。

"是啊。不过，你能先洗个澡吗？再洗个头？"

"什么？"

"亲爱的，我可不能把沾满你的眼泪和鼻涕的戏服寄给表妹。而且，我的祖母总说，清洁自己是治愈伤痛的最佳方式之一。当然她的鳄梨酱也是。我刚说了，我已经做了新鲜的放在家里等你呢。"

爱丽丝冲热水澡的时候听到露露在水槽洗碟子的声音，她一边洗一边哼着小曲儿。爱丽丝不想笑，也还是控制不住笑了。

爱丽丝洗完澡，穿得像个巨型帝王蝶，跟着露露走在通往她家的土路上。翅膀鲜亮的橙色和红土火焰般的颜色很般配。

"我怎么会让你说服穿成这样走出家门呢？"爱丽丝问道。

"这样艾登就能拍照给我的表妹看了。我忘记把相机带去你家了。再说了，谁管你穿成什么样啊，亲爱的？你可别忘了，我们身处于一片荒芜之地啊。"

爱丽丝笑着哼哼。穿着戏服让她感觉好受多了，只是她不太情愿承认。露露煞费苦心为她精心打扮了一番：爱丽丝的头发上别着金属触角，身上穿着黑白点裙子，背上系着精致的手绘帝王蝶翅膀，毫无疑问她改头换面了。

她们穿过了露露家的前院，走到了屋内。

"艾登一定在外面弄火炉。让我拿个相机，我们一起出去。"露露冲过了门厅。爱丽丝看见了柜台上的鳄梨酱，飞奔过去，笨手笨脚地揭开保鲜膜，浸了一根手指进去。

"我就知道你会这样，"露露在一间卧室里大喊道。爱丽丝吮吸着手指上的鳄梨酱，笑得很开心。

"好了，找到了。"露露拿着相机出来。她眯起眼睛看着爱丽丝。爱丽丝一脸无辜地举起双手。

她们走到门外。"艾登？"露露叫了一下。

房子的一个角落里飘着彩带。另一个角落里也有。还有一个角落里也是。

"露？"爱丽丝犹豫地问道。

露露走到她身旁，用一只手臂环着她的腰，搂着她走进了后院，大部分同事都在这里。

"生日快乐！"鲁比、艾登，还有其他几个管理员都站在那里，举起了手里的塑料杯，连萨拉都在。

爱丽丝双手掩面。露露和艾登把他们的庭院布置成了一个生日集市。庭院里挂满了蝴蝶彩旗，树木之间系着印有鲜艳图案的遮阳布。火炉上生着火。一块巨大的长方形地毯上摆了一叠靠垫，还有几只沙袋。灌木丛里随意插着彩旗。支架桌上摆满了蘸汁、沙拉和玉米片，边上的容器必定是一口容量五十升的圆柱形保温箱，上面贴着一张手写的标识：*危险的潘趣酒*。还有一件让爱丽丝高兴不已的事情：每个人都有蝴蝶翅膀。

"别以为我们不知道今天是你的生日。"露露咧嘴笑着。

爱丽丝张口结舌地看着露露，双手放在胸前表示感激。

"来吧，"露露笑着号召，"危险的潘趣酒时间。"

有人放起了音乐。艾登用火炉上的长柄平底锅烤着肉串。惊喜又微醺的爱丽丝热情洋溢地拥抱了每一个人，和他们干杯。她倒了一杯又一杯潘趣酒，添着火，到处敬酒。她尽了一切努力不去注意没有到场的那个人。

天色已暗，酒过三巡，爱丽丝和露露挨着火坐在毯子上。熊熊燃烧的火焰冲往漆黑的天空，溅出星星般的火光。

"我不知道该怎么感谢你，"爱丽丝说。

露露捏了捏她的手。"这是我的荣幸。"

这团火燃出了许多色彩：黄色、粉色、橙色、深蓝色、紫红色、古铜色。

"我能告诉你一些事情吗？"露露问道。

"好的。"爱丽丝笑着说。

"我知道你有些特别，亲爱的，在你刚来的那天就知道了，我看见了你的卡车。"

爱丽丝轻推了她一下，满怀爱意。"好吧，这可真是棒极了。"

"我是认真的，"露露喝了一小口潘趣酒说道，"在我家里，帝王蝶被视为火的女儿。它们来自太阳，带着战死沙场的战士灵魂归来，以鲜花的甘露为食。"

爱丽丝观察着发出嘶嘶声和噗噗声的火焰。她想到卡车的帝王蝶贴纸下隐藏的一切，想到自己是谁的女儿、是谁的孙女，她裹紧了身边的毯子。

"当我第一次看到你卡车上的烈焰战士贴纸时，我就知道你想摒弃过去的一切，在这里重新开始生活。"露露说。

烈焰战士。爱丽丝不知道要如何回应。

"危险的潘趣酒！来这里倒满危险的潘趣酒！"艾登满院子

吃喝着。他的翅膀一边高一边低,都有些下垂。他的一根触角断了,落在了他的眉毛上。露露扑哧笑了。这个小插曲解救了爱丽丝,她也加入其中。

"来吧。"她拉着露露的手,指着保温箱的方向。"再来点危险的潘趣酒。"

他们在冬日的星空下喝酒起舞。爱丽丝在星光下转圈时看见了自己的帝王蝶翅膀。她无法忘记露露的故事。火的女儿。

他在清晨来了,那会儿音乐柔美,火光明亮,还没醉倒或晃悠回家的人都盖着毯子睡在懒人沙发上。他从越野车上下来走向保温箱的时候,爱丽丝正在看着火焰。艾登拍了拍他的背,给他递了一杯潘趣酒。迪伦一口就喝完了。

"不顺吗?"艾登挑起眉毛问道,又给他倒满了一杯。

迪伦又一口闷。

"朱莉怎么样?"

迪伦摇了摇头。"已经和我不再有关系了。"

艾伦给他倒了第三杯潘趣酒。"啊,朋友。抱歉。"

"就这样了。"迪伦耸了耸肩。

他转身扫视了庭院。眼睛穿过火光,与她对视。

天空开始转亮,只有爱丽丝和迪伦是清醒的。

"这是你头一回在沙漠熬了个通宵吗?"他问道。

爱丽丝带着醉意点点头,笑着咬咬塑料潘趣酒杯的边沿。他的关注具有催眠的功效。

"好吧,"他抬头看着天空说,"我不知道有没有告诉过你,如果你没有看到日出,就不算在沙漠熬了整夜。"

他们离开了露露和艾登乱七八糟的庭院,裹着毯子朝沙丘进发。

"太阳出来了,"他望着她,用低沉的声音说道。她的肌肤有些刺痛。天空晴朗,富有活力地变幻着色彩,爱丽丝拼命伸展双臂,仿佛这样就能沉浸其中。

"这让我想起了大海,"她轻声说着,"如此广阔。"回忆在她脑内高速运转。

"是很广阔,"迪伦说,"很久很久以前,这里有一个古老的内陆海床。"他绕着他们打了一圈手势。"这片沙漠承载着海洋的记忆。"

蝴蝶万花筒在她的胃里旋转。"承载着海洋的记忆,"她复述了一遍。

他们的身体染上了火焰般的晨光。他站在了她的身旁。尽管他们没有靠在一起,他们之间的距离还是近到能让她感受到他皮肤的温热。

"你太美了,"他在她的耳畔轻声说道。她颤抖了。

随着整个世界被点亮,他缓缓贴近她,抱住她。他们就这样一直站着,抱着,看着太阳升起,直到最早到达的游客巴士的声音破解了魔咒。

露露站在后门摇摇晃晃地等待着,她的胸前抵着一只杯子,里面装着半杯潘趣酒。庭院里一片狼藉,到处都是彩条纸、蝴蝶彩旗和瓶盖。她的身体摇晃着,可眼睛紧紧盯着爱丽丝家后面的沙丘。几个月来,迪伦一直藏身于金合欢树间,透过爱丽丝家的窗户窥视她。露露也观察他好几个月了。

这种情况从爱丽丝开着她的青绿色卡车抵达公园度假村的那个下午就开始出现了。露露在加油车旁加油的时候,迪伦开车进来了。他非常刻意地与她进行着同事间的对话,这在她看来不过是他试图抹去他们过往的一种方式。他话说到一半突然停下来,盯着路看。露露转身看到了他眼里的景象:爱丽丝那一头长长的黑发飘出了车窗,她的身边还有一只小狗。她的目光径直投向他们,投向他。露露继续说话,可迪伦心不在焉地听着。他痴迷于爱丽丝。就像他曾经为露露所倾倒那样。

那天夜里,爱丽丝在露露和艾登那儿吃完晚餐,露露看着她走回自己家后坐在屋外的沙丘上,手里拿着一杯红酒。突然,阴暗处的一阵动静吸引了她的目光。她记得迪伦留在她身上的气味,于是眯起眼睛来,这样能在黑暗中看得更清楚。她发现他溜进了爱丽丝家的后院,倒吸了一口冷气。她没能克制自己,挪到了院子的角落里,以便更好地观察迪伦。他躲在一片金合欢树丛之中,在星光下蹲着偷看爱丽丝。爱丽丝在她的新家里像个客人似的不自然地穿梭于各个房间。她在沙发上坐了一会儿,搂着小狗凝视星空,愁容满面。迪伦等到她上床关灯才悄悄站起来回家。露露回到了床上,艾登迷迷糊糊地问她为何在颤抖。

第二天黄昏,露露在厨房里磨着辣椒和可可豆时注意到窗外一闪而过的身影。她等到夕幕降临才偷偷走到花园暗处。迪伦又坐在红沙上，目不转睛地盯着爱丽丝家透出灯光的那扇打开的窗户。爱丽丝在厨房里边跳舞边做饭，湿漉漉的头发垂在后背上。布鲁斯音乐流淌在带有淡紫罗兰香味的空气中。她在火炉边扭动着身体，摆了两个盘子，端上了晚餐。一些是给她自己吃的，一些是给小狗吃的。迪伦等她上床睡觉后才原路返回。

每一天晚上，迪伦都在沙丘上望着爱丽丝窗口洒下的灯光，而露露也忍不住做着同样的事情，每天一等到花园的阴暗处足够隐藏自己就偷偷透过树枝观察他，不过她恨自己这副模样。在夜色的掩护下，他坐在屋外，看着屋里的爱丽丝喝茶、读书，或和小狗一起坐在沙发上看电影，或在开始装饰房子时料理盆栽、整理书架。他通常会保持一定距离窥视，直到爱丽丝生日前一晚。露露看见迪伦从暗处溜进爱丽丝家后院的大门，动静很大，那时候爱丽丝已经散步回来了。他爬过葵蜡花丛，靠得很近，再近一点就会被她家的彩色小灯照亮。他一直观察着，像在等待什么露露看不见的东西。

露露压根没想过抵抗跟踪他的欲望：她离开自家庭院，围着爱丽丝家后面的沙丘绕了一个大弯。她躲在一棵沙漠木麻黄的粗树干后面观察迪伦，而迪伦正盯着屋内坐在书桌边的爱丽丝。她把口袋里的鲜花都掏出来，压在了笔记本里面，动作十分轻柔，仿佛这是一只鸟蛋。她开始写字，又停下了，茫然地望着漆黑一片的窗外。就是这个时刻！露露听见迪伦倒吸一口凉气，就好像爱丽丝那大大的绿眼睛正直视着他；就好像是他让她燃起了希望。露露马上奔回家里。她告诉自己，就是因为这样，她才在水槽前吐得厉害，连胆汁都吐出来了。

惊喜派对进入尾声时，迪伦和爱丽丝一起离开，露露假装睡着了。迪伦对爱丽丝采取的第一步行动会是之前对自己用过的招数,和她一起看日出吗?

露露站在后门边看边等,直到她确定,他们真的是赳赳趔趔地翻越沙丘回来。他陪爱丽丝回了家,她进门很久他还不愿离去。他转身离开时艳阳高照,脸上有一种痴迷的、沉醉的笑容。她控制不住自己,一直盯着他看,尽管他已经进了自家前门好一会儿。

惊喜派对结束后的那个夜晚,爱丽丝蜷缩在沙发上,目光穿过庭院,直至后院大门。空中有鸟儿飞过的剪影,如同渐行渐远的星辰,它们最终回到各自的小巢。夜光洒在爱丽丝门口的一棵枯死发黑的树上,照亮了一条毛虫在上面爬行后留下的一串银色痕迹。爱丽丝在公园的年度动植物指南中读到过:它们一个接着一个,沿着分泌的银色痕迹行进,这些痕迹只能在光照下显现。

她的房子里一片安静,只有热水器时不时发出的咔嗒声、皮皮的打呼声和火炉上水壶冒着气泡的声音。闻到新鲜的香茅、香菜和椰子的香味后,她的肚子开始咕咕叫。她看着后门。她在等待。光线从金色变成了肉桂色。迪伦的话在她耳旁响起。我回家洗个澡就过来。从后门进。

她从镇上回来的时候看见他的小卡车停在环路的另一边,而他则在附近的无线电中继站。他看到她过来就挥了挥手。她停下车,跳下来。一看见他,她的身体就变得火热。

"Pinta-Pinta。"他轻叩帽檐,欣喜地和她打招呼。

"嘿。"她咧嘴笑着说。

"没有很强的宿醉感吧?"

她摇了摇头。"没有,很奇怪。更多的是缺觉吧,我觉得。"

"我也是。"

冬日里的空气里弥漫着金合欢花的香甜气息。

"二十七岁的第一天过得怎么样?"他问道。

"货车配送日。我去买了些食物。"她笑着说。

"啊,"他会意地点了点头,笑着说,"是很不错的一天呢。"

"确实不错。不过今天还没过完呢。"她停顿了一下。"今晚你打算做什么?"问题在她抬头看他的时候脱口而出。

他和她对视了一会儿。"没什么安排。"

"我要做新鲜的泰式绿咖喱汤。从原料开始做。"她提议。

"听起来就很美味。"

"那么,"她极力保持平稳的声音,问道,"和我一起做吗?"

"我很乐意。"他笑了。

"六点?"

他点了点头。"我回家洗个澡就过来。从后门进?"

"好的。"她轻快地说。

他来了,手电筒的光穿过三齿稃,照亮了通往她家的路。她匆忙起身跑进卧室。她站在窗边的暗处看着,等着。

他走到后门,打开了门闩,进门后又锁上。黯淡的星光落在他的肩头。他关了手电筒,借着她彩色小灯的光,穿越葵蜡花丛,抵达她家的院子。

"Pinta-Pinta?"他在门口喊道。

"嘿,"她穿过房间,打开后门,脸上带着轻松的微笑。他在门垫上磨了磨鞋子,走进房间。她短暂地闭上了双眼,吸着他身上飘散的看不见的古龙香水。他摘下了亚古巴帽,欣赏地环顾了一下她的家:她的盆栽、她的画、她的书、她的毯子、她的厨房、她的书桌。她假装一切都是为了自己布置的,实际上,她是在为期盼的这一刻做准备。

"饿了吗?"

"噢,是的。"他说着坐在沙发上。

"需要解宿醉的酒吗?"她问道。

"必须的!"他说。她打开冰箱,从深处拿了两瓶啤酒出来。打开瓶盖那一瞬间喷出的泡沫带给她的轻松感让她想立刻开一打瓶盖。

"干杯,"她说着给他递了一瓶。

"干杯,"他点头说道。他们碰了杯,她的体内腾起了轮转烟火般的紧张感。

喝完汤和更多的啤酒之后,他们懒洋洋地倒在沙发上。他们的脸颊通红,是因为热,是因为酒,是因为辣椒,也是因为别的什么。他们此前一直在讲故事,聊过去成长的地方。他们知道如何聊这个话题,该怎么透露自己的某些部分并遮盖其他部分。他们曾这样交谈了数周。可是现在,他们的故事像阳光下的盐滩被晒干了一样。

"那些讨厌的彩色小灯。"过了一会儿,他低声说道。

暖气发出了滴答声和嗡嗡声。

"它们怎么了?"她轻声问道。

"从我家里的每一个窗户望出去都能看见它们。几个月来,它们一直让我分心。"

她的体内掠过一阵激动。"真的吗?"她问道。

他转向她。她没有移开目光。

他的嘴唇突然温柔地落在她的唇上。急迫地。爱丽丝回了一个深吻,不愿闭上双眼。这不是白日梦——他在这里。

他们像褪去皮肤一样脱掉了衣服,扔在地上。当他坐起来看她的时候,她用手臂挡住了自己的身体。不过他移开了她的手臂,把她的一只手放在自己的胸膛上。她感受到他的皮肤和骨头之下的心脏正在述说故事。

他在这里。他在这里。

她靠近他,急促地吸了一口气,他推倒她。他们四肢缠绕,彼此交融。如此真实,如此刺激,甚至,让人惊恐。她的脑中出现一些感官的碎片。脚下的湿沙,轻松的呼吸,咸咸的肌肤,海鸥在波光粼粼的海边呱呱叫着。在青甘蔗秆之间拂过她头发的微风。或平缓或奔腾的河水。还有从土里扯出来的一把把红色花朵。

# 24

**阔叶红花娘**
Calandrinia balonensis

大利亚北领地

**花 语**

我因你的爱而生

Parkilypa 生长在沙地上，叶片肉质多汁。
鲜艳的紫花，常在冬春之际开放。
旱季时，叶片可充当水源。
整株可烘焙，供食用。

自那晚起,他们一有空就待在一起。爱丽丝知道自己忽视了其他朋友,尤其是露露,可是她不想和他之外的任何人在一起。

冬天慢慢过去,他们在院子里点起了篝火,在星空下睡觉,他摇着吊床,皮皮也总是蜷缩在一旁。

"你该调个班,"有一晚他望着天空,对躺在他臂弯里的她说道,"当我们一个放假,另一个还需要工作的时候,我就很想你。我想有更多时间能见你。"

这让她兴奋:他想要得到更多的她。她冲他咧嘴笑,闻着他肌肤上的香味,是清新的泥土味。他抽出了压在她头下的手臂,坐了起来。他解开皮革手镯,转回身来轻轻握住了她的双手。他把手镯绑在她的两个手腕上,打结系上,她笑着点了点头。

"Ngayuku pinta-pinta。"他的声音很真实。

他一把拉过她,让她倒在自己身上,此时,露露的声音快速地飞过了她的脑海。你可不比童话里在黑森林漫步的小女孩安全。

"Ngayuku pinta-pinta,"他又轻语了一遍,双手把她的手腕都环在一起。我的蝴蝶。

她缩起了身体,刚好能嵌入他的怀中。

在等待调班申请批复期间,爱丽丝的沙漠生活都以迪伦为中心。如果他们都不用在日落时值班,他们就会带着皮皮一起在火道上散步,爱丽丝会采很多野花回来压在笔记本里,而迪伦会给她拍在如岩浆一般的红光里采花的照片。当她要在夜间巡查,下班较晚的时候,她会直接开车到他家去,常常发现他已经做好晚餐或备好热泡泡浴在等她回来。在那些夜晚,他会和皮皮一起靠墙坐在浴缸边,大声为她朗读。如果他们都有一个完整的休息日,他们会在阳光下打理花园,直至因彼此被照暖的裸露肌肤而分心。她曾提及儿时在妈妈的蔬菜园里干活的情形,有一天收工回来发现他为她做了一个在红土上撒满黑土的花床。到了晚上,他们会瘫在沙发上,开着暖气,把电视调到一个有趣的地方台,看BBC的剧和鉴宝节目。偶尔,在多云或不出太阳的冬日里,他们就赖在床上。那些日子就是薄饼日——爱丽丝会煎一大叠薄饼,他们会拿到床上享用。

在糖浆盛宴后的某个寒冷午后,他们躺着看灰尘漂浮在从窗帘缝隙穿进来的灰色光线里。迪伦深深叹了口气,不再和她抱在一起。他整日都表现得焦虑、烦躁,就连在缓慢而悠闲的缠绵时光都没有正眼看过她。爱丽丝不知道是哪里出了问题。她也不知道为什么自己那么不情愿去问他。

她在他袒露的肚子和胸膛上画着圈,一直往上至脖子,再到脸。他没有反应。"怎么了?"爱丽丝轻声问道。她的爱能够修复这个问题。无论它是什么。他不回答。她等待着。又问了一遍。

"没事，"他对她的抚摸耸了耸肩，恶狠狠地说。"抱歉。"他摇了摇头。"抱歉，Pinta-Pinta。"他坐起来，手肘抵着双膝，头低垂着。

她在他身边坐起来。她心里有一种熟悉的感觉让她觉得十分难受。她对自己的用词很谨慎，不想进一步激怒他。

"你可以告诉我，"她提议道，声音依旧很轻，"无论是什么事情。"她小心翼翼地伸出一只手，在空中停留了一会儿才按在他的背上，摊开的手掌贴着他的脊椎。这一碰让他蜷缩起来。

"对不起。"他咕哝了一句，转身把脸埋在她的肩上。"对不起。现在我还不想把这件事弄糟。"

她拨弄着他的头发。"我知道的，"她安慰道，"我知道。"

"会好起来的，"他好像在自言自语，"我会好起来的。"他亲吻了她的脖子，她的脸颊、她的嘴唇，他有了更强的急迫感，一把抱住她。

爱丽丝回吻他的时候紧紧闭上了眼睛。他说更好是什么意思？他会变得不同于什么？如何变化？她心里有些紧张。

"我爱你，"他躺在她的两腿间轻声说道。说了一遍又一遍。

她全神贯注地听着，驱散了心中的问题。

---

冬季快结束了。早晨愈加温暖，雀鸟开始离开鸟巢飞翔，爱丽丝和迪伦共度的生活更美好了。随着对他的爱不断加深，爱丽丝愈发觉得难以忽视她与露露之间的紧张关系。在她的调班申请获批后不久，她看见露露在茶水间查看告示板。从露露看到新的

排班表时的表情,可以看出一定有什么地方出岔子了。

"嘿,露露,"爱丽丝高兴地打了声招呼,从水槽里拿了两只干净的马克杯。"想在巡查前喝杯茶提提神吗?"

露露面无表情地走过她身旁,不为所动。

"她可能只是觉得被漠视了,"迪伦那晚说,"你认识她的时间还不长。我认识她很久了。她会为了一点屁事犯嫉妒,变得古怪。"

爱丽丝搅拌着正在煮的春蔬炖菜。他说的话有道理。不然露露还会出于什么原因对她如此冷淡呢?不过露露和迪伦过去究竟有什么关系还是困扰着她。她啜了一口白酒,瞥了他一眼。

"怎么了?"他问。

她又啜了一口,没有看他。

"说出来吧,"迪伦笑着说,"你的想法明明白白写在脸上,就像书上的字一样,Pinta-Pinta。"

她壮着胆笑了回去。"你曾经和露露……"她的声音逐渐消失了。

"我和露露?"迪伦冷笑着摇头。"我觉得她在我们第一次见面的时候可能对我有意思,不过最后什么事都没有。"他站在她身后,把她紧紧揽在怀里。"别太担心了。这都是你自己心里的想法而已。她会自己想明白的。好吗?"

"好的。"爱丽丝向后倚在他的胸口。

自打爱丽丝和迪伦的排班相同之后,他们两个就完全不能分离了。他们开车上下班,一起吃午餐。她会打包野餐食物,不过他们最后都没吃,而是坐着他的小卡车溜到办公楼后面僻静的角落。他们在那里还能听见无线电,不过能有足够的独处空间只专注于彼此。下班后,他们会一起喝酒,一起看天色变化,一起在火炉上煮晚餐,一起和皮皮闲躺着仰望星空。爱丽丝不再回家了,也刻意避免看向在黑暗中的自己家的方向。

在他们共度的首个四天休息日,迪伦早早地叫醒她,递上一杯咖啡,亲吻她的脸颊。

"和我一起走吧,"他用羽绒被裹住她赤裸裸的身体,领着她去了前门。她搓了搓眼睛,在他以夸张的动作打开纱门的时候把咖啡杯抵在唇边。室外的早晨清澈无比。她在阳光下斜眼看到他那辆破旧的越野车已整装待发,行李架上捆着两袋东西。

"想离开这里吗?"他扬起了一只眉毛。

"我们逃去西海岸?"她问。

"估计我们不能在四天内往返那么远的地方,"他笑着说,"不过我知道一个差不多棒的地方。"

"公路旅行,"爱丽丝唱着歌,羞怯地靠近他。

迪伦看了一眼裹在羽绒被里的她,扯开了夹在她手臂下的被子一角,被子从她身体上滑落。"可能还没到时候。"

他追着她进门,她的尖叫里透着快乐。

几个小时之后,爱丽丝、皮皮和迪伦在高速公路上行进,车子驶过了一片红沙、金色三齿稃和古老的沙漠木麻黄。所有车窗全部敞开着。爱丽丝从后视镜里看到皮皮懒洋洋地躺着吹风。有时候，路边会出现起伏的地貌，能看见野花在春天盛放。爱丽丝沉迷于各种黄色、橙色、紫色和蓝色的野花。迪伦笑着掐了掐她的大腿。他调高了收音机的音量，跟着唱起来，声音沙哑，有些跑调。爱丽丝闭上双眼，满心喜悦。

下午过半，迪伦减了车速，驶离高速公路，开上一条没有标识的不平整的道路，两旁是低矮的喜沙木和一簇簇深红色酸模。他是如何知道这条路的，爱丽丝感到好奇。他等轮胎摩擦转动后踩下油门，车后扬起了红土。他们有说有笑地沿着这条崎岖不平的路向一片广阔的沙漠进发。这种与世隔绝的状态让爱丽丝感到惊恐和胆怯。爱丽丝不知道他们要前去何方，疑惑地看着他，可他只是笑笑不说话。

过了一会儿，车转到一条可以攀上顶峰但几乎难以辨认的窄道上。车子被调成了四驱模式，沿着小道冲过伸出的枝条向上攀爬。他们所经之处的红色岩石露头之间有星星点点的野花丛。大桉树纯白的树干上舞动着薄荷绿色的树枝。天空是深宝蓝色的。偶有鹰的黑色剪影在头顶一掠而过。

"Pinta-Pinta。"迪伦笑着指了指前面的山脊顶部。他们到达顶峰后从另一侧下山，进入一座被金合欢树和小桉树围起的岩石峡谷，谷内流淌着一条茶绿色小溪，两岸都是白沙。

"这是哪里呢？"爱丽丝惊奇地问道。

"等你看完落日再告诉你。"迪伦意味深长地回答。爱丽丝看着他开到一簇沙漠木麻黄边的空地上停车时意识到他根本就不需要看地图找路。

"你是怎么知道这里的？"

"我在来公园工作以前是个导游，"迪伦说，"某个我带过的老家伙领我来这里的。这是他祖父母的家乡，一家人可以在这个快乐的地方相聚，共度欢乐时光。我不再做导游以后，他说我应该经常回这里看看。"他拉了手刹。"说我应该带着自己的家人来这里。"他的眼神中富有深意。

爱丽丝的喉咙就像被什么堵住了，说不出话。

他靠向她。"我怎么这么幸运呢？"他轻声说道。

她用一个深吻回应了他。过了一会儿，他咕哝起来。

"你让我变得真没用，Pinta-Pinta。"他摇了摇头。"来吧。我们怎么也得把露营帐篷搭好。"他下车打开了后座车门，皮皮径直跑向小溪。

爱丽丝靠在椅背上，看着她的狗游泳，看着迪伦吹着口哨拆开露营炉和保温箱的包装，看着她的小家庭。她走到阳光底下融入他们时感到当下是自己最为完整的时刻。

太阳落山时，他们已搭起帐篷，拾好柴火，听着车里播放的轻音乐，边喝红酒，边切哈罗米芝士、蘑菇、西葫芦和辣椒，把它们洒在肉串上，放在篝火上烤。空气里有浓重的柴火味和桉树的气味。黑凤头鹦鹉的尖叫声响彻苍穹，岩石沙袋鼠在附近跳跃。爱丽丝笑得停不下来。当峡壁开始变换色彩时，迪伦牵起她的手，引她沿着河岸向上走到一棵桉树下。他在树下坐了下来，示意她也坐下。她靠着他的胸膛，依偎在他的两腿间。

他们耳鬓厮磨。"快看。"

随着太阳落山，余晖的太妃糖色光芒映满峡谷。

"美极了，"爱丽丝小声叹道。

"等着看。"

爱丽丝在他的怀里看见天空的所有色彩都倾泻于峡壁和小溪上，波光粼粼的水面又把光反射回天空。她摇了摇头：沐浴在落日中的峡谷和小溪就像一面完美的碗状镜，彼此映射着火焰般的光芒。这番景象让她想起了书里的童话故事：被施了魔法的空酒杯奇迹般地倒满了酒；许愿池的深处盛有天堂。

迪伦把她抱得更紧了。"眼见为实，对吧？"他说。

一则记忆袭来，给了她突如其来的一击。不远处的一个峡谷，你得在落日时欣赏它一番。

爱丽丝僵硬地坐起来。转向迪伦。他冲她笑着。

"你带了多少个女人来过这里？"她脱口而出。

他的眼神变得黯淡。"什么？"他问。

爱丽丝的胃突然抽搐。她打开了魔鬼的封印。

他举起了双手。"你问的是什么问题？"

"不，"爱丽丝故作轻松地说，"不，我是说，女人，我的意思是，好吧，你带露露来过这里吗？"杂念和噪声在她的脑子里糊成一团。她并不想让他心烦意乱，只是忍不住要问。不然露露是怎么知道此处的落日景象？

迪伦粗鲁地推开了她，从她身上跨过。"真他妈不可思议。"他咕哝着走回帐篷。

他的手劲弄疼了她的身体。

"迪伦，"她一边呼喊，一边跟在他身后在柔软的沙子上爬。

"干吗？"他转过身来冲她咆哮，眼里闪着怒火。"我告诉过你我和露露之间什么事都没有。为什么你要这么问我，要毁了我们在外度过的第一个周末？你相信她和她的嫉妒，却不相信我？是吗？还有，你问我带了多少个女人来过这里是什么意思？你以为我是什么样的人啊？"

"噢，天哪，"爱丽丝崩溃地叹气道。他说得对。或许露露当时说的是另一个峡谷，或许露露不是和迪伦一起来这里的。她缺少安全感。为什么她不能抛开这些呢？

他用力戳着篝火，火花四溅。

"我很抱歉，"她乞求着，伸手去够他。他没有搭理。"我们能忘记这段吗？好吗？这件事说起来很愚蠢，我也不知道自己为什么会说出口。我很抱歉。求你了，"她又试着向他张开双臂。"让我来补偿你。我来做饭。我们再喝点红酒。就让我们忘记这件事情。好吗？"

他朝她投来严厉的目光，然后起身离开。

"迪伦？"她的声音在颤抖。

他向落日下的紫色阴影走去。

爱丽丝颤抖着准备晚餐。她烤好了所有蔬菜和哈罗米芝士，喂了皮皮，给两个人的玻璃杯里都倒满了酒。他回来的时候，天已经黑了至少一个小时了。他们的晚餐都凉了，芝士也变成了黏稠的橡胶状。他坐下来，用叉子戳着自己的晚餐。

"你把晚餐也毁了。"他把整盘食物倒进篝火里，伸手去拿红酒杯。爱丽丝好不容易咽下的食物像冷冰冰的石头一样躺在她的胃里。她把餐盘推到一边，让皮皮吃完剩下的食物。

"我很抱歉，"她小声说道。她用膝盖蹭他的膝盖。"我很抱歉。"

他盯着火看，没有回应。

她一直在道歉，似乎持续了几个小时，他终于抬起手伸进了她的大腿内侧。

在当晚和第二天的大多数时间里,她都尽力对迪伦保持温顺平和,到了他们开车回 Kililpitjara 的时候,她的努力似乎已经奏效了。

他们开到了他家的车道上,他靠过来亲吻了她,然后才跳下车打开大门。他转过身去的时候,爱丽丝痛得缩了一下——她的身上有一些在峡谷亲热时留下的擦伤和淤青。他当时比往常还要粗暴,不过现在她可以舒一口气了,因为他们之间的关系看起来已恢复如初。

他们从车上取行李的时候,迪伦停下来温柔地亲吻了她。"谢谢你给了我一个总体上很美好的周末。"他凝视着她的双眸。

爱丽丝怀揣着感激之情亲吻了他。她以后只需要更小心些。她得在开口前三思。

春日给中部沙漠染上了缤纷的色彩。蜂蜜银桦的琥珀色和黄色花朵开得烂漫,空气中充满了浓郁的香甜味。长着髯毛的龙蜥蜴们懒洋洋地趴在一簇簇三齿稃间晒太阳。爱丽丝在迪伦家打造的蔬菜园也开始发芽了。午后已经温暖得能让人吃冰淇淋、晒日光浴了。她在他的庭院里,躺在红土上的沙滩浴巾上,读书的同时跟着耳机里的音乐哼哼,直到他看见了穿着比基尼的她。他对她表现出一贯的贪婪。她在他们野营的那个周末犯的过错早就被忘得一干二净。白昼渐长,夜空更加明亮。

"我们应该张罗一次烧烤,"她某晚提出这个建议的时候正煎着甜椒豆腐,拌着蔬菜沙拉。"这房子看起来真不错,外面蜂蜜银桦正盛开,支个火炉可不要太好哦。"

迪伦没有反应。他坐在餐桌前。在厨房刺眼的灯光下,她读不懂他的表情。

"宝贝?"她把煎锅从火上拿开时说。

"好的,"他回答道,"听起来很棒。"

"太好了,"她把餐盘拿到桌上时愉快地说,"我明天工作的时候会问问大家的意愿。"她在亲吻他之后坐下用餐。他一言不发地笑了笑,以示回应。

第二天早上,爱丽丝满心激动地在办公楼前停了车。她和迪伦彼此黏得太紧了,因此和小社区里的人有更多互动对他们来说是件好事情。

她走进员工办公室的时候觉得简直不能更轻松了。两个爱丽丝不太熟悉的管理员,萨格和尼奇科,正站在一起抱怨接下来的那个周末无事可做。

"你们要不要来烧烤啊?"爱丽丝插嘴道。

"嘿,谢谢。"萨格说。

"好啊,很棒。"尼奇科点头说道。

"都安排好啦,"爱丽丝咧嘴笑着说,"我们会在迪伦那里支起火炉,他会摆好长柄平底锅来一场碳烤盛宴。我们可以……"

"哦,"萨格瞄了一眼尼奇科,打断爱丽丝说道,"你知道吗,爱丽丝?我刚想起来,这周末我其实要去布拉夫。我要,呃……"

"对的,"尼奇科插了话,"该死,伙计,我们都快忘了。我们要去做汽车保养。"

爱丽丝来来回回打量着他们,就好像她在看一场哑剧。

"好险,"萨格说道,他显然放松了下来,"幸好你让我们想起来了,爱丽丝!"

"下次吧,伙计。"尼奇科带着歉意说。

"不过还是要谢谢你的邀请。"萨格说着和尼奇科匆忙走出办公室。

他们走了之后,爱丽丝给自己泡了一杯茶,咬牙切齿。她不能哭。她不能对刚才发生的事情做过度解读。

她的情绪在这一天都没有好转。后来,她在工作中屡次出错,以拇指被锤子砸破的痛苦告终。

"回到办公楼看一下伤吧,爱丽丝。"萨格叫停了她的工作。

急救员为爱丽丝清理了伤口后,她立马走进茶水间,想吃一块甜饼干,喝一杯茶。她的心一沉——露露和艾登正站在水壶旁边聊天,手里拿着马克杯。他们一见爱丽丝走进来就不说话了。她去橱柜拿茶包的时候背对着他们。沉默的重量全压在了她身上。

艾登最先开口。"你还好吗,爱丽丝?"

她还没来得及回答,露露就直接把杯子里的东西都倒到水槽里离开了。艾登无助地看了一眼爱丽丝,跟着走了。

"我还好,"爱丽丝看着他们离去,用近乎只能自己听见的声音回答。

接下来的几天也都这般不如意:爱丽丝和其他同事提起在迪

伦家聚会的想法，可回复全是一下就能戳破的借口。迪伦没有过问烧烤的事情，所以爱丽丝也没再提起来。临近周末了，爱丽丝开始意识到，尽管迪伦认识每一个人，他在 Kililpitjara 却没有一个真正的朋友。他有她。只有她。她也不明白这是为什么。

下班后，当爱丽丝在他家的车道前停了车，下车打开院门时，她想起迪伦曾为她读过的一本日本童话集。里面的一则故事讲述了一个做金缮的女艺术家用混合了金粉的漆料修补破损的瓷器。书里有一幅插图展示了一个女人蹲在一堆摊在地上等待修复的破损瓷片旁，手里拿着一把精美的漆刷，刷子的毛都浸在金粉里。破裂和修补都是故事的一部分，它们不该被鄙视或掩饰，这样的想法让爱丽丝着迷。

她把车停在了迪伦的小卡车后面。带着重拾的决心关上了门。无论是什么让他感到自己不够好，无论人们出于什么原因不想和他共度时光，无论他认为哪里是破损的，爱丽丝都会像金子一样融化自己，进行修补。

几日后，厄恩肖陨石坑度假村向所有旅游公司和公园的工作人员都发出了年度丛林舞会的邀请函。

当爱丽丝建议他们都去参加时，迪伦轻蔑地说：“那不过是个大型买醉派对。”还加以嘲笑。

"是的，不过一起去参加也很有意思，对吗？"她说着激动地把自己的邀请函夹在了他的冰箱贴下面。自从她生日以来，他们没有参加过派对。她渴望一条在网上发现的金色丝裙，想到能有理由穿上这条裙子，想到他们两人能有理由出去和大家社交，她变得轻飘飘的。

"你真的想去吗？"迪伦在她身后问道，打断了她的思绪。

她转过身来。"我真的很想去。能喝上几杯，跳一会儿舞，很不错。"爱丽丝用臂弯搂住他的腰，髋部抵着他。"喝到微醉，"她在踮起脚尖亲吻他的脖子时挑逗地说，"太阳升起之前我们抓紧春宵一刻。"她决定在彼时彼地要穿上新裙子、特意做个发型、涂上唇膏、喷上他喜欢的香水，给他一个惊喜。"我们可以把它当成约会。"她仰头望着他说。

"你想成为我的约会对象，Pinta-Pinta？"他的眼里充满了欲望。

"一直都想，"她回答道。当他抱起她去床上时，她尖叫着。她告诉自己，那会很棒的，那会成为他们长久以来一起度过的最美好的夜晚。

到了丛林舞会这一天，爱丽丝早早奔回家洗澡。她穿上了新的金色裙子，抹上了唇膏，涂上了睫毛膏，套上了跟上有金蝴蝶装饰的新牛仔靴。当迪伦走进门时，她的脸颊发红，激动万分。她为他准备了冰啤，特意没穿内裤，她知道这样能让他变得疯狂。

当他见到她时，他的脚步迟疑了。他站在那里，一动不动。

"为今晚的约会做好准备了吗？"她笑着问道，穿着裙子跳了几步希美舞。

迪伦慢慢把口袋里的东西都拿出来放在柜台上,只字未说就走进了厨房。

他的安静让她的肋骨间袭来一阵寒意。她听见他翻动药箱,打开了两片药的包装。

"宝贝?"她问的时候试着不流露出彻底的失望,"你还好吗?"

他没有回答。她走进了厨房。

"宝贝?"她又问了。

他一直背对着她。"你穿的是什么?"他冷冰冰地问。

"什么?"她的心情坠入谷底。

"你为什么要穿成这样?"

她看了一眼自己的新裙子。富有魅力的金色顿时变得艳俗了。

他转过身来面向她时眼色阴沉。"你为什么要为今晚买新衣服?"他的声音在颤抖。"你为什么想要打扮成这样?只是为了让那些收工的家伙对着你自慰?"

当他绕着她走,不断上下打量她时,爱丽丝僵硬了。呼吸很痛。

"回答我。"他静静地说。

她的眼里涌满泪水。她没有答案。她的声音丢失了。

鲁比坐在后院的篝火旁边等待,笔记本是摊开的,她的手里拿着笔。她对丛林舞会不感兴趣。她一整天都有一种一首诗要来临的感觉,她不想错过它。

几座沙丘之外,迪伦家车道前的动静吸引了她的注意。爱丽丝的狗跑出来躲到一棵桉树后面。透过微弱光线下的窗户，可见迪伦的身影在屋内来回踱步。

鲁比观察着他。她深深吸了一口气，颤巍巍地把笔尖压在纸上。

  季节正在交替。
  空气中有某种苦痛。

# 25

花　语

重生

**沙漠木麻黄**
Allocasuarina decaisneana

澳大利亚中部

Kurkara 树皮深裂，与橡树相似，具阻火性。
生长缓慢，但根系发育迅速，可深入地下逾十米的水源。
成熟体冠幅蔽荫。
澳大利亚中部沙漠生活着大量树龄逾千年的古木。

到了薄荷灌木不再开花、雨季来临的仲春时节，爱丽丝已经能够像多年前读懂潮汐一样判断迪伦的喜怒变化了。只要她留个心眼、保持警觉，再加反应迅速，他们就能过得惬意开心。

在连续下了一周雨后，Kililpitjara 周边的土路和步道都变成了黏黏的红色泥浆。办公楼的公告板上张贴了通知，警示车子可能陷入泥潭。爱丽丝通读了所有通知，可这对她在 Kututu Puli 后面的执勤没有丝毫帮助。她径直开进了一片泥潭，车子的轮胎陷在里面打转。她试过挖开一些泥，也试过挂空挡，但都没什么用。最终，她用无线电报告了救援申请。

萨格是最先回应的，他用一台绞车拉着她的小卡车回到办公楼，其他管理员都已经停工在那里享用小食和美酒了。

"来喝杯酒吧，"萨格走出他那辆沾满泥的小卡车时说道，"我们真应该喝一杯。"

"Pinta-Pinta。"鲁比在停车场对面的一棵沙漠木麻黄树下挥着手喊道。大家都坐在那里，放满小食的桌子上有一个打开的保温箱。"别像个陌生人一样。"

爱丽丝对着萨格挤出了笑容，也向鲁比挥了挥手。迪伦不在那里。可能他在路上。要是他在路上，她就应该留下来，不然他们就不能一起回家了，那样他会失望。可是，如果他没有……她摇了摇头，不再想东想西，前去加入了大家。她不会逗留超过一个小时的。

鲁比给她递了瓶啤酒。"见到你真是太好了,Pinta-Pinta。"

能见到鲁比也令人高兴。爱丽丝瞥见鲁比裤子上的虎皮鹦鹉时止不住地哈哈大笑。

"对了,伙计,我们没怎么注意到你。你没有去丛林舞会吗?"尼奇科问道。

萨格用手肘捅了捅他。桌上一片沉寂。爱丽丝的脸颊红得发烫。

"好——了,"萨格说。他举起了啤酒。

在座每个人都互相碰着酒瓶说干杯。爱丽丝喝了一大口。酒精让她放松了端着的肩膀和皱起的眉头。一阵轻松感涌上心头。这群人的陪伴带给她纯粹的温暖,带给她慰藉。

爱丽丝喝完第三瓶酒后才想起来要看下时间。她发现自己已经在这里待了两个小时,立刻屏住了呼吸。

她匆忙找了个借口离开,直接开车去迪伦家。当她来到院门前时,发现门上了锁。它从来都没锁过。她喊了喊迪伦,但她的声音被风吞噬了。皮皮在哪里呢?无论迪伦在哪儿,它现在会和他在一起吗?

爱丽丝加速在公园度假村行驶,最后猛地停在了自家的车道上。她已经很久没有在此处过夜了,这里都不再像她的家了。皮皮出现在院子门后面,它看见她之后,兴奋地转着圈。一定是迪伦把它丢在这里了。爱丽丝打开前门,进了自己家。

屋里的空气散发着恶臭。爱丽丝在房子里搜寻着,最后在火炉下面的老鼠夹里发现了一只老鼠。她干呕着处理完,打开所有窗户和门,清洗了香炉,点起了檀香和香叶天竺葵精油。她的书架已蒙上一层鲜艳的红色灰尘。她在抹去尘土的时候用手指摸了摸被她忽视的这些书的书脊。爱丽丝在食品柜里翻找一番后加热了一罐烤豆,不过大多都喂了皮皮,因为她吃不下。她一整晚都在给迪伦打电话,可他都没有接听。她在后院的彩色小灯下面打着颤,目光越过几座沙丘,看着星光下他的房子的廓影。

她感到更加空落落的。他是在惩罚她。因为她没有回家找他。因为她没有事先确认自己是否可以留下来喝一瓶酒。因为她做了他不允许的事情。她明白。

爱丽丝进了屋,锁了门。她想放松肩头的紧缩感,便迅速洗了个热水澡,然后上了床。皮皮趴在她身旁,轻轻地打着鼾。

就在她快要睡着的时刻,窗外的声响惊醒了她。是细枝被踩在脚下折断的声音。她从床上跳起来,一点一点地挪到窗帘后面,耳里响起脉搏的剧烈跳动声。皮皮汪汪叫着。随着爱丽丝的眼睛适应了星光,她看见后院里全是影子。但没有一个是他的。

第二天早晨,她只能喝下一小口咖啡。她在开车去上班的路上不断发抖。当她在办公楼停车时,他笑着过来和她打招呼,双手捧起她的脸。她害怕地看着他的眼睛,不过看到的全是柔情。他亲吻了她,抚摸了她的脸颊。

"我偏头痛得厉害,吃了点止痛片就昏睡过去了,"他说,"我本该给你的电话留个言,或是写张纸条的。抱歉,亲爱的。不过,你和大家处得开心吗?"

爱丽丝慢慢地点头，像个红着脸的傻瓜。她怎么了？

一切都在她的脑海里。

她错把他当作恶魔一样的坏人了。

---

白昼渐长，每一天的金色暮光都比前一天的更加耀眼。爱丽丝留在办公楼喝酒的那晚谁都没再提起过。和其他人社交的想法也同样石沉大海。当他们二人独处时，一切都风平浪静。这也可以接受。有些人就是不喜欢社交。每天早上她在他的怀抱里醒来时，她觉得这就是她想要的生活。他们之间的关系跌宕起伏，不过她劝自己，维持感情不是那么容易的事情。他们已经很了解对方了，所以偶尔出现碰撞是在所难免的。

在一个特别晴朗的日子里，爱丽丝先下班回家。早前，她和迪伦约好要一起去散步，也许会带上几瓶啤酒，在一座沙丘上静坐片刻，看太阳落山。她刚脱掉工作靴，系上运动鞋的鞋带时，电话响了。

"我会晚点到，Pinta-Pinta，"迪伦叹着气说道，"一条柴油管坏了。我会尽快回来的，不过我不确定能不能赶上我们今天的散步。"

"别担心，亲爱的。"她想要藏起声音里的失落。在办公室里待了一整天的她很想出门呼吸新鲜空气。"我会和皮皮一起待着，准备一顿美味的晚餐。"

不过，她挂断电话后不久，皮皮就开始挠纱门了。爱丽丝看到它毛绒绒的脸上写着期待。室外的午后十分迷人。沙丘在落日的光线下近乎是玫瑰红色。爱丽丝咬了咬脸颊内侧。自从她和迪伦开始约会以来,她已经很久没有单独和皮皮出去散步了。她的脑海里闪现了沙漠豌豆花在落日时分呈现血红色的景象。她说过会在这里等他。不过,这个午后实在是太美丽了。他一定不会想让她坐在屋里的。

"走吧,皮皮,"她轻声说,"我们去享受二人世界。"皮皮转着圈追自己的尾巴,爱丽丝为它套上绳子,带着它出门,越过沙丘朝陨石坑走去。

爱丽丝不断遇见各种珍宝:各种淡粉淡黄的腊菊,落满灰白羽毛的小道,还有枝头上开满花的桉树。她呼吸着温暖的泥土味,欣赏着混合寄居蟹的蓝色和蛤蜊壳的各种紫色的天空。这片沙漠承载着海洋的记忆。爱丽丝想起和迪伦共度的第一个日出便笑了。当她和皮皮攀上陨石坑壁面,重新追寻她刚到这里那会儿常走的那条小道时,她的心里充满了怀旧的感伤。她初来这片土地时不确定自己能在这里做什么。不过现在,她有了一份珍爱的工作,还有一个从未想过能如此爱她的男人。

爱丽丝和皮皮到达了陨石坑壁面的顶点,她看到了异常美丽的红花怒放的 Kututu Kaana——心脏花园。她向后仰头,满足地闭上了双眼。她终于到家了,开启了一段只属于她自己的生活。

爱丽丝在坡上走着,一边帮皮皮除去身上的脏东西,一边想着晚饭吃什么。她突然停下来,看到迪伦的工作小卡车停在他家的车道上。紧张感在她体内扩散。她惊慌失措地开了院门。试图平复呼吸。她不知道自己出去多久了。她没给他留张字条。会没事的。会没事的。她走向他家的前门。不要想恶魔。

安静的屋内一片黑暗。

"迪伦?"她喊了喊。"我到家了。"她解开了皮皮的绳子,踢掉了运动鞋。"迪伦?"

后来,她试图记起发生了什么事情以及事情是如何发生的,所有印象几乎同时涌现:皮皮痛苦的吠叫、爱丽丝转身看见迪伦在踢狗狗的肋骨时的尖叫、他猛冲向她时因震怒而眼露凶光。

"你他妈的去哪里了?"他抓着她。"你和谁在一起?谁?告诉我。"

她眼冒金星。她被抓着脖子猛摇,喉咙生疼。她的脊柱吱嘎作响。

"告诉我。"

他抓得太猛了,她的双腿离地。卧室门的铰链承受不住她身体的冲击,发出了巨大的断裂声。爱丽丝倒在地上。

她躺在那里,吃力地呼吸。她的意识在她体外游走,仿佛她并没有真正处于这个场景之中,只是一个旁观者而已。她盯着踢脚板上聚集的一团团灰尘看。它们吸引着她。它们就在脚下,就在她面前,可她此前却从来没有见过它们。她此前怎么会从来没见过它们呢?

附近的呜咽声让爱丽丝往床底下看去。皮皮的尾巴从暗处伸出来。

"过来,皮皮。"爱丽丝的声音很沙哑。她的嗓子隐隐作痛。背上全是刺痛。她哄骗了皮皮好几次,它才出来。爱丽丝把她的狗搂在怀里,靠着墙往后挪。爱丽丝摇晃着皮皮,抚摸着它的耳朵和身体,轻轻地按压着它的肋骨,试探着它的反应。尽管皮皮在颤抖，它似乎并不是很痛苦。她抚摸皮皮的时候，它舔了舔爱丽丝的下巴。

她合上双眼，试图只专注于呼吸。淤青正在她身上的柔嫩之处形成，她感到皮肤上火辣辣的。

时间一分一秒地过去了。房间里很安静。能听见冰箱的嗡嗡声，还有屋顶制冷系统吸收了一天热气后的滴答声。

她听见外面的休息室里有动静。她屏住呼吸，想听得更清楚。

是他的声音，他在哭。

爱丽丝舒了一口气。眼泪意味着事情已经结束。

她颤颤巍巍地站起来。皮皮仓皇跑回到床底下。

迪伦坐在沙发上，双手抱头。"我——我——我真的很抱歉。"他垂着脑袋。"皮皮还好吗？我——我——我不知道是什么情绪上来了。"他努力屏住呼吸。"我回来看到你不在家的时候，就很担心。"

"我只是和我的狗一起去散步了。"她清晰地记起一段关于托比的往事，记起它的身体撞击洗衣机时发出的声音。

"你不知道，"他喊道，"你不理解。这里有一大堆家伙比我更好。你没看见他们是怎么看你的。但我看见了。我看见了，Pinta-Pinta。如果你单独散步的时候在路上碰见其中一个家伙，和他像我们以前那样在收工后聊天会怎么样？"他抽着鼻子。"如果那发生了会怎么样？"

爱丽丝的脑子在转动，迷惑不解。他难道不懂她对他的爱有多深吗？

"如果你开始和其中一个家伙聊天，他们爱上你了，会怎么样？"迪伦继续说道。

"那不会怎么样的，迪伦，"爱丽丝用哀求的口吻说道，"你看不出来吗？我的心里已经没有位置留给任何人了。"

他抓着自己的脸。"我只是想要给你留下深刻的印象。"他哭道，"看看你会多爱我。我只是不想失去你。我们分开的时候我会很崩溃。我只是想一直和你在一起，当我们不在一起的时候我什么都没了。你是我一生的最爱，爱丽丝。是我他妈的一生的，"他的嗓子发哑，"最爱。"

爱丽丝开始哭泣。

"我绝对不会打你的，你知道的，对吗？"泪珠顺着他的鼻子滚落。"我绝对不会打你的，Pinta-Pinta。"

这是真的，她这样劝自己。他没有打她。他的恐惧让他无法控制自己。

"我爱你。"她用颤抖的声音强调说。

他把她拉近了些。"你只要不做像下午这样的事情就好了，别让我那样爆发。你能为我这样做吗？为我们？"

她看着他的脸庞和他眼里的恳求，点了点头。

"不会再发生了。不会了。"他依靠过来，颤抖着亲吻她。"永远不会了。"

她的双唇被他触碰的地方在燃烧。

那夜后来，在几个小时抹着眼泪的道歉和交谈后，在再次检查皮皮全身后，在清理了地板上的碎片后，爱丽丝让迪伦领她进了浴室。他打开了浴缸里的热水。动作轻柔地为她褪去衣服。她坐在温水里，任由他慢慢地、小心地抚摸着她，帮她清洗肌肤。他像做祷告似的对着她的身体咕哝自己的爱和歉意。过了一会儿，他也脱去自己的衣服，进了浴缸和她一起。爱丽丝在他的臂弯里放松，几乎恢复过来，几乎能够忘记他想要治愈的、由他自已造成的伤害。

第二天早上，迪伦在床头柜上为她留了一杯热咖啡和一张字迹潦草的字条。他得早早开工，但不想弄醒她，他对昨晚发生的事情感到害怕，不过他对她的爱比之前更深了。

爱丽丝坐起来的时候感到刺痛。全身都痛。她一瘸一拐地穿过房子，走到卫生间，看到镜子里的自己时停下了脚步。她的脖子上有很多淤青，全是他的手指和手掌的形状和大小。她别过脸去，用了马桶，然后去冲澡。她没有再看一眼镜子。

爱丽丝准备好去上班了，她叫了皮皮，想把它放在屋外。它没有出来。爱丽丝一直叫着，找着，越来越心慌，最后她发现它躲在灌木丛中。爱丽丝检查了皮皮的全身。她看不出有什么问题。她为皮皮准备好食物和水之后赶去办公楼，以免迟到。

"现在戴围巾还有些热，不是吗？"萨格在茶水间经过爱丽丝身边时打趣地说。她挤了一个笑容出来，重新调整了绕着脖子的围巾。

爱丽丝在办公桌前坐下来后，立马在谷歌上做了检索，接着打开邮箱，顾不得多想就开始打字。

莫斯你好，

抱歉我没能更早地联系你。我离开布拉夫后去了 Kililpitjara 生活，现在在这里做公园管理员。这里很棒。我也做得不错。相信你也是。

> 我希望你能帮助我：皮皮昨天被一匹野马踢了，虽然我为它做了彻底的全身检查，它看起来一点都不痛苦，但我还是很担心。它有些呆滞，我在想它是不是受到了惊吓。你建议我给它喂点什么吗，比如消炎药？如果你能提供任何建议，我将十分感激。

爱丽丝又读了一遍邮件，在失去勇气之前点击了"发送"。

几周过后，爱丽丝和迪伦独自开车去上班。萨拉安排他在来路上检查几处篱笆。

"去吧，我在午餐时来找你。"他在他们进入各自的小卡车时这么说。

"这是一场约会。"她与他吻别。

爱丽丝目送他离去。他们已再次回到原点：她对自己的行为特别小心谨慎，在他提出需求的时候给予帮助，他们之间又风平浪静了。幸福。

莫斯在收到她邮件的当天就回复了，提到了一种他会开出的消炎药，并坚持让爱丽丝带皮皮去阿格尼斯布拉夫做检查。爱丽丝立刻删除了他的邮件，在网上搜索这种药物，不过没能找到。第二天，她收到了一个装满抗生素和消炎药的快递包裹。她偷偷给皮皮用了这些药，见它回到往常的快乐状态才放松下来。

爱丽丝尝试着保持冷静。她的金子补上了缝隙。

她在办公楼停车时，她的同事们在停车场集合。大家显得很兴奋。

"发生什么事了?"爱丽丝从小卡车里跳下来时问艾登。

"到了焚烧的时候了。"他点头指向正从办公室里走出来、手里拿着一叠纸的萨拉。

"Wai,大家。Palya?"萨拉大声说。"Palya,"大家一致回答。"好!那我们开始吧。今天的天气条件非常适合可控焚烧,我们的工作重心是南面边缘那几块地。你们要分成几个小组——组长必须是有经验的焚烧工——那么尼奇科、艾登和萨格,你们要尽量均分所有人员。请务必穿好全套防火装备。每一个小组都会分到一辆运水车,以及其他我们能够调出的交通工具。大家,安全第一。看好你们的滴液点火器,不要乱扣动扳机。关注风的动向。最重要的是,听从组长的指示。地图都在这里了,每人取一张。我要每一个参与者都佩戴好充满电的无线电对讲机。"萨拉分发完地图之后就转身回了办公室。

各个小组都集合完毕了,爱丽丝踮着脚尖找迪伦。到了焚烧的时刻了。她与涌上心头的一阵儿时记忆做着斗争。世界各地的人们都用火,某个冬日,妈妈曾在花园里这么说。有点像一种变一物为另一物的魔法。爱丽丝的手掌出汗了。她继续在人群中搜寻他的脸庞。他不在这里。迪伦不在这里。

"呃,萨拉?"爱丽丝追在她后面喊道。

她转过身来。"爱丽丝?"

"不好意思。我,呃,我只是想知道,迪伦今天是否参与焚烧工作?"她在自己无比幼稚的声音里退缩着。

"不,伙计。"萨拉慢慢地说。"我需要一些人手继续工作,而且迪伦已经参加过很多次焚烧工作了。"她打量着爱丽丝的脸。"我不能让任何一个心不在焉的人今天出这个外勤。我选中你，因为你是个努力的员工，你也对技能发展很有兴趣。不过，要是你分心的话……"

"不，"爱丽丝插话说，"没有，没有。我很好。我可以去。"

"你确定吗？"

"我保证。"

萨拉点了点头。"艾登，"她朝站在工作服房旁边的艾登喊道，"今天爱丽丝交给你了。"

"Palya。"艾登回喊道。

"照艾登的指示做。"萨拉转身走开。"享受你的第一次焚烧工作吧。"她回头喊道。

爱丽丝匆忙跑向工作服房。这没问题。这不会有问题。萨拉挑选她是想让她学习更多技能。这完全合乎逻辑，能够理解。爱丽丝不是特意撇开迪伦的。萨拉给了她一份意料之外的工作，他也一定会理解的，所以如果她在午餐时没见他，他是可以接受的。

在驱车向南面那几块地进发的路途中，爱丽丝试着想象在结束一天的工作后开一罐啤酒，和迪伦聊聊被挑中参与焚烧工作的兴奋。随着车子飞驰，红花娘盛放的沙漠如同一条条紫色条纹掠过，关于父亲的记忆唤醒了爱丽丝体内一种久远又极为熟悉的恐惧感。

他们把车停在了陨石坑南面的边缘地带。

"我们大家排成一列操作。"艾登对正在准备滴液点火器的管理员们说。"不管这是你第一次还是第五十次参与焚烧,以下几点重要提示都需牢记:不要在身体前方点火。不要走进火堆。要在身后点火。然后离开火堆。Palya?"

爱丽丝点点头。她戴着防火手套的那双手汗涔涔的。她紧紧地抓着滴液点火器,可它的重量让她的手臂摇晃不止。里面哗啦啦晃动的燃油使她不安。

"无线电都准备好了吗?"艾登问道。小组里的每一个人都检查了自己的无线电。"好的,我们开始点火吧。"

一个又一个滴液点火器的管芯被点着。爱丽丝点燃之后有些退缩。它好像有生命似的,发出嘶嘶声。她的手在颤抖。

"确保你们的通气阀门都是开启状态。"艾登喊道。他转过身来面对爱丽丝。"让火苗落在你身后的地上,就像这样,"他说着放低了手里的滴液点火器,点燃了一丛三齿稃,然后走开。他点燃一块就往前走一点,点燃一块就往前走一点。"离开火堆。"

土地着火后产生的嘶嘶声和噼啪声在他们周围逐渐变响。她慢速穿梭于红土和灌丛间,放低滴液点火器,在身后留下火焰。在这个过程中,她试图专注于穿着靴子的双足。

一,二,放火。一,二,放火。

我在,这里,放火。我在,这里,放火。

记忆在她眼前一一呈现:她和托比从爸爸的木棚里跑出来时那模糊不清的地面、吹打在脸上的热风、将天空劈成碎片的闪电、从海里走出的挨过打的美丽的妈妈。

"爱丽丝。"

她没意识到自己已经停下脚步了。

"继续前进,"艾登指挥着小组其他人。他在离她五十米开外的地方又喊了一遍爱丽丝的名字。

"你得往前迈一步，朝着我，就现在。"他面不改色，声音平稳。

她低头看了看自己的双脚。它们动不了。

"爱丽丝，你可以做到的。走向我。现在。"艾登的语气更急促了。

她在颤抖，燃油箱和滴液点火器在她手里猛烈摇晃。她的双腿动弹不得。身后火墙的热气开始烘烤她的防火装备。

"爱丽丝。"艾登开始向她奔来。

她动不了。

他跑到她身边抱住她。"我会搂着你，我们一起跑，可以吗？"

爱丽丝点了点头。艾登借助自己的重量拖着她向前。她看着自己的双脚不合拍地跟在他身旁跑着，非常狼狈。

当他们和火线已有一段安全距离后，艾登取下背包，拿出一瓶水和几颗软心豆粒糖。

"给，"他说着把东西都递给她，体贴地看着她吃糖、喝水。

"谢谢你。"她小声说道，在补充够水分之后把水瓶递还给他。

"回过神了吗？"他问道。

她点了点头。

"露露有时候也会发慌。她试图告诉我那是种晕眩的感觉。"

爱丽丝看向别处。她不知道露露也曾经受焦虑。

"你现在感觉怎么样？需要我用无线电联系办公楼派人来接你回去吗？"

"不用，"爱丽丝回答，"不用，我很好。"她用力抓紧了滴液点火器。"我很好。"她又说了一遍，想让声音听起来更有力。

艾登仔细看着她。"太好了，"他背包的时候点头说道，"不过，我们一起干吧。跟着我走。"

爱丽丝跟着艾登在那块地里行走，有条不紊地协作点燃一条火线，爱丽丝感到肩膀放松了，手也不抖了。有了他的支持和留心，她完成了工作。

过了一个小时，开着四轮摩托的小队接走了他们，朝前驶至和火保持足够距离的地方。在一座沙丘顶部，他们停下来，在沙漠木麻黄的树荫下吃午餐。爱丽丝闭着眼睛从水壶里喝了好大一口水。因害怕产生的冷汗令她的腋窝微湿。

小队吃着三明治闲聊的时候，爱丽丝坐在一边，背对着远处的橙色火浪。当她和艾登对视时，她露出了一个感激的笑容。

这个工作日结束了，返回办公楼之后，爱丽丝赶着收工，想回家找迪伦。正当她要离开之际，艾登突然开口说话。

"伙计，我刚收到通知要去帮忙值日落班，这样一来，我们负责安全检查的人手就不足了。检查不会占用太多时间。你介意帮个忙吗？"

爱丽丝咽下了升起的恐惧。"当然不介意，"她说的时候极力掩饰紧张感。

"嗨，Pinta-Pinta，"鲁比在停车场对面喊道，"我会帮你一起做的,这样可以搭你的车回家。"

"太好了,"艾登说,"人越多越好。谢谢,爱丽丝。"他转身离开,又停下走回来,张开了怀抱。"你今天的表现不错。很棒。"他给了她一个短暂但温暖的拥抱。

"谢谢,"她说,"我真的很感谢。还有你今天的帮助。"

艾登走后,鲁比和爱丽丝一起走向工棚,一阵轰鸣的引擎声吸引了爱丽丝的注意力。当她认出加速驶离办公楼的那辆工作小卡车里出现的是迪伦时,她的心猛地一沉。

待爱丽丝和鲁比完工,爱丽丝害怕极了,肠子像是打了死结一样。

"Nyuntu palya, Pinta-Pinta?"鲁比爬上爱丽丝的小卡车时问道。"你还好吗?"

爱丽丝没有回答。她觉得声音会出卖自己。

"今天,那火吓到你了,"鲁比说。爱丽丝还是没有回答,只是点了点头。"Uwa,火有时候很吓人,确实如此。不过,火也可以充当其他东西。比如药。火能让土地保持肥沃,我们也得以保持健康。哪里有火,哪里就有家。这样说起来就不那么吓人了,对吧?"

"药?"爱丽丝漫不经心地问。

"你今天焚烧的那块地上,"鲁比解释道,"全是要浴火裂开才能发芽的荚果。要是没有你今天放的火,土地就会变得贫瘠。一旦如此,我们的故事就索然无味了,我们也会生病。"

"对我来说，火从来都不是药，"爱丽丝静静地说。"我想可能有过一次。不过我只知道那是一种终结。"

爱丽丝通过余光看见鲁比在盯着她。她们的手持无线电对讲机突然噼啪作响，里面传出鲁比的名字。鲁比从腰带上取下她的无线电对讲机应答，又夹回了原处。

她们一言不发地开车回了家。

爱丽丝把鲁比送到家后，又原路返回至工作场。迪伦的工作小卡车停在工棚外面。他看到她和艾登的拥抱了吗？这会是个问题吗？当然不会，她劝说自己。他们没有按计划一起用午餐，也一整天没有联系，不过他会理解的，因为她去执行焚烧任务了。而且，就像萨拉早上说的那样，迪伦已经多次参与过焚烧了。这对她来说是个学习的机会，他不会对此不满的。

爱丽丝走进去的时候希望他不会对艾登，或是她的这一天感到嫉妒。他曾说过，她是他的一生挚爱。如果她不信任这句话，不相信他，这会对他们的关系造成怎样的伤害呢？她设想着这一幕可能会这样展开：他会给她一个拥抱，说他多么为她感到自豪，然后迅速带她回家，开一瓶啤酒，抛出一连串的问题，想要听她讲述这一天的故事。

她进门那会儿他在看邮件，根本就没有抬头看她。屏幕在他脸上投射出一道苍白的光。

"嗨。"她逼自己笑着说。

他的下巴一动不动。他没有回应。她等待着。

"你听说了吗？我今天第一次参加可控焚烧。"她说，紧绷的笑容弄疼了她的脸颊。他仍旧没有看她。他脸上的一块肌肉抽动了一下。

"我听说了，"他盯着自己的电脑说，"不过，公园的宠儿被挑去做焚烧工作也不是什么意外的事情。"

她的内心划过一阵恐惧。当他面向她时，他的眼神冷峻，眼窝深陷，双唇惨白。

"但这就是你会做的事情，对吧？你的大眼睛，你的蝴蝶和你的笑容让人们不会对你感到厌烦，是吧？所以你就玩儿他们，他妈的像玩儿球一样。"

她的双脚无法动弹了。

"那么，焚烧工作怎么样？"他的嘴唇挤出一个冷酷的笑。"继续说。你想要和我坦白一切吗？那就全都交代清楚。你和谁坐的一辆四轮摩托车？嘿？"他猛地把椅子推后，她退缩了。"你坐在四轮摩托车上的时候双腿夹着谁呢，爱丽丝？"他用力锤了一下书桌。"因为我查过你的训练记录，你还没有四轮摩托车驾照。所以，你他妈和谁那么亲密呢？还有，别他妈骗我。"他的嘴角聚集了唾沫。她无法说话。

"告诉我你和谁在一起。"他尖叫着。

泪水从她的脸颊滑落。他动作太快了，她还没来得及站稳。他抓住她的一只手臂，拧到她的背后。

"告诉我，"他轻声说。

他把她往墙上扔的时候，他的力量压倒了她。她喘不过气来，也听不见。她想要逃离。

"好啊，就是这样，跑啊，你这个不要脸的荡妇。我看见你抱艾登了。我知道你是什么货色。走啊。跑啊。"他的声音在她身后咆哮。"真他妈的是个解脱。"

此后她能记起的是身体不受大脑控制,下意识地行动着。先是挣脱他,跑向她的卡车,再是转动钥匙,发动引擎,同时一脚把油门踩到底。她的意识再一次与身体分离,漂浮在某处看着她开车。她在迪伦家门口停车,把皮皮抱入怀中,然后回到卡车上,车前灯照亮了安全回家的路。

当她开到弯道附近时,她注意到她的车道上停着一辆满是尘土的租来的小车。爱丽丝停下车,颤抖地沿着这辆小车走,盯着窗内看。

后面传来了窃窃私语的声音,飘来了浓重的烟草气味。皮皮先跑过了车库。

她的双腿像灌了铅一样沉重。她缓缓走向庭院。

那里,在最后一缕日光下,站着特威格和糖糖。

## 26

花 语

希望让人盲目

**提灯花**
Abutilon leucopetalum
澳大利亚北领地

Tjirin-tjirinpa 通常生长在干燥、岩质的内陆地区。
叶片基部呈心形。与扶桑相似的黄色花朵通常在冬天和春天盛开。
有时候全年均可见到它们的倩影。
阿南格族孩童用其制作小型的玩具长矛。

坎迪情绪失控了。她奔向爱丽丝，关切地抚摸着她的脸颊和头发。

特威格则踌躇不前。她把烟扔在脚下，用靴子的鞋跟踩灭了烟头。坎迪刚一放开爱丽丝，特威格就上前把她拥入怀中。

爱丽丝泡茶的时候颤抖不止。她的皮肤和头发都染上了烟味。迪伦怒气冲天的样子、脸上厌恶的表情和具有威胁的力量萦绕在她心头。

她端了三杯茶走向坎迪和特威格落座的餐桌，这个场景无比熟悉，却与她的沙漠生活格格不入。她哆嗦着放下了茶杯。

"你还好吗？"坎迪向前握住了爱丽丝的手。

爱丽丝坐下来，闭了闭双眼后才点了一下头。

"你们是怎么找到我的？"她咕哝道。

她们交换了眼神。

特威格喝了一口茶。"莫斯·弗莱彻。"

"是那个兽医吗？"爱丽丝脑袋发晕，惊呼道，"在阿格尼斯布拉夫的那位？"

特威格点了点头。"他在送你去医院的时候看到了你卡车上的字,在谷歌上搜索了桑菲尔德,打电话给我们找你的亲属。他在收到你的邮件之后又给我们打了电话,告知我们你在这里。"

爱丽丝无法望向她们中的任何一个。"他不该管闲事的。"迪伦的声音响起:你就玩儿他们,他妈的像玩儿球一样。

"或许吧,"坎迪温柔地说,"不过他打来的电话让我们都放心了。"她抹了抹眼睛。"你就这么走了,亲爱的,"她接着说,"我每天都给你发短信、打电话、发邮件……"她突然崩溃了,"你就这么走了。"

屋外,她的彩色小灯在阴郁的天空下闪着光芒。他会打电话过来吗?她感到头疼。肾上腺素在消退,在她的身体上留下一道疲倦的口子。

"你们知道我为什么'就这么走了'",爱丽丝说,"我还能做什么?"

"琼是想要保护你,不过我知道你很难从这个角度来看。"

"天哪。这不是……"爱丽丝突然站起来,把椅子放回原位。"我不能这么做。"她举起双手说。她已经失去战斗力了。她不希望她们出现。她的脑子里一片混乱,只能思考关于迪伦的事情,没有空间留给鬼怪和往昔记忆了。另外,在内心深处,她知晓这不公平。她们不该分担她的害怕、痛苦和愤懑。她能为大家做的最好的事情便是抽出些时间。

"我需要一点时间。"爱丽丝背对她们,走去洗澡。她正准备关上浴室房门的时候,坎迪说话了。

"她去世了,爱丽丝。"

这几个词像几声爆炸击中了她。她能看到坎迪的嘴唇在动,可她只能听见只言片语。

"……很严重的心脏病……"

爱丽丝摇着头,努力想要听清。她的双腿已然麻木。

"……洪水切断了我们通往镇上的路。她日夜坐在后门的阳台那里,看着水位不断攀升。我们找到她的时候,她睁大双眼凝视着被摧毁的花田。"坎迪面无表情。

爱丽丝看着她们两人,仿佛是第一次仔细观察。坎迪的双眼布满血丝,她的蓝色头发黯淡无光,脆弱不堪。特威格太阳穴周围的发丝已经发白。尽管她穿着实用的衣服,可还是能明显看出她身形消瘦。

琼离世了。

爱丽丝跌跌撞撞地进了浴室,关上身后的门,双腿已经虚软无力的她紧紧靠在门上。她滑落在地。她迫切需要安慰,打开了热水。她一件衣服都没脱就爬进了浴缸,坐在水里。她仰着头,屈膝至胸前,双臂抱膝,号啕大哭。

---

爱丽丝洗浴后待在浴室久久不愿离去。她坐在空浴缸里,裹着浴巾,闭着眼睛,不愿动,不愿说。

各种声音穿墙而来:特威格和坎迪在休息室模糊不清的交谈声、打开后门的声音、在厨房水槽清洗茶杯的声音、餐椅在油毡上拖动发出的刺耳声、走向浴室的脚步声。

"爱丽丝。"这是特威格的声音。"我觉得我们最好去度假村找个房间。给你留一些空间。没给你任何准备就告诉你这个消息是我们的错。"一个停顿。"我们十分抱歉。"又一个停顿。然后是逐渐远去的脚步声。爱丽丝听见前门打开的声音时，懊悔地出了浴缸。她打开门。皮皮冲进来，在她腿边跑来跑去。

"等等。"她喊道。

特威格和坎迪已经走到门外了。她们听见她的声音后又进了前门。

"你们可以留下。这里有很多空间。我从现在开始有四天的假期。"她抬起下巴。"你们应该留下。我们应该交流。"她耳里的心跳声非常平稳。

她们互相看了一眼对方。坎迪先开了口。"现在很晚了，我赶紧弄点晚餐如何？肚里空空没有任何好处。"

坎迪在厨房忙碌的时候，特威格坐在后院卷了一根烟抽，爱丽丝则进卧室穿衣服。她的每一步都需要付出极大的努力。穿上内裤。琼当时痛苦吗？穿上一条裤腿。另一条裤腿。当心脏病发作的时候，她意识到这已是弥留之际了吗？衬衫套在头上。她有呼叫任何人吗？她害怕了吗？过于沉重的脑袋令爱丽丝的脖子难以支撑。她爬到床上，想从枕头那里找寻一会儿安慰。她蜷缩着。

他在那里。

她的衬衫上留有他的古龙香水，飘着清新的香味，唤起了其他记忆。他的身体，他的梦乡，和他夹着泥土味和咸味的呼吸。

爱丽丝提起了衬衫的衣领，放在鼻子前深吸一口。他没有参与焚烧，他很失落。他对于她吸引其他男人注意的情况很敏感。她本该更加小心。她应该过去向他道歉。他只是发了脾气。每个人都会偶尔发脾气。

爱丽丝想收住眼泪。她坐起来关掉了台灯。看向几座沙丘之隔的他家。房子黑漆漆的，没有亮灯，俨然是星空下一座幽暗的庞然大物。

第二天一早，爱丽丝醒来的时候闻到了煮咖啡的气味，听见了坎迪和特威格在厨房的声音，她分不清自己在哪里，也不知道是什么时间。她可能是九岁。十六岁。二十七岁。

"喝茶吗？"坎迪见目光呆滞的爱丽丝拖着步子走到休息室时问道。

"好的，谢谢。"

"你睡得怎么样？"特威格问。

"没有做梦。"爱丽丝打着哈欠说。"你呢？"

"不错。"特威格点点头。

"我们感觉像出来野营的女学生。想想我们那个年代。"坎迪笑着递给爱丽丝一杯冒着热气的咖啡。她点头致谢。

她们突然无话可说。皮皮在外面转着圈追自己的尾巴。

"它得出去。"爱丽丝喝了一口咖啡。"有一条路从后院篱笆通往陨石坑壁面，我有时候会在那儿走走。我觉得你们会喜欢它尽头的景色。"

皮皮在前面欢快地跑着，爱丽丝、特威格和坎迪穿过了灌木丛。时不时会有人停下来，指指沙漠玫瑰或是在头顶飞过的楔尾鹰。大多数时候，她们沿着小道安静地向陨石坑壁面走去。当她们到达观景平台时，特威格呼哧呼哧地喘着气。她坐在阴凉处调整呼吸。

"都怪你成天抽烟。"坎迪责备道。特威格把她轰走。

爱丽丝给她们分发了水，也在碗里倒了一些，给趴在特威格脚边喘气的皮皮。早晨的空气给她们带来清凉。她们转身去看陨石坑内的景观。鲜红的沙漠豌豆花在摇曳。

"太壮丽了。"坎迪叹气说道。"我从来没在一个地方见到过如此之多的沙漠豌豆花。"

"它们吸引了来自世界各地的游客。"

"它们会从现在开始开花，开满一整个夏天，直到秋天为止。"特威格抬起下巴指了指陨石坑。"我家在南边，在我们那里，它们被称为鲜血之花，"她静静地说，"在我们的故事里，它们生长于溅了血的地方。"

"你从来没告诉过我这些，"坎迪说，"这就是为何你在桑菲尔德种沙漠豌豆花时总是给予它们特殊的照料吗？"

特威格点点头。"这是其中一个原因吧。它们总是让我想起失去的家人。还有，"她用发哑的嗓音说，"我找到的家。"

"鼓起勇气，振作起来。"坎迪小声说。

爱丽丝捡起一根枝条，指着沙漠豌豆花说，"这里的故事是，此处是一颗母亲的心脏坠落的地方。她把心脏从体内拽出来，在星辰之中丢下，落在从天坠地而亡的孩子身边。"爱丽丝把枝条折成两段，扯了一些树皮。"这些豌豆花每年花期有九个月，围成一个正圆。他们说每一朵花都是她的一部分，不能离开这片土地。"她把枝条折成更小的几段，直到脚边已经叠起了一小堆。"我的朋友鲁比说，如果这些花生病了，那么她和她的家人也都会生病。"

"听起来是这么回事。"特威格说。

她们三个安静地坐在一起。

"她是土葬还是火葬的?"爱丽丝无法看向她们中的任何一个。

"火葬,"坎迪回答,"她在遗嘱里留了指示,要把骨灰撒在河里,这样她就能去海里了。"

爱丽丝摇着头,想起她自己跳入河中时也曾幻想着能顺着水流回家。

"或许我们现在可以回去了,爱丽丝。我们有东西要交给你。"坎迪说。特威格点了点头。

"好的。"爱丽丝说。她对皮皮吹了下口哨,沿着来时的小道回家。

她们进门的时候,烈日当头。爱丽丝倒了几杯凉水递给她们。

坎迪走向屋外那辆租来的小车,回来时手里拿着一个用布包裹着的东西。爱丽丝本能地认出了它。

"哦,天哪。"

"她在遗嘱里说要把这个给你。"坎迪把东西交到爱丽丝手里。

爱丽丝揭开布,直到桑菲尔德词典展露无遗。记忆涌上心头。她第一次跟着坎迪进入工棚。特威格教她如何剪花。琼向爱丽丝展示如何压花。还是个男孩子的奥格,在看书时抬头看她,还朝她挥了挥手。

"这花了她将近二十年，不过她最后遵守了诺言。"特威格的声音非常沙哑。"你一直想要知道的一切都在这里面了。我们一直都没有发现琼在生命的最后一年书写了桑菲尔德的故事，包括你父母的故事。"

爱丽丝把这本书抓得更紧了。

"当你读这本书的时候，"坎迪说，"你会知道露丝·斯通的遗嘱是：桑菲尔德不能由一个不值得的男人继承。"她停顿了一下，似乎是想让措辞更为谨慎。"爱丽丝，在你父亲还小的时候，琼有过一次心脏病发作。不严重，但足以让她写一份遗嘱。不过，她一直对此保密，"坎迪的声音很清晰，"因为她决定不让克莱姆继承。在克莱姆小时候，琼就看出他对你的母亲有极强的占有欲。有时候，她也看见他对我们其他人极具攻击性。如果他不是关注的焦点了，他会变得嫉妒。如果他不能掌控了，他会变得小心眼。有时候，如果他生气了，他会变得暴烈。当他听见琼向阿格尼丝吐露桑菲尔德将来可能会由她、或者我、或者特威格，而不是由他继承的决定时……他一走了之，发誓再也不和琼、不和我们任何人说话。他说这是我们的下场。"她的声音绷不住了。"这就是为何我们在你九岁前不知道你的存在。我们后来再也没有见过你的父母，也没有和他们说过话。"

"所以……"爱丽丝把所有事拼在一起理顺，声音逐渐减弱，"我的父母离开，是因为琼做了一个会让我爸爸生气的选择？"

"没有那么简单。琼认为她的决定都是有理有据的。她了解克莱姆的本性，因此对于把她和你家族的女人们打拼来的一切交给他非常小心翼翼。他有时候太喜怒无常了。"

"是的，"爱丽丝插了话，"我有些了解，坎迪。"她的太阳穴开始剧烈地痛起来。"为什么你们不告诉我他们是因为这个原因离开的？"

"我不能说，爱丽丝。我不能说。我不能背叛琼。在她为我做了这一切之后，我不能。这是该由她来讲述的故事。"

"所以那就盖过了你自己的情感吗？你就为琼掩盖她犯的错吗？"

"好了，够了，"特威格打断道，"够了，休息一下。"

爱丽丝站起来，在房间里踱步。坎迪的泪水沿着鼻子落下。

"我觉得，重要的是，"特威格缓缓地说，"我们不要陷在过去。"

"陷在过去？"爱丽丝尖叫道，"我甚至都不知道过去是什么，我是怎么陷在其中的？"

"爱丽丝，好了，"特威格劝说道，"你需要试着保持冷静。我们得谈谈眼前的事情。"

"那究竟是什么？"爱丽丝还击道。

"坐下来，"特威格态度坚决。她的神情不可解读。坎迪也如此。一种不祥的预感驱散了爱丽丝体内的愤怒。她看了看坎迪，又看了看特威格。

"什么？"她问道，"是什么事情？现在就告诉我。"

"爱丽丝，坐下来。"

她开始反抗，不过特威格举起了她的手。爱丽丝拉出一张椅子，坐了下来。

"这对你来说信息量很大，我们会尽可能地让你少受伤害。"特威格把双手压在一起。

"告诉我就可以了。"爱丽丝咬紧牙关说道。

"好，"特威格开始讲述。

坎迪深吸了一口气。

"爱丽丝，"特威格说。

"就直接告诉我！"

"你的弟弟在火灾中幸存了，爱丽丝。"特威格瘫在椅子上说。

爱丽丝如同被打了一巴掌似的向后退缩。"什么？"

"你的小弟弟。他活下来了。他在你来桑菲尔德后不久被收养了。"

她麻木地盯着她们。

"他是早产儿，非常虚弱。医生们不确定他是否能活下来。琼担心照顾不好一个虚弱的新生儿，要是他活不下来，你还得承受更多痛苦，她不想这样。"

爱丽丝摇着头。"所以她就把他扔下不顾了吗？"

"噢，亲爱的。"坎迪伸手碰她。"我很难过。这件事确实很让人震惊，而且要消化的内容有很多。这需要时间。你不如和我们一起回桑菲尔德吧？求你了。我们会照顾你。我们会——"

爱丽丝冲向厕所。她因惊厥作呕，狂吐不止。

特威格和坎迪的脸上写满了恐惧、担忧和关爱，她们弯下腰喊着她的名字。

---

坎迪打开后门，拿了两碗通心粉到庭院里。特威格坐在爱丽丝的彩色小灯下面，坎迪给她递了一碗，在她身旁坐下。她们安静地吃了一会儿。天空从蓝色变为琥珀色，又变为粉色。背光的陨石坑壁面看起来像一条搁浅的船。

"你觉得我们应该什么时候叫醒她?"坎迪问。

"让她睡吧,坎迪。"

"她到现在已经睡了不止一天了。"

"但看起来她需要休息。"特威格叹了口气。

"不过她的手机是怎么回事?它响了很多次了。"

"坎迪——"

"你觉得她的淤青是从哪里来的?"坎迪打断了她,小声说道。

特威格摇了摇头。她把碗放下,伸手到上衣口袋里拿烟袋。"可能是她在这里的工作所致。你知道我们在田里时总会有些磕磕碰碰的。"

"我感觉我们已经失去她了。"坎迪的声音很平静。

"你有这种感觉是因为自从她离开以后,我们不知道她的生活里都发生了什么。不过她没有机会告诉我们,对吧?我们自己带来了太多消息。"

坎迪没有回答。她们看着太阳落下,从视线里消失。

"你没有告诉她,琼是在等她回家的时候过世的。"过了一会儿,坎迪说道。

"你也没有。"特威格回答。

"我知道。"坎迪搓了搓前额。"那样的内疚感就是她需要的最后一个理由。"

初升的星星在天空闪烁。

"你看到她的那些笔记本了吗?"坎迪问道。

特威格再次摇了摇头,点了烟。

"它们就放在书架上。里面满是花和花语。有些是速写,有些贴着压花。它们没有次序,不像是词典词条或是别的什么。它们看起来是随机排的，不过浏览一遍又觉得背后有更多含义。好像它们组成了一个故事。"

特威格吸了一口烟，向上吐了出来，斜眼看了一下坎迪。

"怎么？"坎迪说，"我只是在到处看看。它们就放在书架上。我有些好奇。"她用叉子戳着通心粉。"我很担心。"

特威格又抽了一口。"我也是。"

坎迪把叉子和碗都放下。"我们得说服她和我们一起回家，"她说，"毕竟现在桑菲尔德有三分之一是属于她的。"

特威格轻轻弹了弹烟灰。"一切都可以等。我们哪里也不去。"

"不过你不觉得她遇到麻烦了吗？我们是她的家人。她需要我们。"坎迪的声音颤抖着。

"等她准备好了，我们会在那里等她。但是当下，我们得给她一些她需要的时间，让她完成需要做的事情。"

"是什么？"

"生活。"特威格干脆地说。"你知道的。你的理智和情感现在无法就此互相沟通。她现在迫切需要活出自己的故事，需要信任它，甚至犯错、搞砸后仍然清楚自己会没事。"

"可是，"坎迪的下嘴唇在颤动，"要是她有事怎么办？"

"那又如何，难道我们要像琼那样压得她喘不过气来，要以这种方式保护她？你知道那句老话的。好心办坏事……"特威格的声音渐渐减弱，她拨掉了舌头上的烟渣。

坎迪不说话了。附近有狗在嚎叫。

"我们不会再次失去她的，"特威格说，"给她一些信任。"

坎迪点了点头，她的愁容里写满痛苦。"好吧，"她说。

"好的。"特威格长长地吸了一口烟，烟草在安静的空气里噼啪作响。

爱丽丝坐在沙发上喝咖啡。她几个小时前就醒了，不过她的脑袋像外面的天空一样空空如也。她从坎迪那里得知自己睡了整整两天。对你来说信息量太大了，你一定非常需要这么多睡眠。

皮皮在地上跑来跑去，坎迪和特威格把东西搬到租来的小车上。她们想在天黑前回到阿格尼斯布拉夫。她们的回程飞机在第二天一早起飞。

"我知道一切都结束了。"特威格回到屋内拍了拍手上的灰。"我知道我已经问过你二十遍了，爱丽丝，不过如果你希望我们留下来……"

爱丽丝摇了摇头。"我没事。独自消化这些事情对我来说比较好。"

"答应我们，你会打电话来的，"愁容不展的坎迪说，"在你有问题、或者想要聊天、或者想有一个了解你并爱你的人的时候。"

爱丽丝站起来走向她。

"我讨厌告别。"坎迪哭着抱住爱丽丝。"答应我们，你会回来看看的。我们试着重新开始。播种季节马上就要到了。桑菲尔德永远都是你的家。"

爱丽丝点着头，埋进了坎迪的肩膀，深吸着她身上的香草气味。

坎迪后退了。"爱丽丝蓝。"她在上车前把一缕头发夹在爱丽丝耳后。

只剩下爱丽丝和特威格了。她不敢看特威格的眼睛。

"你还好吗？"特威格清了清嗓子

爱丽丝逼自己抬起头。"我会没事的。"

她们对视了一会儿。特威格从裤子后兜里拿出了一只厚信封。

"当你准备好的时候，"她说，"你需要的一切都在这里面了。我本该在数年之前就给你的。"

爱丽丝接过了信封。特威格紧紧地抱了抱她。

"谢谢你，"爱丽丝说。特威格点了点头。

爱丽丝一直在挥手，直至她们租来的小车从视线里消失。

当她回到屋内时，特威格和坎迪告诉她的一切都等待着她。琼的死讯。爱丽丝弟弟活着的消息。她转着圈踱步，想在脑中给它们留个合适的位置，可当她这么做的时候，她发现所有空间都是留给迪伦的。已经过去好几天了。他在哪里？特威格和坎迪可能是忘记提起她昏睡时有电话打来。她把特威格给她的信封放在一旁，赶紧去拿手机。果然，她收到了一些短信，全是他发来的。第一条短信是带着歉意的，不过他的语气在第二条之后就变得越来越冷酷了。最后一条短信令她作呕。

"我大人有大量，给你打电话道歉，可你却不理我？真好。"

出于愧疚和想要修补关系的冲动，爱丽丝抓起钥匙走出后门。她沿着篱笆走向他家。她会为参加焚烧工作道歉。她会为没有意识到他的情绪道歉。她会为没有尽早过来致歉而道歉。她会解释自己有一场意料之外的家庭拜访。她会告诉他。有人死亡，有人还活着。他会理解的。

不过迪伦的院门紧闭，上了锁。他的工作小卡车和他自己的越野车都没有停在车道上。

"他不在家。"露露在她身后直截了当地说。

爱丽丝转过身来。她们已经几个月没有说过话了。

"他走了,"露露双手插着兜说,"他说他在办公楼见过萨拉,需要处理紧急工作。他说自己必须立即离开。"

爱丽丝看着她的脸,试图理解。"什、什么时候?"

"我昨天看到他在服务站加油。他没告诉你吗?"

爱丽丝再也抑制不住痛苦,哭了出来。是什么紧急的工作?他告诉萨拉在工棚发生的事情了吗?他受伤了吗?生病了吗?他还好吗?就在爱丽丝的双膝瘫倒在地之前,露露抓住了她。

"我都做了些什么?"爱丽丝抽泣着说,靠在露露身上,没有意识到她的淤青暴露在外。

"Que chingados[1]?"露露看着爱丽丝的手臂小声说。"这他妈的是什么,爱丽丝?他一直在伤害你吗?迪伦一直在伤害你吗?"

爱丽丝跌入她的怀抱。

"好了,"露露说,她充满关心的声音非常坚决,"进来,到我那里去。我们走。"

---

[1] 西班牙语。

# 27

**花 语**

伤心良药

**蝠翼刺桐**
Erythrina vespertilio
澳大利亚中央及东北区域

Ininti 被广泛用于制作投掷的长矛和木碗。树皮、果实和茎干用于传统制药。叶片呈蝠翼形，珊瑚色的花在春夏之际盛开。如豆般的种子富有光泽，引人注目，呈现出从深黄至血红的不同色彩，用于装饰品和珠宝制作。

爱丽丝麻木地走进露露的家,坐在桌前,低头盯着自己的双手,泪水哗哗地流下来。露露进厨房拿了两小杯看起来加了冰、盖着柠檬片和酸橙片的气泡水。

"它能帮你冷静下来。"她点着头喝了一口。爱丽丝也照做,但浓烈的酒精刺激令她咳得厉害。"这是我祖母治疗发烧和心脏病时喝的东西。"露露说。

冰块发出嘶嘶声和噼啪声。

"所以……这样子已经有多久了?"

爱丽丝又喝了一口,这次喝得更多,悲痛让她难以下咽,气泡水溢到嘴边。

"我到底做错了什么?"她喊得很用力,以至于干呕起来。

"噢,亲爱的。"露露冲向厨房。"你没有做错任何事。"她说着拿了一杯水放在爱丽丝面前。她坐下来,把手伸到桌对面。

"你为什么又开始对我这么好了?"爱丽丝紧紧握住露露的双手问道,"我以为你恨我。"

"我很抱歉,"露露的嗓音里带有深深的自责,"在我看见你们两个遇见的那一刻,我就知道你们喜欢上对方了。我试过让你远离他,不过我没有告诉你来龙去脉。等到你们显然已经在一起的时候,我不敢也羞于把在我身上发生的真相告诉你。"露露停了停,漫不经心地看向别处。"我从未和任何人提起过。连艾登都不知道到底有多严重。迪伦曾痛打我的头。我说服自己，说这几乎未曾发生。我以为，这只是我的问题，好像我有哪里和他不搭。让他如此生气和暴力的原因是我。都是我的错。我以为他和你在一起的时候会不一样。如果我知道他会……"露露瞥了一眼爱丽丝的双臂，没有继续说下去。

当她们的手握在一起时，爱丽丝的眼神落在手腕的皮绳上，那是迪伦从他的手腕上取下来绑在她手上的。她抓住皮绳咬了咬，想弄掉它们。

"亲爱的，"露露惊呼，"停下。"她从柜台上的罐子里拿了一把剪刀。冰冷的金属刀片在皮绳下一划，爱丽丝的双腕都解放了。爱丽丝揉了揉这块肌肤。

"你知道迪伦在离开前找萨拉说了什么吗？"她问。

露露摇了摇头。"不过，我猜我们明天去上班的时候会知道的。"她特意指了指爱丽丝的坠子。"勇气，对吗？我会陪你一起的。"

第二天早上，爱丽丝和露露一起去了公园办公楼。她在开车经过迪伦家时瞄了一眼。他的院门都锁着，车道是空的。她的意识飘去了前门。里面有她的牙刷，和他的一起摆在浴室长凳上。衣柜里挂着她的夏衣。他们凌乱的床横在窗边，沐浴着阳光。他在早晨惺忪的样子。他们缠绵时他用手抱住她脑袋的方式。她的菜园。他的火炉。破损的卧室房门。一团团灰尘。她们的车驶过去了，可爱丽丝那颗纠结着渴望、需要和恐惧的心却留在原地徘徊。

她们到达办公楼时,爱丽丝摇了摇头。

"我做不到。"她小声说。

有好一会儿,她们两人都没有开口。

"不,你做得到。"露露也小声回复。

---

爱丽丝和露露进楼后发现萨拉坐在爱丽丝的书桌前等她。"爱丽丝,"她面无表情地说,"来我办公室一下?"

爱丽丝点了点头。她跟萨拉走的时候看了一眼露露。

"我就在这里。"露露做了个口型。

萨拉示意她坐在书桌前的椅子上。

爱丽丝坐下来,想起了她刚来的那一天,自己就是坐在这个地方满怀希望和激动签了劳动合同。

"我就直说了。有一个员工递交了一份事件报告。"萨拉伸手拿来一个用马尼拉纸做的文件夹并打开。"迪伦·里弗斯报告了上周四在焚烧任务结束后工棚里发生的一起事件。据说,你对他有身体上的暴力行为。"萨拉看了看这几张纸。"尽管他表明不想继续追究,他还是把这份事件报告交给我了,同时也交了一份到总部的人力资源处。"她放下这些纸,靠在椅背上,捏了捏自己的鼻梁。"我很抱歉,爱丽丝,我也没办法,必须履行全套纪律处分,也就是即刻暂停你的工作。"

爱丽丝想极力保持镇定,但还是颤抖起来。

"我会请另一位管理员来替你的班,"萨拉说。"我今天会从人力资源部那里得到关于你此次停职多久的通知。他们下周会派一个工作人员过来，那时候你就有机会澄清自己了。"

爱丽丝一言不发。

"在处理报告这段时间内，你不能和迪伦有任何联系。现在这对你来说很容易，因为他请假了，你可能也已经意识到了。"

爱丽丝合上了双眼。

"你还有什么问题吗？"

爱丽丝摇了摇头。

"嘿，"萨拉更加温柔地说。

爱丽丝睁开了眼睛。

"有什么事瞒着我吗，爱丽丝？有什么你愿意私下和我分享的事情吗？"

爱丽丝和萨拉对视了一会儿，把椅子推后，起身，什么都没说就离开了她的办公室。

露露在外面的小卡车里等候，引擎已经发动。

"别待在家里，亲爱的，"露露在家停车时说，"穿上你的便服，和我一起走执勤的路。出去走走对你有好处，你知道的。在那里你只会烦躁。"

爱丽丝看向他的房子，但没有真的在看。他提交了一份指控她的报告。他故意、成心要夺走她的发言权。*像是童话里在黑森林漫步的小女孩。*

她抹了抹脸颊，打开了乘客门。"给我五分钟。"

露露带了一个旅游团沿着小道进入陨石坑，爱丽丝落在后面。来这里是一个错误。她不想听见自己不能再说的解说词。她不想去思考为什么自己不能再说了。她不想听见脑中迪伦的声音。她也不想回顾和萨拉的对话。那种屈辱。那种怀疑。她只想逐渐消失，悄无声息地和沙漠融为一体。

"你拖慢了这个团。"一个女人喊道。

爱丽丝吓了一跳。"什么？"

"跟上。"那个女人一本正经地说。她手里的几根登山杖不断地戳进红土。

"我没事，"爱丽丝说，"不必等我。"

那个女人放下了防虫网，盖住了灰白的头发和红润的脸。"读过澳大利亚内地旅游指南的人都知道，这个地方，"她挥舞着一根登山杖说，"比看起来的还要危险。"

"谢谢，"爱丽丝困惑地说，"我会记在心里的。"

一行人继续往前走，那个女人用登山杖拍打着枝条。啪，吧，嗒，啪，吧，嗒。每一击都让爱丽丝退缩。对独处的强烈渴望令她更为恼火。吸气，她自言自语。

可她的思绪停不下来。周末的某个时刻，在特威格和坎迪说出注定要拆开她人生的真相时，迪伦正坐在某处，用他的笔记本电脑或是纸笔，故意让她哑口无言。他这么做的时候喝咖啡了吗？或者开了一瓶啤酒？他的箭头对准了她的心脏，每多一个字就把弓弦拉紧一点，这是什么感觉呢？他随意侵占了她的生活，她的身体，她的内心，他吃饱喝足了。

爱丽丝的胃开始抽搐。

他有颤抖吗？他有过哪怕片刻的内疚吗？他瞄准目标的时候感到遗憾吗？做完这件事情的时候，他是退缩的还是清醒的？自那以后,他在哪里?他去哪里了?他能躲到一个幽暗潮湿的地方去,在灯光下把稻草纺为金子吗?这样他就能改头换面,重新现身了吗?

那个在爱丽丝前面拿着登山杖的女人吸引了她的注意。她在小道上蹲下,打开背包,拿出了一个小罐子,前倾着身体往里放了一勺红土。

爱丽丝猛地吸了一口气。"不!"她边喊边上前拍掉了那个女人手里的罐子。罐子砰地落在土里。几个游客转过身来,很是诧异。那个女人坐在土上,一脸惊讶。爱丽丝双手握拳,低头瞪着她。

"后面没事吧?"露露穿过了人群。

"有事,非常有事!"那个女人站了起来。

"爱丽丝?"露露问道。

"她刚才想装走一些土。我看到了。"爱丽丝指着罐子颤抖地说。

露露掐了一下爱丽丝的手臂。"好了。"她看着爱丽丝的眼睛说。她瞥了一眼那个女人,又看回爱丽丝。"好吗?"

爱丽丝点了点头。

"女士,跟我一起走吧,我会解释为何你刚才的行为在国家公园是会被罚款的。"露露领着那个女人到了队伍最前方后匆匆看了一眼爱丽丝,皱着眉头,满怀担忧。

爱丽丝跟在人群后面静静地走完了全程。没有人和她说话,这毫不意外。露露总是回头看她,直到爱丽丝挥挥手让她往前。

爱丽丝几次想过要转身离开，回家找皮皮，蜷缩在床上。不过离开只会让情况变得更糟。

当大家到达观景平台时，爱丽丝一个人坐得很远。露露的声音飘至她耳畔，而她的目光聚焦在鲜花的圆心，它们盛放出一片火红。她的思绪开始游离，想到特威格、坎迪和琼。而后想到她的妈妈。总是她的妈妈。总是。

她等到泪水干了才起身跟着团队进入心脏花园。

陨石坑里的小径沐浴在阳光下。沙漠豌豆花海在热气中微微发亮。一只楔尾鹰在头顶盘旋。雀鸟们在灌木丛中叽叽叫着。爱丽丝闭上双眼聆听。露露的嗓音。微风的韵律。花叶窸窣。这里有脉搏，是最微弱的心跳。

拉链的声音打破了爱丽丝仅有的那点宁静。那个拿着登山杖的女人脱离了队伍，从背包里拿了一个罐子，蹲在沙漠豌豆花旁边。爱丽丝看着她慢慢地从容地拧开盖子，张开手去摘花。

爱丽丝飞身扑向那个女人，把她推倒在地，夺过她手里的沙漠豌豆花，那个女人尖叫着。

一个小时过后，爱丽丝坐在萨拉的办公室门口，手肘抵着双膝，脸埋在手里。她可以闻到肌肤曝晒后的气味。她记起了妈妈肌肤的气味：柔软、干净、凉爽。她记起了妈妈温柔的声音、在花园里打理蕨类和鲜花时眼里闪烁的光。她记起了琼的气味，她的威士忌和薄荷。她记起了小河的气味，还有年少时奥格点燃的篝火。

关于迪伦的记忆片段和父亲的一同闪现。煞白的脸上燃着怒火。迪伦呼吸的酸味，爸爸暴怒的金属味，她蜷曲的受伤的身体，冷到可怕的水，举起来就要打人的手。办公楼无线电的嗡鸣声打断了她的思绪，让她想到了婴儿的啼哭声。谁会抚养她的弟弟呢？他过上了好日子吗？他快乐吗？他知道她的存在吗？

"爱丽丝。"

她抬头看。萨拉站在办公室门口。这一次，她的脸上写着痛苦。

鲁比坐在后院的篝火旁，听见一辆卡车停在面前。她瞄了一眼车道。爱丽丝那辆贴着蝴蝶的卡车已经整装待发。鲁比把注意力重新集中在自己正在制作的项链上。她提起晾衣架的一端，放在火里烤了一下，然后用它穿过一颗蝠翼刺桐种子。待种子冷却后，她又把它穿到一根棕绳上，然后伸手去脚边那堆种子里再拿一颗。她看到爱丽丝下了卡车，她的狗跟在脚边。她的步态有些紧张，她的眼神黯淡无光。她看起来完全符合一个突然失去爱人、生计和住所的女人该有的样子。

爱丽丝坐在鲁比的篝火边，盯着火焰看。皮皮跳下来和鲁比的狗们玩耍。三棵高大的沙漠木麻黄树在拂过的微风中叹着气。鲁比在火上举着衣架，等待它加热后把烧红的一头穿进另一颗蝠翼刺桐种子。爱丽丝一言不发地待着。她尝试了几次才能用足够响亮的声音说话。

"鲁比,我是来向你告别的。"

鲁比把种子穿到绳上,又拾起了一颗。风吹乱了她们的头发。这是西北风。这风会让你生病的,鲁比的阿姨总是这么说。从西边刮来的风是不祥的。它会让你精神不振。你最好服用对症的药。

"Pinta-Pinta,我一直在思忖你那天说的火对你的意义,"鲁比在另一颗种子上烧了个洞,把它穿到绳子上。"我想问你,你的燃火之地在哪里。"

"燃火之地?"

"是的。你的燃火之地。就是你和你爱的人相聚的地方。就是你们在一起感到温暖的地方。就是你归属的地方。"

爱丽丝许久没有回应。鲁比往火堆里添了一根金合欢枝条。

"我不知道。但是我,我有一个弟弟,"爱丽丝的声音哑了,"一个小弟弟。"

鲁比提起了串着蝠翼刺桐的绳子,将两端连在一起打了个结。项链闪闪发亮,有夺目的红光和火的味道。她把它递给了爱丽丝。爱丽丝只是凝视着它。鲁比晃了晃项链,示意爱丽丝拿走。她把项链堆在爱丽丝合拢的手里时,上面的蝠翼刺桐种子轻柔地碰撞着,啪嗒作响。

"蝠翼刺桐的种子,"爱丽丝咕哝道,"伤心良药。"她的眼睛红了。

"我家族的女人们会在 inma 时戴上这些,"鲁比说,"它们在仪式中给予我们力量。"爱丽丝用拇指搓着这些种子,又拿起来放在鼻前,闻着它们的烟味。

"还有一样东西，"鲁比说着起身进了屋，过了一会儿拿了一个棉制小方包出来。"黑纹木薄荷，"她说着递给爱丽丝，"把它放在枕头里。它会在你睡觉的时候改善你的精神。"

"谢谢你。"爱丽丝拿起小方包，放在鼻前闻了闻。"在我的家族，"她说，"黑纹木薄荷不是用来治伤的。它的花语是遗弃的爱。"

鲁比盯着她的脸看了好一会儿。"遗弃的。治愈的。"她耸了耸肩。"很漂亮的绳子，对吧？"她戳了戳篝火，火光立马噼里啪啦地响应。火焰高高燃起，蹿上午后的天空。她们静静地坐在一起。

"我想告诉你，Pinta-Pinta，"鲁比过了一会儿说，"相信自己。相信你的故事。你能做的就是说出事实。"她在火烟上搓着双手。

爱丽丝心烦意乱地摆弄着蝠翼刺桐种子。

"Palya？"鲁比问。

"Palya。"爱丽丝与她对视后回答。

鲁比笑了。爱丽丝的双眼里闪着清晰的火光。

---

爱丽丝开到离 Kililpitjara 足够远才停车，那里只是昏暗地平线上一个遥远的梦了。她下了卡车，和皮皮一起走在渐凉的红沙上，穿过一簇簇三齿稃，她伸出手，用手掌拂过长长的黄草顶端。

爱丽丝告诉自己，她只需要片刻让自己振作起来，不过深层的真相是，不管发生了什么，她仍旧不知道离开是否是正确的选择。她对他的爱填满了每一缕思绪。她抹了抹脸颊,记起了不久之前和迪伦一起度过的下午,他们当时出门看落日。

假如我们某天真的去了西海岸,他这么和她说,慢慢露出能把心融化的笑容。假如我们打包好,上了卡车就走。一路开到那里。我们到了之后会做什么?

他们那时候一起坐在一棵高大的沙漠木麻黄树下,手指相互缠绕着。

她笑着闭上眼睛,想象那个画面。我们会买一间小屋,吃新鲜的海鲜吃到胖,自己种植水果和蔬菜,还有……她犹豫了。

什么?

生孩子。她呼了口气。淘气的、双腿肥嘟嘟的、光着脚的宝宝。在红土上、白沙上和海边长大的宝宝。她无法看着他。

他提起一根手指,勾着她的下巴,让她转头面对自己。他的眼里充满了光。双腿肥嘟嘟的。他咧嘴笑着搂紧了她。

我会爱你一生的,她小声说道。

生生世世,他回答。他像需要空气那般亲吻她。

---

爱丽丝独自和皮皮待在沙丘上,她大声呼喊着。她应该留下来吗?为了她的工作奋斗,试着和迪伦解决问题?当然这一切不该结束,就像日本艺术家要用混合了金粉的漆料把摆在面前的碎片接起来一样,爱丽丝可以重新修补一切。当然她有能力拯救他。他们的爱能够拯救彼此。她怎么可以对这一切放手呢?她可以做得更努力,成为他想要的、他需要的样子,让他成为更好的

男人。从头开始，这就是他想要的，成为一个更好的男人。此外，她究竟要去哪里？她无家可回。为什么她不该留下来？

她慢慢地走着。翻过了一座又一座沙丘。

沙漠在捉弄她。视觉上看不出时间变化。一百年前的景象和今早的也并无二致。太阳每天都在给这片景观上色、再上色，星辰闪耀，季节更替，可是毫无时间流逝的迹象。侵蚀和生长都在缓慢进行，一个人在沙漠终其一生能改变的也不过是自己的肉体。它吞噬了爱丽丝，让她变得微不足道。她在红沙上漫步，最后止步于一座高高的沙丘。她回望着通往陨石坑的路，回想着它的轮廓。她能及时赶回去吗？她能恢复一切，从头来过吗？

皮皮轻轻拱了拱她。爱丽丝蹲下来挠它的耳后时注意到自己小腿上有之前没有见过的淤青。她不知道这些淤青是怎么来的。一定是和迪伦在工棚的时候弄伤的，可她记不起任何与腿有关的画面。

她的心猛地一沉，因为九岁的她曾看着裸身的妈妈从海里走出来，全身遍布淤青。

爱丽丝又想起了那则日本童话故事，这一次的解读是无情的：她既不是拿着刷子的艺术家，也不是金子。她是那些碎片，修补后又破碎，破碎后又修补。她和妈妈一样，无法把握自己的生活，无法远离那个不断打碎她的男人。她和来到桑菲尔德的女人花们一样，需要安全感。这么长时间以来，她从来没有让自己看清过这一点。

遗弃的。治愈的。鲁比耸了耸肩。很漂亮的绳子，对吧？

皮皮蹭着爱丽丝，舔舐她的脸。爱丽丝抹去了泪水，想着琼会有多喜爱皮皮。会和她喜爱哈里一样。琼和哈里一起穿越花田的记忆勾起了一连串其他回忆。琼送爱丽丝去上学的那天,哈里放的屁让她俩笑个不停。爱丽丝十岁生日的前一晚,她在有哈里陪伴的睡梦中醒来后,看到琼在黑夜里趴在桌前为她准备惊喜礼物。爱丽丝结束驾驶考试的那个上午,她看见琼和哈里在警局停车场等她归来。爱丽丝想到自己在桑菲尔德的最后一晚时,脸上的笑容褪去了。那时候哈里已经走了,琼喝醉了,摇摇晃晃的,很是邋遢,她在爱丽丝离开时满脸绝望,痛不欲生。这是爱丽丝对于琼最后的记忆。自那以后她们再也没见过。

爱丽丝崩溃倒地,她被赤裸的现实击倒了,没有任何地方、任何人能给她安全感。哀伤的皮皮开始嚎叫。

"没事的,"爱丽丝抚摸着皮皮说,"没事的。"她慢慢做了几个深呼吸,想要冷静下来,这样她能清醒地思考。她需要确定自己去往何方,至少定下来今晚住在哪里。

爱丽丝站起来拍拍身上的灰,突然想起特威格和坎迪离开的那个早上。

当你准备好的时候,特威格说,你需要的一切都在这里面了。

爱丽丝看着停在下面的卡车,突然明白了。她跑过一座座沙丘,皮皮也跟在她身边狂奔。她砰地打开杂物箱,拿出了信封,撕开,拽出一叠折起的纸。

她浏览了每一页,扫过每一个字。

她读了一遍又一遍,不敢相信地摇着头,直到这些文字开始变得真实,开始变得正确。她的指尖划过这些文字。它们就在纸上,真真切切。

"该死。"她嘀咕着。皮皮也乱吠一通,仿佛表示赞同。

爱丽丝把信封塞回杂物箱。她转动钥匙开了引擎,挂好挡,踩了油门,背阳驶去。

也许有时候,往回走是为了找到前行的路。

---

露露坐在沙丘上等待艾登结束日落巡逻后回家。她喝着红酒,在温暖的红沙里扭动脚尖,双臂抱着膝盖。

虽然星辰明亮,但它不是露露注视的夜空。她凝视着爱丽丝留下的那串耀眼的彩色小灯。

在萨拉立即解雇爱丽丝之后,露露带她回家打包行李。她无意间听见了她们的谈话:萨拉告诉爱丽丝,她是幸运的,在几天内有两起事件报告,但经过多次协商,没有起诉。露露帮爱丽丝把生活用品随意装箱时,爱丽丝几乎一言不发。她想把露露送的弗里达·卡罗的打印画还给她,不过趁爱丽丝没注意,露露又把画装进她的卡车了。

你会让我知道你去哪里了吗?

爱丽丝点了点头,盯着路看。她的眼神很遥远,是露露从来没有见过的。

你为什么留在这里了?爱丽丝问。你为什么不走?在他对你做了那些事之后?

露露没有立刻回答。因为我告诉自己,都是我的错,她说。我只能这样理解。她的肩膀高耸至耳旁,似乎不想听见自己的回答。而且后来,我遇到了艾登。现在我们在这里一起生活。还有,她说,因为星星。露露的笑很悲伤。当你自欺欺人时候,有预见能力又有什么用处呢?

露露在目送爱丽丝开车离去后进了屋，并赶在改变主意前拿起了电话。萨拉给了她第二天早上日程安排中最早的空档。露露颤抖着拿了一瓶红酒和一个酒杯，径直走上沙丘，在等艾登回家期间喝了不少来缓解紧张。

不一会儿，他的小卡车就咔嗒咔嗒地停在了车道上。露露杯里的酒已经喝光了，她直接拿着酒瓶痛饮。

他走到后门，踢掉靴子，向她走去。他带着爱意的笑容让她冷静下来。祖母的话在她耳旁响起。这就是我们为你取名为"小狼"的原因。你的直觉犹如星辰，能一直指引你前进。

"嗨，美人。"艾登坐在她身旁说。

她亲吻了他，在她的空杯里为他倒了些红酒。

"真是累人的一天啊，"他喝了一口酒，叹气说道。"爱丽丝走的时候怎么样？"

露露看着爱丽丝屋外闪亮的彩色小灯，摇了摇头。

"你还好吗？"他问道。

她从他手里拿过酒杯，喝了一点。"我会好的。"她仰望着星空说道。

艾登握住她的手，用拇指在她的手掌上温柔地打着圈。露露心里充满了爱和感激。在她鼓起勇气打算向他讲述自己隐瞒了许久的关于迪伦的可怕故事时，她就知道他会尽全力支持她的。她确信他会赞成离开在这片沙漠的生活。她已经开始寻找塔斯马尼亚岛上的工作了，因为艾登总是提到他有多想在那里生活。

露露等到自己的声音足够有力量才说话。

"我和萨拉约了明天上午见面。我得向她汇报一些事情。不过，在那之前，我要先告诉你。"

他看着她,等待着。

远处,爱丽丝的彩色小灯在颤动,每一盏都是一把飘动的微火,燃烧至夜空。

爱丽丝抵达阿格尼斯布拉夫时天空中已是繁星点点。她驶去宠物诊所,没关引擎就下了车。她站在门前,指尖划过玻璃上他的名字,接着把信塞进了信箱口,看着它掉落在屋内的地板上。信封背面朝上,上面是用她潦草的字迹写的回信地址。

她驾车离开的时候想着自己为他素描的那些花。金槌菊。她在细长的茎上画了一个又一个明亮的黄球,直到把整张纸填满,只在最右边的角落里留了一小块位置写花语。

*我的感谢。*

亲爱的，你采集许多花卉
送给我……
……像我过去那样，收下
这繁花，把它们放在
不会凋零的地方。

教你的目光
保持它们真实的色泽，
告诉你的灵魂，它们根植
在我心里。

——伊丽莎白·巴雷特·布朗宁[1]

---

[1] 英国维多利亚时期诗人。

## 28

花 语

归心似箭

**翠绿飞鸟花**
Crotalaria cunninghamii
澳大利亚中部至西部各州省

在金合欢植物群落的沙地和沙丘上常见，
该灌木简洁粗壮的枝条上被有柔毛。
花朵似一只小鸟，鸟喙与花梗相连。
花呈黄绿色，布有精细的紫色条纹，
在冬春之际开放，借大型蜜蜂和鸟类之力进行授粉。

经过三天漫长的车程，地貌从灰蒙蒙的贫瘠之地变成了繁茂的青葱景象。在第四天旅途的末尾，爱丽丝驶离了高速公路，沿着一条海边的小路来到她儿时离开的那个小镇。她站在那个主路口，看着农场主们的卡车隆隆地驶过。主街上开了新店：一家纹身店，一家手机店，一家旧衣店，一家冲浪板专营店。

在她身后，青色的甘蔗秆有如记忆中那般鲜活。甘蔗看起来更短了，不过空气仍然香甜湿润。她想象着七岁的自己，冲破家的边界，跑过一排排的甘蔗秆，出现在这个新鲜热闹的世界。她用双臂抱着自己。皮皮舔舐着她的腿，似乎想让她安心。

"你还好吗？你迷路了吗？"一个友善的声音问道。爱丽丝转身看见一个女人，她用婴儿背带背着一个刚学步的孩子。

"我没事。谢谢。"爱丽丝回答。

这个女人回以微笑，她的孩子则冲着皮皮咕咕叫。她在红绿灯前把孩子放下来，按了下人行道上的按钮。

"不好意思，"爱丽丝叫住她，神经紧张地问了一个早已知晓答案的问题，"马路对面还是图书馆吗？"

"是的，当然。"这个女人和孩子在绿灯亮起的时候挥了挥手。

萨莉·摩根这些年来设想了无数种与爱丽丝·哈特重逢的情形。她从未料到这会在一个普通的周二下午平淡地发生。

学校已经放学，图书馆里坐满了人，萨莉蹲在儿童书架旁把书摆好。她背上似乎没有理由地起了一层鸡皮疙瘩。

她缓缓地起身，想起了从一条脏兮兮的睡裙下伸出来的一双破旧的小凉鞋、低头看图书馆藏书的乱蓬蓬的脑袋、她脸颊上的酒窝、她炯炯有神的绿眼睛、她垂在病床边缘的黑发、发出咔嗒声和呼呼声来帮她的肺进行呼吸的上下起伏的呼吸器、她年轻又消瘦的脸上突出的颧骨、她苍白的眼睑上的紫色毛细血管。

萨莉小心地在书架间穿行。她没看见什么不正常的东西，一切都在合适的位置。她只是累了，她这么告诉自己。每当她觉得疲乏的时候，她总是很容易回忆过去。不过，她还是忍不住在图书馆里搜寻。

读者在书架旁浏览书刊。家长带着孩子。高中学生挤在一起，笑着谈论书本。

没有什么反常现象。没有什么不同于往日。她的心跳开始放缓。

萨莉一边责备自己愚蠢的期盼，一边穿过一排排书架，收起散落的书走向自己的书桌。她失落的脸颊热辣辣的。

傍晚的光线透入彩色玻璃窗。萨莉往书桌走的时候，一束耀眼的海蓝色光线从小美人鱼的尾巴上直落入她的双眼。她侧身继续走，不让脸被刺眼的光线照到。当她再次抬头时，她看见眼前站着一个邋遢的女人，她能认出这是那个她爱的小女孩。萨莉手中的书全都撒落在地。

萨莉已经期盼这一刻二十年了：爱丽丝·哈特会像一颗坠落

的星星，再次出现在她的生命里。

她在这里。

爱丽丝跟在萨莉的掀背车后面开车穿过小镇，图书馆里的情景令她晕眩。在认出她的那一刻，萨莉的双眼不再聚焦，近乎能直接看穿她似的，不过她立刻紧紧地抱住了爱丽丝，前后摇晃，嘴里不断喊着她的名字。爱丽丝站在那里一动不动，萨莉身上玫瑰味的香水勾起的回忆让她手足无措，不知该如何反应。

"让我好好看看你，"萨莉抽泣着说，抹了抹脸颊。"你长得可真漂亮！"

突如其来的愉悦让爱丽丝红了脸。

"我们要不要喝杯茶呀，这么多年不见？"萨莉说话的时候眼里闪着光。

爱丽丝害羞地点点头。

"各位，恐怕今天图书馆得提前闭馆了。"萨莉宣布。她让人们都离开了图书馆，随后带爱丽丝去了停车场。"跟着我，爱丽丝，宝贝。"

在一幢俯瞰大海的峭壁小屋前，爱丽丝把车停在了萨莉的车旁。小屋外绕着一圈木板，上面缠绕着芳香四溢的鸡蛋花藤蔓。用贝壳、海玻璃和浮木制成的风铃从屋顶上垂下来。火烈鸟银桦在花园里盛开。小鸡们在一棵银色的金合欢树下啄着草。

"哇。"爱丽丝小声惊叹。

"进来吧，"萨莉挥手说道，"我们先给你的小狗弄点喝的。"

爱丽丝进屋后坐在餐桌边，皮皮待在她脚旁。萨莉泡了茶，从橱柜里变出了一个水果蛋糕，在切好的蛋糕上抹了许多黄油。屋外，大海在咆哮。萨莉拉开一把椅子坐下，往爱丽丝面前推了一个装满食物的盘子和一杯冒着热气的茶。

"吃点东西吧，"她劝道。

和萨莉相处时的这种自在感让爱丽丝感到惊讶不已。她们只在二十年前的一个下午见过一面，可现在，萨莉对待她就像一位失联已久的家人。

她咬了一口水果蛋糕。萨莉也咬了一口，还喝了口茶，仔细打量着爱丽丝。她们安静地坐着，就像朋友一样。大海听起来很近，仿佛海浪会冲进房子里。回忆如同激流般涌入爱丽丝的脑海。她的眼睛感到刺痛，随着晕眩感不断加强，她紧紧抓住桌子，想稳住自己。

"爱丽丝？"萨莉警觉地问道。

她想说话，但只能咕哝。萨莉抱住爱丽丝，揉着她的背。

"噢，宝贝孩子。稳住。深呼吸。"

海浪的银线拍打着岸，碎成蓝绿色，爱丽丝跟着大海的节奏做深呼吸。这片沙漠承载着海洋的记忆。他的声音穿过她的身体。Ngayuku pinta-pinta。她围着冬日的篝火光脚跳舞，他的眼神隔着火焰盯着她旋转的身体，如痴如醉地欣赏她的舞步。Ngayuku pinta-pinta。我的蝴蝶。

"深呼吸，爱丽丝。集中注意力听我的声音。只要听我说就行了。"萨莉给她的拥抱激起了回忆。只要听我说就行了。一片火海。睡美人。燃烧的羽毛。拍一下，再拍一下，俯冲；向上飞，再向上飞，远走。

爱丽丝紧贴着萨莉,双手抓着她的衬衣,她突然很怕自己一旦没抓牢就会碎裂,从峭壁掉下来,坠落至世界的边缘。

黄昏到了。爱丽丝躺在沙发上看着太阳给云朵刷上了最后的色彩,又把刷子交给了星辰,而萨莉做了韭葱土豆汤。

她们安静地吃饭,刀具与瓷器的碰撞声、风铃奏响的乐声、大海翻滚的咆哮声、小鸡啼啭的歌声和皮皮偶尔发出的哈欠声填满了她们之间的沉默。

"你需要一个落脚之处。"萨莉在餐巾上擦着手说。

爱丽丝把一片面包撕成两半,就着最后一点汤吃了。她边咀嚼边点头。

"我这里还有多余的空间,"萨莉说,"空出来的都留给你用。晨光全都能照进来,在房间里还能看到花园和大海。"她心不在焉地搅着汤匙。"床已经铺好了。"

"我不能——"

萨莉前倾着身子,把手放在爱丽丝的手上。温暖蔓延至爱丽丝的手臂。

"谢谢你,萨莉。"

萨莉举起酒杯点了一下头。"为你干杯。"她睁大眼睛说。

爱丽丝也做了同样的动作。

"也为你,"她回答。

萨莉收拾完晚餐后带爱丽丝参观她的房间。她给了爱丽丝毛绒绒的毛巾和特别鼓的枕头。

"你们俩需要的物品全了吗？"萨莉揉着皮皮的耳朵问。爱丽丝点了点头。

"那我们就明天早上见啦。"她说着抱了抱爱丽丝。

"明天早上见。"

爱丽丝关了灯，没有拉上窗帘。月光洒进窗户。海景壮阔依旧。她躺在床上，把皮皮拉到身边，紧紧抱着它流泪。

第二天一早，爱丽丝在萨莉起床前自行来到厨房，煮了一杯咖啡拿到花园里。她很喜欢这样的独处时光。粉蓝色的天晴空万里。风平浪静的大海闪闪发亮。皮皮追着自己的尾巴。蜜蜂在盛开的番樱桃旁飞舞。爱丽丝笑了。她打了个哈欠，揉了揉眼睛。大海的浪花声和脑海里的记忆都太大声了，吵得她昨晚睡睡醒醒。她喝着咖啡在萨莉的花园里闲逛，偶尔停下来欣赏银桦，和小鸡说话。太阳的温暖消除了她脊背的紧张感，爱丽丝注意到房子旁边有一条小径，上面摆满了繁茂的盆栽热带植物：龟背竹、鹤望兰、龙舌兰、鹿角蕨和其他蕨类植物。

爱丽丝觉得惊喜满满，因为这是大花园里得到悉心照料的小花园，与周边的野生美形成了对比。各式各样的绿植繁盛葱茏，融为一体。富有光泽的枝叶千姿百态。不过，随着她继续向前走，惊喜感逐渐消失。她紧紧抓着咖啡杯柄。破裂的、褪色的塑料玩具陷在某几个盆栽的土里，有挥手的美人鱼，有海贝壳，有微笑的海豚，还有海星。爱丽丝停住了脚步。

花园中间有一个真人大小的木雕。是一个递花的小女孩。是爱丽丝曾经见过的雕像。

"爱丽丝。"

爱丽丝头晕目眩，心跳加速。萨莉站在小径尽头，她满脸倦容，十分忧伤。

"这他妈的是什么东西？"爱丽丝大声问道，她那只指着木雕的手剧烈抖动着。"为什么你有我爸爸做的雕像？"

萨莉往后退了一步。"进来吧。"

爱丽丝没有回答。

"进来吧，爱丽丝。我再煮点咖啡。我们坐下来说。"

屋内，萨莉在沙发旁边的茶几上放了一壶新煮的咖啡。她示意爱丽丝坐下，爱丽丝照做了。

"天哪，"萨莉尴尬地笑了，"我这么多年一直祈祷能有机会像这样和你对话，可是我现在张口结舌了。"她不安地摆弄着手。"事实是我不知道该从何说起。要不你来向我提问吧，爱丽丝，问你想知道的任何事情，我们就从这些问题开始聊。"

爱丽丝身体前倾，拼命控制自己的声音。"就从为什么你的花园里有一尊我爸爸做的雕像开始吧，"她说，"或者先说为什么我妈妈在遗嘱里把我和弟弟的监护权交给你。"她匆忙提出了这个自从她打开特威格留下的厚信封后就一直想搞清楚的疑问。

萨莉的脸色变得苍白。"哦，"她说，"好吧。"

爱丽丝的一只膝盖在左右晃动着，妈妈的遗嘱从脑中闪过。如果琼·哈特不适合抚养我的孩子们，我，阿格尼丝·哈特，在此把监护权交给萨莉·摩根。

"你认识她吗，我的妈妈？"爱丽丝追问道。

"不，"她说，"不，爱丽丝，我不认识。也不是。只是在镇上经过她身边几次。"

爱丽丝摇了摇头。"这说不通。她为什么会把我们留给你？"

"我不认识她，但她知道我，爱丽丝，"萨莉说，"她知道我。"

"我不懂这是什么意思，"爱丽丝说。她的心缩紧了，仿佛她的胸腔容纳不下它。

"在我年轻的时候，"萨莉慢慢地说，"我爱上了一个自己不能爱的人。"她摇了摇头。"那时候我十八岁，还没有谈过恋爱。我在哪儿都能见到你的父亲。他是刚来镇上的甘蔗农。文静、努力、忧伤，独来独往。他身上有故事，我猜。"她停顿了一下。"我远远地观察了他很长一段时间。没人知道太多他的信息。他没有戴婚戒。只是有一个晚上，一个晚上，我和几位女性朋友在酒吧喝了混合啤酒和柠檬汽水的饮料，微醉的我借着酒后之勇，在酒吧径直走向他，问是否可以给他买一杯酒……两个月后，我发现自己怀孕了。"

爱丽丝盯着她。"那是什么时候？"

"在你出生后的那年，是在——"

"不！"爱丽丝打断了她，"那不可能的。"

萨莉严肃地点着头。"恐怕是的。"

"不，"爱丽丝又说。妈妈的故事里从来没提到过一个妹妹。妈妈不可能知道萨莉的。

萨莉顿了顿，面色坦诚，眼神凝重。

爱丽丝的脑子在旋转。"你和我的爸爸有一个孩子？"

"对，"萨莉小声说，"我有过一个孩子。"她低头看着自己的双手。"吉莉恩五岁就去世了。白血病。"

爱丽丝无法开口说话。

"我在生了吉莉[1]后告诉过克莱姆，只是为了让他知道，我也说清楚了不会管他要任何东西。然而，对孩子的爱会让人改变。我克制不住地希望他能够认下这个孩子。在她离世的那晚，我给他寄了一撮她的头发，用她最喜欢的丝带绑着，这听起来可能有些变态。尽管克莱姆在她活着的时候与她毫无瓜葛，但我想让他拥有一点她的东西。其实是我心里一团糟。我很生气。我想在她离去的时候伤害他，惩罚他，提醒他是如何漠视她的生命的。"

爱丽丝的鼻子里充满了煤油的气味，她记起了打开爸爸工作台的抽屉时发现的那张桑菲尔德的照片和一绺用褪色的丝带系着的头发。吉莉恩的头发。她妹妹的头发。

"吉莉的雕像是我从她的葬礼回来后在前门发现的。"萨莉说。

在爱丽丝的记忆里，灯光闪烁在他为琼和一个小女孩刻的木雕上。爱丽丝误以为那是她自己。

"你的母亲也出席葬礼了。"

爱丽丝看萨莉的眼神很犀利。

"我看到她了，"萨莉说，"在人群的最后面。我在仪式后找不到她了。她在墓地留下一盆植物，以你的名义给吉莉写了一张

---

[1] 吉莉恩的昵称。

卡片。"

爱丽丝双手掩面，她呜咽着想象妈妈费了多少努力在不被爸爸发现的情况下去了镇上，参加了葬礼，再回了家；想象妈妈在发现背叛之后忍受了多少才能够做到同情萨莉；想象妈妈知道爱丽丝永远无法见到自己同父异母的妹妹时承受了多少痛苦；想象妈妈对萨莉的正直倾注了多少信任；想象妈妈在把孩子们的监护权留给萨莉时是有多么绝望；想象妈妈不得不设立一份遗嘱时是有多么害怕。

"什么植物？"

"什么？"

"我妈妈在墓地留下了什么植物？"

萨莉走到敞开的窗户边，从开花的灌木丛中摘下一朵桃红色的花，递给了爱丽丝。

"沙滩芙蓉，"爱丽丝温柔地说，她记起了儿时妈妈做的花冠，记起了它在桑菲尔德词典里的花语。*爱让我们永远相连。*

"一年之后，你来到了图书馆，"萨莉继续讲述，"我一下就认出了你。我知道你是克莱姆和阿格尼丝的女儿。我的吉莉的姐姐。火灾之后，我承担了照顾你的责任。"

"照顾我？"

"我在那里。在医院。"萨莉的声音小到几乎听不见。"你昏迷的时候我坐在你身边，给你读故事。"

*听我说就行了，爱丽丝，我就在这里。*

"我给你寄了一盒书……"听不到萨莉的声音了。

*是她童年的那些书，据说是琼送她的那些书。*

"我一直陪着你，直到我知道琼要来了。她带走你之后，你的护士打电话告诉我,你的弟弟活下来了,不过琼没有带他一起走。接着一个律师联系我,告诉我阿格尼丝的遗嘱……不过我让我的约翰找到你在哪里了。我得确认你是安全的。当我知道你在桑菲尔德后,我即刻逼迫自己接受琼的意愿,不再生事。"

爱丽丝茫然地看着她。"什么意愿?"她问道。

萨莉注视着她的脸。"噢,爱丽丝。"她过了一会儿才说话。

"什么意愿,萨莉?"

"琼表示得很清楚,她不想让你和我、或是和你的弟弟有任何接触。"

"表示得很清楚,怎么做的?"

萨莉脸色煞白。"我寄了信,爱丽丝。寄了很多年。关于你弟弟成长的照片和信。我一直想和你取得联系,不过从来没收到任何回复。琼是你的法定监护人,我不能违背她的意愿。我没有权利。我能做的就是确保我不带来额外的痛苦。特别是不给你和你的弟弟更多痛苦。"

爱丽丝绝望地哭了。她很想呼吸新鲜空气,便起身走到窗边,前额抵着冰凉的玻璃窗。

过了一会儿,萨莉清了清喉咙。"你的弟弟知道自己是被收养的。我无法以其他方式抚养他,"她静静地说,"他一直都知道你。"

爱丽丝转过身来。

"他马上就要二十岁了。是个很温和的小伙子。刚刚和他的女朋友搬了新家。做庭院设计工作。他在花园里最开心。"

爱丽丝重新坐在沙发上。"他叫什么名字?"她小声问。

"我给他取名为查理。"萨莉说着露出了那天早上的第一个笑容。

# 29

**花 语**

血脉至亲

**狐尾草**
Ptilotus

澳大利亚内陆

　　Tjulpun-tjulpunpa 泛指一些小型的灌木,其紫色花序密被白毛,总体呈尖头状。叶片被有紧密连接的星状绒毛,以减少水分蒸腾。传统上,妇女把这些柔软的毛茸茸的花序铺在木质的婴儿摇篮里。

爱丽丝尽全力骑车上坡。她的坠子前后晃动，不断击打着正在喘气的胸腔。她后悔没有开车去镇上，毕竟塞满了晚餐食材的背包重得勒肩膀。但这样的锻炼是有益处的。自从萨莉安排了这次晚餐会面，她就需要打心里鼓起一些勇气。这天上午，她决定骑一骑萨莉车库里的自行车，拉扯掉了上面结的蜘蛛网。在她骑车去镇上时，大海闪着青绿色的波光。爱丽丝将此视为一个好兆头。

爱丽丝在骑车回家的途中又过了一遍菜单。配以沙沙酱和自制鳄梨酱的肺鱼玉米卷，还有外层松脆、中间有嚼劲的澳新军团饼干。其他的都由萨莉来准备。她看似下定决心要把爱丽丝和查理的相聚安排得妥妥当当。

在爱丽丝入住后的数周内，萨莉在房子里腾出更多空间让爱丽丝感到自在。萨莉也帮爱丽丝取出了打包的书，挂上了露露给她的弗里达·卡罗的打印画。爱丽丝落泪的时候，萨莉会陪坐在她身旁。萨莉还解释道，琼包揽了阿格尼丝和克莱姆的葬礼费用，萨莉两场都去参加了。萨莉带着爱丽丝回到她曾经长大的地方，那里已不再是甘蔗园和大海之间的隐居之处，而是被改造为海滩边的酒吧和住满晒黑的游客的青年旅舍。她母亲的花园已经不存在了。爱丽丝下不了车。回到萨莉家后，爱丽丝跑到海岸边，做着深呼吸，冲着大海狂叫。萨莉听爱丽丝讲述花卉农场和沙漠的故事。她为爱丽丝介绍了自己失去吉莉时去咨询的伤痛抚慰辅导师。爱丽丝每周都会去见辅导师一次,不过在开始收到迪伦的邮件后改为每周去两次。离开 Kililpitjara 一个月后,她才第一次查收邮箱,看到迪伦此前发送的那些邮件,大概有十几封,成千上万字的篇幅。他一开始的语气是悲伤的,带着歉意的。可他越久收不到回复,语气就变得越生气。别读了,萨莉劝她。看了只会让你痛苦。但她们两个都知道爱丽丝一字一字、一遍一遍地读。每次新来一封邮件,萨莉都能看出来。她会为爱丽丝留出许多空间,烤水果蛋糕,总是抽时间陪她去海边散散步,不过从来不会在爱丽丝不想谈论的时候给她压力。萨莉的善良和敏锐的直觉让人感觉她多年来一直在为爱丽丝的回归做准备。

爱丽丝在超市完成采购任务后,停在邮局前,寄出了给露露的信。这是一场梦,带着绵绵阴雨,带着茂盛草木,带着朦胧薄雾,露露写道,我们有一个带锅的柴火炉、一只羊、一头驴(你会想知道艾登叫它弗里达的)、两头奶牛和六只小鸡。请尽快过来看望我们。我们可以一起在火焰湾[1]爬山。爱丽丝往信封上贴邮票的时候,想到自己写给露露的回复便笑了。我很愿意某天去拜访你们。

爱丽丝在回家的路上去了一趟图书馆。走过门厅的感觉仍然很像穿越时光,回到萨莉第一次在她的世界投入一束光的时候,那会儿她还是个小女孩。

"这里有一封你的信。"爱丽丝进屋的时候萨莉兴高采烈地说。

爱丽丝没有认出信封上的字迹。邮戳显示信是从阿格尼斯布

---

[1] 位于塔斯马尼亚的沙滩,以红岩石和白细沙闻名。

拉夫寄来的。有那么一瞬间，爱丽丝吃力地吸了一口气。是迪伦找到她了吗？不是。他不可能找到的。他完全不知道她在哪里，他只有她的邮箱地址。她用手指划破封印，撕开了信封。里面是一张卡片。

  我希望你一切都好，爱丽丝。
    它能让你鼓起勇气。它也能让你振作起来，对吧？
    也许，它还能代表着未来，和未来会发生的一切，对吗？
                     莫斯

  爱丽丝晃了晃信封，一袋沙漠豌豆花的种子落在手掌上。
  "这看起来像是一种魔法。"萨莉说道。
  爱丽丝冲她微笑了一下。"确实是。"她用手包住这袋种子，感受每一粒种子的形状，想象它们长大后的颜色。代表着未来。
  "你还好吗？在为即将到来的晚餐感到紧张吗？"
  爱丽丝咽了咽口水。"我没事。就是紧张。有点不大舒服。"她叹了口气。"不过，我离开 Kililpitjara 后只想见到他，所以……"
  "一切都会很美好的。"萨莉起身给了爱丽丝一个拥抱。"你现在要出去吗？"
  "还有一个地方要去。"爱丽丝说。

  她踩着踏板，吃力地骑上回家路上的最后一个坡，肺里像在燃烧。她父母的墓碑印在她的脑海中。她咬牙继续骑，到了最高点后停下来，任凭微风冷却她汗涔涔的肌肤。她看着天空和大海。它们是多么广阔无垠啊。她的眼神追随着那条窄窄的黑道，看着它穿过甘蔗田，攀上峭壁，再拐去萨莉家。看着她的弟弟即将驶过的路线。

爱丽丝坐在自行车垫上，依依不舍地再看了一眼大海才提起双脚，滑下坡，进入延展在前方的宁静道路。

萨莉下班后，在到家前最后一刻绕了路。她在自己最喜欢的红口桉树旁停了车。铃鸟在枝头歌唱。她穿过空旷的街道，越过华美的墓地大门，走过一条桉树大道，经过张开双翼的天使雕像，离开三角梅盛放的步道，径直走向一棵白千层。她总在树旁的背阴土墩那里放松下来。

萨莉与约翰、吉莉坐在一起，她挺直了背，被海风吹散的头发打在脸上。她用指尖抚摸着约翰的名字，亲吻了刻着吉莉名字的冰冷大理石。她在那里待了一会儿，听着鸟儿吟唱、树木晃动、洒水器喷水，还有某处割草机工作的声音。光线开始变暗，她看了看时间。

她朝着车子往回走的时候，想起墓地的北边草坪，于是停下了脚步。已经好多年了。她转身穿过一排排的墓地，查看墓碑上的名字。

萨莉看到克莱姆和阿格尼丝的墓地时大吃一惊。有人来过这里了。克莱姆的墓地上散落着用过的贴纸。萨莉走近一看，认出了漆有青绿色条纹的蝴蝶。一定是爱丽丝从她的卡车车门上撕下了这些贴纸。自责感在她的胸腔膨胀。她转身，迎着风，任其吹走这些年的时光，让她再次回到天真的、疯狂爱上克莱姆·哈特的十八岁那年。

他们见面的那个晚上，她戴着塑料雏菊耳环。*在我的故乡，雏菊的含义是"我深爱着你"*，这是他对她说的第一句话。他牵她的手，她紧紧握住，依偎在他身旁。他们靠着酒吧的砖墙缠绵。她几乎不想让自己背上的擦伤好去，因为每一处都证明他不是一场梦。可在他们再次相见之时，克莱姆对她视而不见，好像她只不过是水蒸气。

不久之后，萨莉的父亲带了约翰·摩根回家吃晚饭，他是从市里调来的年轻警察。当她握着他温暖的手，看见他眼里的柔情时，萨莉知道他就是她的选择。他们短暂恋爱后就成婚了，当萨莉的孕肚开始凸显时，没有一点风言风语。人们都为他们感到高兴。萨莉也沉浸在自己的谎言中，她甚至听见自己说希望孩子能遗传约翰的眼睛和冷静的性格。虽然萨莉从没有对约翰隐瞒曾经倾慕过一个镇上农民的事实，但吉莉离世时约翰的精神崩溃让萨莉意识到克莱姆·哈特是她永远不能告诉他的秘密。

萨莉睁开双眼，转向阿格尼丝的墓地。她的墓碑上盖着用心摆放的旋花、柠檬香桃和一把袋鼠爪花。她想象着爱丽丝坐在那里为她的母亲打造一座鲜花神龛的画面。

过了片刻。萨莉清了清嗓子。"阿格尼丝，"她说，"她回家了。爱丽丝到家了，她很漂亮。"萨莉拾起一片桉树落叶，把它撕成了碎片。"她很平安。他们都很平安。多好啊。天哪，阿格尼丝，他们太好了。"

一只喜鹊躲在某棵桉树顶上歌唱。

"我会照顾他们,"萨莉的声音愈加有力,"我答应你。"

手机的刺耳铃声打断了她。她慌张地在包里翻找,接起电话。

"嗨,查理。"她说。

萨莉站在那里,一只手放在阿格尼丝的墓碑上,听着她儿子暖心的声音,过了一会儿才转身离开。

他踏上了从小生活的房子的台阶,呼吸颤抖。

会很棒的,凯茜和他吻别时说,这是你一直期盼的。这是你的家人,查理。别害怕。

他把花束捏得更紧了。在他妈妈打来电话并定好这顿晚餐后,他在谷歌上搜索了她。信息再一次出现。爱丽丝·哈特,花语师。野花盛开的桑菲尔德农场。他在阅读了桑菲尔德花语后为她买了一束特罗皮,意为幸福归来。

他站在木板上听着熟悉的声音,大海、风铃、小鸡咯咯叫、蜜蜂懒洋洋地盘旋,还有从厨房传来的妈妈的声音。它们共同组成了他生活轨迹的伴奏。随后一个新的声音出现,是小狗在吠叫。

"皮皮!"一个满怀笑意、他从未听过的声音飘向他。

他喘不过气来,重新调整了汗津津的手里的花。

门厅里,她的影子比她更早出现。他打开纱门,放松肩膀,泪水刺痛了他的眼角。

他的姐姐。她在这里。

30

花 语

命运的色彩

**火轮木**
Stenocarpus sinuatus

昆士兰和新南威尔士

亮红色或橘色的花朵在夏秋之际肆无忌惮地盛开，
呈现一派壮观的景色。开放前如车轴般排列，
其巧夺天工的对称花朵形似燃烧的车轮，
因而得名火轮木。

爱丽丝拿着一束火轮木到家时已是傍晚。

她和皮皮打了招呼后进房间准备其他所需的东西：一捆书和纸。她戴上鲁比送她的蝠翼刺桐项链，吸着种子的烟味。然后她往口袋里塞了一支笔、一盒火柴和一卷线，拿着所有东西穿过房子，走到外面的阳台上。下了台阶，走去花园，皮皮一路紧跟在她脚边。她花了一整周的时间搭了篝火架，现在她和皮皮就坐在那里。放下手头的东西时，皮皮舔了舔她的手臂。

爱丽丝在这一片宁静中晒着太阳。早秋的阳光温暖了她的肌肤，融化了波光粼粼的宝蓝色大海。她凝视着种了沙漠豌豆花的角落，它们正处于首个盛放的花季。它们的生长变化极其无常，她最近在给莫斯的邮件里这么写道，不过你给的种子很好养，一点儿都不麻烦。莫斯在回信中提到年底会来海边参加会议。去你那里探望会很远吗？爱丽丝输入回复的时候止不住地笑。

一阵东北风袭来，风铃奏起了乐章。她看了一眼手表，萨莉马上就要回家了，查理和凯茜会过来共度周末，与大家最后庆祝一番。爱丽丝周一就要搭乘航班去哥本哈根了，她曾追溯到，阿格尼丝的祖先就是来自那里，现在她赢得了在那里写作定居三个月的机会。接收邮件到达时，爱丽丝第一个告诉了查理。你可以去看真正的小美人鱼了，他自豪地说，向她致以我的问候。

自从爱丽丝与弟弟相认后，她就无法想象没有查理的生活了。他们在萨莉家第一次共进晚餐时分别坐在桌子两头，互相打量对方的脸，尴尬地笑笑，有时也会落泪。自那时起，为了让共同的新生活变得更加有意义。他们会每周出去玩两次，半个月见一次辅导师。爱丽丝带查理去了背包客旅社，向他介绍她与父母一起长大的地方。他们会在她儿时玩的沙滩上散步，躺在沙子上边听爱丽丝讲妈妈的故事，边看头顶云彩变幻。听到爱丽丝描述妈妈有多么喜爱她的花园，查理便提出带爱丽丝去参观几家当地与他有工作往来的植物苗圃和鲜花市场。看着他在植物和鲜花丛中惊叹的神色，爱丽丝萌生了一个想法。查理刚把她送回家，她就行动起来了。

几周之后，当爱丽丝和查理的车驶入桑菲尔德的车道时，特威格和坎迪已在阳台上等候。查理的卡车里载满的物资能为洪灾后农场漫长的重建过程收尾。特威格身材依然瘦削强健，且一如往常那般温柔。坎迪仍留着长发，发色比鲜花还要蓝。爱丽丝与米弗、罗宾和其他几位留下来的女人花重聚，也见到了坎迪和特威格新接收的几个女人。查理静静地看，静静地听，用心记住他和爱丽丝家乡的风景和故事。

他们围坐在餐桌前好几晚，享用坎迪准备的大餐，互道往事。女人们向查理介绍桑菲尔德，教他花语，而爱丽丝一直随身带着词典，等到特威格和坎迪都来了才向他展示。她们就像母鸡对待小鸡那样关心他，尤其是特威格。她脸上的喜悦是爱丽丝从来没有见到过的。

查理住在琼的卧室，爱丽丝爬上旋转楼梯，到了自己原来住的钟塔房间。她睡觉时大开着窗户，让月光洒进来。

再过几天他们就要开车回海岸边了，查理问爱丽丝是否能带他去那条小河看看。

"它贯穿了所有桑菲尔德的故事。你愿意在我们离开之前带我去那里吗？"

爱丽丝看见特威格和坎迪互相瞄了对方一眼。"我看见啦。"她冲她们摇了摇手指。"什么意思？"

特威格朝坎迪点点头，坎迪离开房间后取来一个骨灰瓮。

"你们不在场的话没法办这件事情……"坎迪的声音渐渐减弱。

他们举办仪式的日子风和日丽。阳光穿过桉树顶后折射出绿色和金色的光线。特威格和坎迪都短暂致辞，时辰到来的时候，爱丽丝往河里撒了琼的骨灰。看着骨灰顺流而下，爱丽丝抹去了脸上的泪水，吐了长长的一口气，像是要把憋了很久的气排尽。她紧紧地拥抱了特威格和坎迪。多年的记忆涌上她们心头。当大家都往回朝房子走时，爱丽丝拉了拉查理的袖口，示意他和自己留下来。

"我想给你看点东西。"她说。

爱丽丝带他去看了那棵巨大的桉树。

"我们的爸爸妈妈就是在这里认定彼此的，无论结局好坏。"她的声音在颤抖。"有了这里才有我们。这里有我的故事，也有你的故事。"

查理细细察看刻了字的树干，伸手触碰父亲名字边上的划痕。尽管下巴抖动不止，他还是冲着爱丽丝笑了。当伸手进裤袋拿小刀时，他扬起眉毛征求意见，爱丽丝笑着点头同意。他们闻着树皮和树汁的味道手挽手回了家，桉树上留下了新刻的他和妈妈的名字。

在他们离开桑菲尔德的那天早上，爱丽丝来吃早饭时带了一叠文件，推给了坐在餐桌另一头的查理。他困惑不解地看着她。知道爱丽丝意图的特威格和坎迪在一旁看着，笑而不语。查理打开了她签署的把桑菲尔德的三分之一赠予他的法定声明，这一刻成了爱丽丝余生里最珍贵的回忆之一。

爱丽丝把火轮木放在一旁，从一堆书上拿起了最上面的那本。她的目光扫过奶奶在桑菲尔德词典里写的字。拇指掠过她已经读过几十遍的关于露丝·斯通、沃特尔·哈特、琼、克莱姆和阿格尼丝、坎迪和特威格的故事。爱丽丝用手指捻断了一枝火轮木，思索它的花语。命运的色彩。她狠下心来把词典放在远处的一张花园椅上。

接着，她浏览了文件袋里打印出来的自从她离开沙漠以后收到的每一封迪伦写的邮件，起初是每日收到，后来是每周收到，现在是每月收到。她的目光被最初收到的某封邮件所吸引，这些话已烙印在她心中。

你离开了，但这里还有你的痕迹，时而出现，时而消失。你用过的最后一个咖啡杯。挂在我衣服中间的你的裙子。放我牙刷边上的你的牙刷。昨天下雨了。我今天无法出门，因为我不想看见红土上已经没有了你的脚印。

爱丽丝把这张纸揉成一团，忍着心中的痛楚呼吸。她抬起脸，让海风吹凉她的肌肤。她用余光瞥了一眼桑菲尔德词典。认真听，爱丽丝，她听见了琼的声音在读她自己书写的文字。我们就是靠此生存的。她把这张纸抚平，放回了文件夹，又把文件夹放在一边。

最后，爱丽丝转向她的笔记本，里面用花写满了她离开阿格尼斯布拉夫之后在沙漠那几个月和在萨莉家这一年的故事。她正是拿这本故事申请了写作定居。你写了一本书呢，当爱丽丝向查理和萨莉展示第一份打印版手稿时，他惊讶地说。萨莉在听她读了书名后摇了摇头。你把种子纺成金子啦，她温柔地说，笑容化成了泪水。

爱丽丝从这堆笔记本里挑了一本出来，双手抚过封面。她提起本子的时候，一些红土从页面里流下来，落在她的大腿上，闪着无与伦比的光芒。爱丽丝用双掌扶着本子，摊开来，指尖划过嵌在外露的装订线中的红色尘土。生活和他人的故事总是告诉她，她是蓝色的。爸爸的眼睛。大海。爱丽丝蓝。兰花的颜色。她的靴子。童话里的皇后们。失去。可是，爱丽丝最中心的地方是红色的。一直都是。是火的颜色。是大地的颜色。是心脏和勇气的颜色。

她仔细阅读这些本子，停下来大声说出每一种被画下来或是被做成压花的花名和它的花语，这是一种咒语，能放下积在心里未讲述的故事。

| 黑火兰 | 渴望掌控 |
| 法绒花 | 失而复得 |
| 蜡菊 | 吾爱永随 |

| | |
|---|---|
| 蓝针花 | 悼念你的离开 |
| 彩绘羽毛花 | 泪水 |
| 黑纹木薄荷 | 遗弃的爱 |
| 黄铃花 | 欢迎陌生人 |
| 香草百合 | 爱的使者 |
| 紫龙葵 | 魅惑，妖术 |
| 澳洲黑刺李 | 少女时代 |
| 河畔百合 | 遮掩的爱 |
| 库塔曼德拉金合欢 | 用伤痛治愈 |
| 铜杯花 | 我的投降 |
| 河岸赤桉 | 痴迷 |
| 蓝女士太阳兰 | 被爱吞噬 |
| 金雀花苦豌豆 | 不同寻常的美 |
| 丽花斑克木 | 我是你的囚徒 |
| 橙色不凋花 | 写在星辰中 |
| 珍珠滨藜 | 我的隐形财富 |
| 蜂蜜银桦 | 先见之明 |
| 斯特尔特沙漠豌豆花 | 鼓起勇气，振作起来 |
| 三齿稃 | 危险的愉悦 |
| 沙漠葵蜡花 | 热情似火 |
| 阔叶红花娘 | 我因你的爱而生 |
| 沙漠木麻黄 | 重生 |
| 提灯花 | 希望让人盲目 |
| 蝠翼刺桐 | 伤心良药 |
| 翠绿飞鸟花 | 归心似箭 |

狐尾草　　　　　　　血脉至亲

火轮木　　　　　　　命运的色彩

爱丽丝准备好后，打开了笔帽，在每一本笔记本封面的花卉插图中间写下了手稿的书名。她在大腿上叠好这些本子，用绳子绑在一起后连同装着邮件的文件夹放入了篝火架。当伸手去拿火轮木，再掏出口袋里的火柴时。她迟疑了，又花了点时间鼓起勇气。呼吸。她从火柴盒里取了一根火柴，捏着火柴头在打火石上擦了一下。氧气迅速吸入、硫磺的气味、轻轻的嘶嘶声和噼啪声：篝火燃起来了。

火光在大海的映衬下腾起。爱丽丝看着花被点燃，看着印有迪伦邮件的纸开始四角发黑，看着所有笔记本熊熊燃烧。她盯着自己写在封面上的字迹，直到它们不能再辨认。

### 爱丽丝的失语花

过了一会儿，她走到花园椅子边，坐下来怀抱着桑菲尔德词典。皮皮懒洋洋地靠在她腿上。爱丽丝深深吸了一口充满咸味、烟味和鲜花味的空气，凝视着火光。她看见了它们变化的色彩，看见了它们各式各样的形状，看见了她美丽的妈妈永远在花园里。爱丽丝的一只手压在她的沙漠豌豆花坠子和蝠翼刺桐种子项链上。相信你的故事。你能做的就是说出事实。

记忆变得清晰可见、无拘无碍：在小径尽头以防风板为外墙的房子内，她坐在窗边的书桌旁，盘算着如何用火焚烧爸爸。

她的心跳缓慢。

我在——这里。

我在——这里。

我在——这里。

## 作者注释

这本小说里融合了来自不同文化的故事和人物。我在此感谢为写此书请教过的无私的朋友们,感谢给予我素材的各种经历和资源。

在小说第一章,"人生向前走,参透向后看"这句话的灵感来自丹麦哲学家瑟伦·克尔恺郭尔的作品。

坎迪最喜欢的童话故事,也就是一个痴痴等候爱人归来的皇后最终变成礼服上的兰花的故事,来源于菲律宾童话《万代兰传奇》(*The Legend of Waling-Waling*)。

某位女人花和爱丽丝分享的关于西塔和德劳巴底的印度故事是坦美·巴黑尔告诉我的。

总是身穿一种蓝色的国王女儿的故事源自西奥多·罗斯福的女儿爱丽丝·罗斯福·隆沃思。她的衣服一直是同一种淡蓝色,她也因从来不守所处社会的规矩而出名。

奥格写给爱丽丝的信中提到的关于狼和狐狸的保加利亚童话受到了保加利亚民间传说《病人与健康人》(*The Sick and the Healthy*)的启发,伊娃·博内瓦和我分享了她翻译的某一个版本。

露露的帝王蝶、烈焰战士、太阳的女儿等故事是根据维莉蒂安娜·阿方索-拉腊告诉我的墨西哥传说改编的。

我虚构了爱丽丝游览、生活和工作的澳大利亚中部的背景,这对我来说很重要,因为倘若把小说里的这些情节设定在真实的地方，那么我要讲述的故事就不是我的故事了。我请教了世界知名的杨固尼加加拉族女诗人阿里·科比·埃克曼是否应该设置那些背景。她赞成这是个明智的做法。

Kililpitjara，又称厄恩肖陨石坑，以及与之相关的一切——名字、故事、地貌——都是虚构的。地名 Kililpitjara 是我用皮坚加加拉语虚构合成的，这种阿南格族人使用的语言在全书都得以运用。*Kililpi*（名词），意为星星。*Tjara*（名词），意为一个大群或东西的一部分。这个组合词的简单英译为"属于星辰"。我主要使用的参考书目是 IAD 出版社的《皮坚加加拉/杨固尼加加拉—英语词典》。

为了创作 Kililpitjara 的地质结构，我参阅了沃尔夫溪陨石坑 Kandimalal 和高斯深坑保护区 Tnorala 的图片，不过 Kililpitjara 的广阔、能量和呈现得益于我在中部沙漠生活的经历。

2006 年，我在珀斯与约翰·戈德史密斯博士见面，他同我分享了在 Kandimalal 的亲身经历以及在西部沙漠拍摄的星空照片。戈德史密斯博士的帮助也启发我构想星空和陨石坑的同心圆，以及让一片沙漠豌豆花在我描述的场景里生长。

Kililpitjara 的起源故事借鉴了阿伦特族公开的 Tnorala 起源故事。在那个故事里，陨石坑所在之处就是一个孩子从星空中的摇篮掉下的落地点，其父母在天空里永久搜寻。

鲁比向爱丽丝展示游客退回的道歉花和信的情节得到了乌鲁鲁公园的启发。该公园的员工每天都收到世界各地游客怀着愧疚寄回的"道歉石"。

鲁比的诗，《种子》，是阿里·科比·埃克曼的作品，她完全同意我把这首诗放在书里。我在沙漠生活的时候有幸与鲁比这样的女人们相识、相知。她们和我分享了故事和文化，教会我从其他地方没有学到的东西。澳大利亚有一段黑人历史。它一直都是，也将永远是土著人的土地。

如果你曾经或正在遭受家庭暴力,
请知道
全年 24 小时开通的
1800 RESPECT（1800737732）热线。[1]
这是一项免费且保密的电话和在线服务
提供给每一位正在经历或曾经历过
家庭暴力和/或性侵犯的澳大利亚人。

---

[1] 在中国，用手机或座机拨打"区号 + 12338"可以获得当地妇联提供的及时有效的维权咨询服务。

## 致谢

作为读者，我喜欢阅读小说的致谢部分。我总是觉得这有点像是能够在达到高潮的时候偷偷溜进一场庆祝派对，看着在作者故事的羽翼里的人们走到台前。现在能为我自己的第一部小说写这样一份致谢让我感到无比激动。

我的敬意和感谢致以尤甘贝（Yugambeh）族人，我在他们的土地上创作了这部小说的许多内容；致以邦加隆（Bundjalung）族人，我生长在他们的咸水乡村；致以布查拉（Butchulla）族人，我的祖母在他们的土地上生活，那里的甘蔗园一直令我着迷。我的敬意和感谢致以阿伦特（Arrernte）族人和阿南格（Anangu）族人，我在北领地生活期间曾在他们的恩冈雅特加拉（Ngaanyatjarra）、皮坚加加拉（Pitjantjatjara）、杨固尼加加拉（Yankunytjatjara）土地上工作和旅行。我特别感谢这三地的女人们，她们同我分享了祖先流传下来的文化和故事。

我要感谢哈珀柯林斯出版集团澳大利亚出版社的优秀团队超出预期地完成了我儿时最不着边际的梦想。谢谢艾丽斯·"专家"·伍德和萨拉·巴雷特二位充沛的精力、努力的工作和非上班时间的聊天和欢笑。谢谢黑兹尔·拉姆创作出我见过的为爱丽丝·哈特的故事所设计的最美的封面之一。谢谢马可·坎贝尔、汤姆·威尔逊、卡伦-默里·格里菲思、埃琳·邓克、埃茜·奥查德和安德烈娅·约翰逊对这本书和我的热情和信心。谢谢妮古拉·鲁宾逊经验丰富的编辑工作,你让我知道哪里可以做得更好,并给予我建议。谢谢故事姐姐凯瑟琳·米尔恩,你让我和爱丽丝做到了最好。谢谢你告诉我、教会我要相信自己写的小说、相信自己。我十分感激。

谢谢来自时代精神版权代理公司(Zeitgeist Agency)的代理人们——班奈森·奥德菲尔德,莎伦·加兰特和托马辛·钦纳里信任我和爱丽丝,你们真是一个近乎神话奇迹的梦想团队。我只想和你们三人一起待在作战情报室。

谢谢马西和麦奎尔金文学代理商(Massie & McQuilkin Literary Agents)的斯蒂芬妮·阿布的辛勤劳动和不倦奉献。

谢谢强大的国际出版商和译者团队把爱丽丝带到世界的每一个角落,帮我实现了意料之外的梦想,向你们致以最真挚的感谢。

我要向阿里·科比·埃克曼致以爱、尊敬和衷心的感谢。谢谢这位和我一起戴一对友情手环的姐妹出现在我的生命里,她送我沙漠草织的T恤,还授权我使用《种子》这首诗作为鲁比的作品。谢谢你同我分享强有力的言语和宽阔的胸怀,malpa(朋友)。

谢谢艾丽斯·霍夫曼在2009年回复了我的第一封信,并在此后一直与我通信的慷慨精神。谢谢你毫不动摇的鼓励、魔力,以及允许我在小说中引用你的一封信。谢谢你写的那些书,我无论身处何方都把它们带在身边,它们向我展示了如何勇敢,如何相信。

谢谢安妮·卡森授权我引用你翻译的萨福诗歌。谢谢阿拉吉版权代理公司(Aragi agency)的格雷西·迪茨奇和妮科尔·阿拉吉为我的要求提供极大的帮助和便利。

感谢朱莉安娜·舒尔茨、约翰·塔格、简·亨特兰德以及

2015年在《格里菲思评论》(*Griffith Review*)工作的团队为澳大利亚的读者和作家所付出的一切努力。谢谢你们买下了我的首部有偿出版物，并将年度作者奖授予本书的第一章。你们对我的投资改变了我的人生轨迹。

谢谢缚楼那作者之家(Varuna the Writers' House)在此书的编辑中完美结合了怪诞、美丽和幽静等元素，我之前对此毫无概念。感谢陪我熬夜写作的女人们：比夫·沃德、杰姬·优威尔、海伦·洛克林和贝克·巴特沃思，你们永远在我心里，围坐在宴会桌边，享用希拉烹制的佳肴和红酒。

谢谢"青蛙鲜花"(Frog Flowers)的戴维·雅耶-拉雷弗，"爱与摄影"(On Love & Photography)的朱莉娅·索恩扎和"南希·斯潘塞化妆店"(Nancy Spencer Makeup)的南希·斯潘塞在大雪纷飞的曼彻斯特里用魔法变出了一个童话似的热带花园，让我置身其中。谢谢你们拍摄了一生难得的作者照片，我永远不会忘记这段充满快乐和爱的经历。

谢谢鲜花女王、迷人的植物艺术家伊迪丝·里瓦绘制了这些花卉插图，它们拥有强大魔力。

谢谢在出版过程中支持我和爱丽丝·哈特的图书经销商们给这个世界带来的所有图书魔法，也谢谢你们在我的这本小说上施的魔法。向将要阅读、上架、与读者分享此书的图书经销商们致以感谢，你们是每一座城市的光亮，让我这个图书爱好者实现了儿时的作家梦。

谢谢凯特·福赛思和卡罗尔·克伦南为我提供了参与"历史奥秘和魔法"(History Mystery and Magic)写作集训的机会，2015年在牛津度过的这段时光对我的写作和作家身份产生了深远的影响。谢谢和我一起在那儿创作的萨拉·吉斯、凯利·沃森和贝克·斯梅德利与我分享你们的内心和故事。谢谢凯特的友情，你也提醒了我爱丽丝是恐惧和焦虑也无法扑灭的炭火。

在创作这本小说时，有一群人在黑暗森林里为我照亮了前路，谢谢你们给我不变的友谊、爱、力量和鼓励：费弗尔·帕雷特、考特尼·科林斯、妮科尔·哈耶斯、艾丽斯·康兰、梅雷迪思·惠特菲尔德、安妮·萨尔托里奥、尼克·本森及其家人、西莫内·金格拉斯-福克斯和格林杰家族、迪米·文科夫、阿什莉·海、赫拉·哈钦森、格雷戈林和PD、伊娃·德·弗里斯、奥尔加·范德·科伊（以及罗吉尔和路易丝）、海伦·韦斯顿和JP、萨拉·拉基奇、瓦妮莎·拉德尼奇、莉利亚·克拉斯特娃、杰西·布拉凯德、安迪·戴维、菲莉帕·穆尔、珍·阿什沃思、简·布拉德利、克里斯·麦金塔和戴比·麦金塔（以及贝丝和利尔）、凯莉·琼斯、海伦·富尔彻、弗雷泽·豪、德里克·亨德森、薇姬·亨德森、斯蒂芬·阿什沃思、洛雷娜·费尔南德斯·桑切斯、亚历克斯·迪内托、琳达·泰奥、伊恩·亨德森、史蒂芬·阿什沃思、雷切尔·克莱格（以及罗伯托、乔、弗朗西斯和鲁宾）、苏珊·弗恩利和布赖恩·福克斯、凯特·格雷、谢里尔·霍拉茨-怀斯利、杰基·贝利（杨燕和埃莉·贝莉）、杰里米·拉克伦、乔茜·麦斯金明和詹姆斯·麦斯金明、萨尼·范德·斯派克、德尔瓦拉·麦克蒂尔南和安迪·史蒂文森（以及洛乌、萨姆和吉娜）。

特别感谢凯特·福赛思、布鲁克·戴维斯、费弗尔·帕雷特、阿什莉·海、珍·阿什沃思、米弗·琼斯和阿里·科比·埃克曼阅读了早期校样，并以这般温暖、爱和慷慨精神支持这本小说。

谢谢约翰·戈德史密斯博士拨冗见面，回答了我数不清的问题，并分享了关于星星和陨石坑的故事。

谢谢2015年在克拉丽莎·平科洛·埃斯蒂斯博士的培训班"在骨上歌唱"（Singing Over the Bones）中遇见的与我分享爱和故事的各位女性。谢谢你们自那以后一直与我一起欢笑。

谢谢2017年在克里斯托弗·杰默和克里斯廷·内夫的培训班"正念自怜"（Mindfulness Self Compassion）里陪我研究、陪我练习的各位朋友。你们的及时工作、共情、支持和友谊一直陪伴着我，我对此深怀感激。

我接受的教育是公立学校提供的，鼓励对于塑造人生所起的作用在我小学至高中期间遇到的多位老师身上得以体现。谢谢斯马特夫人、皮尔斯先生、钱德勒先生、雷诺兹夫人和哈姆先生发现我不自知的闪光点，教会我如何相信勤奋和勇气将会带来的可能性。

谢谢大曼彻斯特的独立慈善机构国际协会（International Society）在过去五十年间一直促进多样化并为国际学生、难民、寻求庇护者以及当地人提供保护，谢谢这个地方为成千上万人带来的温暖、欢迎、安全和想象。谢谢遍布全球的International 16s，如果没有你们、没有你们分享的故事，我就不能成为一个讲故事的人。

萨曼莎·史密斯是一位非常有天赋的纹身师、艺术家和会讲故事的人，谢谢你把爱丽丝带入我的生活、纹在我的肌肤上。我很庆幸能够找到你，并与你相识。

梅利莎·阿克顿是一个能把失去感觉的房间变成乐园的女人。谢谢你作为最早一批读者，在你热爱阅读的心里给了爱丽丝一个家。

坦美·巴黑尔，蝙蝠侠也许有着坏名声，但你是我最爱的超级英雄。谢谢你告诉我那些故事，我本想在这部小说里用上几则。

谢谢烈焰战士维莉蒂安娜·阿方索-拉腊从我们相遇的第一夜开始通过讲述墨西哥故事与我分享心意。谢谢你分享的家族故事和鳄梨酱。谢谢你的爱。要不是你，露露不会成为现在的露露。

谢谢阿曼娜·温切斯特给我的友情，让我有幸分享你的经历。要不是从你这里得到的慷慨帮助和灵感，我不可能以现有形式写出爱丽丝在医院的那段时光。

博良娜·巴莎娃，亲爱的"香蕉"，谢谢你帮忙翻译保加利亚语，谢谢你相信我能成为一个作家，谢谢你向我展示如何对着烤箱里的食物喊叫才能烤得更快。

谢谢"金钱宝贝"、卓越女性伊娃·博内瓦与我分享保加利亚童话故事。我们有属于自己的在曼彻斯特和索非亚两城的童话生活，谢谢你在这些时光里给我带来的欢笑。

谢谢马特·沃伦和尼克·沃尔什提醒我欢笑和爱是良药，教会我永远不要害怕成为发声者或为此感到羞愧。

布鲁克·戴维斯，在《致谢》里没有足够的篇幅来一一列举我对你的喜爱和感激。也没有足够多的雏菊来传达此情。谢谢你照顾我，爱我，无论如何都允许我穿着道格围裙爱你。谢谢你为支持爱丽丝·哈特和我所作的一切。我只要想到你就会开心。

最好的朋友米弗·琼斯，你就像是漂流世界中的船长，教会我们如何借风前行，带领我们冲破艰难险阻，我最想和你一同庆祝。你是最先让爱丽丝变得鲜活的人，谢谢你。

谢谢索夫斯·斯蒂芬森，你让我在曼彻斯特写作的第一年如此美妙，你证明了伊丽莎白·贝内特[1]是真实存在且美好的。谢谢容尼，你让达西先生[2]都自愧不如。我亲爱的姑娘，黑兹尔波普，维奥莱特·克劳利[3]也比不上你。

萨拉·德·弗里斯，你是我一见钟情的灵魂姐妹，下午一点醒来、公路旅行、光秃秃的树、戴着花冠的狗、小饰品、家居裤、大虾、营养酵母、黑马、童话集或排舞……生命中有多少个这样的日子都不够，都不足以衡量你为我的生活所注入的爱和愉悦。谢谢你全天候助我恢复精神，重新振作。致我们未来的紫色染发和蝴蝶收藏。

莉比·摩根，当我儿时梦想有一位百科全书式的最佳好友时，我从没料到她会真的存在于我的书本之外。谢谢你十五年来真挚非凡的爱，这远远超越了我的期待。谢谢你和我探讨这本小说里的每一处症结，你充满理性的声音永远不知疲倦、满怀爱意。谢谢你和我畅聊陆地和海洋的每一刻。安迪、杰丝、纳特、拉夫、米克、乔迪、拉尼、雷尼和拉佐尔：谢谢你们像爱自己一样爱我。

谢谢我的哈里斯大家庭里的梅里琳、马特、盖布、利奥、阿莱、巴吉、克里斯、薇姬、休和安妮。谢谢你们信任我，用爱鼓励我。

谢谢李·施泰因德尔在我前进的每一步都和我一起欢呼。谢谢你教会我金雀花的力量以及如何用眼神吓退乌鸦，让我捧腹大笑一生。还有默特，永远少不了对默特的感谢。

谢谢玛蒂·哈钦森，露露和我会永远爱你。谢谢你支持爱丽

---

1 《傲慢与偏见》中的人物。
2 《傲慢与偏见》中的人物。
3 《唐顿庄园》中的人物。

丝,以她来命名你的向日葵女孩,还为我送来了她的纸杯蛋糕。

谢谢琼·玛丽·科菲尔德打理了一座无与伦比的梦幻花园,让我们都能随性徜徉其中。谢谢你赐予我对于故事和写作的深深喜爱。

达吉、托比、古斯、茶壶和科科,什么都比不上回家见到你们。谢谢你们给我的爱和最深的安全感,让我熬过黑暗,继续创作,迎接光明。

谢谢小雷神亨德里克斯和荒蛮边境女王基拉·纳维,谢谢你们提醒我想象力和故事是多么重要。

谢谢我的妈妈科琳·铃兰。你在我三岁的时候教我阅读。你教我变得勇敢。谢谢你给予我生命,妈妈琳。谢谢你告诉我永不放弃意味着什么。

谢谢其他家人和朋友的爱与支持。

我把最重要的感谢留到最后。萨姆·哈里斯,你是我遇见的最美妙的事物。谢谢你教我和平也是一种激情。你的爱是我所知的最真实的魔法。

我最后要向你致谢,亲爱的读者。作家的文字通过被阅读得以焕发生机——没有你们,爱丽丝·哈特就无法鲜活起来。我的感激属于你们。